Karen Kliewe
Letzte Spur: Ostsee

Karen Kliewe

Letzte Spur: Ostsee

Ein Fall für Journalistin Arnold

PIPER

Mehr über unsere Autoren und Bücher:
www.piper.de

Wenn Ihnen dieser Krimi gefallen hat, schreiben Sie uns
unter Nennung des Titels »Letzte Spur: Ostsee«
an empfehlungen@piper.de, und wir empfehlen Ihnen
gerne vergleichbare Bücher.

ISBN 978-3-492-50349-5

Redaktion: Sandra Lode
Covergestaltung: Traumstoff Buchdesign traumstoff.at
Covermotiv: Bilder unter Lizenzierung von Shutterstock.com genutzt
Printed in Germany

Dieses Buch ist Lilian und Ebby gewidmet.

Karen

Prolog

Rerik, zwölf Jahre zuvor

Minutenlang hatte er verharrt – regungslos. Er wartete auf ein verräterisches Rascheln, auf irgendein Zeichen, das verriet, dass sich sein Opfer in greifbarer Nähe befand. Seine feine Nase sagte ihm, dass es nun nicht mehr lange dauern würde. Sie war es auch, die ihm den Störenfried ankündigte. Ruckartig hob der Steinmarder den Kopf und nahm die Witterung auf. Als die nächste Windböe durch die dicht stehenden, krummen Bäume fuhr, trieb sie nicht nur das gewaltige Rauschen der Blätter vor sich her, sondern auch den penetranten Geruch menschlicher Angst. Blitzschnell machte der Marder kehrt und verschwand im Unterholz, lange bevor der Grund des Gestanks die Stelle erreicht hatte.

Das Donnern und Tosen der Brandung drang grollend die Steilklippen herauf. Als der Wind unvermittelt nachließ und sich die Wellen leise zischend zurückzogen, wehten aus der Ferne Musikfetzen herüber.

Nichts vom alldem drang zu ihr durch. Ihr Körper befand sich im Ausnahmezustand, ihr Instinkt kannte nur ein Ziel: Flucht. Große Mengen an Adrenalin schossen durch ihre Blutbahn, unterbanden jeden rationalen Gedanken. Ihr Herz raste, der Atem ging schnell und stoßweise. Ihre Hände zitterten. Die Schwäche in ihren Beinen ließ sie taumelnd vorwärts stolpern.

Nur das nicht.

Verzweifelt versuchte sie, die alles lähmende Panik zu unterdrücken. Ihre weit aufgerissenen Augen tasteten sich durch das kaum wahrnehmbare Dickicht aus Bäumen und Büschen, deren peitschende Zweige wie bedrohliche Baumgeister mit dünnen, spitzen Gliedmaßen nach ihr griffen.

Wenn es nur nicht so verdammt dunkel gewesen wäre.

Der schmale, unwegsame Pfad entlang der Steilküste war kaum zu erkennen. Sie wusste, dass nur *ein* Fehltritt ihr Ende bedeuten konnte.

Trotzdem musste sie weiter.

Ein Knacken hinter ihr ließ sie zusammenzucken.

Einen Moment lang hatte sie das Gefühl, sie würde seinen Atem im Nacken spüren.

Jetzt nur nicht durchdrehen.

Warum war sie überhaupt hier? *Jävla skit! Beschissenes Deutschland!* Was in aller Welt hatte sie geritten, Ric hierher zu folgen? Sie wollte nur eins: zurück – zurück nach Schweden!

Sie versuchte, schneller zu rennen. Der dünne Ast einer verkrüppelten, kleinen Birke traf sie hart ins Gesicht. Tränen liefen ihr über die Wangen.

Sie kniff die Augen zusammen, versuchte, einen Pfad auszumachen, der sie rausführen würde, raus aus diesem verflixten Wald. Hin zu den Siedlungen. Zu Leuten, die ihr helfen würden. Eigentlich müsste sie längst einen der Wege, die die Touristen aus den Feriensiedlungen zum Strand nahmen, passiert haben. Was, wenn sie schon daran vorbeigelaufen war? Die Schwärze der Nacht hatte sich wie ein schwerer, alles erdrückender Mantel über den Wald gelegt –

ließ ihre Hoffnung, entkommen zu können, auf ein Minimum schrumpfen.

Sie spürte, wie sie erneut von einer Welle aus Angst und Verzweiflung erfasst wurde.

Da hörte sie seine Stimme.

»Meja, bleib stehen! Das hat doch alles keinen Zweck!«

Herregud! Das war näher, als sie gedacht hatte.

Abrupt stoppte sie, verharrte einen Moment apathisch. Das Blut rauschte dröhnend durch ihren Kopf, so laut, dass sie sich wunderte, wie seine Stimme bis zu ihr hatte durchdringen können. Sie zwang sich, die Panik beiseite zu schieben.

Was, wenn sie sich in das nächste, dichte Gebüsch hocken und verstecken würde? Er würde an ihr vorbeilaufen, und sie könnte leise und vorsichtig zurück ins Dorf.

Nein! Sie würde ihre hektischen Atemzüge nicht lang genug unterdrücken können. Und ihren laut donnernden Herzschlag würde man bis nach Schweden hören. Er würde sie entdecken.

Sie befahl ihren Beinen weiterzulaufen.

Gleichzeitig lauschte sie angestrengt.

Der Wurzel, die sie plötzlich zu Fall brachte, war sie in den Wochen zuvor mit Sicherheit mehrfach ausgewichen. Sie hätte schwören können, dass sie diesen Teil des Weges längst hinter sich gelassen hatte. Ein stechender Schmerz durchfuhr ihr linkes Knie. Keine Zeit auszuruhen. Sofort rappelte sie sich wieder auf und lief humpelnd weiter.

Nach weiteren, ihr endlos vorkommenden Minuten auf der Flucht blieb sie zitternd stehen und horchte in die dunkle Nacht.

Und wenn er doch aufgegeben hat?

Kapitel 1

Rerik, Anfang August

Vom Busbahnhof Rerik waren es nur noch ein paar Hundert Meter bis zu der Siedlung, in der das Haus von Rose stand. Ann nahm ihren Reisekoffer vom Fahrer entgegen, zog den Griff heraus und machte sich auf den Weg.

Sie lächelte.

Heute war ein guter Tag. Die Semesterferien lagen vor ihr, weißer Ostseesand, der unverwechselbare Geruch des Meeres und der von ihr geliebte Wind erwarteten sie. Endlich! Das alles hatte sie so vermisst. Seit sie wegen ihres Studiums nach Paderborn gezogen war, begleitete sie eine ständig gärende Unruhe. Als sei sie nur auf der Durchreise. Als müsse sie bald weiterziehen. Erst wenn die Landschaft weit wurde, die charakteristischen Wälder in Sicht kamen und sie das baltische Meer schon zu schmecken meinte, ließ diese Unruhe von ihr ab.

Sie atmete tief ein. Jetzt hieß es: auftanken. Keine Vorlesungen, keine Recherchen, keine Facharbeiten, kein nächtelanges Büffeln, kein Nebenjob – ihr Leben als angehende Journalistin konnte warten.

Am liebsten wäre sie direkt runter ans Wasser gelaufen. Doch ihr Magen hatte das Ziel schon festgelegt, er verlangte nach Roses herrlichem Butterzopf mit Hagelzucker. Keiner konnte Hefezopf so backen wie ihre Oma.

Ihr Opa war schon vor vielen Jahren verstorben. Sein Todestag war der Grund, warum auch ihre Eltern in Rerik sein würden. Sie liebte die Besuche bei Oma Rose, auch wenn sie sich im Kreis ihrer Familie manchmal wie eine Gefangene vorkam – eingesperrt in der Einöde eines ritualbehafteten Kleinbürger-Daseins. Jeder Guppy im heimischen Wohnzimmeraquarium hatte ein aufregenderes Leben.

Ann genoss den Fußmarsch durch die Leuchtturm-, über die Schillerstraße bis in die Ostseeallee.

Ihr Blick folgte einer fünfköpfigen Familie, deren gut gefüllte Strandtaschen erahnen ließen, wohin sie unterwegs waren. Während der Sommermonate, besonders in der Ferienzeit, war der Ort gut besucht. Gerade Surfer und Besitzer von Segelbooten schätzten die gute Lage zwischen Salzhaff und Ostsee. Die Nähe zu Rostock und Wismar versprach Abwechslung, besonders an regnerischen Tagen.

Ideal für Spießbürger wie euch.

Ann seufzte genervt. Was würde sie dafür geben, wenn endlich Ruhe wäre in ihrem Kopf. Längst hatte sie aufgehört, sich zu fragen, warum sie diese Stimme hörte oder wann das eigentlich angefangen hatte. Sie wollte nur noch, dass ihr Kopf wieder ihr gehörte, dass ihr Tun nicht ständig von jemandem kommentiert wurde, der von keinem anderen wahrgenommen werden konnte. An manchen Tagen fraß es sie regelrecht auf, zermürbte sie, als würde sie jemand von innen aushöhlen. Erzählt hatte sie bisher niemandem davon. Warum auch?

Als sie in die Gasse ›Zur Liebesschlucht‹ einbog und Oma Roses Haus in Sicht kam, verdrängte sie die Gedanken daran.

Sie öffnete das kleine Metalltor und ging durch den liebevoll angelegten Vorgarten. Es gab Apfel-, Birn- und Pflaumenbäume. Die Farben der Blüten leuchteten im Sonnenlicht. Es war fast schon zu idyllisch.

Ekelig perfekt.

Noch bevor sie klingeln konnte, ging die alte, schwere Holztür auf, und Oma Rose begrüßte sie mit einem gespielt ärgerlichen: »Da bist du ja endlich! Dass du aber auch immer so trödeln musst!« Dann zog sie ihre Enkelin an sich und drückte sie liebevoll.

Ann seufzte erleichtert. Jedes Mal, wenn sie Rose länger nicht gesehen hatte, hatte sie Angst, dass das Alter ihrer Großmutter zwischenzeitlich die Lebenssäfte entzogen haben könnte und sie wie ein Stück Dörrobst den letzten Tagen ihrer Vertrocknung, ihrer Auflösung entgegenging.

Ann ließ ihren Koffer im Flur stehen und folgte Rose in das kleine Stübchen.

»Deine Eltern sind noch auf einer Strandwanderung, müssten aber jeden Moment zurück sein. Nun setz dich, ich habe Tee und frischen Hefezopf. Warm schmeckt der am besten. Außerdem möchte ich augenblicklich alles Neue wissen«, sagte Rose schmunzelnd.

Nachdem ihre Eltern Susanne und Jürgen zurück waren, und viele Scheiben Hefezopf später, kramte Rose eine Erinnerungskiste heraus. Ann rückte neugierig näher. Sie liebte alte Geschichten. Es war erstaunlich, wie viel Spannendes und Unerhörtes in Kellern und auf Dachböden lauerte. Auch wenn die wirklich interessanten Dinge wohl eher auf den Speichern anderer Leute zu finden waren.

Wer weiß, vielleicht überrascht uns die liebe Familie ja mit einer lang verborgenen, schrecklichen Tragödie?

Viele der Geschichtchen kannte sie in- und auswendig. Bei jeder Familienfeier wurden sie zum Besten gegeben. Interessant aber war das, was nicht erzählt wurde. Das Verhalten der Verwandten und Freunde in Ausnahmesituationen, die wahre politische und gesellschaftliche Haltung – gut versteckt hinter der penibel gepflegten Alltagsfassade. Nur selten erhaschte man einen Blick hinter die Kulissen.

Eine staubige alte Kiste, die zum Gedenken an ihren verstorbenen Großvater inspiziert wurde, war ein vielversprechender Anfang. Kam dort vielleicht etwas zum Vorschein? Etwas Echtes? Etwas, das über das hinausging, was Ann heimlich ihre persönliche ›Truman Show‹ nannte?

Sie hatte, wenn sie auf ihr Leben und das ihrer Eltern zurückblickte, häufig das Gefühl, als fehle etwas – als wären die Jahre seit ihrer Geburt nicht real. Alles eine große inszenierte Show.

Wie meinst du das, dir fehlt was? Du hast doch mich.

Ihre Eltern achteten sich, gefühlt schon immer. Ebenso verhielt es sich bei ihren Großeltern. Es gab keine Intrigen, keine Fehden, keine sozialen Abgründe. Es war immer genug Geld da. Nicht übermäßig viel, aber ausreichend.

Totale Spießer!

Ihr Vater kam jeden Tag pünktlich um halb vier aus dem Büro, trank seinen Kaffee und aß genau ein Stück Kuchen, das zuvor von seiner Frau gebacken worden war.

Jeder Tag war wie der andere. Nie passierte etwas Unvorhergesehenes. Es folgte alles einem engmaschigen Ritual. Und genau das war es, was es so *unecht* wirken ließ. Es gab keine Leidenschaft für, aber auch keine gegen etwas. Es wurde nicht demonstriert, man bezog keine Stellung, man war nicht politisch, man war nicht gesellschaftskritisch … man *war* einfach nur.

Parasiten derer, die sich für eine intakte Gesellschaft einsetzen.

Selbst als ihr Vater an Krebs erkrankte, wurde damit distanziert und vernünftig umgegangen. Als gäbe es ein Drehbuch, nach dem man sich zu richten hatte. Dabei war noch lange nicht klar, ob er ihn für immer besiegt hatte.

Was beschwerst du dich? Du bist nicht besser!

Ann fühlte sich wie in einer künstlichen Blase gefangen, immer darauf wartend, dass diese endlich platzte.

Rose öffnete die Kiste.

Ann beugte sich vor.

Ihr Inhalt: mager, ja enttäuschend.

Unter den Erinnerungsstücken waren viele Fotos und Urkunden von Opa Johann. Schwarz-Weiß-Bilder mit Oma Rose im Arm in ihrem Garten, Farbfotos mit Ann auf dem Spielplatz gleich um die Ecke und eine Auszeichnung seiner Kegelbrüder über einen besonders gelungenen Wurf.

Enttäuscht pustete Ann sich die Spitzen ihrer Ponyfransen aus den Augen und zog die Doppelseite einer zwölf Jahre alten Ausgabe der Ostsee-Zeitung aus der Schachtel. Das Datum zeigte den 14.08. Auf der ersten Seite war zu lesen: »10. Langstreckenschwimmen ›Wismarbucht‹ in Hohen Wieschendorf« und »2. Kanumehrkampf in Wismar«. Warum hatte die alte Dame so etwas aufgehoben?

Rose hatte den fragenden Blick ihrer Enkelin bemerkt. »Du musst sie umdrehen.«

Auf der Rückseite befanden sich die Todesanzeigen. Darunter auch die für Opa Johann.

›Die Bande der Liebe
werden mit dem Tod nicht durchschnitten.‹
Thomas Mann

Ann schaute sich die alte Ausgabe weiter an. Neben dem Sport- und Anzeigenteil gab es nicht mehr viel zu entdecken, nur einen Artikel über den Umweltschutz an der Wismarer Bucht und einen Bericht namens ›Urlaubsflirts und die Sommerliebe‹.

Sie konnte sich ein Grinsen nicht verkneifen und fing an zu lesen. Neben dem Text war der Teil eines Liebesbriefs abgedruckt, in dem, der Handschrift und den rot ausgemalten Herzchen zufolge, ein Mädchen ihren Kummer darüber ausdrückte, dass es nie wieder so schön sein werde wie in jenem Sommer. Und dass sie ihren Traumtypen nie vergessen werde und sich gar nicht vorstellen könne, wie es nach den Sommerferien weitergehen solle.

Ann dachte an ihre Urlaubsbekanntschaften. Wenn es denn welche gab, hatte das Ganze stets in einem fürchterlichen Fiasko geendet.

Ihr Blick fiel auf ein Foto am Ende des Berichts. Es zeigte den Aushängekasten der Seebrücke, in dem im Allgemeinen die aktuellen Events der Umgebung angeschlagen wurden. Im Vordergrund waren noch ein wenig Dünengras und der hölzerne Aufgang zu sehen.

Der Kasten zeigte neben einem Plakat für die nächste Strandparty ein Foto: Ein junges Mädchen mit schulterlangem Haar im Teenageralter schmiegte sich an einen gut aussehenden Jungen. Beide grinsten frech und zeigten das Peace- oder Victory-Zeichen in die Kamera. Aufgeklebt war das Foto auf einem weißen Zettel, auf dem die Zeilen ›Tut mir leid. Hau nicht einfach ab! Komm zu O. Tom und lass reden. Ric‹ geschrieben standen.

Ann schaute sich das Foto genauer an, stutzte und schüttelte dann erstaunt den Kopf. »Das gibt's doch nicht«, murmelte sie. »Das kann nicht sein. Dieses Mädchen sieht genauso aus wie ich …«

*

Färjestaden, Schweden

Åke Persson schaute seiner Frau zu, wie sie versonnen am Fenster ihres kleinen Hauses stand, sich mit der linken Hand immer wieder durch ihr dickes, mittlerweile grau-blondes Haar strich und auf die Bäume und das Meer blickte. Sie war mal eine wirklich schöne Frau gewesen. Nein, eigentlich war sie das mit ihren vierundfünfzig Jahren immer noch. Nur anders. Der Glanz fehlte. Die Augen wirkten teilnahmslos, ihre Körperhaltung verriet, wie gebrochen sie war. Ihre Bewegungen waren langsam und kraftlos. Lächelte sie doch einmal, kam es nicht bei ihren Augen an, sondern wirkte wie eine gequälte Grimasse. Wenn sie sprach, war das sehr leise und ohne jegliche Betonung. Doch das tat sie nur noch selten.

Meistens schwieg sie.

Åke wusste mittlerweile nicht mehr, was auf Dauer schlimmer war: die Zeit, in der sie zwischen heftigen Weinkrämpfen und Schreiattacken hin und her geschwankt war, oder das Dasein in dieser leblosen Hülle, in der seine Ingegerd nun seit Jahren gefangen zu sein schien.

Er liebte sie immer noch. Er wusste nur nicht, wie lange er noch durchhalten würde. Aber was war schon die Alternative? Weglaufen konnte auch er nicht vor der inneren Leere. Es gab kein Zurück. Nichts, was sie tun konnten. Nichts, was es besser machte.

Vielleicht war ein Schlussstrich doch die einzige Lösung, wenn von der Seele nichts mehr übrig war? Nur noch der Körper am Leben gehalten wurde? Von allein würde sich nichts ändern. Der Organismus des Homo Sapiens hielt den widrigsten Bedingungen stand. Da spielte es keine Rolle, ob die Seele den Körper längst verlassen hatte. Das Herz pumpte unermüdlich, Leber und Niere verrichteten zuverlässig ihren Dienst. Wofür eigentlich?

Åke drehte sich um, nahm die dünne Windjacke vom Haken und zog die Wohnungstür hinter sich zu. Von ihrem Haus in der Eriksfältsgatan waren es durch den kleinen Wald nur ein paar Schritte bis zum Strand von Öland. Er gierte nach dem Wind, der die quälenden Gedanken aus seinem Kopf fegen sollte.

*

Rerik

»Ich beneide dich wirklich.« Marie versuchte, ihrer Stimme einen leicht verzweifelten Touch zu verleihen.

»Ich weiß, ich hab's gut«, lachte Ann in ihr Handy. »Das nächste Mal kommst du mit und lässt dich hier in einem der schönen Strandcafés bedienen, statt den Ostwestfalen die dicken Torten vor die Nase zu stellen.«

Ann genoss jeden Tag. Ihre Eltern waren bereits abgereist. Sie aber hatte nicht vor, so schnell wieder zu fahren, wollte die Semesterferien voll auskosten. Sicher, sie hatte sich mit dem Journalistik-Studium einen Traum erfüllt und konnte es kaum erwarten, endlich den Abschluss in der Tasche zu haben und sich auf die großen und kleinen Geschichten dieser Welt und ihrer Bewohner zu stürzen. Trotzdem – ihre absolute Lieblingsregion waren die Küsten der Ostsee. Hier konnte jede Zelle ihres Körpers atmen.

»Und, wie geht es Rose? Hat sie den Jahrestag gut verkraftet?«, hörte sie ihre Mitbewohnerin fragen.

»Du kennst sie ja. Sie verbindet solche Zusammenkünfte immer mit amüsanten Geschichten aus der Vergangenheit.

Es gab den obligatorischen Gedenkgottesdienst, danach sind wir essen gegangen.«

Sie dachte an den Abend, an die Kiste – an das Foto.

Hatte sie sich das nur eingebildet? Warum hatte keiner der anderen die Ähnlichkeit bemerkt?

»Mir ist da was echt Verrücktes passiert.«

Ann versuchte, sich an Details des Bildes zu erinnern.

Sie veränderte ihre Sitzposition in einen bequemen Schneidersitz und berichtete von der Entdeckung ihrer Doppelgängerin.

»Wie spannend! Kannst du mir ein Foto schicken? Sicher bist du im Krankenhaus vertauscht worden! Und in Wirklichkeit bist du ein Zwilling, und deine Eltern sind Multimillionäre! Oder …«

Ann verdrehte lachend die Augen. Typisch Marie. Sie konnte sie regelrecht vor sich sehen, mit ihren feuerroten, verfilzten Haaren, die vor Aufregung wippten. Ihre zierliche Gestalt mit den zu groß geratenen, blassblauen Augen und vollen Lippen – viel zu dominant für das puppenartige, runde Gesicht.

»Marie!«, unterbrach Ann. »Hast du zu viele Daily Soaps geschaut? *Zufällig* macht mein Zwilling Urlaub in dem Dorf, in dem sich meine Großeltern niedergelassen haben? Und die oft erwähnte Ähnlichkeit zwischen mir und meiner Mutter ist dann wohl auch Zufall?«

»Ich hab's! Deine Mutter hat sich mit einer mächtigen Familie angelegt«, schwärmte Marie weiter. »Sie verliebte sich unsterblich in einen reichen, unheimlich gut aussehenden Unternehmersohn. Aus der kurzen, aber wilden Beziehung sind du und deine Zwillingsschwester entstanden. Der mächtige Familienclan missbilligte die Verbindung und wollte, dass deine Mama sich von euch trennte. Sie schaffte es jedoch, dass eines der Babys, nämlich du, meine liebe Ann, bei ihr bleiben durfte!«

Mehr konnte Ann nicht verstehen, da ihr vor lauter Lachen das Handy heruntergefallen war. Sie sah Maries Kopf vor sich, das feuerrote, verfilzte Lockennest, wie es durch die kleine Kammer tanzte. Während der Mund unaufhörlich Worte ausspuckte, hüpften die roten Haarsträhnen wie kleine lodernde Flammen lustig auf und ab. Mit einer Hand wischte Ann sich die Tränen aus dem Gesicht, mit der anderen fischte sie ihr Mobiltelefon zwischen den Kissen hervor.

»Du bist wirklich nicht mehr zu retten«, schnaufte sie. »Meine Mutter als Ehebrecherin? Delikate Geheimnisse in meiner Familie? Vorher geht die Welt unter!«

Das wär doch mal was.

Das nach wie vor tänzelnde, mit kleinen Flammen umgebene Abbild Maries rollte mit den Augen und vollführte eine Drehung um sich selbst.

»Ach, Annilein! Du hast ja keine Ahnung. Das kommt in den besten Familien vor. Du glaubst gar nicht, was man in einem Café so alles mitkriegt. Ich für meinen Teil glaube ja, dass ich von jemand ganz anderem abstamme. So wie meine Eltern drauf sind, kann es gar keine genetische Übereinstimmung zwischen uns geben!«

»Johanna?«

Roses Stimme bahnte sich den Weg hinauf in das kleine Zimmer im Obergeschoss.

Ann schüttelte die fantastischen Gedankengänge ab, sah, wie sich der imaginäre Kopf ihrer Mitbewohnerin auflöste, seine Partikel in der Umgebungsluft verteilte und langsam verschwand. »Du, Marie, ich muss Schluss machen. Oma ruft zum Abendessen!«

»Und vergiss nicht, mir das Foto zu schicken«, mahnte Marie, bevor das Gespräch beendet wurde.

Brennende Köpfe, die durch dein Zimmer tanzen … du solltest echt mal über einen Besuch beim Psychiater nachdenken. Und nimm deine Mutter gleich mit. Da gibt es bestimmt so einiges aufzuarbeiten, wenn man eins seiner Kinder weggibt.

Könnte das sein? Könnte dieses Mädchen zu ihrer Familie gehören? Wie hoch war die Wahrscheinlichkeit?

Gleich Null, dachte Ann.

Du glaubst wirklich an einen Zufall? Du bist so naiv. Der abwertende Ton der Stimme triefte wie üblich vor Spott.

Wahrscheinlich sieht sie mir gar nicht so ähnlich, wie es auf dem Foto den Anschein hat, gab Ann zurück.

Na dann, verschwinde doch wieder in deinen Halluzinationen von rollenden, labernden Mitbewohnerköpfen und anderen Abstrusitäten.

Ann lächelte nachsichtig. Sie liebte ihre Tagträume, ihre ganz eigenen Parallelwelten. Sie sah es als harmlosen Spaß – Kopfkino als Hobby. Andere stürzten sich mit ein bisschen Ballonseide am Leib steile Klippen hinunter.

Unten in der kleinen Küche hatte Rose den Tisch liebevoll gedeckt. Es gab selbst gebackenes Brot, verschiedene Marmeladen von Früchten aus dem eigenen Garten, Salat und einige Käsespezialitäten. Der Tee dampfte, und überall verbreiteten Kerzen ihr sanftes Licht. Erstaunt bemerkte Ann, wie dunkel es schon war.

»Entschuldige, du wolltest bestimmt viel eher essen.«

»Tja, es ist schon erstaunlich, wie viel ihr jungen Leute euch zu erzählen habt, obwohl ihr doch zusammen wohnt«, schmunzelte Rose.

Nach dem Essen setzten sich beide, mit Jacken und

Decken ausgerüstet, auf die Terrasse und schauten in den Sternenhimmel.

»Sag mal, warum wollten sie eigentlich keine weiteren Kinder … meine Eltern?« Ann schaute in Roses Richtung, konnte deren Gesichtsausdruck im Dunkeln jedoch nicht erkennen.

Glaubst du wirklich, sie lässt es zu, dass du hinter ihre perfekte Fassade blickst?

So hörte sie Rose sagen: »Da fragst du die Falsche! Wie war es denn heute am Strand?«

Bildete sie sich das ein, oder hatte die Stimme ihrer Großmutter leicht gezittert?

Ann wartete, bis sie sich sicher war, dass Rose schlief, schlich hinunter ins Wohnzimmer, öffnete lautlos den Schrank, zog die Kiste und dann die alte Zeitungsausgabe heraus.

Nein – sie hatte sich nicht geirrt. Dieses Mädchen sah aus wie sie selbst vor zwölf Jahren. Zumindest auf diesem, durch das Zeitungsraster undeutlichen Schnappschuss.

Da sie nur die kleine Schrankleuchte angemacht hatte, musste sie für das Foto den Blitz des Handys aktivieren.

Das ist doch lächerlich! Warum stiehlst du dich hier runter – mitten in der Nacht –, als wenn du irgendwas Illegales tun würdest? Was sollte Rose gegen dieses Foto haben?

Sie lauschte kurz und machte dann noch ein zweites vom Kopf der Zeitung, der das Datum und die Ausgabe dokumentierte.

Im Bett liegend betrachtete sie das Bild eingehend. Leider wurde in der Vergrößerung nur das Raster deutlicher. Nachdenklich legte sie das Handy zur Seite. Sie musste rauskriegen, wer dieses Mädchen war.

*

Ann wählte die Nummer des Servicecenters der OZ in Bad Doberan. Das ganze Wochenende über hatte sie sich den Kopf zermartert, wie sie es hinbekommen könnte, an das Originalfoto ihres Zwillings und dessen Verehrers zu kommen. Sie ging davon aus, dass es sich dabei um den Schreiber der Nachricht, um Ric, handelte, der sie da frech von ihrem Handybild angrinste.

»Ostsee-Zeitung, Anke Letwon am Apparat. Was kann ich für Sie tun?«

»Guten Tag, mein Name ist Johanna Arnold. Ich interessiere mich für ein Foto, das vor zwölf Jahren, am 14. August, in Ihrer Zeitung veröffentlicht wurde.« Ann hatte sich dazu entschlossen, soweit es ging, bei der Wahrheit zu bleiben, erzählte von der Todesanzeige ihres Großvaters und der Zufallsentdeckung des abgedruckten Bildes. Dann mogelte sie noch ein paar Details hinzu, in der Hoffnung, dass sie so eher an ihr Ziel gelangen würde.

»Wissen Sie«, schwärmte sie, »ich war damals sooo verliebt in ihn. Im Grunde genommen war er meine erste große Liebe. Und dann haben wir uns zerstritten, unser Urlaub war vorbei, wir reisten ab, und ich habe nie wieder was von ihm gehört. Sie verstehen sicherlich mein Erstaunen, als ich nach so langer Zeit zufällig über diesen alten Artikel gestolpert bin, von dem ich gar nicht wusste, dass er existiert! Ob es wohl möglich wäre, einen Blick auf das Originalfoto zu werfen? Oder es vielleicht sogar abzufotografieren? Es wäre eine so schöne Erinnerung!«

»Da verbinde ich Sie am besten mit unserem Archiv. Der Artikel müsste digitalisiert vorliegen.«

Nachdem Ann einer netten, tiefen Männerstimme dieselbe Geschichte aufgetischt hatte, nicht ohne noch mehr Liebreiz in ihre Stimme zu legen, bekam sie das Versprechen, die besagte Seite als PDF auf ihren E-Mail-Account gesendet zu bekommen. Und obendrauf gab es sogar den Namen und die Kontaktdaten der Redakteurin des Artikels ›Urlaubsflirts und die Sommerliebe‹.

»Wer weiß«, lachte die Männerstimme, »vielleicht schreibt sie ja einen zweiten Artikel über Sie, der da heißt: ›Auf der Suche nach der alten Sommerliebe‹.«

Kapitel 2

Rostock

Sie traf sich mit Lisa Rieckhoff im ›Törtcheneck‹, einem kleinen Café in der Großen Wasserstraße in Rostock. Der Name war innen wie außen Programm. Eingerahmt von zwei monumentalen Steinsäulen in Form zweier griechisch anmutender, leicht bekleideter Männer-Statuen, die die Last eines Erkers trugen, bildete die Ecke den Eingang des kleinen Cafés. Das Gebäude war, wie die meisten in dieser Straße, aufwendig restauriert und strahlte in den Farben Lachs, Rosé und Weiß. Die Atmosphäre im Innern war gemütlich. Es gab eine große Vielfalt kunstvoll verzierter Torten, Muffins, Cup-Cakes und Donuts. Ann entschied sich für einen Himbeer-Muffin mit Latte Macchiato.

Lisa Rieckhoff war um einiges jünger, als sie vermutet hatte. Sie stellten sich vor, und Ann berichtete von ihrem Anliegen. Dann sah sie der Frau schweigend dabei zu, wie diese ein riesiges Stück Torte in ihren Mund stopfte und zu kauen begann. Die arbeitenden Kiefermuskeln und der leicht verzerrte, sabbernde Mund entbehrten jeglicher Ästhetik. Ein Teil des Teigs schien fliehen zu wollen, schloss sich zu größeren Krümelpäckchen zusammen, stürzte sich aus dem Maul des alles verschlingenden Wesens, sprang todesmutig von der Tischplatte in den dunklen Untergrund des Café-Bodens – wo er für immer verschwand.

Könntest du dich vielleicht mal konzentrieren?

Eben noch war Ann voller Vorfreude, voller Neugier gewesen. Die Recherche – das war es, was sie an diesem Job am meisten liebte. Das Wühlen in alten Papieren und Datensätzen. Das Kennenlernen verschiedenster Persönlichkeiten. Die Erkenntnis, wenn die vielen kleinen Puzzleteilchen plötzlich einen Sinn ergaben.

Nun kam ihr die Aktion plötzlich total überflüssig vor. Was versprach sie sich von dem Treffen? Was sollte es bringen, sich mit jemandem zu unterhalten, der die beiden vom Foto nie getroffen hatte? Und dann diese Geschichte von ihr und ihrer angeblichen Jugendliebe – was für ein Nonsens!

»So, deine Großeltern leben also in Rerik? Ich komm ja aus der Nähe von Kröpelin. Ist aber auch nicht so spannend. Wollte immer weg hier. Für die großen Blätter schreiben. War aber wohl nicht gut genug. Also bediene ich sämtliche Käseblätter der Umgebung, sofern die mir meine Artikel überhaupt abkaufen. Nebenbei geh ich putzen und helfe in einer Heißmangel aus. Was hast du gesagt? Von wann ist der Artikel?«

Ann zeigte ihr das PDF der Zeitungsseite und das Handyfoto.

»Oh Mann, das war das erste Jahr, in dem ich Berichte veröffentlicht habe. Kohle bekam man da noch keine. Alles nur für die Anerkennung. Und in der Hoffnung auf zukünftige, regelmäßige Anfragen. Damals dachte ich noch, ich hätte eine tolle Karriere vor mir. Ich bestell mir noch was. Du lädst mich doch ein? Ich bin immer froh, wenn es Menschen gibt, die brotlose Schreiberlinge unterstützen. Na ja, schließlich bin ich extra für dich hergekommen. Der Sprit allein!«

Sie bestellte sich noch ein Stück Sahnetorte und einen großen Milchkaffee.

Ekelige Schmarotzer.

»Ich weiß allerdings nicht, wie ich dir helfen könnte. Ich meine, ich würde ja gern. Deine Geschichte ist schon …«, sie zögerte, »… niedlich. Aber das ist zwölf Jahre her und war nicht grade ein Meilenstein der Geschichte.« Sie lachte, gab dabei einen seltsamen Krächzlaut von sich und entblößte ihre schief stehenden Vorderzähne.

Was für ein Reinfall. Ann bezweifelte, dass die Dame eine fundierte Ausbildung besaß.

Na, gibst du schon wieder auf? Verkriech dich doch in deiner Filmkulisse. Nur nichts riskieren!

Halt den Mund, dachte Ann.

Bevor sie sich trennten, leitete sie das Handyfoto an die Hobby-Redakteurin weiter. Diese versprach, sich zu melden, sollte sie zu neuen Erkenntnissen gelangen.

*

Kröpelin

Fast eine Woche war vergangen, seit sie sich mit Johanna Arnold getroffen hatte. Lisa hatte bis mittags im Mangelstübchen gearbeitet und sich wieder wahnsinnig über das dumme Geschwätz von Gisela aufgeregt, einer nervigen Alten, die dort ihre Rente aufbesserte. Lisa brauchte dringend einen Plan, wie sie aus diesem beschissenen Leben ausbrechen konnte. Aber so sehr sie sich auch den Kopf zermarterte, ihr wollte einfach nichts Gewinnbringendes einfallen.

Die mittlere Reife hatte sie gerade so geschafft und danach keine große Lust auf eine Ausbildung oder andere lernintensive Zukunftsmodelle gehabt. Mit den Artikeln für die Regionalzeitungen war es damals ganz gut losgegangen, und irgendwie hatte sie gehofft, dass da mal was Größeres draus entstehen könnte – bis ein gut aussehender, gut verdienender Mensch käme und sie bis ans Lebensende auf Händen tragen würde.

Jetzt war sie vierunddreißig und musste feststellen, dass das wohl ein wenig naiv gedacht gewesen war. Wie immer, wenn ihre Gedankengänge in dieser Sackgasse und ihre Laune auf dem Nullpunkt angekommen waren, beschloss sie, sich etwas Gutes zu gönnen. Sie fuhr nach Rerik, kaufte ein Eis im Hörnchen, ließ sich auf den Treppenstufen des Hafens nieder und schaute aufs Salzhaff.

Die kleinen, zumeist weißen Segelboote spiegelten sich in der ruhigen, glatten Wasseroberfläche. Möwen drehten ihre Runden. Zwei steuerten direkt auf sie zu, eine kreischte laut und ungeduldig. Sie hofften auf ein paar Krumen Brot, wahlweise ein paar Stücke ihrer Eiswaffel. Die Schulferien waren fast vorbei, trotzdem flanierten etliche Gäste über die überschaubare Strandpromenade und den kleinen Platz zwischen Ostsee und Haff.

Als Lisas Blick auf ein verliebtes Teenagerpärchen fiel, kam ihr Johannas Geschichte wieder in den Sinn.

Egal, jetzt war sie schon mal hier und konnte ebenso gut ein bisschen herumfragen. Viel Zeit würde sie nicht investieren, dafür war die Story zu dürftig und die Chance, nach zwölf Jahren jemanden zu finden, der hier wahrscheinlich nur ein paar Wochen Urlaub gemacht hatte, mehr als gering. Andererseits: Vielleicht konnte sie der OZ einen kleinen romantischen Sommer-Artikel aufschwatzen. Und wenn es nur die zwölf Jahre alte Geschichte von Johanna und Ric wäre, inklusive sehnsüchtigem ›Bitte melde dich-Aufruf‹ an die alte Jugendliebe.

Sie beschloss, mit ihrer Recherche bei der Surfschule zu beginnen. Dazu schlenderte sie ein Stück am Haff entlang, auf der Suche nach dem Bulli, der, zusammen mit einem Anhänger, die Einstiegsstelle der Wassersportler markierte. Sie hatte Glück. Während eine Surflehrerin, im knietiefen Wasser stehend, ihren Schützlingen Anweisungen zurief, lag der Inhaber in einem Liegestuhl neben den zum Trocknen aufgehängten Neoprenanzügen und gönnte sich eine Pause. Lisa zeigte ihm ihren abgewetzten Presseausweis und hielt dem Surfer das Handyfoto von Ric und Johanna unter die Nase. Leider konnte der sich nicht an die beiden Teenager erinnern – was ja auch kein Wunder war, nach so langer Zeit und bei der Masse an Surfschülern.

Lisa sah das realistisch. Sie hatte nur eine Chance, wenn der Junge auf dem Foto entweder aus der Gegend stammte oder jedes Jahr hier Urlaub machte. Ein nicht unwesentliches Detail, zu dem diese Johanna ihr auch keine Informationen hatte geben können. Sehr seltsam, wo sie doch so verliebt in ihn gewesen war.

Lisas nächster Stopp war ›Die Jolle‹. Ein Restaurant mit Blick auf den Hafen. Die Bedienungen waren dummerweise ziemlich beschäftigt und wollten oder konnten ihr nicht weiterhelfen.

Ein Häuschen weiter, im Eiscafé Casa di Mare, zeigte sich ihr ein ähnliches Bild: emsig umherlaufende Kellner und viele Gäste, die auf diese warteten. Trotzdem startete Lisa einen letzten Versuch und hielt einer Servicekraft ihr Handy hin.

»Entschuldigung, ich will nicht lange stören. Mein Name ist Lisa Rieckhoff, ich komme von der Ostsee-Zeitung und recherchiere für einen Artikel.« Mit der anderen Hand griff sie in ihre Jackentasche, zog eine ziemlich verknickte Visitenkarte heraus und legte diese auf die Ecke eines in der Nähe stehenden Tischs. »Kennen Sie zufällig diesen jungen Mann? Das Foto ist allerdings zwölf Jahre alt. Er müsste heute also so um die dreißig sein.«

Die angesprochene Frau drehte sich, freundlich lächelnd, zu Lisa um. Ihr langer, dunkelbrauner Zopf fiel ihr elegant über die Schulter. Sie wirkte routiniert, ließ sich, trotz der gut besetzten Tische, den Stress nicht anmerken. Gleichzeitig signalisierte ihre Körperhaltung, dass sie für solche Dinge nun wirklich keine Zeit hatte. So schaute sie auch nur sehr flüchtig auf das Display.

»Tut mir leid, aber ich denke nicht …« Sie hielt inne und fing an zu lachen. »Darf ich das noch mal genauer sehen?« Schützend legte sie die Hand an das Telefon, um die Reflexion der Sonne abzuhalten. »Aber natürlich, das ist er doch! Das ist Federico. Mein Gott, wo haben Sie denn das Foto ausgegraben?«

Lisa konnte es kaum glauben. »Sie kennen ihn? Wissen Sie, was er heute macht? Kommt er hier aus der Gegend? Es wäre wirklich wichtig. Seine Jugendliebe, das Mädchen hier«, sie zeigte auf das Foto, »würde gern Kontakt mit ihm aufnehmen.«

»Meja sucht nach Ric? Tatsächlich? Wie süß. Na ja, sie waren schon ziemlich verliebt damals. Und dann war es – puff«, sie machte eine ausladende Bewegung, »mit einem Mal vorbei! Aber das ist bei den jungen Leuten ja nichts Ungewöhnliches. Und Temperament hatten die beiden, *mamma mia*!«

Lisa stutzte. »Was sagten Sie, wie hieß das Mädchen?«

»Meja, Meja Persson. Lustiger Name, nicht wahr? Ich konnte ihn mir nur deshalb so gut merken, weil er mich an zwei Kindheitsfiguren erinnert hat. Meja verband ich mit Maja, also der Biene Maja.« Sie lachte. »Und Persson mit Pettersson, von Pettersson und Findus. Das hat man davon, wenn man so früh Kinder bekommt. Das Mädchen kam wohl aus Dänemark, oder war's Schweden? Ich weiß nicht mehr. Irgendwo aus Skandinavien. Sie sprach kaum Deutsch und Italienisch gar nicht. Jedenfalls hab ich sie nie Italienisch reden hören.« Sie wandte sich ab.

»Und Federico? Kommt der aus Rerik?« Lisa schaute von ihrem Block hoch, in dem sie sich schnell ein paar Notizen gemacht hatte.

»Nein, der hat hier nur einen Sommer lang gearbeitet. Das war ein Guter. Fleißig, schnell und zuverlässig. Die Mädchen standen auf ihn. Und was im schönen Köpfchen hatte er auch. Der wird bestimmt was aus sich gemacht haben. Ich weiß aber nicht, wo es ihn hinverschlagen hat.« Die Bedienung griff nach der Visitenkarte, steckte sie ein und machte ein paar Schritte in Richtung Eingang.

Lisa lief neben ihr her. »Und der Nachname? Federicos Nachname? Erinnern Sie sich noch an den?«

»Aber sicher! Chessa. Federico heißt Chessa mit Nachnamen. Schließlich ist er Signor Mancinis Neffe.«

Zwei Tische weiter hob ein älterer Herr die Hand. »Entschuldigung? Ich würde gern zahlen.«

»Es tut mir leid, aber Sie sehen ja. Grüßen Sie Meja von mir und viel Glück bei Ihrem Unterfangen«, sagte die nette Dame. Dann hielt sie doch noch einmal inne.

»Da fällt mir ein. Sie könnten auch Florian fragen. Florian Lehmann. Der wohnt noch hier in Rerik. Er war damals häufig mit Meja und Ric zusammen.«

Dann eilte sie zum nächsten Tisch und ließ eine völlig verdutzte Lisa Rieckhoff stehen.

Langsam ging diese zurück zum Parkplatz. Sie musste die soeben erhaltenen Informationen erst einmal ordnen.

Also: Sie wusste jetzt, dass Ric, also der Junge von dem Foto, eigentlich Federico Chessa hieß und für einen Sommer vor zwölf Jahren im Casa di Mare als Servicekraft gearbeitet hatte. So weit, so gut.

Aber jetzt wurde es seltsam: Das Mädchen auf dem Bild war, laut Bedienung, nicht Johanna Arnold, sondern eine Meja Persson aus Skandinavien. Wenn das stimmte, und davon ging Lisa aufgrund der glaubwürdigen Erläuterungen aus, warum log die Arnold sie dann an? Was bezweckte sie damit? Warum suchte sie Federico Chessa wirklich?

Bevor sie ihre Auftraggeberin damit konfrontieren würde, wollte Lisa sich ein genaueres Bild verschaffen.

Zu Hause setzte sie sich an ihren Rechner und tippte ›Johanna Arnold‹ in die Suchmaschine. Das Ergebnis: eine Physiotherapeutin aus Stuttgart und einige Bilder mit Personen, von denen jedoch keine ihrer Auftraggeberin ähnelte. Mist! Lisa wusste leider nicht, aus welcher Gegend Deutschlands Johanna stammte. Nur, dass ihre Großeltern angeblich hierher gezogen waren. So kam sie nicht weiter.

Es folgte ›Federico Chessa‹.

Natürlich. Sie landete zumeist auf italienischsprachigen Seiten. Im Zusammenhang mit ›Rerik‹ oder ›Deutschland‹ gab es nichts Verwertbares. Entweder war er längst nach Italien zurückgegangen, sofern er überhaupt je von dort gekommen war, oder er war kein Freund von Social Media.

Was hatte die Bedienung gesagt?

›Schließlich ist er Signor Mancinis Neffe.‹

Während der Sommersaison holten viele italienische Gastronomen ihre Familien nach Deutschland, damit sie hier arbeiten konnten. In den Wintermonaten waren die meisten Eiscafés geschlossen, die Saisonarbeiter kehrten in die Heimat zurück.

Lisa gab ›Casa di Mare Rerik Inhaber Mancini‹ als Suchbegriff ein. Treffer! Signor Mancini war also tatsächlich der Besitzer des Casa di Mare, der damalige Arbeitgeber von Federico Chessa und gleichzeitig dessen Onkel. Schade, dass ihr die Idee nicht vor Ort gekommen war. Dann hätte sie Herrn Mancini gleich nach dem Aufenthaltsort seines Neffen fragen können.

Sie suchte die Telefonnummer des Casa di Mare heraus, wartete, bis sich jemand meldete und verlangte nach Signor Mancini.

Um was es denn gehe?

Nein, Signor Mancini sei momentan nicht abkömmlich. Sie möge es ein anderes Mal versuchen.

Grazie!

Gut, dann eben später.

Als Letztes gab sie den Namen ›Meja Persson‹ ins Suchfenster ein.

»Ach du Scheiße!«, hauchte Lisa und klickte sich langsam durch die unzähligen Treffer. Es waren ausschließlich schwedische Seiten. Das meiste von dem, was dort geschrieben stand, verstand sie nicht.

Doch wenn es das war, wofür sie es hielt, dann …

Die Einträge waren alt. Sie musste unbedingt an neueres Material kommen. An das, was nicht im Netz stand.

Sie wischte sich die verschwitzten Hände an ihrer Hose ab, stand auf und lief vor ihrem Rechner hin und her.

Was jetzt? Sie musste an die Informationen kommen, ohne dass man auf sie aufmerksam wurde. Wenn die Welle erst einmal losgetreten wäre, würden ganz schnell andere

Journalisten auftauchen, professioneller und abgebrühter als sie, mit anderem Background, und futsch wären die Exklusivrechte.

Sie ging in die Küche. Mit zitternden Händen goss sie Wasser in die Kaffeemaschine, steckte eine Tüte in den Filter und füllte Pulver hinein.

Jetzt noch Kaffee?

Nein, vielleicht doch lieber nicht. Sie musste runterkommen. In dem kleinen Schrank im Wohnzimmer fand sie eine angefangene Flasche Johannisbeerschnaps. Nach dem zweiten Gläschen wurde sie ruhiger.

Sie setzte sich wieder an den Rechner. Die Telefonnummer der Polizei von Öland war schnell gefunden. Sie kramte ihre kläglichen Englischkenntnisse heraus und versuchte, an die fehlenden Teile zu kommen, ohne viel von sich preiszugeben. Leider waren die zuständigen Behörden nicht gerade auskunftsfreudig. Nicht einmal die Kontaktdaten der Familie Persson wurden an sie weitergegeben.

Im Internet hatte Lisa nur eine alte Nummer gefunden. Als sie dort anrief, wurde eine schwedische Ansage abgespielt. Nach mühevoller Übersetzung mithilfe eines Internet-Programms war das Ergebnis lediglich, dass die Nummer nicht mehr vergeben war.

Lisa lehnte sich zurück. Ihr alter Bürostuhl gab einen seufzenden Ton von sich. Es half nichts: Morgen würde sie erneut zum Casa di Mare fahren und Herrn Mancini persönlich einen Besuch abstatten. Er sollte wissen, wo sich sein Neffe aufhielt und mehr über Meja erzählen können. Danach würde sie Federico Chessa befragen, der die Aussicht auf eine ganz große Story hoffentlich untermauern konnte. Unter Umständen würde sie es über Florian Lehmann versuchen. Je nachdem, an wen sie besser herankäme.

Und: Sie musste herausbekommen, welche Rolle die Arnold spielte. Hatte sie einen falschen Namen benutzt? War sie in Wirklichkeit Meja Persson? In zwölf Jahren wäre das Erlernen von akzentfreiem Deutsch sicher machbar. Andererseits: Johanna hätte wissen müssen, dass die falsche Identität rauskommen würde, wenn Lisa das Foto überall herumzeigte. Außerdem: Wenn sie Federico aus der Reriker Zeit kennen würde, hätte sie auch gewusst, dass er im Casa di Mare gekellnert hatte. Sie hätte gleich dort nachfragen können, statt den umständlichen Weg über Lisa zu gehen.

*

Rerik

Sie war stolz auf sich. Gut, es war keine Story, für die sie den Pulitzerpreis bekommen würde, aber sie war an Informationen gelangt, mit denen einige große Zeitungen ihr Sommerloch stopfen konnten. Nach Auswertung aller Fakten würde Lisa auf die ganz großen Boulevard-Blätter zugehen. Dann würde sich zeigen, wie viel die Sache wert war. Der Meistbietende bekäme den Zuschlag!

Sie lehnte sich zufrieden zurück und lenkte ihren alten Twingo aus Rerik hinaus. Mittlerweile war es dunkel geworden, der Himmel zudem bedeckt. Die Welt um sie herum verschwand im Nichts. Die beschlagenen Scheinwerfer erhellten gerade einmal ein paar Meter des Asphalts, ließen ab und zu Bäume und Sträucher aufblitzen. Die L 122 Richtung Kröpelin war menschenleer. Die Uhr am Armaturenbrett zeigte 22:42.

Sie hatte eigentlich schon längst zu Hause sein wollen.

Andererseits – was trieb sie denn? Es gab da niemanden,

der auf sie wartete. Es war Samstag, die Wäscherei morgen geschlossen, und redaktionell sah die Auftragslage auch nicht gerade rosig aus.

So hatte sie sich ein zweites Glas des billigsten Weins auf der Karte gegönnt und war nach dem Gespräch mit Herrn Mancini noch einige Zeit im Casa di Mare geblieben.

Jetzt saß sie, vom Wein beflügelt, lächelnd in ihrem Kleinwagen und drehte ›Atemlos durch die Nacht‹ ein bisschen lauter. Ein Glas mehr, und sie hätte mitgesungen.

Morgen wollte sie Kontakt zu dem Herzensbrecher Federico aufnehmen. Mal schauen, was der zu all dem zu sagen hatte. Sie freute sich schon auf sein Gesicht, wenn er merkte, dass ihn die Vergangenheit eingeholt hatte. Nach diesem Gespräch, dem wichtigsten von allen, musste sie sich einen genauen Plan machen, welche Informationen sie der Klatschpresse als Köder vor die Füße werfen wollte und wie die Verhandlungen laufen sollten. Sie musste das jetzt sehr geschickt anstellen – vor allen Dingen bezogen auf das Honorar. So eine Chance ergab sich für sie nur einmal im Leben. Und sie hatte nicht vor, sich unter Wert zu verkaufen. Natürlich hätte sie zur Polizei gehen können. Die hätten sicher reges Interesse an ihren Rechercheergebnissen. Das allerdings gäbe kein Geld. Also konnte sie damit auch bis nach der Veröffentlichung warten.

Eines jedoch passte so gar nicht ins Bild: Warum hatte Johanna Arnold gelogen? Was hatte sie mit all dem zu tun? Sie würde sie fragen und versuchen, an weitere Informationen zu kommen. Vielleicht ließe sich noch mehr Kapital rausschlagen.

Lisa Rieckhoff lächelte und fing an, leise mit zu summen.

Im Rückspiegel sah sie Scheinwerfer, die sich schnell

näherten. Jede Wette war der Wagen voller junger Leute, die auf dem Weg ins ›Sharks‹ nach Bad Doberan waren.

Wie erwartet, überholte sie das Auto und fuhr mit hohem Tempo davon.

Sollten sie ruhig, das interessierte sie nicht. Sie wollte auf keinen Fall mit zwei Gläsern Wein im Blut in einen Unfall verwickelt werden.

Sie hatte nicht erkennen können, wer oder wie viele in dem Wagen gesessen hatten. Nur, dass es ein monströser SUV gewesen war, weiß mit modernen Lampen. Sie schnaubte verächtlich. Hochnäsige Bonzen.

Frauen wie Lisa bekamen zu diesen Kreisen keinen Zugang. Wenn sie Glück hatten, wurden sie einfach übersehen, andernfalls verspottet und gedemütigt.

Sie erinnerte sich an das bittere Gefühl, an die verächtlichen Blicke und die tiefe Resignation, an dem Tag, als sie gemerkt hatte, dass die Grenze zwischen ihrer farblosen, tristen Welt und der der sorgenfreien Oberschicht für jemanden wie sie unüberwindbar war.

Toll – ihre gute Laune war wie weggeblasen.

In der Zwischenzeit näherte sie sich Kröpelin. Jetzt hatte sie nur noch den kurvigen Teil durch die Allee vor sich, dann käme schon das Wasserwerk in Sicht.

Lisa lenkte ihren Twingo durch die nächste Kehre.

Der Wagen, der ihr entgegenkam, war schnell, wechselte urplötzlich auf ihre Seite und schaltete das Fernlicht an.

»Spinnst du?«, rief sie. »Was soll das denn?«

Sie riss die linke Hand hoch, um ihre Augen zu schützen, um irgendetwas sehen zu können.

Die zwei Sekunden, die ihr Körper in eine Schockstarre verfiel, kamen ihr vor wie Minuten. Zum Denken war ihr Gehirn trotzdem nicht fähig.

Scheiße! Scheiße, oh Gott, war das Einzige, was ihr durch den Kopf schoss, bevor sie das Lenkrad hart nach links herumriss.

Von dem Aufprall selbst bekam sie nichts mit.

Seltsamerweise verspürte sie auch keine Schmerzen.

Sie wollte so gern die Augen öffnen, aber irgendwie schienen ihre Lidmuskeln nicht zu gehorchen. Sie spürte ihre Gliedmaßen nicht – konnte sich nicht bewegen.

In all der Dunkelheit nahm sie einen verschwommenen Schimmer wahr. Waren ihre Augen doch offen?

Warum spürte sie nichts?

Sie wollte schreien. Doch während die Hilferufe in ihrem Gehirn in schmerzhafter Lautstärke dröhnten, konnte ihr Mund kein einziges Wort formen.

War sie das, die da gestöhnt hatte?

Der Schimmer wurde heller und dann zu einem gleißenden Licht, das schmerzhaft grell auf ihrer Netzhaut brannte. Sie meinte, einen dumpfen Schlag zu hören.

Dann war es, als ob jemand mit ihr spräche, weit entfernt und kaum zu verstehen.

»Du hättest einfach nicht rumschnüffeln sollen.«

Kapitel 3

Es kam nicht mehr so oft vor. Aber manchmal gab es sie noch, diese Nächte, in denen er keine Ruhe fand, schweißgebadet aufwachte und viele der Szenen von damals noch einmal durchlebte.

Er stemmte sich aus dem Bett und rollte ins Bad. Es war erst vier Uhr morgens, aber an Schlaf war nicht mehr zu denken.

Seit dem Tag, der alles verändert hatte, dem Tag im letzten November, an dem ihn das Geschoss traf, die Nervenbahnen seines Rückgrats zerfetzte und alles außer Kraft setzte, was bislang von Bedeutung war.

Er hatte auf der Karriereleiter ganz nach oben gewollt. Erst hatte er das Studium an der HWR in Berlin absolviert, dann war er als Polizeikommissar zur Anstellung nach Rostock gegangen. Dort hatte er ein paar Jahre Erfahrungen sammeln, sich hocharbeiten, einen guten Eindruck hinterlassen wollen.

Dann vielleicht den Masterstudiengang angehen, um sich für die leitenden Positionen zu qualifizieren.

Das war sein Weg gewesen – der einzig für ihn denkbare.

Nun hockte er hier, in seiner behindertengerechten Zwei-Zimmer-Wohnung im kleinen Rerik, und suchte verzweifelt nach einem neuen Masterplan für sein Leben. Dabei konnte er froh sein, dass ihn sowohl seine Eltern als auch die

Schwester wo es ging unterstützten. Als Beamter auf Probe bekam er ein sogenanntes Ruhegeld. Man hätte ihn zwar für den Innendienst einteilen können, konnte ihm aber bislang keine geeignete, freie Stelle bieten. Das Verfahren zur Prüfung auf begrenzte Dienstfähigkeit lief. Sollte dabei herauskommen, dass er auch für die Teildiensttätigkeit nicht mehr zu gebrauchen war, würde man ihn in den Ruhestand versetzen – und damit in die lebenslange Abhängigkeit seiner Familie entlassen. Keine rosigen Aussichten.

Er tauschte den Rollstuhl gegen sein Handbike. War er erst lang genug unterwegs, würde die körperliche Anstrengung die belastenden Bilder aus seinem Kopf vertreiben.

Die Sonne ging gerade auf. Es war trocken, dabei noch ziemlich frisch. Die Luft roch nach Gräsern, angereichert mit einer feinen Note Meersalz. Das richtige Wetter für eine zweistündige Trainingsfahrt.

Bevor er den Nachhauseweg antrat, würde er noch bei Christian und Fredde vorbeischauen. Sie saßen sicherlich schon beim ersten Kaffee und besprachen die Dinge, die heute auf der Wache von Rerik anstanden.

Fredde kannte er von früher, sie waren auf dieselbe Schule gegangen. Danach hatten sich beide für eine Laufbahn bei der Polizei entschieden. Genug Gesprächsstoff also für die Treffen zu Weihnachten oder anderen Anlässen, wenn es Zeit wurde, die Familie zu besuchen, und man unweigerlich aufeinanderstieß.

Bis zu der Sache in Rostock.

Nach der Reha, nachdem Marc im Rollstuhl und vor den Trümmern seines Lebens sitzend nach Rerik zurückgekehrt war, war Fredde ihm aus dem Weg gegangen.

Marc war klar warum. Ihm wäre es nicht anders gegangen. Fredde fühlte sich schlecht, weil er seinen Weg weitergehen konnte, während ein anderer unverschuldet alle Träume begraben musste.

Zudem fiel es schwer, die Gefahren des Jobs zu verdrängen, wenn man die Folgen so hart vor Augen geführt bekam. Bei einem Treffen mit ihm hätte Fredde sich seinen eigenen Ängsten stellen müssen.

Und worüber hätten sie reden sollen? Berufliches wäre tabu gewesen, und andere Themen hatte es nie gegeben.

Auch Marc war es schwergefallen.

Irgendwann war der Punkt gekommen, als ihn sein eigenes Mitleid angewidert hatte. Er hatte keine Lust mehr gehabt, so viel Energie an Wutausbrüche zu verschwenden, die sich im Grunde nur gegen das Schicksal richteten – am Hier und Jetzt jedoch nicht rütteln konnten.

Also hatte er eines Tages in der Dienststelle von Rerik gestanden – einfach so. Hatte »Hallo« gesagt und gefragt, wie es denn so laufe. Man könne doch bei Zeiten ein Bier zusammen trinken. Dann war er wieder gegangen – oder besser gesagt hinausgerollt.

Zunächst hatte es ein paar Treffen auf ein, zwei Bierlängen gegeben, um auszuloten, wie man mit der neuen Situation umgehen könnte.

Doch schnell entwickelte sich eine besondere Verbindung, die mit dem Ritual einherging, dass Marc Wendt, Polizeikommissar a. D., den Kollegen der Polizeistation Rerik regelmäßig Besuche abstattete.

An diesem frühen Morgen fand er die beiden vor Freddes Rechner sitzend. Sie waren gerade dabei, den Bericht eines Ereignisses der letzten Nacht zu verfassen.

Christian schaute Fredde mit ernstem Blick über die Schulter und blätterte in seinen handschriftlichen Unterlagen.

»Es ist davon auszugehen, dass alle Verletzungen vom Unfall herrühren. Der hinzugerufene Notarzt hat bei seiner Leichenschau vor Ort Tod durch Genickbruch festgestellt. Aufgrund der Schwere des Unfalls wird angenommen, dass das Opfer Lisa Rieckhoff außerdem erhebliche innere Verletzungen davongetragen hat. Diese müssten jedoch durch eine Obduktion bestätigt werden, die laut Arzt nicht notwendig ist. Das Opfer sei, mit an Sicherheit grenzender Wahrscheinlichkeit, sofort tot gewesen. Eine Blutprobe wurde entnommen und hat einen leicht erhöhten Wert von 0,4 Promille ergeben. Es gab weder Bremsspuren des Twingos, noch konnte die Beteiligung eines anderen Fahrzeugs nachgewiesen werden.«

»Moin, Jungs. Na, schwere Nacht gehabt?«

»Unschöne Sache. Da hat sich wieder jemand um ’nen Baum gewickelt.«

An Fredde gewandt fügte Christian hinzu: »Unfallursache also unklar. Ob sie einem Tier ausgewichen ist oder abgelenkt war, lässt sich nicht mehr nachvollziehen. Ihr Handy, die Papiere, Geldbörse und andere persönliche Sachen wurden in ihrer Handtasche gefunden. Diese lag im hinteren Teil der Fahrgastzelle. Wo genau die Tasche sich zum Zeitpunkt des Unfalls befand, ist unbekannt, da der starke Aufprall alle unbefestigten Gegenstände herumfliegen ließ. Ihre nächste Angehörige wurde benachrichtigt. Dabei handelt es sich um die Mutter der Toten. Die Leiche wurde freigegeben. Der Fall kann zu den Akten.«

Marc schob sich hinüber zur Kaffeemaschine.

»Möchtet ihr auch noch einen?«

Fredde hielt ihm die Tasse hin.

»Jep. So schön die alten Alleen auch sind, aber so viele, wie sich da schon totgefahren haben … Normalerweise sammeln wir Samstagnacht die Überreste von jungen Discobesuchern ein. Was dieser Dame hier passiert ist? Keine Ahnung. Vielleicht ne Kurzschlusshandlung. Eine kleine Bewegung mit dem Lenkrad, und schon ist alles vorbei. Manche kommen mit ihrem verkorksten Leben halt nicht klar und machen dann lieber Schluss.«

Fredde verstummte und schaute betroffen in Marcs Richtung.

*

Kröpelin

Er hatte sie und den Wohnkomplex von dem Moment an observiert, als er von ihrer Suche erfahren hatte. Er wusste, wer dort wohnte und wer wann zur Arbeit ging. Und er wusste, dass die Einzige, die das Haus nur für eine Dreiviertelstunde am Tag verließ, eine ältere Dame war, die immer zur gleichen Uhrzeit mit ihrem Bettvorleger Gassi ging.

Abends wäre es zu gefährlich. Ständig hingen irgendwelche Teenager im, um oder vor dem Wohnblock herum. Außerdem musste der Mann aus der linken oberen Wohnung sehr früh aufstehen. Ein Bäcker vielleicht. Also fielen die frühen Morgenstunden auch flach.

Die perfekte Uhrzeit, um in die Wohnung einzusteigen, war um halb zehn am Vormittag. Die Alte war gerade weg. Der Postbote kam erst gegen elf.

Er hatte sich einen Blaumann angezogen und ein Basecap aufgesetzt. Falls es doch zu einer Begegnung kommen sollte, würde man sich nur an einen Arbeiter erinnern.

Leider war er nicht sehr versiert in Sachen Einbruch.

Da kam es ihm gelegen, dass das Gebäude alt, die Flure

dunkel und die Eingangstüren nur mit einfachen Schlössern gesichert waren. Die sollte selbst ein Ungeübter wie er aufhebeln können. Selbstredend hatte er an Handschuhe gedacht.

Die Eingangstür des Hauses war eine alte, doppelflügelige Glastür aus den Siebzigern. Sie lag, verdeckt von einer Reihe Eiben, ein paar Meter von der Straße entfernt, war von dort also nicht einsehbar. Eine der Scheiben hatte einen gewaltigen Riss. Dann kam zu dem Riss eben jetzt noch ein Loch. Er nahm den Gummihammer aus seinem Rucksack und schlug zu.

Der ohrenbetäubende Knall wurde von den Häuserfronten zurückgeworfen.

Hastig drehte er sich um und lauschte.

Das war lauter, als er gedacht hatte.

Er wartete, versuchte, das Risiko abzuschätzen.

Es war niemand zu sehen oder zu hören.

Mist! Das Ding war stabiler, als es aussah. Erneut holte er aus und ließ den Hammer auf die Scheibe sausen.

Diesmal zerbarst sie mit lautem Scheppern und machte den Weg ins Innere frei. Schnell und leise bewegte er sich durch das Treppenhaus. Dann nach rechts durch den langen, dunklen Flur, bis zur letzten Tür. Hier holte er die Brechstange hervor und machte sich, so geräuschlos wie möglich, an die Arbeit. Auch das hatte er sich einfacher vorgestellt. Im Fernsehen, in den Krimis, sah das immer ganz leicht aus. Einmal angesetzt, ein leises ›Plöpp‹, und schon waren die Verbrecher drin.

Er schaute auf seine Uhr. Zehn Minuten hatte er schon vertrödelt. Er musste weg sein, bevor die Alte wieder auftauchte.

Nach weiteren, ihm unendlich lang vorkommenden fünf Minuten war er endlich drin.

Er steckte die Brechstange zurück in den Rucksack und stellte diesen von innen neben die Eingangstür, die er so gut es ging anlehnte.

Die Wohnung war klein, höchstens fünfundsechzig Quadratmeter. Ein winziges Bad, eine Miniküche, ein Schlafzimmer und ein etwas größeres Wohnzimmer. Hier stand neben Sofa, Couchtisch und Fernsehboard auch ein Schreibtisch. Darauf ein aufgeklapptes Notebook und allerlei Papierkram, Ausdrucke sowie handschriftliche Notizen.

Schnell klemmte er sich den Rechner und die wild herumliegenden Schriftstücke unter den Arm. Zum Durchsehen blieb ihm keine Zeit. Er lief zur Wohnungstür und stopfte alles in den Rucksack. Danach riss er die Schreibtischschubladen auf und kramte alles kurz durch, warf einiges auf den Boden. Dann ab ins Schlafzimmer. Hier öffnete er alle Türen, Fächer und Schubladen, fand aber weder Geld noch wertvollen Schmuck. Bei dieser Frau war nicht viel zu holen.

In der Küche öffnete er ein paar Schränke und wühlte sie durch. Eigentlich hatte er die Vorratsdosen umdrehen wollen. Im Fernsehen hatten sie mal gesagt, dass es Leute gäbe, die ihr Erspartes in der Mehl- oder Zuckerdose aufbewahrten. Aber selbst die gab es hier nicht.

Dann schnell wieder raus hier. Er musste es unbedingt noch schaffen, in eine der anderen Wohnungen einzusteigen.

Er entschied sich für die auf der ganz anderen Seite des langen Flurs, die des Bäckers.

Dieses Mal gelang es ihm, die Tür schneller zu öffnen. Er bekam langsam Übung. Auch hier konzentrierte er sich auf das Schlafzimmer, Wohnzimmer und die Küche. Die Junggesellenwohnung war vom Schnitt her identisch mit der zuerst durchsuchten. Wieder durchwühlte er die Schränke, steckte einen Siegelring, von dem er keine Ahnung hatte, wie viel er Wert sein könnte, und ein wenig Bargeld ein. Die materielle Ausbeute war auch hier sehr übersichtlich. Doch das war ihm egal.

Deswegen war er das Risiko nicht eingegangen.

Er schaute auf seine Uhr. Fast vierzig Minuten waren vergangen, seit die Rentnerin mit ihrem Mops das Haus verlassen hatte. Er sollte aus der Siedlung raus sein, bevor sie das Loch in der Haustür registrierte.

Schnell, aber nicht überhastet verließ er das Appartement des Bäckers, schlich den Hausflur entlang, die dunkle Treppe hinunter und ging auf die defekte Glastür zu.

Im Kopf ging er alles noch einmal durch.

Hatte er irgendwelche Spuren hinterlassen, die man zu ihm zurückverfolgen konnte?

Hatte er etwas vergessen?

Etwas von seinem Werkzeug liegen lassen?

Er sah in seinen Rucksack. Nein, er war sich sicher, es war alles da.

Vorsichtig schaute er durch das große Loch auf den Rasenplatz, den Gehweg und die dichten Eiben, die den Blick auf die Straße versperrten.

Das, was vorher ein Pluspunkt gewesen war, stellte sich jetzt als Problem heraus. Er konnte nicht sehen, ob jemand von der Straße aus auf das Haus zuging, ihm entgegenkam.

Es half nichts. Dieses Risiko musste er eingehen.

Schnell drückte er mit seiner Schulter die Tür auf, zog sein Basecap tiefer in die Stirn und schritt mit gesenktem Kopf den Weg entlang.

Er hatte Glück. Es war niemand zu sehen. Auch die Alte und ihr Wadenbeißer waren noch nicht in Sicht. Zügig bog er um die nächste Straßenecke, stieg auf das dort deponierte alte Fahrrad und fuhr aus dem Viertel.

Als er Kröpelin fast verlassen hatte, hielt er an einem Mehrfamilienhaus, öffnete eine von vielen gut gefüllten Restmülltonnen, die an einer Hauswand in Reih und Glied aufgestellt waren, und stopfte den Siegelring ganz tief unter die obersten drei Müllbeutel. Dasselbe tat er vier Straßen weiter mit seinen Handschuhen. Sicher war sicher.

*

Rerik

Während Ann die Revival-Band noch ganz erträglich fand, war Rose hin und weg von der darauffolgenden Darbietung des hiesigen Shanty-Chors. Seit nunmehr einer halben Stunde sang die über dreißig Mann starke Gruppe, was die Kehlen hergaben, und schien eine breite Zuhörerschaft für sich begeistern zu können. Ann sah Frauen in wallenden geblümten Blusen. Die faltigen, mit greller Farbe versehenden Lippen suchten nach Worten zum Mitsingen. Ihre mitunter gewaltigen Busen wogten im Takt, während ihre Halsketten rasselten. Verzückt klatschten einige mit, kicherten aufgeregt oder warfen den Herren bewundernde Blicke zu. Die betagte Boy-Band nahm's gelassen und ließ sich nicht aus der Ruhe bringen.

Es war halb acht, und alles wartete darauf, dass die Dämmerung eintrat. Dann würde die Feuerwehr die Lagerfeuer am Hafen entzünden. Das Lichterfest von Rerik konnte ein durchaus romantisches Ereignis sein, wenn man abseits der Touristenströme ein lauschiges Plätzchen mit Blick auf den Hafen fand.

Ann sah sich um. Bei ihren vergangenen Besuchen in Rerik hatte sie ein paar lockere Verbindungen zu Leuten ihres Alters knüpfen können. Zeit, einige von ihnen wiederzusehen.

Die überwiegende Anzahl von ihnen arbeitete in Rostock und Umgebung oder war auf Urlaub bei den Eltern. Man wusste nicht viel voneinander – den meisten Tratsch hatte Ann von ihrer Großmutter. Und der betraf oft nur die Eltern oder Großeltern. Aber genau das war ja das Schöne. Man brauchte sich nicht zu rechtfertigen, weil man sich so selten gemeldet oder den Geburtstag vergessen hatte, und doch, oder gerade deswegen, passte alles, wenn man sich traf.

Es ging das Gerücht, Isabelle, die kleine Schwester von Sven, habe sich mit dem hiesigen Dorfpolizisten eingelassen. Ann schmunzelte. Ausgerechnet Isabelle. Nicht, dass Ann glaubte, dass Svens Schwester schon mal ein größeres Ding gedreht hätte. Das handliche Interieur der Urlaubs-Hotels war dennoch nicht sicher vor ihr. Sie probierte gern alles aus, was an ›sanften‹ Drogen auf dem Markt angeboten wurde, war regelmäßiger Gast in der Verkehrssünderkartei und liebte das unerlaubte, nächtliche Baden in fremden Pools.

Und dann einen Freund bei der Polizei? Da ergab sich bestimmt die eine oder andere komische Situation.

Kann ja nicht jeder so langweilig sein wie du.

»Hey …!« Lena stürzte als Erste auf sie zu und nahm sie in den Arm. Dicht gefolgt von Helen, Jan, Timo und Sven.

»Na, Gott sei Dank. Ich dachte schon, ihr überlasst mich den unbändigen Gefühlswallungen der Shanty-Groupies«, begrüßte Ann die Eintreffenden.

»Nein, das wäre nun doch ein zu grausamer Tod«, lachte Timo und drückte ihr einen Kuss auf die Wange.

Gemeinsam suchten sie sich einen Platz mit Blick auf den Hafen, ein wenig entfernt von den Menschenmassen. Helen hatte eine Picknickdecke und zwei Flaschen Secco dabei, dazu ein paar Gläser. Timo und Sven machten sich auf den Weg zum nächsten Bierstand.

Gemütlich hinfläzen, ein wenig plaudern und auf die Dämmerung warten. Super! Nach all den Gesprächen mit Oma Rose in trauter Zweisamkeit genoss Ann diesen Augenblick besonders. Schade, dass Marie nicht dabei sein konnte.

»Was ist mit Isabelle?«

»Die zieht mit ihrem Neuen ums Dorf.« Lena konnte sich ein breites Grinsen nicht verkneifen. »Vielleicht stößt sie nachher noch zu uns. Ich geb ihr mal unseren Standort durch.«

»Und ihr Neuer ist der hiesige Dorf-Sheriff?«

»Hmm, ja! Keine Ahnung, wie das passieren konnte!« Helen lachte. »Ich glaube, Sven ist darüber gar nicht so glücklich. Er wartet schon auf den ersten großen Fettnapf, in den sein kleines Schwesterlein stolpert – mit den nach sich ziehenden gesetzlichen Konsequenzen. Ich meine ja, er könnte das gut nutzen, indem der Sheriff ein paar Knöllchen für ihn verschwinden lässt.«

»Na, der Typ ist ja nun nicht beim Ordnungsamt«, stellte Lena klar.

Ann kramte ihr Handy heraus und rief das Foto von ihrer Doppelgängerin auf. »Sagt mal, kennt ihr einen von den beiden?« Sie reichte das Gerät an Lena weiter. Helen und Jan schauten ihr interessiert über die Schulter.

»Klar. Dich!«, lachte Jan. »Super Frise!«

»Und der da, gibt's den noch? Sieht super aus, der Typ.« Helen zog mit zwei Fingern das Gesicht des Jungen in die Vergrößerung.

»Das bin ich nicht.« Ann seufzte. So kam sie nicht weiter. Die Rieckhoff würde sich nicht melden, das war ihr schon während ihres Gesprächs klar geworden. Die hatte weder den

Ehrgeiz noch die Klasse für minutiöse Recherchearbeit. Die war gut für die Artikel des heimischen Kaninchenzüchtervereins. Ann musste einen anderen Weg finden.

»Red keinen Scheiß …«, meinte Jan. Fassungslos starrten die drei auf das Display, während Lena das Handy, zum besseren Vergleich, neben Anns Kopf hielt.

Es war bereits dunkel, als Isabelle zu ihnen stieß. Die Lagerfeuer brannten, Helen, Lena und Ann waren bei der zweiten Flasche Secco angekommen, und die Jungs schickten Jan los, die nächste Runde Bier zu organisieren.

»Warte, ich komm mit«, sagte einer der Männer, die in Begleitung von Isabelle erschienen waren, und lief Jan nach.

Ann musterte neugierig den anderen, der neben Svens Schwester zum Stehen kam. Er saß im Rollstuhl. Er war groß, sie schätzte ihn auf eins achtzig, hatte strohblonde Haare und an den Wangen so ein niedliches Grübchen.

»Hi, ich bin Marc.« Ihr Gegenüber streckte ihr die Hand entgegen.

Wow, was für ein tolles Lachen.

»Ann.«

Hatte sie ihn etwa gerade angestarrt? Sie merkte, wie ihr das Blut in den Kopf stieg. Wie peinlich! Was musste der von ihr denken, wenn sie so dümmlich auf ihn und seinen Rollstuhl glotzte.

Dass du dich für ihn interessierst? Oh mein Gott, Ann, sei nicht so verklemmt!

Vorsichtig guckte sie in die Runde. Es schien keinem etwas aufgefallen zu sein.

Als Jan und Fredde vom Bierholen zurück waren, hoben sie Marc aus dem Stuhl und setzten ihn neben Lena auf die Decke.

Isabelle tanzte fantasievoll, blödelte herum oder unterhielt sich laut lachend. Fredde dagegen wurde immer stiller, hatte nur Augen für seine Freundin. Die anderen wurden mit jedem Bier ausgelassener.

Marc amüsierte das bunte Treiben auf der Picknickdecke sichtlich, er hielt sich aber mit eigenen Äußerungen zurück.

Schade, dachte Ann. Sie hätte gern mehr über ihn erfahren. Sie wusste allerdings nicht, wie sie ein unverfängliches Gespräch mit ihm anfangen sollte.

Alle Fragen, die bei jedem ersten Treffen eh schon total beknackt waren, konnten hier zum echten Debakel werden.

›Und, was treibst du so?‹

Puh, was treibt man, wenn man den ganzen Tag an so'n Ding gefesselt ist?

Bestimmt mehr, als du so hinkriegst.

›Was machst du denn beruflich?‹

Konnte man einem befriedigenden Beruf nachgehen, wenn man im Rollstuhl saß?

Hallo? Auf welchem Stern lebst du? Klar kann man das!

›Wie ist das passiert? Sitzt du immer schon in dem …?‹

Geht gar nicht!

Wie kann man nur so feige sein?

Es half nichts. Ann beschränkte sich auf Gespräche mit Lena, Helen und den Jungs und darauf, über ein paar nette ›Ins-Gespräch-komm-Floskeln‹ nachzugrübeln.

*

»Und du hast dich nicht mal mit ihm unterhalten?« Maries Stimme klang entsetzt.

»Mir fiel nichts Richtiges ein. Du weißt doch, ich bin eh nicht die Geschickteste in solchen Dingen. Und dann noch seine Behinderung. Ich wollte auch nix Blödes sagen oder ihm mit irgendeiner doofen Bemerkung zu nahe treten.«

»Wissen die anderen nichts?«

»Die kennen ja Fredde kaum. Also, bis auf Isabelle und Sven natürlich. Isabelle konnte ich aber nicht fragen, die klebte immer mit ihrem Freund zusammen – oder besser gesagt, er an ihr, und Sven war eindeutig zu besoffen.«

Unüberwindbare Hindernisse im Leben eines Mauerblümchens.

»Das heißt also, ihr habt euch den ganzen Abend über angeschmachtet. Im Schein der idyllischen Lagerfeuer, die sich im Wasser des Hafenbeckens spiegelten, bei romantischer Bluesmusik …«

»Ach so 'n Schwachsinn«, unterbrach Ann ihre Mitbewohnerin ärgerlich. »Es hat überhaupt keiner irgendwen angeschmachtet – außer vielleicht Fredde Isabelle. Im Übrigen, wer weiß, was dieser Marc für ne verkorkste Persönlichkeit ist. Wahrscheinlich kompensiert er die Schwäche seiner Beine mit einem besonders dicken Ego. Oder er macht den ganzen Tag nur auf Mitleid.«

»Wenn du meinst«, lenkte Marie beschwichtigend ein. »Wie läuft die Suche nach deiner Doppelgängerin?«

»Gar nicht. Die Rieckhoff hat sich nicht mehr gemeldet. Finde mal jemanden, in einem Ort, in dem es mehr Urlauber als Einwohner gibt, wenn alles, was du hast, ein zwölf Jahre altes Foto ist.«

Sie verabschiedeten sich, und Ann legte ihr Handy auf den Nachttisch. Die Uhr zeigte Viertel vor drei, die Wirkung des Seccos ließ langsam nach. Eigentlich hätte sie hundemüde sein müssen. Aber noch kreisten ihre Gedanken zu sehr.

Sie ärgerte sich über sich selbst. Warum hatte sie das

eben zu Marie gesagt? Sie glaubte nicht, dass dieser Marc ein dickes Ego besaß, noch dass er nur auf Mitleid machte. Dafür war er den ganzen Abend viel zu sympathisch rübergekommen.

*

Ginevra stemmte ihre Hände in die Hüften und drückte ihr Kreuz durch. Obwohl die Anzahl der Touristen merklich zurückging, war es heute wieder ein lebhafter Tag gewesen. Eine große Gruppe Fahrradfahrer älteren Jahrgangs, die Tagesbesucher, die mit der Fähre angelegt hatten, und dann noch ihre Stammgäste – sie konnte nicht über Langeweile klagen.

Mittlerweile waren draußen alle Tische abgeputzt und zusammengestellt. Die letzten Gäste und auch ihre Kollegen waren nach Hause gegangen, die Eingangstür schon verschlossen.

Signor Mancini hatte, wie jeden Dienstag, seinen freien Tag, und heute war sie dafür zuständig, dass das Casa di Mare sauber und ordentlich hinterlassen und korrekt verschlossen wurde.

Sie ließ einen letzten prüfenden Blick über den Innenraum und den Tresen gleiten. Die Toiletten hatte sie kontrolliert. Alles war für den morgigen Tag vorbereitet.

Sie löschte das Licht im Gästebereich und ging nach hinten in die Küche.

Sie nahm eine Tasse, schenkte sich von dem italienischen Kaffee ein, der hier in großen Kannen für die Belegschaft bereitstand, süßte ihn mit etwas Karamellsirup und setzte sich seufzend auf einen Stuhl.

Dann rieb sie sich die schmerzenden Beine.

Wie lange würde sie diesen Job wohl noch machen? Jedes

Jahr von ihrem Heimatdorf San Leucio del Sannio nach Deutschland reisen, um im Casa di Mare von April bis September die Touristen zu bedienen? Wahrscheinlich bis sie alt und gebrechlich war. Ohne das Geld, das sie in dem halben Jahr verdiente, kämen sie kaum über die Runden. Ihren Mann und ihre drei Kinder musste sie jedes Mal zurücklassen.

Gedankenverloren rührte sie in ihrem Kaffee.

Angefangen hatte sie, als ihr Ältester schon in die Schule, die beiden Kleinen in den Kindergarten gingen. Damals war sie nur für vier bis sechs Wochen als Verstärkung eingesprungen. In dieser Zeit kümmerte sich ihre Schwiegermutter um die Kleinen und die Verpflegung ihres Mannes. Je älter die drei wurden, desto länger blieb sie weg. Ihr Mann war nur ein einfacher Arbeiter, die Region in Kampanien strukturschwach und fünf Mäuler zu stopfen eine echte Herausforderung. Ihre Kinder waren inzwischen achtundzwanzig, dreiundzwanzig und zwanzig Jahre alt, kosteten sie trotzdem viel Geld. Die Arbeitslosigkeit in Italien war hoch, der Älteste suchte immer noch nach einer dauerhaften Anstellung. Und die beiden Mädchen steckten mitten im Studium. Das Rentensystem ihres Heimatlandes war zudem eine Katastrophe, sodass sie, sobald ihre Kinder keine Unterstützung mehr brauchten, wohl alles in ihre eigene Altersvorsorge würden stecken mussten, wollten sie im Alter nicht am Hungertuch nagen. Dabei konnte sie noch froh sein, dass sie diesen Job hatte, Geld, mit dem sie jedes Jahr fest rechnen konnte. Viele Familien in ihrem Heimatdorf hatten das nicht, konnten ihren Kindern keine höhere Ausbildung finanzieren.

Sie nahm einen kräftigen Schluck und lehnte sich müde zurück.

Er hatte sie die ganze Zeit beobachtet.

Wie sie die letzten Handgriffe getätigt hatte, geschickt und routiniert. Er hatte gesehen, wie sie abgeschlossen und einen letzten Kontrollrundgang gemacht hatte.

Und – er hatte gesehen, dass sie einen großen Schluck Kaffee genommen hatte.

Und jetzt würde er ihr beim Sterben zusehen.

Kapitel 4

»Du weißt, Genaueres zur Todesursache und zum Todeszeitpunkt kann dir nur die Gerichtsmedizin, und zwar *nach* der Autopsie, sagen.« Dr. Heiner Westermann wirkte leicht genervt. »Wir sind hier nicht in einer dieser schlechten amerikanischen Krimiserien, wo der Tod durch einen mit hellseherischen Fähigkeiten ausgestatteten Gerichtsmediziner im Außendienst festgestellt wird.«

Polizeioberkommissar Akyol Ergun strich sich mit der flachen Hand mehrfach über seinen kurz gestutzten Bart und schaute dabei auf die am Boden liegende Frauenleiche. Er schätzte sie auf Anfang vierzig. Sie hatte kastanienbraunes, langes, zu einem Zopf gebundenes Haar und dunkle Augen. Obwohl vom Tod gezeichnet, war sie durchaus hübsch. Ihre Statur klein und zierlich. Sie trug ein Kostüm, wie es alle weiblichen Mitarbeiter des Casa di Mare hatten. Ihre linke Hand umschloss ein Handy.

»Aber du könntest mir doch wenigstens deine erste Einschätzung mitteilen?«

Nachdem die Position, in der man die Frau gefunden hatte, ausreichend dokumentiert worden war, hatte Dr. Westermann die Leiche von der Seiten- in die Rückenlage gebracht und sie genauer in Augenschein genommen.

»Die Totenstarre ist zwar eingetreten, was dafür spricht, dass sie schon zwei bis vier Stunden tot sein muss, kann aber noch gelöst werden.« Er nahm den linken Arm der Toten und drückte den Unterarm kraftvoll in Richtung Schulter. Dann löste er mühsam das Handy aus der steifen Hand und reichte es einem Polizisten zur Beweissicherung.

»Außerdem – siehst du hier die Totenflecken?«

Er zeigte auf die rechte Gesichtshälfte, den rechten Arm und das Bein.

»Sie sind voll ausgeprägt, lassen sich jedoch wegdrücken, sind also noch nicht irreversibel. Ergo kann der Eintritt des Todes nicht länger als zwölf Stunden her sein. Wann wurde sie gefunden?«

Na, das bringt mich ja weiter, dachte Kommissar Ergun. Da die Tote gestern Abend noch als Bedienung gearbeitet hatte und dabei bestimmt von mehreren Leuten gesehen worden war, hätte er für diese Einschätzung keinen Arzt gebraucht.

»Signor Mancini hat so gegen acht aufgeschlossen. Bis er dann hinten in der Küche war und sie entdeckt hat, war es vielleicht eine Viertelstunde später. Um acht Uhr neunzehn ging der Notruf ein.«

»Äußere Verletzungen sind auf den ersten Blick nicht zu erkennen«, fuhr Westermann fort. »Das Gesicht wirkt ein wenig aufgedunsen. Das kann aber vieles heißen. Ich will dem Ganzen nicht zu sehr vorgreifen.«

Er stand auf und kramte in seiner abgewetzten Tasche.

»Ich werde dir jetzt einen schicken Totenschein mit den Worten ›ungeklärte Todesursache‹ ausstellen und die Leiche der Gerichtsmedizin überantworten.«

Akyol Ergun gab einem seiner Mitarbeiter das Zeichen, sich um den Abtransport der Leiche zu kümmern, und betrat das kleine Büro gleich neben der Küche.

Signor Mancini schaute auf. »Und, können Sie schon

sagen, warum? Was ist mit Ginevra passiert? Ich kann das nicht glauben. Hatte sie einen Herzinfarkt, einen Schlaganfall? Oh je, wie soll ich das nur Daniele beibringen? Und ihren Kindern!«

»Herr Mancini, wir werden Ihnen und Ihren Mitarbeitern jetzt ein paar Fragen stellen. Das ist reine Routine, da die Todesursache nicht eindeutig festgestellt werden konnte. Wahrscheinlich haben Sie recht und Frau Barbieri ist eines natürlichen Todes gestorben. Das wird die Obduktion zeigen. Um uns jedoch abzusichern, also falls der Tod vorsätzlich herbeigeführt worden wäre, brauchen wir so viele Informationen wie möglich; jetzt, da die Erinnerung an die letzten Tage noch frisch ist.«

Ergun klappte einen kleinen Notizblock auf.

»Wie lange war Frau Barbieri denn schon in ihrem Café tätig?«

»Was meinen Sie mit ›vorsätzlich herbeigeführt‹? Etwa, dass irgendjemand sie umgebracht hat? Wer sollte denn so etwas Grausames tun?« Der alte Mann sah ihn völlig entgeistert an.

»Herr Mancini, bitte! Das sind reine Routinefragen. Also, wie lange war sie schon Ihre Mitarbeiterin?«

»Fünfzehn, nein zwanzig Jahre bestimmt. Wissen Sie, viele von uns leben in den Wintermonaten in Italien. Wir kommen alle aus der Nähe von Neapel. Man kennt sich schon so lange. Hat die meisten aufwachsen sehen …« Er schüttelte traurig den Kopf.

»Ist Ihnen in den letzten Tagen etwas aufgefallen? Wirkte sie kränklich, abgeschlagen, anders als sonst?«

»Nein, kann ich nicht sagen. Sie ist sehr professionell, … also, ich meine, sie war sehr professionell, hat sich die anstrengende Arbeit nie anmerken lassen. War immer freundlich, selbst zu den unangenehmsten Kunden, auch wenn das Café voll besetzt war.« Er holte tief Luft. »Ich weiß gar nicht, wie ich sie ersetzen soll.«

»Und sie kam mit allen Mitarbeitern gut klar? Oder gab es in letzter Zeit Ärger?«

Der Cafébesitzer schüttelte erneut den Kopf.

»Oder vielleicht eine Affäre? Sie sagten meinem Mitarbeiter, der Rest der Familie Barbieri lebe das ganze Jahr über in Italien. So ein halbes Jahr vom Ehemann getrennt, das muss doch schwer gewesen sein.«

»Ginevra? Nein!« Er machte eine Pause. »Also, ich meine, ich glaube nicht. Na ja, wenn ich ehrlich bin, ich achte auf solche Sachen nicht. Ich muss mich schon um so viele Dinge kümmern. Viel Energie bleibt einem während der Saison allerdings nicht für stürmische Abenteuer. Abends ist man fix und fertig. Man arbeitet ja fast rund um die Uhr.«

»Oder hatte sie mal Ärger mit einem Gast? Mit jemandem, der sie näher kennenlernen wollte, bedrängt hat? Gab es welche, die sich ungerecht behandelt gefühlt haben?«

Signor Mancini schaute Ergun entsetzt an. »Aber deswegen bringt man doch niemanden um!«

»Gab es da was?«

»Mir hat sie nichts erzählt. Nur die üblichen Dinge. Leute, die meinten, sie hätten eher bestellt als der Nachbartisch, der im Gegensatz zu ihnen das Essen schon bekommen hätte. Gäste, die darüber klagten, sie wären übersehen worden. So was eben. Am besten fragen Sie da aber meine Mitarbeiter. Vielleicht haben die noch was Besonderes mitbekommen.« Er zögerte. »Ich weiß, das klingt jetzt herzlos, aber wann denken Sie, kann ich das Café wieder öffnen? Die Saison ist bald vorbei, und wir sind auf jeden Tag angewiesen.«

Der Kommissar schaute hinüber in die Küche.

»Ein Weilchen wird es schon noch dauern. Wir müssen erst alle Spuren sichern. Hier, in der Küche, im Gastraum, eben im ganzen Restaurant.«

*

»Und du warst so richtig an vorderster Front dabei? Oder hast du draußen Wache geschoben und nur darauf geachtet, dass die Gaffer nicht ins Restaurant kommen?« Marc beugte sich interessiert nach vorn, stützte sich auf Freddes Schreibtisch ab und schaute diesen grinsend an.

»Nee, das kannst du mir schon glauben. Polizeioberkommissar Ergun hat sogar ganz offiziell um Amtshilfe gebeten! Der kennt sich doch in diesem Dorf gar nicht aus. Da ist es immer gut, einen Insider zu haben.«

»Will sagen, er hat auf der Wache angerufen und dich dazubestellt …«, lachte Marc.

»Na ja, eigentlich hab eher ich ihn angerufen. Nachdem der Notruf in der Zentrale eingegangen war, fuhren wir zum Tatort. Als klar war, dass der Frau nicht mehr zu helfen war, haben wir die Kripo eingeschaltet – wie du weißt, unter diesen Umständen ein völlig normales Prozedere. Polizeioberkommissar Ergun hat sofort darauf bestanden, dass ich mit ihm am unmittelbaren Tatort bleibe und der ersten Leichenschau vor Ort, der Beweissicherung und den Verhören beiwohne.« Freddes Stimme merkte man seinen Stolz an. »Gestern kam der Obduktionsbericht. Ergun hat ihn an mich weitergeleitet. Sie ist an einem anaphylaktischen Schock gestorben.«

»Ach ja?« Marc schaute sein Gegenüber fragend an.

»Es gibt Leute, die sind so extrem allergisch auf etwas, dass sie daran sterben.«

»Krass! Und weiß man, worauf die Bedienung so stark reagiert hat?«

»Ja! Haselnüsse.«

»Aber wissen die meisten nicht, wogegen sie allergisch sind? Dann geht man dem doch aus dem Weg!«

»Sollte man meinen. Sie haben auch keine Haselnüsse als solches in ihrem Magen gefunden, sondern Spuren von Haselnussaroma. Und jetzt halt dich fest! Ergun geht von einem Unfall aus und sieht keine Notwendigkeit, noch mal aus Rostock anzurücken. Trotzdem muss nachvollzogen werden, wie es dazu kam, dass die Frau Haselnussaroma zu sich genommen hat. Und ich …«, er machte eine bedeutungsvolle Pause, »… soll die Abschlussbefragungen allein durchführen!«

»Na, dann steht deiner steilen Karriere bei der Kriminalpolizei ja nichts mehr im Wege», amüsierte sich Marc. »Wann willst du los?«

»Ich dachte, ich mach das kurz vor Schichtende. Dann werden die meisten Gäste schon weg sein, und ich kann mir danach ein Feierabendbier gönnen.«

*

»Sie ist erstickt? *Dio mio!*«

»Ja, aufgrund der allergischen Reaktion ist ihr Kehlkopf angeschwollen. Sie hat keine Luft mehr bekommen. Ihr Blutdruck ist schlagartig abgesunken. Bei einer derart starken Reaktion hätte sie sofort ein Antihistaminikum sowie Kortison benötigt, um zu überleben. Signor Mancini, wusste Signora Barbieri, dass sie diese extreme Allergie gegen Haselnüsse hatte?«

»*Sì* … ja! Und sie hätte niemals etwas zu sich genommen, was auch nur Spuren von Nüssen enthält.« Der Cafébesitzer schaute Fredde verzweifelt an.

»Vielleicht war es ein Versehen. Wer wusste noch von dieser Allergie?«

»Alle, alle! Wir sind wie eine große Familie, kennen uns schon ewig. Auf Dauer bleibt kaum etwas verborgen, wenn man so viel Zeit miteinander verbringt. Wie konnte das nur passieren? Ich verstehe das nicht.«

»Der Gerichtsmediziner sagte, Frau Barbieri muss die Substanz, also das, was den anaphylaktischen Schock ausgelöst hat, Sekunden vorher eingenommen haben. Die Wirkung trat gewissermaßen sofort ein. Auf den Tatortfotos haben wir aber, außer einer noch gefüllten Kaffeetasse, nichts in der Nähe der Leiche ausmachen können.«

»Sie hat es immer so gemacht. Wenn sie mit allem fertig war, hat sie noch einen Kaffee getrunken. Wir haben ihn in diesen Behältern in der Küche. Viele nehmen sich davon.«

»Können wir bitte noch mal rübergehen in Ihre Küche?«

Verwirrt erhob sich der Cafébesitzer und ging kraftlos einen Raum weiter. Er zeigte auf eine der Arbeitsflächen. Dort standen zwei große, schwarze Warmhaltekannen mit integriertem Pumpsystem.

»Ich weiß, was Sie jetzt denken. Wie kann es sein, dass Italiener Kaffee aus solchen Kannen trinken? Und das noch am Abend! Unglaublich, nicht wahr? Ich würde das selbst nie tun. Aber einige unserer Mitarbeiter haben im Laufe der Zeit ziemlich seltsame deutsche Angewohnheiten übernommen, wie zum Beispiel Kaffee amerikanischer Art zu jeder Tages- und Nachtzeit zu trinken. Und so habe ich ihnen irgendwann diese Kannen besorgt.«

»Und wer ist für das Kochen zuständig?«

»Unterschiedlich. Häufig der, der als Erstes da ist. Mich ausgenommen. Ich kümmere mich um wichtigere Dinge.«

»Wissen Sie noch, wer am Dienstagmorgen den Kaffee zubereitet hat?«

»Was spielt das für eine Rolle? Glauben Sie, dass jemand

Haselnusszeug unter den Kaffee gemischt hat? Einer von uns? Das ist doch krank! Außerdem kochen wir mindestens zweimal am Tag frischen Kaffee und füllen die Kannen neu auf.« Signor Mancinis Stimme überschlug sich fast.

»Es tut mir leid. Ich versuche nachzuvollziehen, wie es dazu kommen konnte. Ich würde die Kannen gern mitnehmen. Nur, um sicherzugehen. Ich lasse sie von unserem Labor auf Spuren von Haselnüssen untersuchen – dann wissen wir mehr.«

»Machen Sie, was Sie für richtig halten. Sie werden nichts finden.« Müde ließ er sich auf einen Stuhl fallen und vergrub das Gesicht in den Händen.

»Hat sie üblicherweise sonst noch was zu ihrem Kaffee genommen? Ein Plätzchen, ein Amarettini? Nahm sie Milch oder Sahne, hat sie ihn mit etwas gesüßt?«

»Sie goss immer einen Schluck Karamellsirup hinein.«

Mancini nickte in Richtung der Kannen. Dort stand eine kleine Glasflasche mit der Kennzeichnung ›Karamellsirup‹. Daneben fand sich eine mit der Aufschrift ›Vanillesirup‹.

»Sind das noch dieselben Flaschen wie am Dienstag? Oder wurden sie inzwischen durch Neue ersetzt?«

»Warum sollten wir sie durch Neue ersetzen? Die sind doch noch so gut wie voll! Was unterstellen Sie uns da eigentlich?«, fragte Tommaso Mancini ärgerlich.

»Ich unterstelle niemandem etwas. Auch diese beiden Fläschchen würde ich gern mitnehmen, wenn Sie erlauben. Eine letzte Frage hätte ich noch. Haben Sie so was auch in der Geschmacksrichtung Haselnuss?«

»Sicher! Wir sind eine Eisdiele. Wir haben Soßen und Sirup in allen erdenklichen Varianten. Der Haselnusssirup steht aber nicht hier in der Küche, sondern im Gastraum an der Eistheke.«

»Hätte es an dem besagten Dienstag anders sein können? Hätte sie es verwechseln können? Müde, wie sie war?«

»Nein. Ich weiß nicht. Dieser Sirup steht nie hinten in der Küche. Und es ist ja auch ein Etikett drauf. Nein, ich glaub das nicht.«

*

Sie lagen nebeneinander am Strand. Das Blau des Himmels war blass, irgendwie wässrig. Die Sonne schien grell, blendete beim Blick aufs Meer. Um sie herum tobten Kinder, stritten sich darum, wer sich den Eimer und damit den unschlagbaren Vorteil beim Burgenbau verdient habe. Auf einer geblümten Strandmatte, in ein paar Metern Entfernung, sonnte sich eine Dame älteren Semesters. Der ungnädig auftreffende Winkel des harten Lichts arbeitete jede ihrer unzähligen Falten mit besonderer Hingabe heraus.

Ann stellte sich vor, wie ihre Hautlappen, einem sich schüttelnden Hund gleich, gegen ihren Körper klatschten. Dann schaute sie zu Isabelle hinüber, betrachtete deren pink glitzernden Bikini und dessen Rüschenbesatz, ihre langen, rot lackierten Fingernägel und den leuchtend angemalten Mund. Ihre Haare hatte sie zu einem kunstvollen Etwas hochgebunden, und es war klar, dass dieses Etwas nie in Berührung mit Meerwasser kommen würde.

Isabelle war drei Jahre jünger als Ann. Die stand diesem Typ Mensch eher zwiespältig gegenüber. Quirlig, laut, gedankenlos, oberflächlich – irgendwie primitiv kam sie ihr vor. Isabelle schien sich nie Sorgen darüber zu machen, dass sie etwas Falsches sagen könnte.

Sie arbeitete als Schwester im Krankenhaus in Bad Doberan. Da hatte sie mitunter Zeit, wenn alle anderen arbeiten mussten, konnte andererseits nicht jedes Wochenende frei bekommen.

»Sag mal«, Ann setzte sich auf. »Wie bist du eigentlich an diesen Fredde gekommen?«

Holt sich die prüde, kleine Ann jetzt ein paar Anmach-Tipps?

»Och, ich fand den süß und hab ihn halt angequatscht.«

Ann lachte. »Ach, na klar. Du bist auf die Wache gestiefelt und hast dir gedacht: Den nehme ich jetzt mal mit nach Hause ...!«

Isabelle schob ihre Sonnenbrille hoch. »Nee, musste ich gar nicht. Ich war auf dem Weg nach Rerik, als ich an einem Unfall vorbei fuhr. Ein Blechschaden. Fredde stand am Straßenrand und hatte da irgendwas mit den Unfallbeteiligten zu bequatschen. Da ich sehr langsam dran vorbei musste, hatte ich genug Zeit, ihn mir von allen Seiten anzusehen.«

»Und da hast du angehalten und dem verdutzten Fredde deine Telefonnummer in die Hand gedrückt!«

»Quatsch! Für wie plump hältst du mich?« Isabelle tat beleidigt. »Ich hab ein paar Meter weiter angehalten, hab mich an mein Auto gelehnt und gewartet, bis mein Schatz mit allem fertig war.«

Primitiv, dachte Ann. Wie in einem schlechten Film. Ihr wäre das total peinlich gewesen.

Dir ist alles peinlich!

Isabelle nicht. Die hatte wahrscheinlich noch versucht, besonders aufreizend auszusehen, und fand ihr Benehmen vollkommen normal.

»Dann ist er zu mir rübergekommen und hat gefragt, ob er mir helfen könne. Und dann hat eben eines das andere ergeben.«

»Will heißen?«

Isabelle schaute sie verständnislos an.

»Als er dich gefragt hat, ob er dir helfen könne? Was hast du da gesagt?«

»Na, du willst es ja ganz genau wissen! Ich glaub, ich hab so was gesagt wie: ›Aber sicher! Du kannst mich auf ein Feierabendbier einladen.‹ Das hat er dann auch gemacht.«

Ann schüttelte fasziniert den Kopf. »Hattest du keine Angst, dass er dir einen Korb gibt?«

Angst! Du hast dich doch noch nie in einer Situation befunden, in der man wirklich Angst hätte haben müssen.

»Ach Quatsch! Die meisten Männer fühlen sich geschmeichelt, wenn sie von einer Frau angesprochen werden. Da winkt das Alpha-Tier. Die müssen schon fast ja sagen. Und wenn nicht, weil er grad nur Augen für eine andere hat, dann ist das eben so. Besser man versucht's, als alle Chancen verstreichen zu lassen. Man muss seinem Glück schon ein bisschen nachhelfen.« Isabelle ließ sich seufzend nach hinten auf ihr Strandtuch fallen.

Einen kurzen Moment sah Ann sich selbst, wie sie in schlecht sitzender, dafür aber aufreizender Kleidung an der Frontscheibe der Paderborner Buslinie 9 klebte, ein Auto besaß sie ja nicht, und darauf wartete, dass die Männer sie ansprachen. Keiner beachtete sie, bis auf den genervten Busfahrer, der fragte, ob sie nun einsteigen wolle oder nicht.

Ihr seltsamer Gesichtsausdruck hinterließ ein Fragezeichen auf Isabelles Gesicht.

»Und sein Kumpel, dieser Marc? Weißt du, wie das passiert ist mit seinen Beinen? Oder sitzt der immer schon im Rollstuhl?«

Freddes Freundin drehte sich ruckartig auf die Ann zugewandte Seite, stützte ihren Kopf auf und verdrehte die

Augen. »Der ist süß, ne? Ja, und dabei so eine tragische Figur. Der wollte auch Polizist werden, genau wie mein Fredde. Das Ganze ist auch noch gar nicht so lange her. Ich glaub so 'n gutes Jahr? Da gab es in Rostock Randale. Die Innenstadt war voll von Hansa-Fans. Die kamen grad aus Stralsund von einem Pokalspiel. Na ja, wenn die Ultras vom FC so durch die Stadt ziehen, hältst du dich besser fern. Es sei denn, du gehörst zu der Einheit, die die Meute in Schach halten soll. Es gab viele Verletzte damals, sowohl aufseiten der Polizei als auch bei den Randalierern. Scheiben von Schaufenstern und Autos wurden eingeschlagen. Leider hatte der besonders harte Kern wohl nicht nur Schlagwaffen. Es kam zu einem Hinterhalt, und Marc wurde in den Rücken getroffen.«

Sie machte eine Pause.

»Echt schade. Vor allem … man weiß ja gar nicht, ob er noch … du weißt schon, ob er da noch was fühlt.« Vielsagend schaute sie an ihrem Körper hinunter.

»Na, das ist ja jetzt nicht das Einzige, was einen Mann ausmacht, oder?«, hörte Ann sich sagen.

Richtig. Es kommt auf die inneren Werte an! Wer will schon Sex? Das wäre auch viel zu aufregend für dich.

»Nein, aber ganz ohne? Na ja, für mich wär das eh nichts. Ich brauch einen starken Mann, der mich beschützen kann, wenn's darauf ankommt. Nicht einen, dem ich bei allem helfen muss.« Isabelle drehte sich auf den Bauch. »Gehen wir gleich noch mal ins Wasser?«

*

»Und, lässt Ergun das Zeug im Labor untersuchen?« Marc war am nächsten Nachmittag sofort wieder bei Fredde auf der Wache erschienen. Das war einfach zu spannend. Wie gern hätte er die Befragungen durchgeführt.

»Die Kannen kann ich wieder zurückbringen. Seit dem Tag, an dem Frau Barbieri verstarb, dem Dienstag, sind nun schon vier weitere vergangen. Die Behälter wurden seither mehrfach gespült und neu befüllt. Das Labor sagt, die Kosten können wir uns sparen, man würde eh nichts mehr feststellen können. Aber die Sirupflaschen werden untersucht.«

»Hm, sag mal.« Marc zögerte, weil er wusste, dass er mit dieser Frage ein heikles Thema ansprach. »Hätte man die Kaffeetasse plus Inhalt nicht eigentlich sichern und im Labor untersuchen lassen müssen?«

Fredde schlug mit der Faust auf den Tisch. »Oh Mann, hör bloß auf! Weißt du, wie oft ich mir das schon gesagt hab? Und wie mich das ärgert, dass ich da nicht geschaltet hab? Aber ganz ehrlich? Keiner von denen ist ernsthaft davon ausgegangen, dass es keine natürliche Todesursache sein könnte. Es gab keine Anzeichen von Fremdeinwirkung, sie war siebenundvierzig und hat viel gearbeitet, also auch viel Stress gehabt. Perfekte Voraussetzungen für einen Herzinfarkt, Schlaganfall, ein Aneurysma oder sonst so 'n Mist. Außerdem gab es keine sichtbaren Spuren einer Vergiftung. Und wer zum Henker denkt bei Kaffee schon an einen Allergieauslöser? Also ich hab noch nie gehört, dass jemand gegen Kaffee allergisch wäre!« Er schnappte nach Luft. »Und außerdem hätte dieser Superbulle Ergun ja wohl drauf achten müssen. Der hat's verbockt!«

Trotzig verschränkte er seine Arme vor der Brust und starrte auf seinen Rechner.

»Du, wahrscheinlich hätte euch das auch nicht weiter gebracht. Außer, dass ihr nun wüsstet, dass der Haselnusssirup definitiv im Kaffee ihrer Tasse gewesen ist. Wie er da reingekommen ist, bleibt trotzdem unklar«, beschwichtigte ihn Marc. »Wie wär's, wenn wir kurz alle Möglichkeiten durchgehen?«

Fredde nickte, immer noch mit leicht angesäuertem Blick.

»Also, schließen wir mal aus, dass der Sirup direkt in die großen Kannen gegossen wurde. Das hätten die anderen Mitarbeiter gemerkt. Möglichkeit Nr. 1: Frau Barbieri gießt sich einen Kaffee ein, hat noch was an der Eistheke zu erledigen, aufzuräumen, sauber zu machen, vergreift sich dort in der Flasche und gießt sich zufällig Haselnusssirup in den Kaffee. Tut das, was sie zu tun hat, nimmt ihren Kaffee und geht zurück in die Küche, um ihn dort zu trinken.«

»Zu umständlich«, widersprach Fredde. »Der Mensch tut Dinge, die er jeden Tag macht, quasi automatisch. Hätte sie sich den Kaffee in der Küche eingegossen, hätte sie den Sirup ganz automatisch dort hinzugefügt und wäre erst dann damit zur Eistheke gegangen. Außerdem läuft man nicht mit einer vollen Tasse hin und her, wenn man so oder so nicht vorhat, sie in der Nähe der Eistheke zu trinken.«

»Okay, dann Nr. 2: Sie erinnert sich, dass sie ihre gebrauchte Tasse noch an der Eistheke stehen hat, gießt sich dort schon mal Sirup hinein, aus Versehen den falschen, geht dann in die Küche, gießt Kaffee hinzu, trinkt und stirbt.«

»Hast du schon mal Sirup in ein Glas oder eine Tasse geschüttet? Das klebrige Zeug bleibt sofort am Boden haften und vermischt sich nicht mehr richtig mit der Flüssigkeit, die du drauf gießt. Dann kannst du ohne Ende rühren. Echte Kaffeetrinker geben den Sirup immer als Letztes hinzu. Außerdem, wie gesagt: Der Mensch ist ein Gewohnheitstier! Sie hätte mit Sicherheit nur die gebrauchte, leere Tasse mit in die Küche genommen und diese erst dort gefüllt.«

»Bleibt noch Möglichkeit Nr. 3: Der Haselnusssirup stand

doch in der Küche, neben der Flasche mit dem Vanille- und Karamellaroma. Was vielleicht auch erklären würde, dass Signora Barbieri nicht richtig hingeguckt hat. Weil sie ihn dort nicht vermutete.«

»Fragt sich nur, warum wir die Flasche dann dort nicht gefunden haben.« Fredde schaute Marc zweifelnd an.

»Der Mensch ist doch ein Gewohnheitstier, hast du gesagt. Einer der Mitarbeiter sieht die Flasche und bringt sie, der Ordnung halber, zur Eistheke, weil sie dort immer steht, weil sie später dort gebraucht wird …!«

»Während seine langjährige Kollegin, quasi ein Mitglied seiner Familie, im gleichen Raum tot am Boden liegt? Ich glaube, da hat man anderes im Kopf!«

»Okay, war ne doofe Idee. Dann bleibt wohl nur abzuwarten, was das Labor in den beiden eingeschickten Fläschchen findet.«

»Was dann wiederum die Frage aufwerfen würde, wie das Haselnussaroma dort hineingelangt ist. Ein Produktionsfehler in der Abfüllung oder bei der Etikettierung?«

»Oder jemand hat es nachträglich und damit vorsätzlich hineingefüllt. Dann wäre es Mord!« Marc lehnte sich zurück und ließ die Worte einen Moment lang wirken.

Fredde schaute ihn ernst an. »*Eine* weitere Möglichkeit gäbe es noch: Es befand sich noch jemand dort. Er oder sie gießt das Haselnussaroma direkt in den Kaffee, in ihre Tasse, während Ginevra Barbieri nicht im Raum ist oder nicht hinschaut, und lässt sie dann elendig sterben. Danach stellt er den Sirup wieder zurück an die Theke, beziehungsweise steckt den selbst mitgebrachten wieder ein.«

»Das würde jedoch heißen, dass sie den Mörder oder die Mörderin gut gekannt haben muss. Wie hätte er oder sie sonst von ihrer Allergie wissen können?«

Fredde nickte. »Zumal es keine Einbruchsspuren gab. Das Ganze hat nur einen Haken: Wir haben bei keiner der Befragungen auch nur den Hauch eines Motivs gefunden.«

Kapitel 5

»So, Foto ist unterwegs.« Ann schob die Kissen in der Fensternische ihres Gästezimmers zurecht und suchte sich eine gemütliche Sitzposition. Es war Sonntag am späten Morgen, sie hatte lange geschlafen und wollte diesen Tag einfach gemütlich verbummeln.

Marie quietschte am anderen Ende der Leitung vergnügt auf. »Mann, der sieht aber echt gut aus. Tolle Augen, ein sympathisches Lachen.«

Das stimmte. Ann schaute auf ihr Display. Auf dem Selfie, das gestern in der Eisdiele des Casa di Mare entstanden war, blickten Isabelle, Fredde, Marc und sie vergnügt in die Kamera.

Isabelle und Ann hatten den Rückweg vom Strand genutzt, um Fredde auf der Wache zu besuchen. Marc war auch dort gewesen. Spontan hatten sie sich dazu entschlossenen, den restlichen Tag zusammen zu verbringen. Anns Zurückhaltung gegenüber Marc war schnell vergessen. Er machte es ihr leicht, fand immer wieder die richtigen Themen.

Sogar die Stimme, die sie gefühlt schon ihr ganzes Leben begleitete, hatte Ruhe gegeben.

Gut, es waren keine tiefschürfenden, extrem persönlichen Dinge gewesen, über die sie gesprochen hatten. Dafür war es locker und ungezwungen zugegangen. Irgendwann hatte sie vollkommen vergessen, dass er im Rollstuhl saß.

Danach waren sie zusammen ins Kino gegangen.

»Der Film hieß ›Tschick‹. Läuft in Paderborn bestimmt auch. Du solltest reingehen!«

»Und …? Habt ihr nebeneinander gesessen?« Marie konnte einen gewissen Unterton nicht verbergen.

»Aber natürlich«, lachte Ann. »Oder glaubst du, wir vier haben uns im ganzen Kino verteilt?«

»Oh Mann, Ann! Du weißt genau, was ich meine …«, schnaubte es aus dem Handy.

»Wenn du leise anfragen möchtest, ob wir händchenhaltend rumgeknutscht haben, muss ich dich leider enttäuschen.« *Einige intensive Blicke gab es dagegen schon,* dachte Ann. *Aber das sag ich ihr besser nicht.* Marie konnte so extrem euphorisch sein. »Wir haben uns für morgen zum Joggen verabredet. Er hat so ein Handbike, mit dem er regelmäßig unterwegs ist.«

»Aber du joggst doch gar nicht!«

»Na ja, so kann man das auch nicht sagen. Schließlich hab ich es mal versucht. Ist aber schon ein Weilchen her. Irgendwie war das langweilig so allein …« Okay, genau genommen hatte sie es nur *einmal* versucht und nach einem Kilometer wieder aufgegeben. Aber das musste sie ihrer Mitbewohnerin ja nicht auf die Nase binden.

»Ja, und so anstrengend!«, kicherte Marie. »Hast du denn überhaupt Klamotten zum Joggen? Laufschuhe, ne geeignete Hose? Oder willst du in Jeans und Flip Flops neben ihm herschnauben.«

»Shit! Da sagst du was. Ich glaube, ich muss morgen früh unbedingt nach Rostock zum Shoppen!«

Sie hatten das Gespräch gerade beendet, als Anns Handy wieder klingelte. Sie schaute auf das Display. Nummer: ›Unbekannt«. Sie wollte das Gespräch schon wegdrücken, zögerte dann aber. Vielleicht war es Marc oder einer von den anderen Reriker Leuten. Alle hatte sie nicht in ihren Kontakten.

»Ja?«, meldete sie sich.

»Hallo. Spreche ich mit Johanna Arnold?«

Diese Männerstimme kam ihr nicht bekannt vor.

»Ja, und wer ist da?«

»Entschuldigen Sie bitte die Störung. Mein Name ist Florian Lehmann.« Er zögerte, seine Stimme wirkte unsicher. »Ich hab Ihre Nummer von einer Journalistin, einer ...«, er schien etwas abzulesen, »... Lisa Rieckhoff.«

Lisa Rieckhoff?

Ann versuchte, ihre Gedanken zu ordnen.

Oh mein Gott, *die* Lisa Rieckhoff! Die mit dem Urlaubsflirt-Artikel. Sie biss sich auf die Unterlippe. Was hatte er gesagt, wie er hieß? Nichts, das nach Ric klang, oder?

Ja! Endlich tut sich was. Vermassel das nicht!

»Hallo ...?« Die Männerstimme klang jetzt noch unsicherer.

»Äh ja, Entschuldigung.« Sie räusperte sich.

»Sie hat gesagt, Sie würden nach jemandem suchen. Sie hat mir ein Foto gezeigt.«

»Ja, äh, der Junge auf dem Foto. Sie kennen ihn?«

»Ja.«

Scheiße. Sie verbockte das hier gerade. Sie war nicht vorbereitet. Hatte die Rieckhoff ihm erzählt, dass Ann sich für das Mädchen auf dem Foto ausgegeben hatte? Sollte sie den Anrufer direkt fragen, ob er das Mädchen kannte? Oder würde er dann irritiert auflegen? Mist, sie hatte das Gefühl, dass er schon bereute, sie angerufen zu haben.

Was bist du nur für eine miserable Journalistin? Krieg endlich dein Maul auf!

Bevor sie sich zu einer Frage durchringen konnte, durchbrach er die Pause. »Warum suchen Sie ihn?«

»Ich dachte, ich kenne ihn.«

Oh F…! Was tat sie hier gerade?

»Hören Sie.« Seine Stimme klang nach wie vor freundlich. »Diese Frau Rieckhoff hat erwähnt, es wäre Ihnen wichtig. Sonst hätte ich Sie gar nicht angerufen. Ich bin mittwochabends immer mit ein paar Freunden im Weinhold. Wenn Sie noch interessiert sind, dürfen Sie gern dorthin kommen. Sie fragen, und ich sehe, ob ich Ihnen weiterhelfen kann. Wenn nicht – dann eben nicht.«

»Äh ja … das ist wirklich nett von Ihnen, vielen Dank.«

»Fragen Sie einfach Pete, den Wirt. Der kennt mich und meine Jungs.«

»Ist gut. Nochmals vielen Dank.«

Die Verbindung wurde unterbrochen.

Hatte sie gerade gestottert?

Ah! Das konnte doch wohl nicht wahr sein.

›Ich dachte, ich kenne ihn.‹ Hatte sie das eben wirklich gesagt? Dabei wäre es doch so einfach gewesen: »Woher kennen Sie den Jungen? Wie lautet sein Name? Wo wohnt er heute?« Und zu guter Letzt: »Wer ist das Mädchen neben ihm?« Hätte er sich über diese Frage gewundert, sie nicht beantworten wollen, hätte sie immerhin die Identität des Jungen geklärt.

Ann ließ sich auf ihr Bett fallen und atmete tief und geräuschvoll aus.

Was für ein peinlicher Auftritt.

Egal. Dann musste sie eben ins Weinhold und sich persönlich mit diesem Lehmann treffen.

Ich rate dir, dich vorzubereiten. Schreib dir die Fragen am besten auf und lern sie auswendig. Sonst verbockst du es wieder.

Sie entsperrte ihr Handy und suchte unter den Fotos nach dem Bild von Ric und ihrem ›Zwilling‹.

Wer bist du? Wo finde ich dich?

*

Es war Viertel vor vier am Nachmittag, Ann stand vor dem Schrankspiegel und betrachtete sich in ihren neuen Errungenschaften. Zu der engen Laufhose hatte sie sich echt durchringen müssen. Sie fühlte sich wie die Wurst in der Pelle. Aber Laufhosen, so hatte sie heute gelernt, waren nun mal eng. Sie drehte sich zur Seite. Im Gegensatz zu ihrem Hintern wirkte ihr Busen zu klein. Also eigentlich fand sie den schon ganz in Ordnung, wenn dieser Sport-BH das Ganze nur nicht so platt an ihren Körper pressen würde. Wohlproportioniert sah irgendwie anders aus.

Wie wär's, wenn du dir zur Selbstläuterung ein paar Schläge mit dem Gürtel verpasst?

Als Oberteil hatte sie sich für die Eng-mit-ein-paar-Falten-Variante entschieden. Sie hatte wählen können zwischen supereng, hauteng, eng anliegend und dem mit den leichten Falten. Sie wollte sich oben herum nicht auch noch wie eine Presswurst fühlen. Aber, hey! Vielleicht regnete es ja. Dann könnte sie ihre Schlabber-Gummijacke überziehen. Bei sechsundzwanzig Grad und strahlend blauem Himmel eine eher unwahrscheinliche Hoffnung.

Eine Papiertüte über deinem Kopf wäre doch ne Lösung.

Ann steckte ihr Handy ein, lief nach unten und schnappte sich eine Flasche Wasser. Die würde sie brauchen.

»Na, mein Schatz? Du siehst ja so sportlich aus.«

Rose dagegen sah richtig elegant aus. Sie traf sich sicher mit ein paar Freundinnen zu Kaffee und Kuchen.

»Was bleibt mir übrig – so wie du mich mästest. Wenn ich noch lange bleibe, werde ich dick und kugelrund.«

»Ach was, papperlapapp! Du bist weder dick noch rund und wirst das auch so schnell nicht. Und lass dir ja nicht einfallen, dich zu so einem Klappergestell runterzuhungern.«

Ann lachte und gab Rose einen dicken Kuss auf die Wange. »Tschüss! Viel Spaß. Und lästert nicht so viel.«

»Also weißt du …« Rose schüttelte gespielt entrüstet den Kopf.

*

Sie traf Marc in der Nähe der Gaststätte ›Steilküste‹. Da er mit seinem Handbike den Trampelpfad durch das Wäldchen entlang der Klippen nicht nehmen konnte, beschlossen sie, sich von der Dünen- in Richtung Schillerstraße zu bewegen, dann am Campingplatz vorbei Richtung Großsteingrab. Falls es Ann überhaupt so weit schaffen würde. Sie hatte schon nach den ersten Schritten das Gefühl, sie würde auseinanderfallen. In ihrem linken Fußgelenk stach es, immer wenn sie den Schuh aufsetzte, und ihr rechtes Knie knackte unangenehm laut. Sie konnte aber wohl kaum nach dreißig Metern aufgeben. Also hieß es tapfer weiterlaufen. Nachdem die Muskeln etwas warm geworden waren, ließen das Stechen und Knacken nach.

Geht doch, dachte sie zufrieden. Bis ihr nach circa vierhundert Metern die Luft knapp wurde. »Ich hab eindeutig zu gut gegessen und zu viel gefaulenzt«, schnaufte sie.

»Mach dir keinen Stress. Fang langsam an. Versuch nicht, an die noch vor dir liegende Strecke zu denken. Konzentrier dich auf was anderes, was Schönes. Dann fällt es leichter.«

Er lächelte sie entspannt an. Für ihn war das wahrscheinlich die langsamste je absolvierte Runde.

»Sag mal, du bist doch nach wie vor interessiert an der Polizeiarbeit, so oft wie du bei Fredde rumhängst. Gibt es da echt keinen Posten, den du ausüben könntest?«

»Du meinst einen, bei dem man nicht hinter den Verbrechern herlaufen oder in seinen Dienstwagen springen können muss?«

Oh je, hätte sie doch nicht fragen sollen?

Aber nein. Er schien weder sauer noch gekränkt zu sein.

»Klar gibt es den. Viele Beamte arbeiten im Innendienst, erledigen den Schreibkram, nehmen Anrufe entgegen oder Ähnliches. Das sind häufig die älteren Kollegen, die sich ihre Lorbeeren schon in jahrelangen Außeneinsätzen verdient haben. Die, die aus der direkten Gefahrenzone rausgenommen werden, weil sie nicht mehr so belastbar sind. Das Problem ist nur, dass es dort einen Platz geben müsste, der für Leute wie mich geeignet wäre, behindertengerecht also. Die stehen aber nur begrenzt zur Verfügung. Das Fazit lautet deshalb nicht selten: vorzeitiger Ruhestand. Der Traum vom gehobenen Dienst ist eh ausgeträumt. Bei der Kripo musst du bis ins hohe Alter fit und flexibel sein, damit du überall einsetzbar bist. Da hätte ich keine Chance. Der gemeine Verbrecher achtet nicht darauf, ob er den Tatort behindertengerecht ausgesucht hat. Aber klar, es gibt auch bei der Polizei Jobs für Menschen mit Behinderung. Ich könnte in größeren Dienststellen als Pförtner arbeiten. Wenn das Gebäude behindertengerecht angelegt wäre und wenn die Stelle zu vergeben wäre.«

»Hast du denn irgendeine Vorstellung, wie es für dich weitergehen könnte, was du stattdessen machen möchtest?«

»Keine Ahnung. Ich durchforste regelmäßig die Foren

und Plattformen im Internet, strecke meine Fühler aus und versuche, neue Perspektiven auszuloten. Bislang bin ich nur auf Hürden gestoßen. Aufgeben werde ich auf keinen Fall. Und du? Wo willst du mal hin?«

»Ich weiß noch nicht so genau.« Sie presste die Worte zwischen ihren Lippen hervor. Wer behauptete eigentlich, dass man neben dem Joggen noch reden könne? »Ich liebe es zu recherchieren, mich in Geschichten zu hängen, Leuten zuzuhören, Puzzleteile zusammenzufügen, um am Ende etwas Neues, Ganzes daraus zu machen. Aber ich hab noch keine Ahnung, in welche Richtung ich mal gehen will, geschweige denn, für wen ich schreiben möchte«, prustete sie. Das waren eindeutig viel zu viele Worte für viel zu wenig Atemluft.

Einen Moment lang rannte sie schweigend, jedoch keineswegs geräuschlos neben ihm her. Der Schweiß hatte sich zu kleinen Seen zusammengetan, perlte von ihrer Stirn, über Nase und Lippen bis hin zum Kinn. Ein weiteres Rinnsal suchte sich seinen Weg ihren Rücken hinab. Bei manch einem mochte solch feuchter Glanz begehrenswert wirken. Sie bezweifelte, dass sie zu dieser Gruppe Mensch zählte. Die Haare klebten an Wange und Hals und sie wusste, dass ihre Gesichtsfarbe der einer reifen Tomate glich. Ob sie wohl nach Schweiß roch? Sie sah sich, wie sie sich langsam auflöste, in Bächen über den Boden floss, sich um die Räder seines Rollstuhls legte, um schlussendlich in einem der Gullis zu verschwinden. Eine wirklich dämliche Idee das mit dem Joggen.

Marc schaute auf sein Handy. »Wir haben jetzt drei Kilometer.« Dann sah er zu ihr rüber. »Ich finde, für den Anfang reicht's.«

Sie hielt an und ließ sich seufzend ins Gras fallen.

»Äh, ne! Sorry, aber an deiner Stelle würde ich noch ein

paar Schritte gehen. Wenn du so abrupt anhältst, ist das nicht so gesund.«

Sie schaute zu ihm hoch. »Kann es sein, dass du ein echter Sklaventreiber bist? Jetzt liegen dir die Frauen schon zu Füßen …!«

Er lachte. »Oh, wenn das so ist. Bleib ruhig noch ein wenig dort und schau zu mir hoch. Ich massier dir die Krämpfe später weg.«

Ann stand grinsend auf und ging langsam neben ihm her. »Darauf komme ich gern zurück.«

Sie bogen in die Goethestraße ab, um den Rückweg anzutreten.

»Wollen wir noch ein bisschen an die Seebrücke? Oder ist dir kalt? Du solltest jetzt nicht auskühlen.«

Wie süß. Er war besorgt um sie. »Auf dem Weg dorthin kommen wir am Haus meiner Oma vorbei. Wie wär's, wenn ich mir schnell die Nase pudere, mir nen Pulli einpacke und wir dann weiter zur Brücke gehen?«

»Klar!«

Während Marc auf der Terrasse wartete, stellte Ann einen neuen Weltrekord im Schnellduschen auf. Gut, dass wenigstens der Gartenweg, der von der Straße bis auf die Terrasse führte, ebenerdig war. Sie hatte leider nicht bedacht, dass das Haus ihrer Oma alles andere als rollstuhlgeeignet war. Zwei Stufen vor der Haustür, innen alles viel zu schmal. Nach stolzen zwölf Minuten stand sie wieder vor ihm. Ihre Haare hatte sie, nass, wie sie waren, zu einem Dutt hochgebunden. »Wir können!«

Jetzt, nach Ferienende war die Seebrücke so gut wie leer. Marc hatte sich aus seinem Handbike hinübergehangelt und zu Ann auf die Holzbank gesetzt. Es war ein warmer Tag gewesen. Es gab kaum Wind. Die Ostsee lag ruhig da – fast wie ein Spiegel.

»Bist du hier aufgewachsen?« Nachdem beide minutenlang aufs Meer geschaut hatten, traute sie sich kaum, die Stille zu durchbrechen.

»Ja, meine Eltern sind direkt nach der Wende hierher gezogen. Während die Ossis in den Westen wollten, sind sie genau in die andere Richtung. Was ziemlich typisch für sie ist.«

Ann holte ihr Handy raus. »Darf ich dir was zeigen?«

Er schaute sie erwartungsvoll an.

»Als ich vor ungefähr vier Wochen hierher kam, bin ich über dieses Foto gestolpert.« Sie reichte ihm das Telefon und wies auf das Display. »Es zeigt ein Bild von vor zwölf Jahren, das hier an der Seebrücke unten am Aushang angebracht war.«

Marc schaute stirnrunzelnd zunächst auf das Bild, dann zu Ann rüber.

»Bist du das?« Seine Stimme klang heiser.

»Ich hab keine Ahnung, wer die beiden sind.«

Erneut studierte er das Foto.

»Ich hab es kürzlich in einer verstaubten Kiste in einer alten Ausgabe der OZ gefunden. Ich hab dir doch erzählt, dass ich gern in alten Geschichten rumwühle …! Und da ich mir ziemlich sicher bin, dass ich das da nicht bin – es sei denn, man hätte mir einen Teil meiner Erinnerungen weghypnotisiert –, stellt sich unweigerlich die Frage: Wer ist das? Und wie kann das sein?« Sie schaute Marc an und versuchte, eine Reaktion auszumachen. Aber er blickte nur starr auf das Display in seiner Hand.

»Ich hab ein paar Nachforschungen angestellt und einen Mann ausgemacht, der zumindest vorgibt, den Jungen auf diesem Bild zu kennen. Telefonisch hat er mir mitgeteilt, ich könnte ihn übermorgen treffen.«

Sie machte eine Pause.

»Und jetzt möchtest du, dass ich dich begleite.«

»Würdest du?«

»Klar.« Er schaute noch einmal auf das Foto. »Glaubst du an Zufall oder an eine unbekannte, geheimnisvolle Verwandte?«

»Ich finde beides schwer vorstellbar. Es wäre jedoch ungemein spannend rauszufinden, ob sie mir heute und in der Realität auch so ähnlich ist.« Sie lächelte ihn dankbar an.

*

Das ›Weinhold‹ bestand aus einem Raum mit alten gedrechselten Stühlen, einer Bar, einem Kachelofen, Fischernetzen nebst ganzen Booten, die als Deko von der Decke hingen, und Räumen, in denen man Billard und Darts spielen konnte. Heute, an einem Mittwoch nach Ferienende, trafen sich hier nur ein paar Rentner und Einheimische. Eine größere Gruppe Männer hatte die kleinen quadratischen Tische neben der Theke zusammengeschoben und diskutierte lautstark. Einige gingen gerade rüber in den Nebenraum, wahrscheinlich, um sich im Dartsspielen zu messen. Keiner der Gäste schien davon Notiz zu nehmen, als Marc und Ann sich in der hintersten Ecke einen Platz suchten. Sie positionierte sich so, dass sie die Männer-Clique gut im Blick hatte, Marc parkte sich ihr gegenüber.

»Und jetzt?« Er schaute sie fragend an.

»Ich weiß nicht.« Ann linste an ihm vorbei und betrachtete die einzelnen Personen. »Beobachten wäre zunächst mein Mittel der Wahl. Kennst du da irgendwen?«

Marc drehte seinen Rolli zur Seite und schaute hinüber.

»Also, vom Sehen so gut wie alle. Der große Dünne mit den blonden Haaren ist hier Briefträger. Der im karierten Hemd, bei dem das Haar schon ziemlich licht ist, arbeitet an der Tanke unten in Bastorf. Auch die anderen hat man schon mal irgendwo gesehen. Aber kennen? Nö. Ich schlage vor, wir bestellen uns erst mal was zu essen. Weißt du schon, was du trinken willst?« Er lächelte der Bedienung zu, die das prompt als Aufforderung verstand herüberzukommen.

Sie bestellten sich zwei Bier und die Karte.

Ann beobachtete weiterhin die Gruppe am anderen Ende der Kneipe. Welcher davon war wohl Florian Lehmann? War er überhaupt dabei?

Die Bedienung brachte die beiden frisch Gezapften. Marc hatte sich Ann zugewandt und lächelte sie an. »Na, dann: Auf dass du was über deine Doppelgängerin rausfindest!«

Ann blickte nachdenklich in seine Richtung und trank einen Schluck.

»Du brauchst nicht nervös zu sein. Entweder er kann dir was erzählen oder eben nicht. Da hängt doch kein Leben dran, oder? Und wenn der Kerl frech wird, fahr ich ihn einfach über den Haufen!«

Ann musste lauthals loslachen, als sie sich vorstellte, wie ihr Begleiter mit seinem Rollstuhl wütend über verdutzte Männerkörper fuhr.

Marc bestellte sich ein Schnitzel mit Pilzen und Rahmkartoffeln, Ann war es eher nach Fisch mit Salat. Nachdem sie ihre Wünsche geäußert hatten, wandte sie sich noch mal der Bedienung zu. »Sagen Sie, kennen Sie zufällig einen Florian Lehmann? Er sagte, er wäre heute Abend hier.«

Die junge Frau schaute sie freundlich an. »Ja klar. Der ist mit seinen Jungs jede Woche hier.« Sie drehte sich ein wenig zur Theke. »Sehen Sie den jungen Mann, der mit dem

Rücken zur Bar sitzt? Der in dem T-Shirt in Dunkelblau? Das ist Flo.«

»Dankeschön.«

Während die Bedienung weiter zur Küche ging, schauten die beiden sich den Mann näher an. Er saß etwas im Hintergrund und schien sich über das Gerangel seiner Kumpel zu amüsieren. Keiner, der grölend im Vordergrund stand. Das war gut. Ann konnte Neandertaler nicht ausstehen.

»Ich geh da jetzt rüber. Wenn das Essen kommt, hab ich wenigstens einen Grund, das Gespräch zu beenden.« Sie holte tief Luft, stand, ohne eine Antwort abzuwarten, auf und ging mit energischen Schritten auf die lange Tafel zu.

Sie verlangsamte ihren Gang und umrundete die Gruppe, quetschte sich vorsichtig zwischen der Bar und den an der langen Tafel Sitzenden hindurch und ging zögernd auf Florian Lehmann zu. Der hob den Kopf und sah sie erstaunt an.

»Hallo, ich bin Johanna Arnold.« Sie reichte ihm zur Begrüßung die Hand.

Er schien kurz zu stutzen, dann aber hellte sich seine Miene auf. »Ach ja, die geheimnisvolle Dame mit dem Suchauftrag.«

»Genau die – ohne das ›geheimnisvolle‹ bitte. Ich ...«

»Du hast am Telefon gesagt, du meinst, du würdest ihn kennen.« Flos Blick flackerte unsicher zwischen seinen Händen und ihrem Gesicht hin und her. »Woher denn, wenn ich fragen darf?«

Sch ...! Dass sie aber auch ihr dummes Plappermaul nicht halten konnte. Eigentlich hatte sie vorgehabt, bei der Wahrheit zu bleiben: zufällig gefundenes Foto, Ähnlichkeit mit Mädchen, Neugier, fertig! Und jetzt? Sie konnte wohl kaum sagen: ›Nee, ich hab das nur so dahingesagt. Eigentlich kenn ich den gar nicht und das Mädchen auch nicht, aber ich bin halt so neugierig.‹ *Der hält mich doch für total blöd.* Wenn sie nur wüsste, was die Rieckhoff ihm erzählt hatte. Hatte die erwähnt, dass Ann sich für das Mädchen auf dem Foto ausgegeben hatte?

Na und? Das wirst du schon merken.

»Also: Seit meiner Kindheit bin ich jedes Jahr mehrfach in Rerik. Meine Oma wohnt hier«, erklärte sie. »Und da hab ich im Laufe der Zeit so einige Leute getroffen. Als ich durch Zufall über dieses alte Zeitungsfoto gestolpert bin, hat mich der Junge an jemanden erinnert, den ich mal kannte.« Egal, was soll's. Jetzt blieb sie eben bei dieser kleinen Lüge. »Eigentlich wollte ich bei der Zeitung nur anfragen, ob sie das Originalfoto noch haben ohne das Zeitungsraster, um es genauer betrachten zu können. So als Erinnerung. Daraus ist dann der Kontakt zu Frau Rieckhoff entstanden. Und jetzt stehen wir hier.« Sie lächelte entschuldigend.

Florian Lehmann hatte aufmerksam zugehört, schien noch etwas verwirrt und nachdenklich.

»Ehrlich gesagt, bin ich mir nicht mehr so sicher, ob der Junge vom Foto wirklich mein Bekannter von damals ist. Ich kann mich leider auch nicht mehr an seinen Namen erinnern. Du hast doch gesagt, du kennst ihn?« Ann beschloss die Flucht nach vorn.

»Hm, ja. Aber das ist lange her. Er war nur für einen Sommer hier in Rerik. Wir haben ein bisschen zusammen rumgehangen. Danach gab's kaum noch Kontakt.« Wieder schien er zu überlegen.

»Und das Mädchen? Du weißt, das von dem Foto. Kanntest du sie eigentlich auch?« Sie versuchte, ihre Stimme möglichst belanglos klingen zu lassen. So, nun war die Katze aus dem Sack. Sollte Lisa Rieckhoff ihm wirklich erzählt haben, dass sie sich für das Mädchen ausgegeben hatte, würde sie das jetzt schnell zu spüren bekommen.

»Kann ich das Foto noch mal sehen?«

»Klar.« Sie kramte in ihrer Handtasche, zog das Handy raus, suchte das Bild und hielt es ihm hin.

»Ach ja, die …! Also kennen ist zu viel gesagt. Sie war seine Freundin. Irgend so ne Urlaubsbekanntschaft.« Er lächelte verlegen. Dann fügte er leise hinzu: »Sie hatte Ähnlichkeit mit dir.«

Ann schluckte. »Tja, vielleicht ist er ja doch mein alter Bekannter und stand immer auf den gleichen Typ Mädchen … Wie hieß sie denn?« Nervös zupfte Ann ein paar imaginäre Fussel von ihrem Ärmel.

Was tust du da? Hör auf damit!

»Sie?« Er starrte aus dem Fenster. Dann lächelte er sie entschuldigend an. »Ich hab ein echt schlechtes Namensgedächtnis. Tut mir leid. Ich weiß es nicht mehr.«

»Kein Problem. Ist nicht wichtig.« Sie schaute ihn freundlich an. »Trotzdem vielen Dank, dass ich fragen durfte.« Sie wollte sich schon wegdrehen, da fiel ihr noch etwas ein. »Wie heißt er eigentlich, dein Kumpel von damals?«

Zögerlich fuhr er sich mit den Fingern durchs Haar. »Ich weiß nicht, ob er das so gern hätte, dass ich seinen Namen an jeden weitergebe. Was willst du denn damit?« Er schaute verlegen auf seine Schuhe, als gäbe es dort irgendetwas Interessantes zu sehen.

Sie runzelte die Stirn. Was war denn mit dem los?

Sie lachte. »Was glaubst du denn, was ich damit machen werde? Rauskriegen, wo er wohnt, und ihm so lange nicht mehr von der Pelle rücken, bis er mich heiratet?«

Sein Gesichtsausdruck zeigte, dass er mit ihrer ironischen Antwort nicht viel anfangen konnte.

»Nichts will ich damit. Ich dachte, es würde meinem Erinnerungsvermögen auf die Sprünge helfen.«

Schweigend musterte sie ihr Gegenüber. Ihre grünen Augen suchten fordernd nach seinem Blick.

»Egal. War wohl alles irgendwie ne Schnapsidee.« Sie bedankte sich nochmals und versuchte, sich den gleichen Weg zurück zu bahnen.

»Hey«, rief er hinter ihr her. Erneut drehte sie sich um. »Es tut mir echt leid. Ich wollte nicht unhöflich sein. Ich hoffe, du verstehst das. Vielleicht, wenn wir uns besser kennen würden.« Er holte Luft und guckte ein bisschen verschämt an ihr vorbei. »Spielst du Billard? Wir könnten uns die Tage zu einem Match treffen. Kannst es dir ja überlegen. Ich ruf dich an.«

Kapitel 6

»Hast du Marc von Florians Dating-Anfrage erzählt?« Marie hatte sie abends vorwurfsvoll angerufen, da Ann mehrere Tage nichts von sich hatte hören lassen.

Dating-Anfrage! Das war wieder typisch Marie. »Nein. Ist ja kein Date. Ist ein Informationsaustausch.«

»Na Hauptsache, der Lehmann sieht das genauso. Und was willst du nun machen?«

»Weiß nicht. Ein bisschen komisch war der schon.«

»Nur weil er seine Kontakte nicht mit jedem X-beliebigen teilen will? Ist doch eigentlich ganz sympathisch. Ich würde mich mit ihm treffen. Was ist schon dagegen einzuwenden? Wie sieht er denn aus? Beschreib mal.«

Ann dachte nach. »Also irgendwie unscheinbar. Nicht sehr groß. Nicht dick, aber auch nicht besonders sportlich. Braune Haare, oder sagt man ›straßenköterblond‹ dazu? Eben irgendwie nett.«

Nett ist die kleine Schwester von scheiße.

»Na hör mal! Das entspricht doch genau deinem Beuteschema: unscheinbar, aber goldig im Charakter! Wie alt?«

Ann schnaubte entrüstet durchs Telefon: »Unscheinbar, aber goldig im Charakter? Das ist also mein Beuteschema? Ich glaub, ich spinne …!«

»Ach Annilein! Lass dich doch nicht ärgern. Also: Wie alt?«

»Was weiß ich. Er könnte mein Alter haben, könnte aber auch schon Anfang dreißig sein. Lässt sich schwer schätzen.«

»Geh hin! Wer weiß, vielleicht verrät er dir den Namen ja doch noch, und du bekommst die Chance, deinen Zwilling kennenzulernen.«

*

»Die Laborergebnisse sind eindeutig.« Fredde schaute Marc vielsagend an. »Es wurden keine Rückstände von Haselnuss in den beiden Aromafläschchen nachgewiesen.«

»Und was heißt das nun für den Fall Barbieri?«

»Ergun hat ihn zu den Akten gelegt. Seiner Ansicht nach kann es nicht mehr eindeutig nachvollzogen werden, wie die Haselnussspuren in ihren Organismus gekommen sind. Er geht von einem Unfall aus. Er hält Fremdverschulden für extrem unwahrscheinlich.«

»Vielleicht hat er recht. Es gab nicht den Ansatz eines Motivs. Keine hohe Lebensversicherung, keinen Geliebten, keinen verschmähten Liebhaber, keine größeren Streitigkeiten … nichts, was als Motiv für einen Mord dienen könnte.« Marc zuckte resigniert mit den Schultern. »Trotzdem extrem unbefriedigend.«

»Wem sagst du das?« Freddes Laune war nicht die beste. »Mich fuchst es total, dass wir nicht nachweisen können, wie dieses scheiß Aroma in sie reingekommen ist.«

»Womit Mord nicht vollends auszuschließen wäre.« Marc sah seinen Kumpel nachdenklich an.

»Hey, Mann. Was soll ich machen? Der Fall liegt bei den Akten. Basta!«

»Ich mein ja nur.«

Eine Weile schaute jeder schweigend in seine Kaffeetasse. Dann hob Fredde den Kopf und grinste herüber.

»Du, was läuft da eigentlich mit dieser Ann? Ich habe gehört, du bist jetzt ihr Personal Trainer?«

»Ja, essen waren wir auch schon!« Marc grinste zurück.

»Hey-ho! Wenn da nicht alle Zeichen auf ›du weißt schon was‹ stehen!«

»Ach, lass mal. Sie ist ja doch nur noch ein paar Wochen hier.«

»Na und? Genug Zeit, um ein bisschen Spaß zu haben, oder? Und wenn mehr draus wird … das lässt sich schon irgendwie regeln. Du bist doch unabhängig, nicht an die Region gebunden«, versuchte Fredde ihn aufzumuntern.

Wir werden sehen, dachte Marc.

*

»Er hat eben wieder angerufen!« Es war kurz nach Mittag. Ann saß allein am Strand. Sie spürte die warmen Sonnenstrahlen auf ihrer Haut. Der Wind strich sanft durch ihr Haar. Mit der großen Sommerhitze schien es vorbei zu sein. »Hast du mich gehört?« Aufgeregt sprach sie in das Mikro ihres Mobiltelefons.

»Auch dir ein fröhliches ›Hallo‹«, kam es zurück. »Was habt ihr ausgemacht?«

»Er sagt, er hätte heute Abend Zeit.«

»Und was hast du gesagt?« Maries Stimme wurde ungeduldig. »Oh Mann, Ann! Lass dir doch nicht alles aus der Nase ziehen.«

»Wir sind um halb acht im Weinhold zum Billard verabredet.«

»Allein?«

»Klar – allein. Oder meinst du, der ist gefährlich? Er könnte mich natürlich mit nem Queue erschlagen. Nee, im Ernst, wie sieht das aus, wenn er allein kommt und ich ne Anstandsdame mitbringe?«

»Richtig, ich schätze, da musst du jetzt durch. Aber pass ja auf! Du weißt doch: In den richtig spannenden Thrillern sind immer die Netten, Harmlosen die durchgeknallten Typen, die den Mädels in der dunklen Gasse die Hälse aufschlitzen!«

»Marie!«

»Entschuldigung. Du musst ja nicht gleich in Panik verfallen. Trotzdem hätte ich gern, dass du mich anrufst, sobald du wieder Zuhause bist, okay?«

»Ja, Mama.«

»Lass das Witzeln. Wir machen jetzt ne Zeit aus. Sagen wir elf Uhr. Das muss für ein erstes ›Billard-Date‹ reichen.«

»Ist das nicht ein bisschen übertrieben?«

»Wenn ich bis elf nichts von dir gehört habe …«

»Dann machst du … was?«

»Dann schick ich die Kavallerie! Du gibst mir jetzt die Handynummer von diesem Fredde. Und zur Sicherheit auch noch die von Marc. Und Ann! Spätestens bis elf! Sonst kannst du dem Reriker Dorf-Sheriff einiges erklären.«

*

Eigentlich wollte er sie anrufen. Dann war er auf einer Spazierfahrt so in der Gegend rumgekurvt. Wie an unsichtbaren Fäden zog es ihn immer weiter in die Siedlung, in der Anns Oma wohnte.

Die Luft war noch erstaunlich warm. Es war ein schöner Spätsommertag gewesen. Solche Abende gab es sicher nicht mehr viele. In den nächsten Tagen sollte es stark abkühlen. Er schob seinen Rollstuhl den gepflasterten Weg zur Haustür entlang. Super! Wie sollte er jetzt an die Klingel kommen? Vorsichtig schaute er sich um. War irgendjemand zu sehen? Dann nahm er sein Handy und rief sie an. Es klingelte viermal, bevor der Verbindungsaufbau abgebrochen wurde. Hatte sie ihn weggedrückt? Wieder schaute er umher. Gab es irgendwo einen langen Pinn? Einen Stock? Damit hätte er versuchen können, den Klingelknopf zu drücken.

»Entschuldigung. Kann ich Ihnen vielleicht helfen?« Ein älterer Herr und sein Pudel standen auf dem angrenzenden Bürgersteig und schauten zu Marc hinüber.

»Ja, das wäre Klasse. Ob Sie so freundlich wären und den Klingelknopf für mich drücken könnten?«

Gott sei Dank ging der alte Herr danach sofort wieder seiner Wege, sodass Marc allein vor der Tür stand, als die sich öffnete. Rose schaute überrascht auf ihren Besuch.

»Guten Tag. Mein Name ist Marc Wendt. Ich bin ein Bekannter Ihrer Enkelin. Ist Ann, äh – Johanna da?« Er streckte ihr seine Hand zur Begrüßung entgegen.

Oma Rose stieg die Treppen zu ihm hinunter und nahm sie entgegen. »Oh, das tut mir aber leid, junger Mann. Da haben Sie sie gerade verpasst. Sie ist vor einer guten Viertelstunde gegangen.«

»Sie wissen nicht zufällig, wohin sie wollte?«

»Oh doch. Sie wollte sich mit jemandem im Weinhold treffen. Ich glaube zum Billardspielen.« Sie lachte. »Ich wusste gar nicht, dass mein Mädchen so was kann.«

»Ach so. Da kann man nichts machen. Trotzdem vielen Dank und einen schönen Abend.« Vorsichtig drehte er den Rolli auf dem schmalen Patt um und fuhr durchs Tor hinaus.

Sie war im Weinhold verabredet? Schon wieder? Nachdenklich fuhr er am Spielplatz vorbei, ließ den Sportplatz links liegen und bog auf die Mittelallee ein. Seltsam, sie hatte gar nichts erwähnt. An der Kastanienallee hielt er sich rechts und traf kurze Zeit später auf die Seestraße. Als er die bis zum Ende gefahren war und auf der Strandstraße stand, traf er eine Entscheidung. Ein paar Hundert Meter weiter runter lag das Weinhold. Auf der Höhe der Kneipe angekommen, zögerte er. Und jetzt? Rein wollte er eigentlich nicht. Er fuhr die Einfahrt hoch und sah vorsichtig durch eines der zwei Fenster in den Schankraum. Das Restaurant war gut besucht. Ann konnte er nicht entdecken. Die Billard-Tische standen aber auch im hinteren Teil des Gebäudes. Nachdenklich rollte er die Einfahrt wieder hinunter. Er nahm das Telefon und wählte Freddes Nummer.

»Hey, mein Freund. Einsamer Behinderter sucht Kumpel, zwecks gemeinsamen Biertrinkens.«

»Dann komm in die Wache. Ich hab Spätschicht. Hier gibt's aber nur Wasser und Kaffee.«

*

»Puh! Das war aber mehr als eng, Liebchen!« Marie schnaubte erleichtert durchs Telefon. »Es sind nur noch ein paar Sekunden bis elf! Ging's nicht ein bisschen knapper? Was hättest du gemacht, wenn die Kavallerie nun schon angestürmt gekommen wäre?«

»Hätten wir vorher einen Uhrenvergleich machen sollen?« Ann war vollkommen außer Atem. Flo hatte sie unbedingt nach Hause bringen wollen, der Sicherheit wegen. Sie konnte ihn dann überzeugen, dass sie die letzten zwei Straßenzüge allein schaffen werde. Nachdem sie sich verabschiedet hatten, hatte Ann sofort Marie angerufen.

»Und was schnaufst du so? Bist du etwa noch gar nicht Zuhause?«

»Nee, aber gleich. Du hast mich mit deinem gruseligen Halsaufschlitzer-Gelaber so kirre gemacht, dass ich grad den Weltrekord im Schnellgehen aufstelle.« Sie drehte sich um.

Kein Verfolger in Sicht. »Pass auf, ich melde mich in zehn Minuten wieder, okay? Bis gleich.«

Ann schlich leise hoch ins Gästezimmer, schlüpfte in ihre Wohlfühl-Klamotten, begab sich für einmal Zähneputzen nebst Schnellwaschgang ins Bad und ließ sich dann auf ihr Bett fallen. Schon hatte sie Marie wieder in der Leitung.

»So, und jetzt hätte ich gern jedes Detail …«, hörte Ann zur Begrüßung.

»Tja, eines ist sicher: Flo wäre ein super Therapeut. Ich hab geplappert wie ein Wasserfall.«

Du und Journalistin? Toller Witz!

»Wie meinst du das?«

»Kennst du diese Typen, die einfach nur da sind, nicht viel sagen und denen man sofort sein Herz ausschüttet? So ungefähr.«

»Alles klar«, ertönte es erleichtert aus dem Handy. »Du weißt schon, dass solche Typen entweder schwul sind oder sexuell dermaßen uninteressant, dass unsere Hormone sie automatisch unter ›seelischer Mülleimer‹ und ›Taschentuchhalter‹ abspeichern?«

Anns geistiges Auge sah Florian Lehmann vor sich, wie er mit einem muskulösen Mann knutschte, ihm das üppige Brusthaartoupet kraulte und gleichzeitig übers Internet die nächste Taschentuchlieferung klarmachte. Sie lachte. »Ja, wahrscheinlich hast du recht. War trotzdem ein schöner Abend. Und das Wichtigste: Ich habe niemanden mit dem Queue aufgespießt, geschweige denn das Grün durchlöchert!«

Ja, da freut sie sich.

»Ich bin stolz auf dich. Hat er dir wenigstens den Namen von ›du weißt schon wem‹ gegeben?«

»Das Foto war den ganzen Abend lang kein Thema. Wie

gesagt: Ich hab viel zu viel geredet. Von ihm habe ich immerhin erfahren, dass er neunundzwanzig ist und als Elektriker in Rerik arbeitet.«

»Na bravo, du Super-Journalistin! Bei dieser Ausbeute weiß ich wirklich nicht, wie es um deine Karriere bestellt ist.«

»Aber …« Ann machte eine bedeutungsschwangere Pause.

»Aber was?«

»Zum Abschied …«

»Hat er versucht, dich zu küssen!«

»Quatsch! Zum Abschied hat er mir den Namen sozusagen ins Öhrchen geflüstert! Einfach so. Ohne dass ich gefragt habe.«

Auch ein blindes Huhn findet mal ein Korn.

»Nein!«

»Doch! Und jetzt kommst du!«

»Na, wenn das mal nicht der große Durchbruch ist«, lachte Marie.

»Tja, eine gute Journalistin wie ich, mit meinem Charme …«

Aber sicher …

»Und wie heißt der mysteriöse Ric nun richtig?«

»Federico Chessa!«

*

Er beobachtete sie nun schon eine ganze Weile. Sein Verstand sagte ihm, dass er sich fernhalten sollte, dass es verrückt war, was er da tat. Aber er konnte nicht anders. Es war wie ein Zwang. Er wollte in ihrer Nähe sein. Er mochte ihre klaren grünen Augen mit den bernsteinfarbenen Sprenkeln, ihren Blick, mit dem sie die Welt und alle darin befindlichen Akteure zu durchleuchten schien. Ihr langes, glattes Haar schimmerte in einem warmen Braunton. Es war weich und roch unglaublich gut. *Sie* roch unglaublich gut – gefährlich gut. Da hatte er sich hinreißen lassen. Er musste sie einfach kennenlernen. Er wollte ihr Vertrauen, ihr Interesse – dafür hatte er sich aus seiner Deckung begeben, hatte viel riskiert. Zu viel, sagte sein Verstand. War das so? Was konnte schon passieren? Es lag in seiner Hand. Er konnte das Ganze jederzeit beenden. Er hatte alles unter Kontrolle. Inzwischen hatte er einiges an Informationen über sie gesammelt, wusste, wo sie wohnte, besaß ihre Telefonnummer, am Ende vielleicht sogar ihre Zuneigung.

Auch der Einbruch bei Lisa Rieckhoff war ein voller Erfolg gewesen. Er hatte alles sorgsam durchgesehen und versucht, die Dinge einzuschätzen. Wie gefährlich konnte Ann ihm werden? Konnte es nicht doch sein, dass die Rieckhoff, bevor sie gestorben war, ihre Informationen noch an Ann weitergegeben hatte? Fragen, auf die er – noch – keine Antworten hatte und die ein hohes Maß an Risiken bargen.

Dinge mit ungewissem Ausgang gehörten nicht in sein Leben. Bei ihm war alles eindeutig und durchgeplant. Wenn etwas nicht passte, wurde korrigierend eingegriffen.

Lisa Rieckhoff hätte nicht in Dingen herumschnüffeln sollen, die sie nichts angingen. Es war nicht seine Schuld. Jeder war für sein Leben und das, was er tat, selbst verantwortlich. Er hatte nur reagiert. Besiegelt hatte sie ihr Schicksal selbst. Sie hätte das ja nicht tun müssen! So war er gezwungen worden zu reagieren. Fressen und gefressen werden. Die Natur hatte den Überlebensinstinkt nicht ohne Grund entwickelt.

Das mit Ginevra hingegen war schon ärgerlich. Er konnte nichts Schlechtes über sie sagen. Sie hatte ihn nie großartig gestört, er hatte es sogar als angenehm empfunden, wenn sie in der Nähe gewesen war. Aber was sollte er machen? Sie hatte ein Gedächtnis wie ein Elefant. Man sollte mit seinem Wissen nicht prahlen. Wäre sie nicht so gesprächig gewesen, wäre sie vielleicht noch am Leben. Aber so? Erst sie hatte die Informationen geliefert, an die sich keiner mehr erinnern sollte, die Verknüpfungspunkte hergestellt, die sich eigentlich längst aufgelöst haben sollten.

Als sie vor ihm zusammengebrochen war, ihn mit verständnislosen, angsterfüllten Augen angestarrt hatte, nach Luft ringend, hatte er gewusst, dass es keine andere Möglichkeit gegeben hatte. Nicht, dass es ihm Spaß gemacht hatte, ihr beim Sterben zuzusehen. Er empfand keine Freude daran, andere Lebewesen zu töten. Er fühlte weder Genugtuung noch Lust – aber auch kein Mitleid. Er wusste nur, dass es sein musste, dass er das Richtige tat.

Er hatte sich das nicht ausgesucht. Im Gegenteil. Es war sogar eine Zumutung, einem Körper beim Sterben zuzusehen. Wie Ginevra da am Boden gelegen und unkontrolliert gezuckt hatte, war kein besonders ästhetischer Anblick gewesen. Als er gedacht hatte, es wäre endlich vorbei – die Atmung hatte ausgesetzt –, war er eines Besseren belehrt worden. Nach fast zwei Minuten hatte der Mund in diesem mittlerweile leicht aufgedunsenen, bläulich verfärbten Gesicht mit einer Art Schnappatmung begonnen und seine Nerven strapaziert.

Nachdem auch diese lästige Phase überstanden gewesen war, hatte er noch weitere zehn Minuten gewartet. Die Zuckungen hatten aufgehört, die Atembewegungen waren verschwunden. Ginevras Pupillen hatten ihn weit und dunkel angestarrt. Als er geglaubt hatte, sie müsse nun endlich tot sein, hatte er das Handy aus ihrer Tasche genommen, die er die ganze Zeit in seinem Arm gehalten hatte, und es ihr in die schlaffe Hand gelegt. Niemand sollte sich wundern, warum sie nicht versucht hatte, Hilfe zu holen. Sie hatte es wohl einfach nur nicht mehr geschafft.

Obwohl er Handschuhe getragen hatte, hatte er unnötigen Kontakt mit ihrem Körper vermieden. Er hasste es, totes Fleisch anzufassen. Er hatte darauf verzichtet, ihren Puls zu erfühlen, zu kontrollieren, ob das Herz wirklich aufgehört hatte zu schlagen. Nach zehn Minuten wäre eine Rettung ohnehin nicht mehr möglich gewesen, das wusste er. Die fehlende Sauerstoffzufuhr hatte das Gehirn irreparabel zerstört.

Hätte er es doch getan, hätte er merken können, dass es noch weitere drei Minuten gedauert hatte, bis Ginevras Herz für immer schwieg.

Auch was Ann anging, war ein Plan in ihm gereift, sie endgültig von ihren Nachforschungen abzuhalten. Doch dann hatte er sie das erste Mal gesehen. Und von da an war es wie ein Sog gewesen.

Er gehörte weiß Gott nicht zu den schreckhaften Menschen, aber dieser Anblick hatte eine Schockwelle durch seinen Körper fahren lassen. Im ersten Moment hatte er wirklich gedacht, Meja stünde dort. Doch dann war eine Geste, eine Mimik nach der anderen zum Vorschein gekommen, die es so bei Meja nicht gegeben hatte, die diese Frau dort so ganz anders wirken ließen.

Er atmete tief durch.

Erstaunlich, diese Ähnlichkeit – und unerklärlich faszinierend.

Von da an hatte er nach und nach herauszufinden versucht, wer sie war, was sie wusste und ob er den Lauf der Dinge korrigieren musste. Bislang sah es aber nicht danach aus. Die meisten, die der neugierigen Frau mit den faszinierend grünen Augen etwas von Meja hätten erzählen können, gab es nicht mehr. Und die, die es doch konnten, waren außer Reichweite oder unter seiner Kontrolle. Also: Was sollte schon passieren?

Er hatte alles im Griff.

Einschließlich Ann. Und er würde dafür sorgen, dass das auch so blieb.

Von nun an würde er sie nicht mehr aus den Augen lassen. Ein Gedanke, der ihm sehr gefiel.

*

Ann saß im Schneidersitz in der Fensternische ihres Gästezimmers, hatte ihr Notebook auf dem Schoß und suchte im Internet nach allen erdenklichen Varianten zu Federico Chessa. Gleichzeitig war Marie via Skype zugeschaltet. »Ich finde einfach nichts Brauchbares.« Sie gab einen Unmutslaut von sich.

»Konntest du den Lehmann nicht fragen, woher dieser Chessa kam? Aus Italien? Aus Deutschland …?«

»Superwitzig, Marie. Er hat mir den Namen zum Abschied ins Ohr geflüstert und ist danach gleich verschwunden. Da blieb nicht viel Zeit für eine Fragestunde.«

»Dann ruf ihn an und frag. Ihr kennt euch doch nun gut genug, oder?«

»Gute Idee! Wenn ich seine Nummer hätte …«

»Wie jetzt?«

»Er hat *mich* angerufen und mir seine Nummer nicht gegeben. Ich hab ihn auch nicht danach gefragt.«

»Aber wenn er dich auf dem Handy angerufen hat, siehst du die Nummer doch automatisch.«

»Nur, wenn sie angezeigt worden wäre. Er scheint aber ›Nummer unterdrücken‹ eingestellt zu haben.« Sie drehte ihr Handy so zur Web-Kamera, dass Marie das ›Unbekannt‹

auf dem Display lesen konnte. »Ich kenne total viele, die ihre Nummer nicht aussenden. Meistens wissen die das gar nicht oder haben keine Ahnung, wie man es anders einstellt. Meine Eltern gehören auch dazu. Papa meint jedes Mal, er müsse das mal ändern, und dann bleibt es doch wieder dabei.«

»Und jetzt sollen wir warten, bis dieser Flo sich wieder bei dir meldet?« Ann sah, wie Marie ungeduldig auf ihrem Sofa hin und her rutschte. »Oh Mann, Ann! Du bist doch die mit dem Journalistik-Studium! Was macht man denn, wenn man vermisste Personen finden will?«

Ann dachte nach. Marie hatte recht. Bislang war sie nicht sehr professionell vorgegangen.

»Also erst mal analysiert man alle Fakten, die einem über die Person bekannt sind, und sondiert das Umfeld, in dem die/der Vermisste zuletzt gesehen wurde.«

»Gut, fangen wir an. Was haben wir?«

»Wir haben ein Foto, was den zwölf Jahre jüngeren Federico Chessa mit seiner damaligen Freundin in Rerik zeigt.«

»Was stand noch mal auf dem Zettel, der auch auf dem Foto zu sehen ist?«

»Warte ...! Ah hier: ›Tut mir leid. Hau nicht einfach ab! Komm zu O. Tom und lass reden. Ric‹«

»Die scheinen sich also gestritten zu haben. Sie ist abgehauen, beziehungsweise hat sich nicht mehr bei ihm gemeldet, und er hat einen Versöhnungsversuch mit ungewissem Ausgang gestartet. Toll! Wie soll uns das weiterbringen?«

»Hm, wer oder was ist wohl ›O. Tom‹?«

»›O. Tom‹ wie Onkel Tom? Vielleicht der Onkel von Federico?«

»Meinst du? Ich weiß nicht ...! Welcher Italiener heißt

Tom mit Vornamen? Und würdest du deine Sommerliebe zur Aussprache zu deinem Onkel bitten? Das hört sich alles sehr unwahrscheinlich an. Vielleicht gibt es, oder gab es, ja mal eine Kneipe mit dem Namen ›Onkel Tom‹, so wie ›Onkel Toms Hütte‹?«

»Gute Idee! Was sagt das Internet zu dieser These?« Marie schaute Ann bei der Suche zu.

»Nichts. Wenn es da was gab, ist es nicht verzeichnet. Aber sag mal, wenn wir davon ausgehen, dass Federico Chessa in Rerik Urlaub gemacht hat …«

»Jaaa?«

»Fällt dir nichts auf? Wo machen Italiener im allgemeinen Urlaub? Bestimmt nicht an der Ostsee in einem kleinen Dorf ohne große Sehenswürdigkeiten.«

»Stimmt! Wenn sie in Deutschland Urlaub machen, dann nur in den Metropolen wie Berlin, Köln oder München, um sich Dinge anzusehen oder shoppen zu gehen. Badeurlaub machen die im eigenen Land oder in anderen heißen, südlichen Gefilden – nicht bei uns im wetterunbeständigen Deutschland.«

»Richtig. Das heißt: Entweder er hat hier gelebt, oder er hat jemanden besucht.«

»Gelebt hat er hier nicht. Flo hat doch gesagt, Ric wäre nur für einen Sommer da gewesen. Wenn er aber jemanden besucht hat, ist die Wahrscheinlichkeit hoch, dass es sich um Verwandte gehandelt hat, die vielleicht sogar noch hier leben.«

»Rerik war aber wohl kaum der Ort, in den viele italienische Gastarbeiter ausgewandert sein dürften. Bei uns, besser gesagt im angrenzenden Ruhrpott, da sind in den Fünfzigerjahren viele italienische Gastarbeiterkolonien entstanden. Hier gab es die Industrie, die dringend Arbeiter brauchte. Die Deutsche Regierung hat damals viel Geld dafür gezahlt, dass sie zu uns rübergekommen sind. Die Siedlungsstrukturen lassen sich heute noch erkennen. Aber in Rerik? Welchen Italiener sollte es dorthin verschlagen haben? Schon gar nicht zu DDR-Zeiten.« Ann dachte laut nach. »In welcher Branche tummeln sich in ganz Deutschland vermehrt italienische Landsleute? Eine Branche, mit der selbst das beschauliche Örtchen Rerik aufwarten kann? Natürlich: Gastronomie!«

»Die Gastronomie!« Ann und Marie hatten fast zeitgleich gerufen.

»Aber klar«, begeisterte sich Marie, »überall gibt es den Italiener an der Ecke, von der Billig-Pizzeria bis zum Edel-Restaurant, und dann noch die ganzen Eisdielen, fest in italienischer Hand!«

Aufgeregt durchforstete Ann die Reriker Gastronomie-Szene nach passenden Lokalitäten und ließ sich deren Besitzer anzeigen.

»Fehlanzeige! Keiner der Inhaber hat den Familiennamen ›Chessa‹.« Sie ließ enttäuscht die Schultern hängen. Dabei hatte sie so ein gutes Gefühl gehabt, dass sie auf dem richtigen Weg waren.

Du wirst doch jetzt nicht aufgeben!

»Es muss ja nicht gleich der Inhaber sein«, munterte Marie sie auf. »Es gibt doch noch die ganzen Angestellten. Auch diese Jobs werden häufig an Landsleute vergeben. Wobei ...«

»Ja?«

»In manchen Regionen handelt es sich natürlich um ein reines Saisongeschäft. Eisdielen, manchmal sogar die Restaurants in den Sommerurlaubsgebieten, schließen im Winter, und die Gastarbeiter gehen zurück in ihre Heimatländer.«

Ann grübelte. »Aber die müssen für die Zeit doch in Deutschland gemeldet sein, oder? Kann man das irgendwo einsehen?«

»Ich weiß nicht. Du könntest ganz allgemein das Einwohnermelderegister checken, ob noch irgendjemand namens ›Chessa‹ in Rerik geführt wird, und hoffen, dass es den Namen nicht so häufig gibt wie bei uns ›Müller‹ oder ›Schmidt‹. Nachdem das Telefonregister im Internet nichts hergegeben hat, ist ein Erfolg darüber aber wohl eher unwahrscheinlich. Und über die Arbeitserlaubnis? Puh … ich glaube nicht, dass man dir da Einsicht ermöglicht. Vor allen Dingen nicht in Akten von vor zwölf Jahren. Wer weiß, wie lange der von Ric Besuchte in Rerik gearbeitet hat.«

»Und ob er überhaupt den gleichen Nachnamen wie Federico hat …« Ann seufzte verzweifelt.

Marie lächelte ihr ermutigend zu. »Ich glaub immer noch, dass wir auf der richtigen Fährte sind. Vielleicht denken wir einfach zu kompliziert. Wie gesagt: Rerik ist ein Dorf – und der Italiener an sich sehr familienbezogen, gesellig und stolz auf seine Herkunft. Die meisten von denen kennen sich doch untereinander, also zumindest in so einem kleinen Ort. Ich an deiner Stelle würde mir alle Restaurants, Pizzerien und Eisdielen unter italienischer Flagge in Rerik raussuchen und abtelefonieren.«

»Und dann sag ich was?«

Ich fass es nicht! Muss dir eine Caféhaus-Bedienung jetzt sagen, wie du an Informationen kommst?

»Du möchtest mit Federico Chessa sprechen. Und dann werden wir sehen, was passiert. Entweder man kennt eine Familie Chessa, ob nun Federico oder andere Mitglieder, oder man weiß, wer sie kennen könnte. Also zu verlieren hast du durch die paar Telefonate jedenfalls nichts.«

Ann suchte und fand drei Pizzerien und zwei italienische Eisdielen in Rerik. Wobei die Eisdielen zu zwei der drei Restaurants gehörten. »Na, das wird übersichtlich«, sagte sie und begann mit der Pizzeria ›Firenze‹. Hier bekam sie als Antwort nur, dass bei ihnen kein Federico Chessa arbeiten würde.

Ann schaute zu Marie auf den Computermonitor. »So, die sind also alle eine große Familie und kennen sich untereinander …?«

Marie zuckte schuldbewusst mit den Schultern. »Zwei Versuche hast du noch.«

»*Buon giorno. Ristorante Casa di Mare.* Was kann ich für Sie tun?«

»Arnold. Guten Tag. Könnte ich bitte mit Federico Chessa sprechen?«

»Oh, das tut mir leid. Der arbeitet nicht mehr bei uns. Also schon ziemlich lange nicht mehr.«

Anns Herz machte einen Hüpfer. Sie sah, wie Marie sich gespannt nach vorn beugte. »Ach, das hatte ich mir schon fast gedacht. Es wäre auch zu schön gewesen. Sie haben nicht zufällig seine Adresse oder Telefonnummer?«

Sie hörte, wie sich der Mann vom Telefon wegdrehte und mit irgendwem im Hintergrund ein paar italienische Sätze wechselte. Dann knackte und knisterte es, und eine andere Stimme meldete sich. »Tomasso Mancini. Sie suchen meinen Neffen?«

»Hallo, Herr Mancini. Mein Name ist Johanna Arnold. Ich kenne Federico von früher, bin für ein paar Tage in Rerik und dachte, ich melde mich mal bei ihm. Leider hab ich seine Kontaktdaten nicht mehr. Ich wusste aber noch, dass er mal bei seinem Onkel, also bei Ihnen, gearbeitet hat. Sie haben nicht zufällig seine Adresse oder Telefonnummer?«

Ann biss sich auf die Unterlippe. Hoffentlich war diese Lüge jetzt nicht zu frech. Marie rutschte vor Nervosität wieder hin und her und schaute sie mit vor Spannung weit aufgerissenen Augen an.

»So, so, scheinbar erfreut sich Federico nach wie vor großer Beliebtheit bei der Damenwelt. Es tut mir leid, ich kann Ihnen nicht mal sagen, ob ich im Besitz seiner Adresse bin. Da müsste ich lange suchen. Soviel ich weiß, soll er nach Rostock gezogen sein. Obwohl das gleich nebenan liegt, war er seit ewigen Zeiten nicht mehr bei uns. *Scusi,* mehr weiß ich nicht.«

»Oh, das macht nichts. Vielen Dank. Sie haben mir sehr geholfen. Ich finde ihn bestimmt auch über das Rostocker Telefonverzeichnis. Nochmals vielen Dank. Auf Wiedersehen.«

Marie hüpfte vor Freude auf ihrem Sofa herum und quietschte laut. »Ja! Du hast ihn!«

Ann schaute ihr lachend dabei zu. »Erst mal abwarten. Das wird sich jetzt rausstellen.« Sie rief das örtliche Telefonverzeichnis von Rostock auf und betete inständig, dass er sich dort hatte registrieren lassen.

Da! Fassungslos starrte sie auf den Monitor.

Der Eintrag lautete:

Federico Chessa und Sophia Lange,
Dr.-Schiffer-Str. 30, 18107 Rostock

»Nun sag schon! Hast du ihn gefunden?«

Langsam las sie Marie die zwei Zeilen vor. Ja, sie hatten ihn gefunden. Den mysteriösen Jungen von dem Foto. Und er wohnte nicht mal vierzig Kilometer von hier entfernt.

In ihrem Bauch kribbelte es ganz unglaublich. Sie fühlte

sich, als hätte sie das größte Geheimnis der Menschheitsgeschichte aufgedeckt. Dabei wusste sie immer noch nichts über dieses Mädchen. Doch nun kannte sie die Adresse von einem, der mal mit ihm zusammen gewesen war und sich bestimmt noch gut erinnern konnte. Vielleicht wenigstens an ihren Namen und woher sie kam. Das zumindest war ihre Hoffnung.

»Und, rufst du ihn gleich an?« Marie hatte sich wieder ein wenig beruhigt und schaute sie erwartungsvoll an. Dabei konnte sie Ann fast denken hören. »Johanna …?«

»Was soll ich ihm denn sagen?« Anns Gedanken rasten. Wie konnte sie es schaffen, dass dieser Federico ihr die Tür öffnete und über seine Jugendliebe von vor zwölf Jahren sprach? Wem würde *sie* die Tür öffnen? Einer ihr unbekannten Person, die meinte, sie sähe einer verflossenen Liebe ähnlich? Wohl kaum. Sie brauchte irgendetwas Vertrauenswürdiges, irgendetwas Offizielles. »Ich hab's. Ich schreib ihm einen Brief.«

»Du machst bitte was?« Marie schaute sie ungläubig an.

»Ich schreibe ihm. Da ich seine E-Mail-Adresse nicht habe, bleibt ja wohl nur der postalische Weg.«

»Und warum rufst du ihn nicht einfach an?«

Weil sie Schiss hat.

»Jetzt überleg doch mal. Ich würde bei so einer verrückten Geschichte doch auch sofort auflegen. Du wirst von irgend einer fremden Irren angerufen, die behauptet, sie sähe deiner verflossenen Liebe ähnlich und dich bittet, ein bisschen aus der Vergangenheit zu erzählen, und die dann auch noch die Kontaktdaten deiner damaligen Freundin haben möchte. Da hast du doch aufgelegt, noch bevor der letzte Satz gesprochen ist.«

»Und wenn du einfach bei ihm vorbeifährst? So gefährlich siehst du nun wirklich nicht aus.«

Tut sie eh nicht.

»Also, ich würde mich nicht reinlassen. Nein, je mehr ich über das Ganze nachdenke, desto mehr bin ich der Überzeugung, dass das der richtige Weg ist. Ich schreibe ihm einen Brief, in dem ich erkläre, wie ich entdeckt habe, dass ich seiner damaligen Freundin extrem ähnlich sehe und dass ich verständlicherweise gern mehr über meine Doppelgängerin erfahren würde.«

»Dann mach aber nicht den Fehler, und schreib ihm, dass er sich bei Interesse ja bei dir melden kann. Das macht er so oder so nicht. Am besten kündigst du einfach deinen Besuch an.«

»Du hast recht. Damit er sieht, dass ich keinen Mist erzähle, lege ich noch ein Foto von mir und meine Telefonnummer dazu. Falls ihm der Termin nicht passt, kann er sich bei mir melden. Heute haben wir Freitag. Wenn ich den Brief gleich noch zur Post bringe, ist er morgen da. Also melde ich mich für kommenden Sonntag an.«

Kapitel 7

»Und das Ostrockmuseum hat am Wochenende wirklich geschlossen? Schade. Das wär bestimmt witzig geworden.« Ann lachte und guckte Fredde durch den Rückspiegel an. Helen, Lena und Sven fuhren im Auto hinter ihnen. Zusammen mit Isabelle, Fredde und Marc hatten die drei Ann einen Ausflug versprochen, auf dem sie ihr etwas aus ihrer Heimat näherbringen wollten. Es war leicht bewölkt und mit knapp neunzehn Grad perfektes Wetter für eine Tour durchs Umland. »Verratet ihr mir, wo es stattdessen hingehen soll?«

»Wir machen heute Kultüüür!« Isabelle grinste sie an.

»Na, da bin ich ja mal gespannt.«

Sie plauderten eine ganze Weile über dies und das. Nach ungefähr einer Stunde überquerten sie die Stadtgrenze von Schwerin. Als Fredde den Wagen schließlich parkte, konnte Ann auf ein imposantes Schloss blicken. Es lag auf einer Insel inmitten eines Sees und glänzte hell im Sonnenlicht. Ein richtiges Märchenschloss.

»Et voilà! Das Schweriner Schloss. Wir lustwandeln heute durch das Schlossmuseum, erfreuen uns an der Schönheit des Barockgartens und der landschaftlichen Architektur der Herren Lenné und Klett und genießen schlussendlich ein Stück Kuchen in der fürstlichen Orangerie.« Fredde hatte der Ansprache durch den leicht nasalen Ton einen adeligen Anstrich gegeben, was Isabelle mit einem Lachkrampf quittierte.

Ann stieg aus. »Sieht das toll aus. Ich bin begeistert! Ich will alles sehen – bis die Füße qualmen!«

Fredde holte den Rollstuhl aus dem Kofferraum und stellte ihn neben der Beifahrertür auf. Geschickt ließ Marc sich hinübergleiten.

Sie gingen über die breite Brücke auf das Hauptportal zu. Dann bogen sie rechts ab und folgten den Hinweisschildern zum Eingang des Schlossmuseums, wobei sie das imposante Gebäude ein paar Meter umrundeten. Nachdem sie die Eintrittskarten bezahlt hatten, war es, als tauchten sie in eine andere Welt ein. Man konnte sich kaum vorstellen, dass hier wirklich mal Menschen gelebt hatten. So ein unglaublicher Prunk.

»Darf ich vorstellen«, flüsterte Marc, »die Gemächer des Großherzogs und seiner Gemahlin.«

Fasziniert flanierte die Gruppe durch riesige Säle, bestaunte die Silberkammer, die Meißner Porzellansammlung im ehemaligen Kinderzimmer des Herzogs und den verschwenderisch ausgestatteten Thronsaal.

Die Porträts der Herzöge der mecklenburgischen Fürstendynastie beflügelten Isabelles Fantasie. Um nach ihren, gelinde gesagt, unfürstlichen Ausführungen nicht durch lautes Lachen in Ungnade zu fallen, sprich aus dem Schloss geworfen zu werden, schoben Sven und Fredde Isabelle kurzerhand aus dem Saal – begleitet von einem empörten Kopfschütteln einiger Kulturbeflissener.

Nach zweieinhalb Stunden Prunk und Glanz machte sich die Gruppe auf, den Schlossgarten zu erkunden. Ann hatte das Gefühl, hinter jedem Baum, hinter jeder Biegung einer der unzähligen Hecken würden sie auf die Bewohner aus den vergangenen Jahrhunderten treffen.

Ein paar Hundert Meter weiter ließen sie sich auf eine der zahlreichen Bänke fallen.

»Ich bin vollkommen fertig«, stöhnte Ann.

»Wir könnten noch ein bisschen durch den Irrgarten irren«, schlug Fredde vor und grinste Isabelle verwegen an.

»Au ja! Ich verirre mich, und du musst mich retten! Mein Prinz.« Sie drückte ihm einen dicken Kuss auf die Wange.

»Irrt ihr mal schön herum. Ich bleibe hier. Irgendeiner muss euch ja wieder rausholen, wenn ihr nicht zurückfindet.« Marc machte eine großzügige Geste.

»Ich bleib auch hier.« Ann sah zu Marc. »Wenn das okay ist? Mir tun vom Lustwandeln gewaltig die Füße weh.«

Außerdem wusste sie, dass ein Irrgarten der perfekte Ort für fantastischen Wesen und dunkle Geschichten war. Die Frage war, ob sie aus denen so schnell wieder herausfinden würde.

Helen, Lena und Sven wollten sich die Orangerie anschauen und einen Blick auf die Speisekarte werfen.

»Bis später. Wenn die Irren wieder rausgefunden haben, kommen wir nach.« Marc winkte den dreien hinterher.

»Puh, hier macht man ganz schön Meter. Hatten die im Barock nicht so hohe Schühchen? Die Männer doch auch, oder?« Ann rieb sich das rechte Fußgelenk und legte dann ihre Beine lang über die Bank. »Ich bin mir sicher: Die kannten ihre eigenen Gärten nicht.«

»Zumindest was das angeht, bin ich eindeutig im Vorteil. Bis auf den Aufgang zum Hofdornitz, mit seinen Jagd- und Prunkwaffen, ist hier alles barrierefrei. Ich wäre der perfekte Großherzog. Oder was meinst du?« Er lächelte sie an.

»Aber klar. Ich sehe es bildlich vor mir. In edlem Samt gekleidet, mit feinen Schühchen an den hochwohlgeborenen Füßchen …! Und die Untergebenen kniend zu dem großherzoglichen Rollgefährt.« Sie rutschte von der Bank und kniete mit gesenktem Kopf vor ihm nieder.

»Sie möge sich erheben!« Er wedelte mit seinem Arm vor ihrem Gesicht.

Beide fingen schallend an zu lachen. Ann ließ sich wieder auf die Bank fallen.

»Ich wollte dich am letzten Donnerstag besuchen, dich fragen, ob du Lust hast, den Abend mit mir zu verbringen.« Vorsichtig schaute er zu ihr hinüber.

»Am Donnerstag? Echt? Warum hast du nicht?«

»Ich war bei dir. Du hattest aber wohl schon was vor.«

Am Donnerstag, am Donnerstag. Was hatte sie da noch mal gemacht?

Der Abend mit Flo im Weinhold!

Verlegen fixierte sie ein Pärchen, das vorüberging. »Ach ja. Davon hab ich dir noch gar nicht berichtet. Der Typ aus dem Weinhold hat mich noch mal angerufen. Er meinte, wenn er mich ein bisschen besser kennen würde, könnte er mir vielleicht den Namen doch nennen.« Irgendwie hörte sich das grad ziemlich bescheuert an. Eigentlich wollte sie das nicht so rüberbringen. Dementsprechend fiel Marcs Reaktion aus.

»Was? Der Typ wirft dir so 'n Köder hin, um sich an dich ranzuschmeißen? Und du hast dich mit ihm getroffen? Allein?«

»So war das doch gar nicht. Außerdem, was sollte ich denn machen? Ich konnte ja wohl kaum mit einer ganzen Kavallerie anrücken.« Sie musste an Marie denken. »Wir haben uns auf eine Partie Billard getroffen. Es waren die ganze Zeit ne Menge Menschen drumherum.«

»Und, hat es sich wenigstens gelohnt?« Seine Stimme drückte mehr Ablehnung als Interesse aus.

»Ja, ich hab den Namen. Und nein, es gab keine Gegenleistung dafür.« Jetzt war sie verärgert. Musste sie sich hier tatsächlich rechtfertigen? »Es war einfach nur ein netter Abend mit einem nicht mehr als nur netten Typen.«

»Ann«, seine Stimme wurde sanft, »du kannst dich natürlich treffen, mit wem du willst. Das geht mich überhaupt nichts an. Es hätte aber auch irgendwie ... blöd ausgehen können.« Er suchte nach den richtigen Worten.

»Du solltest dich mit meiner Freundin Marie zusammentun. Die sieht auch in jedem sofort nen Massenmörder.«

Sie schwiegen einen Moment.

»Und was machst du jetzt mit dem Namen? Hast du schon weitere Nachforschungen angestellt?« Dieses Mal schien er wirklich interessiert zu sein.

»Ja. Ich weiß, wo er wohnt, und werde mich morgen mit ihm treffen.« Sie erzählte, wie sie Federico Chessa gefunden hatte, von dem Brief und ihrem bevorstehenden Besuch bei ihm.

»Soll ich mitkommen? Als Ein-Mann-Kavallerie?«

»Das ist lieb. Aber ich glaube, das kommt nicht so gut. Ich hab mich allein angekündigt. Marie und du, ihr wisst ja wo ich bin. Wenn ich mich bis achtzehn Uhr nicht bei euch gemeldet habe, könnt ihr mich retten kommen.«

*

Rostock

Ann hatte den ganzen Samstag immer wieder auf ihr Handy geschaut und gewartet, dass Federico Chessa sich melden und absagen würde. Und wenn der Brief nun doch erst am Montag ankommen würde? Die Dame bei der Post hatte zwar gesagt, dass er in der Regel Samstag zugestellt würde, aber eben nur ›in der Regel‹.

Jetzt war es eh zu spät darüber nachzudenken.

Es war fünfzehn Uhr, und sie stand, wie angekündigt, in der Dr.-Schiffer-Straße 30 vor einer kleinen Doppelhaushälfte und sprach sich leise Mut zu. Auf der Fahrt nach Rostock hatte sie sich zig Szenarien ausgedacht, wie das Treffen wohl ablaufen würde.

Sie klingelte.

Nach einer Weile hörte sie eine kindliche Stimme vergnügt kichern, kurz bevor die Tür aufgemacht wurde und sie einer jungen Frau gegenüberstand, die ein etwa drei- bis vierjähriges Mädchen auf dem Arm hielt.

Verlegen schaute Ann den beiden ins Gesicht. »Hallo, ich bin Johanna Arnold.«

»Hallo. Sophia, und das hier ist Ida.« Sie trat beiseite. »Komm rein!« Ins Haus gewandt rief sie: »Federico, dein Besuch ist da.«

Ann ging durch den kurzen, engen Flur in einen offenen Wohn- und Essbereich, an den sich rechts die Küche anschloss. Der Raum war hell und freundlich und eigentlich ganz geschmackvoll eingerichtet, auch wenn man das unter dem Chaos nur schwer ausmachen konnte. Überall lagen Kissen, Decken und Kinderspielzeug herum, Zeitschriften, Bücher, angeknabberte Kekse und Trinkbecher. In der einen Ecke stand ein Bügelbrett, auf dem sich ein Wäscheturm stapelte. Auf dem mühsam freigeschaufelten Platz des Sofas saß ein circa dreißigjähriger Mann und sah sie erstaunt an.

Unschlüssig blieb Ann stehen.

»Setz dich«, sagte Sophia, die, immer noch mit Ida auf dem Arm, hinter ihr stand. »Schieb einfach die Kinderbücher da zur Seite. Möchtest du einen Kaffee?« Sie ließ Ida runter und ging in die Küche.

»Ja, gern. Danke.« Ann schaute wieder zu dem Mann

hinüber. Das war also Federico Chessa, genannt Ric. Das war jetzt mal richtig seltsam, in seinem Wohnzimmer fast nebeneinander zu sitzen, nur getrennt durch die Ecke eines kleinen Tisches. Er war, genau wie seine Freundin, ein ziemlich gut aussehender Mensch. Ungefähr so groß wie Ann, durchtrainiert, fast schwarze, dichte Haare und unglaublich schöne Augen. Kein Wunder, dass ihr Zwilling bei ihm schwach geworden war. Ric war bestimmt der Schwarm sämtlicher weiblicher Teenager gewesen und gleichzeitig der Albtraum ihrer Eltern. Sie musste innerlich lächeln.

Da schüttelte er unmerklich den Kopf und streckte ihr die Hand entgegen. »Hallo, Johanna, richtig? Tut mir leid, ich wollte dich nicht so anstarren, aber die Ähnlichkeit mit Meja ist wirklich … unglaublich.«

Meja … das ist also ihr Name? Wie ungewöhnlich.

»So, hier kommt der Kaffee.« Sophia stellte jedem eine Tasse hin, dazu einen Teller Kekse, Milch und Zucker.

Ida hüpfte direkt neben Ann aufs Sofa, schnappte sich einen Keks und hielt ihr ein Buch hin. »Liest du mir was vor?«

Sophia kam Ann mit der Antwort zuvor. »Später, Schätzchen. Jetzt möchte Johanna uns erst mal was erzählen, okay?«

Ann zögerte.

Sei nicht so doof – nutz die Chance!

»Also, wie ich in meinem Brief geschrieben habe, würde ich unglaublich gern wissen, wer das Mädchen aus diesem Zeitungsartikel ist. Ich finde es spannend und irgendwie auch unheimlich, dass es noch jemanden gibt, der genauso aussieht wie ich«, sagte sie entschuldigend.

»Wo genau ist der Artikel eigentlich erschienen?« Ric sah sie nachdenklich an.

»In der Ostsee-Zeitung vom August vor zwölf Jahren.

Hier!« Ann holte ihr Handy raus und rief das PDF der Zeitungsseite auf, das ihr vom OZ-Archiv zugesandt worden war.

Er nahm ihr Handy entgegen und scrollte durch den Text. Dann sah er sich das Bild genauer an.

»Das hab ich damals gar nicht mitbekommen. Na ja, ich war auch nicht der große Zeitungsleser. Und wie bist du darauf gekommen, dass ich das bin? Wie bist du an meine Adresse gekommen?«

»Ich hab Florian Lehmann kennengelernt.«

»Flo! Mann, ist das lange her. Ich weiß nicht, wann ich den das letzte Mal gesehen hab! Tja, Rerik ist halt ein Nest.« Sein Mund lachte, sein Blick aber blieb kalt, jede ihrer Bewegungen akribisch beobachtend.

Während seine letzten Worte ihr Ohr erreichten, fing er an, sich vor Anns Augen zu verändern. Sein Gesicht wurde breiter, die Wangenknochen traten hervor, und aus den Poren seiner Gesichtshaut wuchs schwarzes, samtiges Fell. Seine Augen funkelten wunderschön – und gleichzeitig bedrohlich. Sie waren die eines Panthers, kurz bevor er sich auf seine Beute stürzt. Irritiert runzelte sie die Stirn.

Sie versuchte, die Fantasien aus ihrem Kopf zu kriegen. War doch klar, dass er sie musterte. Auch für ihn musste es seltsam sein, dass sie seiner ehemaligen Freundin so sehr ähnelte.

»Und sie heißt Meja?« Ann startete einen Versuch, das Gespräch in die richtige Richtung zu lenken.

»Ja. Ich hab schon ewig nicht mehr an diesen Sommer gedacht, aber als dein Brief rein flatterte …! Das war schon eine verrückte Zeit damals.« Er verstummte und schaute sie gedankenverloren an.

Los jetzt, du Super-Journalistin – hak nach!

»Inwiefern?«

»Mein Vater arbeitet im diplomatischen Dienst. Wir waren nie länger als zwei Jahre in einer Gegend, meistens sogar in einem Land. Kurz bevor wir nach Deutschland gingen, lebten wir eine Zeit lang in Schweden. Dort hab ich sie kennengelernt. Und es stimmt. Vom Aussehen könntet ihr Schwestern, sogar Zwillinge sein. Klar, die Frisur war eine andere, die Klamotten sowieso. Aber, ohne dass ich dich genauer kenne: Vom Typ seid ihr, denke ich, total unterschiedlich. Sie war … irgendwie verrückt, abenteuerlustig, risikobereit, lebenshungrig, aber auch egoistisch. Sie machte das, was ihr gerade in den Sinn kam, dann, wann sie es wollte, ohne groß über die Konsequenzen nachzudenken.«

Also genau das Gegenteil von dir, Spießerin.

Ann merkte, dass neben ihr auch Sophia gespannt zuhörte. Wahrscheinlich war das alles für sie ebenso Neuland.

»Na, dann habt ihr ja perfekt zusammengepasst. Was dein Vater so erzählt, warst du in deiner Sturm- und Drang-Zeit auch kein Waisenknabe«, warf sie ein.

»Mein Vater!« Federicos Blick wurde hart. »Als ob der irgendwas mitgekriegt hätte. Den hat gar nicht interessiert, was ich getrieben habe, mit wem ich zusammen war, ob ich in der neuen Schule, der neuen Umgebung klarkam. Ich war komplett auf mich allein gestellt. Er sorgte für das Dach über dem Kopf. Das war's. Er war den ganzen Tag, manchmal auch mehrere unterwegs, und ich konnte sehen, wo ich was zu essen herkriegte und wie ich zur Schule kam.« Er starrte ärgerlich aus dem Fenster.

Ann blickte peinlich berührt auf ihre Hände. »Und Meja ging auf einen kurzen Urlaub mit nach Deutschland?«

»Als feststand, dass wir wieder umziehen würden, redete sie von nichts anderem. Sie wollte unbedingt mitkommen.

Das wäre doch ein großer Spaß. Ich fand sie zwar verrückt, aber auch … sehr interessant. Meinem Vater war es egal. Also kam sie mit.«

»Aus welchem Teil Schwedens stammt sie?«

»Von der Insel Öland, aus Färjestaden.« Er schaute Ann direkt in die Augen und hielt ihren Blick fest. »Was hast du vor? Willst du hinfahren? Mach dir nicht zu viele Hoffnungen. Ich glaube nicht, dass sie noch dort lebt.«

Ann fühlte sich unter dem durchdringenden Blick dieses Raubtiers wie die Gazelle, die es nicht mehr bis zur rettenden Herde schaffen wird. »Ich weiß nicht. Es wäre schon toll, sich mal gegenüberzustehen. Andererseits ist Schweden ne ganze Ecke weg. Vielleicht schreib ich ihr erst mal oder versuch es per Skype …«

Was soll der Scheiß? Natürlich willst du sie kennenlernen. Dafür machst du das Ganze doch.

»Hm.« Nach einer fast unerträglich langen Zeit senkte er den Blick und schaute in seine Kaffeetasse.

Während der ganzen Unterhaltung hatte Ida mit ihren Stofftieren auf dem Teppichboden gespielt. Jetzt war ihr endgültig zu langweilig. Laut singend und quietschend kletterte sie aufs Sofa und rannte immer um den Couchtisch herum. Sophia erhob sich seufzend, ging in den Flur und kam mit einer leichten Windjacke in Miniformat wieder. »Ich glaube, für uns beide ist es mal Zeit, eine Runde um den Block zu drehen. Komm Ida, wir gucken, ob Paul und Sevgi auf dem Spielplatz sind.«

Schweigend sahen Ann und Ric den beiden zu, wie sie sich die Jacken anzogen, den Buggy aus der Abstellkammer holten und sich auf den Weg zur Haustür machten.

Ann wollte nicht länger als nötig allein mit Federico Chessa in dessen Wohnung verbringen. Sie fühlte sich unwohl in seiner Nähe. Er schien immer genau abzuwägen, welche Dinge er preisgeben konnte.

Ja. Er hat nur gewartet, bis Frau und Kind die Wohnung verlassen haben. Jetzt wird er sich auf dich stürzen.

»Und Mejas Eltern hatten nichts dagegen, dass sie mit euch nach Deutschland ging? Ihr müsst ein tolles Verhältnis gehabt haben, dein Vater, du und ihre Eltern.« Ann versuchte sich in einem lockeren Plauderton. Es misslang. Stattdessen klang ihre Stimme dünn und zittrig.

»Sie war achtzehn und hat eh gemacht, was sie wollte. Ich glaube nicht, dass ihre Eltern da irgendeinen Einfluss hatten.« Seine Augen hatten sich zu kleinen Schlitzen verformt. Als würde er sich von dieser Frage bedroht fühlen. Glaubte er, er müsse sich rechtfertigen?

»Sie war schon achtzehn? Kaum zu glauben! Sie sieht viel jünger aus auf dem Foto. Ich dachte, sie wäre so alt wie ich.« Ann hob erstaunt die Augenbrauen und schaute erneut auf das Handybild. »Wie kam es eigentlich zu diesem Aushang an der Seebrücke? Also nur, falls die Frage nicht zu indiskret ist.«

Sein Blick fraß sich durch ihre Pupillen, durch die Netzhaut, durch den Glaskörper bis hin zum Gehirn und hinterließ eine brennende, fast schmerzende Spur stinkenden Gewebes.

»Da gibt es weder was Indiskretes, noch irgendwas Besonderes. Meja war eine sehr impulsive und launische Natur. Himmelhochjauchzend und zu Tode betrübt. Im einen Moment noch voller Zukunftspläne, im nächsten hatte sie wieder alles über den Haufen geworfen. Man wusste nie, was als Nächstes kam. Wenn man Lust auf solche Achterbahnfahrten hatte, konnte das sehr spannend sein. Wenn nicht, war es einfach nur anstrengend. Logisch, dass wir uns auch mal gestritten haben. Auch das verlief von ihrer Seite aus emotionaler und explosiver als vielleicht bei anderen. Da«, er zeigte auf das Handy, um auf den Artikel der Zeitung Bezug zu nehmen, »war es mal wieder so weit. Sie hatte mir eine kurze Notiz dagelassen, dass sie die Nase voll habe und nach Schweden zurückginge. Meistens dauerte ihr Wutausbruch nicht lange, und sie tauchte nach ein paar Stunden wieder auf. Dieses Mal aber nicht.«

Ann musste ihn wohl ziemlich erschrocken angesehen haben. Mit leicht zynischem Blick antwortete er auf ihre nicht ausgesprochene Frage.

»Auch, wenn ich damals nicht der verantwortungsbewussteste Mensch war: Ja, ich habe nach ihr gesucht, überall rumgefragt. Flo, der alte Frauenversteher, hat beteuert, nicht zu wissen, wo sie steckt. Als sie am nächsten Morgen immer noch nicht aufgetaucht war, hab ich den Aushang gemacht. Irgendwie wollte ich nicht wahrhaben, dass sie einfach so nach Schweden zurückgegangen war. Obwohl – zugetraut hab ich es ihr. Ich hatte sogar überlegt, ob ich sie als vermisst melden sollte. Da sie aber achtzehn war …! Am nächsten Abend hat Flo, dieses Weichei, mir dann gebeichtet, dass er Meja dabei geholfen hat, sich ein Ticket für die Rückfahrt zu besorgen. Er hat ihr versprechen müssen, mir nichts davon zu erzählen. Tja, und das war's. Sie war weg, und ich hatte nie wieder Kontakt zu ihr.«

»Das heißt, im Grunde genommen weißt du nicht mal, ob sie wirklich nach Schweden zurückgegangen ist?«

»Wo sollte sie denn sonst hin sein? Oder hast du Angst, der böse schwarze Mann könnte sie auf dem Nachhauseweg gefressen haben? Da kann ich dich beruhigen. Meja wusste sich sehr gut zu helfen, und außerdem bekamen wir ein paar Tage später die Nachricht, sie sei nun wieder Zuhause.« Er stand auf. »Ich glaube, du solltest jetzt gehen. Mehr gibt's nicht zu erzählen.«

Ann erhob sich und hielt die Luft an. Sie standen nun extrem nah nebeneinander. Ihrem Geschmack nach viel *zu* nah. Ob er die Angst der Gazelle witterte? Seine Augen fixierten sie. So lange, bis sie es nicht mehr aushielt, den Blick senkte und sich einen Weg durch die Kissen und Spielzeuge zurück in den Flur bahnte. Sie konnte fühlen, dass er direkt hinter ihr ging. Das Unbehagen konzentrierte sich in den feinen Härchen ihres Nackens.

Oh Mann! Glaubst du das wirklich? Dass er sich auf dich stürzt? Und dann macht er was mit dir?

In diesem Moment ging die Haustür auf, und Ida rannte ihr entgegen. »Wo willst du hin? Du wolltest mir noch was vorlesen!«

Gleich hinter ihr schob sich ihre Mutter durch die Tür. »Auf dem Spielplatz war keiner. Da wollte sie gleich wieder zurück«, entschuldigte sich Sophia. Dabei schaute sie ihren Partner an und runzelte die Stirn. »Ihr habt alles geklärt?«

Als Federico schwieg, sagte Ann: »Ja – das heißt fast.« Sie nahm noch mal allen Mut zusammen, vermied es aber, ihn anzusehen. Stattdessen schaute sie hoffnungsvoll zu Sophia. »Ich bräuchte noch Mejas Nachnamen. Ohne den kann ich sie nicht ausfindig machen.«

Sophia sah zu Ric hinüber. »Klar. Deswegen bist du ja schließlich gekommen.«

Er sagte immer noch nichts.

Ann meinte, seinen Unmut förmlich greifen zu können. Aus irgendeinem Grund missfiel ihm dieses Treffen. Oder nur dessen Verlauf? Warum hatte er ihr dann überhaupt die Tür geöffnet?

Während Ann so tat, als schaue sie sich das im Flur dekorierte Wandbild an, schwieg Ric einfach weiter.

»Federico?« Sophia sah ihn auffordernd an.

»Persson.« Dann drehte er sich um, verschwand aus ihrem Blickfeld und ließ die Frauen einfach stehen.

Sophia lächelte entschuldigend. »Ich glaube, er braucht mal eine Mütze voll Schlaf. Ida hat uns die halbe Nacht wach gehalten.«

Ann verabschiedete sich und sah zu, dass sie aus der Wohnung kam. Nachdem sie ein paar Straßenzüge gegangen war, atmete sie tief durch.

Was war daran jetzt so schlimm? Du bist so ein unfassbar großer Waschlappen!

Sie ignorierte die Stimme in ihrem Kopf und machte sich auf den Weg zum Busbahnhof.

Irgendwie hatte sie sich das Treffen anders vorgestellt. Lockerer. Man plaudert über alte Zeiten. Lacht sich kaputt über die lustige Ähnlichkeit zweier Frauen. So in etwa. Aber das eben? Ric schien nicht gern über die Zeit von damals zu sprechen. Und er war wohl auch nicht erbaut von ihrer Idee, Meja ausfindig machen zu wollen.

*

Sophia fand Federico an seinem Schreibtisch. Er starrte auf Klausurbögen, ohne sie wirklich zu lesen.

»Was ist los? Warum wolltest du ihr nicht helfen?« Sie bekam keine Antwort. Er sah nicht einmal hoch – reagierte einfach gar nicht auf ihre Anwesenheit.

»Du hast mir nie von dieser Meja erzählt.«

Da drehte er sich ruckartig zu ihr herum. Seine Augen funkelten zornig. »Was soll das Sophia? Seit wann reiben wir uns unsere Verflossenen unter die Nase? Mein Gott, ich war achtzehn! Wir waren nur ein paar Monate zusammen. Sie war eine von Vielen. Ich glaube nicht, dass ich alle deine Kurzbeziehungen aus deiner Jugend kenne, oder? Wäre dieser Brief nicht gewesen, hätte ich mich wahrscheinlich nie wieder an sie erinnert. Ob Johanna Arnold Meja trifft oder nicht, ist mir so was von egal!« Energisch stand er auf und ging an ihr vorbei. Kurz danach hörte sie die Haustür ins Schloss fallen.

Nachdenklich fing Sophia an, das Chaos im Wohnzimmer aufzuräumen. Seitdem sie Johannas Brief bekommen hatten, benahm er sich wirklich seltsam.

Oder hatte das schon vorher begonnen?

*

Er sah, wie sie in den Bus einstieg. Das Handy am Ohr, unterhielt sie sich angeregt, unterstrich ihre Worte mit vielen Gesten.

Er fühlte Wut in sich brennen. Das allein war schon sehr ungewöhnlich und kam extrem selten vor. Aber er ärgerte sich. Über sich selbst. Über sein Verhalten. Wie hatte er nur so leichtsinnig sein können? Sie hatte ihn gefunden, ihn aufgespürt. Schlimmer noch, er hatte es zugelassen. Hatte die Kontrolle verloren. Und es gab nichts Schlimmeres als Kontrollverlust. Er hätte sich für seine eigene Dummheit ohrfeigen können!

Er würde handeln müssen.

Schnell!

Wenn es nicht schon zu spät war. Er musste alle Optionen, alle Eventualitäten durchgehen und dann eine Entscheidung treffen. Noch so einen Patzer würde er sich nicht zugestehen.

Gut, dass er das perfekte Ende für sie schon ausgearbeitet hatte.

Kapitel 8

Ann hatte erst Marc angerufen, ihm mitgeteilt, dass alles in Ordnung war, und ihn auf später vertröstet. Nun saß sie im Bus Richtung Rerik und hatte Marie in der Leitung.

»Also, so viele interessante, gut aussehende Männer, wie du in den letzten Wochen kennengelernt hast – da kann man ja neidisch werden.« Maries Stimme drang vergnügt an ihr Ohr.

»Hallo? Marie? Hast du mir zugehört? Ich fand diesen Chessa megaunheimlich!« Zuvor hatte sie ihrer Mitbewohnerin alles haarklein berichtet.

»Und was machst du jetzt? Willst du nach Schweden und deinen Zwilling besuchen?« Ann hörte sie lachen. »Skandinavien ist bestimmt eine Reise wert.«

»Erst mal muss ich rausbekommen, wo sie heute lebt. Vielleicht wohnt sie längst nicht mehr auf Öland.«

»Dem Internet sei Dank, wird das ja wohl eine machbare Aufgabe sein.«

»Heute Abend bin ich hoffentlich schlauer.«

*

Ann gab Rose einen dicken Kuss. »Das war lecker. Danke.« Sie stand auf und fing an, den Tisch abzuräumen.

»Und am nächsten Wochenende willst du mich schon wieder verlassen?« Rose stapelte das alte, geblümte Geschirr aufeinander.

»Schon?« Ann lachte. »Ich bin jetzt seit sechs Wochen hier und futtere mich bei dir durch. Du bist bestimmt froh, wenn du endlich wieder deine Ruhe hast.«

»Papperlapapp. Dich merkt man ja kaum. Und ein wenig Gesellschaft tut mir gut. Sonst fange ich noch an, komisch zu werden. Hast du in dieser Woche was Besonderes vor?«

Meinen Zwilling ausfindig machen und kontaktieren, den Beziehungsstatus zu einem sehr anziehenden Mann klären und gegebenenfalls vertiefen, dachte Ann. »Nein. Ich schau mal, was das Wetter so zulässt. Vielleicht hat die Reriker Truppe ja Zeit und Lust, was zu unternehmen. Der Ausflug zum Schweriner Schloss war echt toll.«

»Das glaube ich. Ich muss meine Damen auch mal wieder zu so einem Museumsbesuch überreden. Die werden mir zu faul. Immer nur Kaffee und Kuchen. Da nimmt man oben ab«, sie tippte sich an den Kopf, »und unten zu.« Sie strich sich über Bauch und Hüfte.

Ann verdrehte die Augen. »Ja, du bist ja *so* dick!« Als sie genug Spülwasser in das Becken gelassen hatte, griff sie nach den ersten Tellern. Ihre Oma wollte partout keine Spülmaschine. Für eine Person wäre das doch wohl Verschwendung, meinte sie. »Und jetzt setz dich da hin und guck deiner Enkelin beim Arbeiten zu! Und untersteh dich, ein Handtuch anzufassen. Du hast heute schon genug getan.«

Immer die brave, fleißige Enkeltochter. Schön machst du das.

Rose setzte sich seufzend wieder an den Küchentisch. »Immer werde ich unterdrückt. Ich glaube, ich muss mal ein ernstes Wort mit deiner Mutter reden. Ihre Erziehungsmethoden sind fragwürdig.« Sie schmunzelte.

»Mach das.« Ann griff sich das Geschirrtuch und fing mit dem Abtrocknen an.

»Triffst du dich noch mit dem netten jungen Mann, du weißt schon, dem, der im Rollstuhl sitzt?«

Oma und ihre Antennen. Ohne dass Ann ihr von Marc erzählt hatte, wusste sie scheinbar wieder alles. Rose wäre ein perfekter NSA-Informant.

Die Spießer-Fassade wäre ideal. Solltest du auch mal in Erwägung ziehen …

»Ich denke schon. Er wohnt ja im Dorf und kann sich seine Zeit einteilen.«

»Er scheint mir sehr nett zu sein.« Sie lächelte verschmitzt.

»Woher …?« Ach ja, Oma hatte ihm die Tür geöffnet, an dem Tag, als sie mit Flo Billard spielen war. »So, fertig. Was machen wir jetzt?« Eigentlich wäre sie gern auf ihr Zimmer gegangen, um endlich herauszufinden, wo ihr Zwilling heute lebte. Andererseits hatte sie ein schlechtes Gewissen, weil sie bislang so wenig Zeit mit ihrer Oma verbracht hatte.

»Wir könnten noch eine Partie Karten spielen.« Aber schon nach der ersten Runde verabschiedete sich Rose ins Bett. Sie meinte, sie hätte ein wenig Kopfschmerzen. Daran wäre sicherlich der Wetterumschwung schuld.

Es war halb zehn, als Ann endlich ihr Notebook aufklappte. Marie hatte zig Nachrichten auf ihrem Handy hinterlassen. Sie wollte per Skype live dabei sein.

»Meine Güte! Was dauert denn da so lang?«, ertönte es aus dem Rechner, noch bevor die Videoverbindung das Bild herstellen konnte. »Du hast doch nicht etwa schon ohne mich angefangen?«

Nein, sie musste sich nur noch schnell Extrapunkte für ihr Seelenheil holen.

»Keine Angst. Ich hab den Abend mit Rose verbracht. Ich wohne hier schließlich nicht allein!« Sie rief die Suchmaschine auf. Der Cursor blinkte ungeduldig innerhalb des Suchfeldes. »Dann wollen wir mal ...«

Während sie ›Meja Persson Färjestaden Schweden‹ eintippte, merkte sie, wie ihr Kopf zu schmerzen anfing. Das lag wahrscheinlich daran, dass sie die letzte Nacht vor Aufregung nicht hatte schlafen können. Und an dem Wetterumschwung, würde Rose jetzt sagen. Eine echte Familienkrankheit.

Sie konzentrierte sich wieder auf ihre Recherche. Sie rechnete damit, das übliche Durcheinander von verschiedenen Perssons, Informationen über die Stadt Färjestaden und das Land Schweden zu erhalten und irgendwo dazwischen, vielleicht irgendwann nach langem Suchen einen Hinweis auf die richtige Person, die richtige Meja Persson zu finden.

Doch sie brauchte gar nicht lange zu suchen.

Es gab unzählige Treffer zu einer Meja Persson aus Färjestaden. Viele Links führten zu alten Zeitungsberichten, einige zu Seiten der schwedischen Polizei. Natürlich war alles in der Landessprache verfasst.

»Und? Was guckst du denn so ungläubig? Hast du etwa schon eine Spur?«

»Eine? Unzählige. Leider ist mein Schwedisch ... sagen wir ausbaufähig. Ich weiß noch nicht so richtig ...! Ach, warte mal. Ich klicke jetzt erst mal auf ›Bilder‹ und schau, ob es sich überhaupt um unsere Meja handeln könnte.«

Gesagt, getan. Und schon leuchteten ihr drei bis vier verschiedene Fotos von ein und demselben Mädchen entgegen. Ein Bild, es zeigte eine lachende, braun gebrannte Meja – wohl irgendwo im Urlaub – wurde besonders oft, also von besonders vielen Anbietern ins Netz gestellt. Ann hielt die Luft an. Dieses Foto war wirklich gelungen. Jedes Detail war zu erkennen. Mejas Ausstrahlung darauf war toll, ihre

Augen leuchteten. Das warme Sonnenlicht unterstrich die besondere Stimmung.

»Hallo? Erde an Johanna! Lässt du mich teilhaben?«

Ann fotografierte Mejas Abbild mit ihrem Handy und drehte das Smartphone so, dass Marie es sehen konnte.

»Ich schick's dir. Das ist sie definitiv.« Ann massierte sich mit den Fingern die Schläfen. Ihr Kopf fühlte sich an wie das sprichwörtliche Rathaus.

Ist ja wieder typisch: Kaum wird es interessant, schwächelst du!

Sie rief eine Seite der schwedischen Zeitung ›Ölandsbladet‹ mit Sitz in Bornholm auf. Der Artikel war vom 3. Juli vor zwölf Jahren. Wieder erschien das Foto von Meja. In der Überschrift las sie Worte wie ›spårlöst försvunnen‹, im fett gedruckten Einleitungstext: ›gå skallgång efter försvunnen person‹. »Oh Gott, Marie. Ich brauche jemanden, der Schwedisch kann. Irgendwas Dramatisches scheint damals passiert zu sein.«

»Ja, aber wohl schon bevor sie mit Ric nach Deutschland gegangen ist. Guck mal auf das Datum.«

»Die Frage ist, wann genau sie hier rübergekommen sind. Mist, das hab ich natürlich nicht gefragt.«

Super Arbeit. Will Journalistin werden und vergisst die wichtigsten Fragen.

»Ich hab mal das Internet-Übersetzungsprogramm bemüht: ›spårlöst försvunnen‹ heißt wohl so viel wie ›spurlos verschwunden‹.«

»Verschwunden? Wer ist spurlos verschwunden? Meja? Oder jemand, mit dem sie zu tun hatte?«

»Na, im Allgemeinen werden ja wohl die Personen abgebildet, nach denen gesucht wird, oder?«

»Und dann ist sie wieder aufgetaucht, um mit Ric nach Deutschland zu gehen?«

»Könnte sein. Oder sie ist gar nicht sofort wieder auf-, sondern erst mal nach Deutschland abgetaucht …« Maries Stimme bekam einen verschwörerischen Unterton.

»Du meinst, sie ist mit Ric nach Rerik durchgebrannt, ohne ihren Eltern was zu sagen?«

»Das würde vielleicht erklären, warum der Herr Chessa nicht so erbaut davon war, dass du in seiner Vergangenheit rumschnüffelst. Wenn sogar die Polizei eingeschaltet wurde, hatte das Ganze auf jeden Fall ein ordentliches Nachspiel. Da ist er bestimmt nicht stolz drauf.«

Ann runzelte unzufrieden die Stirn. »Mit diesem Rätselraten kommen wir nicht weiter. Wir müssen die Texte übersetzen. Zumindest so weit, dass wir die wichtigsten Zusammenhänge verstehen.« Wieder massierten ihre Hände ihre Stirn. Wenn das so weiterging, würde sie eine Kopfschmerztablette nehmen müssen. So konnte man ja nicht denken.

»Na super. Ich hatte heute Nacht so oder so nichts Besseres vor. Und Schlaf wird generell überbewertet.« Marie lächelte sie tapfer an.

Stunde um Stunde arbeiteten sich die beiden durch diverse Texte aus dem Internet. Vorrang hatten dabei die offiziellen Bekanntmachungen der Polizei. Außerdem versuchten sie, die Meldungen in eine zeitliche Abfolge zu bringen.

Um zwei Uhr sechsunddreißig lehnte Ann sich stöhnend zurück und rieb sich die Augen. Ihr Kopf schien platzen zu wollen, obwohl sie vor einer Stunde eine Schmerztablette genommen hatte. Jetzt wurde ihr zudem übel. Na toll, wenn ihr vor lauter Schädelreißen schlecht wurde, half eigentlich nur Schlaf. Zum Glück war es selten so schlimm.

»Ist alles okay bei dir?« Maries Blick war besorgt.

»Ja, ich hab nur ein wenig Kopfschmerzen. Also, ich

glaube zwar nicht, dass wir alles richtig übersetzt haben, aber worum es hier geht ist ja wohl mehr als deutlich.« Marie nickte zustimmend. »Ich fasse mal zusammen: Wenn ich das richtig verstanden habe, haben die Eltern von Meja, Ingegerd und Åke Persson, ihre damals sechzehnjährige Tochter …«

Marie unterbrach Anns Ausführungen: »Von wegen achtzehn. Da hat der Chessa schon mal gelogen!«

»… ihre damals sechzehnjährige Tochter am Mittwoch, den 23. Juni bei der Polizei als vermisst gemeldet. Es wurde in den Tagen und Wochen danach intensiv nach ihr gesucht. Ohne Erfolg. Ich hab sogar einen Vermerk über Meja in der Vermissten-Datenbank Dänemarks gefunden. Man hat also auch die Nachbarn um Amtshilfe ersucht.«

»Aber sag mal, ist das nicht recht ungewöhnlich, dass man so viel über diesen Fall in den Medien findet? Ich habe mal gelesen, dass in Deutschland jeden Tag zig Leute verschwinden, darunter auch Kinder und Jugendliche. Von denen hört man doch auch nichts.«

»Das stimmt. Ich glaube, Mejas Eltern haben ziemlich viel unternommen und sind an die Öffentlichkeit gegangen. Ihre Namen tauchen in ganz vielen Artikeln auf. Ingegerd Persson scheint zudem so was wie eine ›medarbetare‹ beim Ölandsbladet gewesen zu sein. Also eine Mitarbeiterin. Die Perssons haben sogar einen Aufruf im örtlichen Fernsehen gestartet, immer vorausgesetzt, ich deute ›vädjan på TV‹ richtig.«

»Und ob beziehungsweise wann sie wieder aufgetaucht ist, darüber hast du nichts gefunden?«

»Na ja, ich bin mir nicht sicher. Es gibt ein Interview mit Ingegerd Persson. Abgedruckt im Ölandsbladet am Samstag, den 4. Dezember, also einen Tag vor dem ersten Advent. Sie spricht hier, glaube ich, davon, wie hart es ist, in der Vorweihnachtszeit an ihr Kind zu denken. Das Problem ist, dass meine Internet-Übersetzungskünste nicht reichen, um eindeutig sagen zu können, ob Meja Anfang Dezember immer noch als vermisst galt. Es könnte auch sein, dass Frau Persson ganz allgemein darüber spricht, wie schwer die Zeit war, als Meja vermisst wurde. Und wie schlimm es für sie wäre, wenn Meja in der Weihnachtszeit noch nicht wieder bei ihr wäre.« Hätte, wäre, könnte … Ann brummte der Schädel. Gott war ihr übel. Sie musste unbedingt ins Bett.

Marie streckte sich und gähnte laut. »Aber wenn sie wohlbehalten zu Hause angekommen wäre, meinst du nicht, die Zeitung hätte einen Artikel darüber gebracht?«

»Nein, eher nicht. Wenn vermisste Personen wieder auftauchen, besonders bei jugendlichen Ausreißern, die reumütig nach Hause zurückkehren, weil das Leben ohne festen Wohnsitz und Geld eben doch nicht so einfach ist, bei denen gibt's maximal einen Aktenvermerk bei der Polizei. Die Öffentlichkeit wird selten informiert. Und den Perssons war das Verhalten ihrer Tochter wahrscheinlich ziemlich peinlich. Die werden froh gewesen sein, dass nicht auch noch darüber berichtet wurde.«

»Das heißt, im Grunde genommen müssen wir als Nächstes rausfinden, ob und wann Meja wieder zu ihren Eltern zurückgekehrt ist.«

»Ja, aber nicht mehr heute. Mein Gott, bin ich fertig. Ich brauch dringend ein paar Stunden Schlaf.« Sie lallte nur noch. Bei ihr drehte sich plötzlich alles.

»Wem sagst du das? Du kannst morgen wenigstens ausschlafen. Ich darf in …«, Marie schaute auf ihre Armbanduhr, »… in viereinhalb Stunden schon wieder aufstehen. Das überleb ich nicht!« Sie wollte sich gerade verabschieden, da sah sie, wie Ann vom Stuhl rutschte und aus ihrem Blickfeld verschwand.

Erschrocken starrte sie auf den Bildschirm.

»Ann?«

Sie wartete kurz.

»Ann? Was ist los? Sag was! Ich finde das nicht witzig!«

Marie war mit einem Schlag hellwach. Sie griff nach ihrem Handy und rief Freddes Nummer auf. Gleichzeitig behielt sie den Bildschirm im Auge und rief immer wieder nach ihrer Freundin. Sie lauschte auf ein Atemgeräusch, ein Stöhnen, irgendwas …

Nichts.

»Hm, ja?« Müde meldete sich jemand an ihrem Handy.

»Hallo, hier ist Marie. Du musst sofort bei Ann nachgucken. Da stimmt was nicht. Eben haben wir noch gesprochen, und dann war sie plötzlich weg. Fredde? Hörst du mich?«

»Wer ist da?« Man merkte der immer noch schläfrigen Stimme die Verwirrung an.

Bitte, bitte, werd endlich wach, dachte Marie. »Hier ist Marie, die Freundin von Johanna Arnold!« Sie zwang sich jetzt, etwas langsamer und extrem deutlich zu sprechen. »Johanna Arnold, du weißt? Die Urlaub macht, bei ihrer Oma Rosemarie Hofmann?«

Fredde blickte auf die Uhr. Zwei Uhr neunundvierzig. »Marie! Was zum Teufel …! Es ist mitten in der Nacht.« Die Uhrzeit und die Panik in Maries Stimme hatten immerhin zur Folge, dass die Müdigkeit schlagartig von ihm abfiel. Während sie ihm erzählte, was sie gesehen hatte, und dass Ann nicht mehr antwortete, sprang er aus dem Bett in die Klamotten vom Vortag und rief parallel zu dem laufenden Gespräch mit seinem Diensthandy die Feuerwehr-Notrufnummer an.

»Und jetzt liegt sie bestimmt da unten auf dem Boden,

bewusstlos oder …! Und ich sitz hier und kann nichts machen.« Marie brach in Tränen aus.

»Ganz ruhig, das wird sich alles klären. Marie, warte mal, bleib mal in der Leitung.«

»Notrufzentrale …«

Kurz und knapp schilderte er der Notrufstelle seinen Verdacht auf eine bewusstlose Person. »Eine zweite weibliche Person befindet sich im Haus. Alter: über achtzig. Zustand und genauer Aufenthaltsort im Haus: unbekannt. Die Adresse lautet ›Zur Liebesschlucht‹ in Rerik. Die Nummer weiß ich leider nicht. Gemeldet ist dort eine Rosemarie Hofmann.« Während er mit der Feuerwehr telefonierte, war er aus dem Haus und zu seinem Auto gelaufen. »Marie? Ich fahre jetzt hin. Ich melde mich wieder bei dir, sobald ich was weiß, okay?«

»Fredde! Bitte bleib dran. Ich werd doch wahnsinnig, wenn ich auf deinen Rückruf warten muss.«

Aber da war die Leitung schon tot.

Marie starrte auf den Skype-Bildschirm. Immerhin diese Verbindung stand noch. Dort tat sich aber nichts.

Drei Minuten später hielt Fredde vor Oma Roses Haus. Er sprang aus dem Auto, über das Gartentor, rannte den Gehweg entlang und klingelte Sturm. In der Ferne hörte er das Martinshorn näherkommen. Er klingelte noch mal, behielt den Finger auf dem Klingelknopf. Nichts rührte sich. Rosemarie Hofmann war nicht schwerhörig, so viel wusste er. Es hätte also längst Licht angehen müssen, wenn jemand in der Lage wäre, es einzuschalten.

Das war kein gutes Zeichen.

Er rannte nach hinten. Auch da war alles dunkel. Die Terrassentür war verschlossen.

In dem Moment hörte er vor dem Haus die Feuerwehr ankommen. Er rannte wieder nach vorn, zeigte seinen Dienstausweis und berichtete kurz und knapp, wie sich die Lage für ihn darstellte. Ein Rettungswagen fuhr vor. Der Lack der parkenden Autos, die Scheiben der Umgebung reflektierten das blau zuckende Licht auf gespenstische Weise. Einer der Feuerwehrmänner startete einen letzten Versuch, klingelte erneut. Das war aber wohl nur pro forma, denn hinter ihm rückte sein Kollege schon mit schwerem Gerät an und brach kurzerhand die Tür auf. Sobald diese offen stand, hob er den Arm und bedeutete allen, stehen zu bleiben. Er zeigte auf ein Gerät, das er am Gürtel trug. Es blinkte wie wild.

»Kohlenmonoxid!« Er wandte sich zu Fredde. »Bleiben Sie bitte ein Stück zurück. Gehen Sie auf keinen Fall ins Haus. Erst, wenn mein Kollege oder ich Entwarnung geben. Und sorgen Sie dafür, dass niemand anderes das Haus betritt.«

Fredde nickte. Er kannte das Prozedere bei Verdacht auf Kohlenmonoxid-Kontamination.

Sowohl die beiden Feuerwehrmänner als auch die Sanis legten Atemmasken an und beeilten sich, ins Haus zu kommen.

Marie wurde fast wahnsinnig. Warum rief Fredde nicht an? Sie starrte unentwegt auf den Bildschirm. Sie traute sich kaum zu blinzeln, aus Angst, etwas zu übersehen. Ihre Augen brannten schon.

Plötzlich nahm sie einen Schatten wahr. Irgendwer war in den Raum gekommen. Dann sah sie einen Sanitäter mit Atemmaske, wie er vor dem Bildschirm in die Knie ging und dort irgendetwas machte.

Sie hielt den Atem an, so lange, bis es wehtat. Marie sah nur ein Stück seiner Stirn – ein paar Haare. Was machte der da? Warum hatte er die Maske auf? Es konnte doch nicht gebrannt haben? Sie hatte keinen Rauch wahrgenommen. Dann schien noch eine weitere Rettungskraft bei Ann zu sein. Man sah Arme und Hände, die etwas hin und her reichten, Schultern und Rücken, die kurz auf dem Bildschirm erschienen und dann wieder verschwunden waren. Dazu hörte sie Stimmen, konnte aber kaum verstehen, was sie sagten.

Ihr wurde ganz schlecht.

Fredde, verdammt! Ruf an!

Fredde ging nervös vor der Haustür auf und ab. Kohlenmonoxid. Scheiße. Das war nicht gut. Jetzt kam es darauf an, wie hoch die Konzentration gewesen war.

Mittlerweile war ein zweiter Krankenwagen angekommen, und auch dessen Besatzung war mit Atemschutzgeräten im Haus verschwunden. Er sah, wie überall im Gebäude die Fenster aufgestellt wurden.

Dann endlich kamen die beiden ersten Rettungskräfte mit einer Trage heraus. Rose hatte eine Atemmaske auf. Sie sah unglaublich blass aus. Bei Bewusstsein war sie allem Anschein nach nicht. Einer der Feuerwehrmänner ging hinter ihnen her. Fredde hörte, wie er in sein Funkgerät sprach.

»Die zweite Person wird gerade geborgen. Nach einer ersten Begutachtung gab es einen Defekt an der Therme. Das Gas haben wir abstellen lassen. Wir sperren hier gleich noch alles ab. Das Weitere muss der Sachverständige klären.«

Fredde drehte sich um, als er von der Haustür her ein Geräusch vernahm. Jetzt wurde Ann an ihm vorbeigetragen. Auch sie schien bewusstlos zu sein. Er folgte den beiden Sanitätern zum Rettungswagen.

»Entschuldigung! Wo bringt ihr sie hin?«

»In die Uni-Klinik. Da gibt es eine Druckkammer.« Dann ging die Schiebetür vor ihm zu. Es dauerte noch einen Moment, bevor beide RTWs kurz nacheinander abfuhren. Fredde hörte, wie sie an der Kreuzung ihr Martinshorn aufheulen ließen.

Er ging auf einen der Feuerwehrmänner zu. »Wie hoch war die Konzentration?«

»In den Räumen, in denen sich die Verunfallten aufhielten, lag sie Gott sei Dank noch unter 800 ppm, aber schon deutlich über 400. Wäre das Ganze hier noch ein paar Stunden unentdeckt geblieben, wäre das ihr sicheres Todesurteil gewesen. Die beiden können sich bei dir bedanken. Du hast ihnen das Leben gerettet.« Er klopfte Fredde anerkennend auf die Schulter.

Hoffentlich hatte er recht. Fredde wusste, dass mit Kohlenmonoxid Vergiftete auch Stunden nach der Rettung noch sterben konnten. Rose war schließlich weit über achtzig.

Als er hochschaute, kamen ihm Christian und Lutz entgegen. Seine Kollegen sahen ihn erstaunt an. »Fredde? Was machst du denn hier?«

»Oh, hi Jungs. Ja, das ist eine echt verrückte Geschichte. Bei einer der beiden Verletzten handelt es sich um Johanna Arnold, eine Bekannte von Isabelle. Na, jedenfalls rief mich Anns Freundin Marie …« Er stockte. »Scheiße, Marie! Die hab ich total vergessen. Sorry, Jungs. Ich muss mal eben telefonieren.« Er holte sein Handy heraus und tippte unter ›Letzte Anrufe‹ auf Maries Nummer.

Nach dem ersten Klingeln hörte er ein ängstliches »Ja?«.

»Marie? Hier ist Fredde. Also, es gab einen Defekt an der Gastherme. Es ist Kohlenmonoxid ausgetreten. Rose und Ann sind ins Krankenhaus gebracht worden. Sie leben also. Hörst du?«

Er hörte Marie schluchzen. »Werden sie wieder?«

»Bestimmt. Wir müssen abwarten. Aber es sieht gut aus.« Gut, das war jetzt ein bisschen beschönigt. Er wusste ja selbst nicht, wie schlimm es war. »Ich melde mich, sobald ich Näheres weiß, okay?« Er sprach noch ein paar beruhigende Worte und beendete das Gespräch.

Danach stieg er zu seinen Kollegen in den Einsatzwagen und gab die Geschehnisse zu Protokoll. Als auch das erledigt war, zeigte die Uhr mittlerweile fünf vor fünf. An Schlaf war nicht mehr zu denken. Er beschloss, bei Marc vorbeizufahren. Er wusste, dass der oft sehr früh wach war. Er fand, Marc sollte Bescheid wissen.

Auf dem Weg ins Krankenhaus merkte Fredde, wie ihn die Müdigkeit überkam. Marc dagegen trommelte nervös mit seinen Fingern auf dem Armaturenbrett herum. »Wieso haben die keinen CO_2-Melder? Ist das nicht Pflicht?«

»Nein.«

»Das sollte es aber sein!«

»Ja.«

»Wie konnte das passieren? Muss so 'n Ding nicht regelmäßig gewartet werden?«

»Das wird der Sachverständige klären.«

»Wie hoch ist die Chance, ich meine, kann man schon sagen …?«

»Marc – das weiß ich nicht. Ich bin genauso schlau wie du. Hoffen wir, dass sie uns gleich mehr erzählen können. Falls sie uns überhaupt Auskunft geben.«

»Du meinst, weil wir keine Angehörigen sind?«

*

Susanne und Jürgen Arnold kamen gerade aus Anns Zimmer, als Marc den Krankenhausflur entlang fuhr. Sie gingen bestimmt rüber zu Rosemarie. Das machten sie schon, seitdem sie eiligst angereist waren. Sie pendelten ständig zwischen den beiden Zimmern hin und her. Sie nickten sich kurz zu. Zu mehr waren sie noch nicht gekommen. Marc hatte das Gefühl, die Arnolds waren gerade nicht in der Lage, einen neuen Bekannten ihrer Tochter wahrzunehmen. Da gab es andere Dinge, die sie beschäftigten: die Gespräche mit der Polizei, dem Sachverständigen und mit den Ärzten. Das verlangte nach ihrer ganzen Aufmerksamkeit.

Nachdem Rose und Ann auf dem Weg ins Krankenhaus schon eine Erstbehandlung durch die Gabe von reinem Sauerstoff erhalten hatten, wurden sie in spezielle Überdruckkammern gebracht, um an ihnen eine HBO, eine hyperbare Sauerstofftherapie, durchzuführen und die Halbwertszeit des Kohlenmonoxids in Blut und Gewebe zu verkürzen. Beide waren außer Lebensgefahr. Bei Ann ging man davon aus, dass sie den Vorfall ohne bleibende Schäden überstehen würde. Bei Rose waren sie sich nicht sicher.

Unter Vorweisung von Freddes Dienstmarke hatten sie in den frühen Morgenstunden noch einiges über den Zustand der Verletzten erfahren können. Marc war den ganzen Tag geblieben. Und auch jetzt, nach einer kurzen Nacht, war er wieder da. Gestern bis in den späten Nachmittag war Ann kaum ansprechbar gewesen. Danach konnte er zusehen, wie es ihr stündlich besser ging.

Als er, nach kurzem Klopfen, die Tür öffnete, fand er sie im Jogginganzug auf der Bettkante sitzend, das Handy am Ohr. Er grinste. »Viele Grüße an Marie.«

»Grüße von Marc. Ja, danke. Mach ich. Bis später.« Sie beendete das Telefonat und stand auf. Ein bisschen wackelig war sie noch. Der Arzt meinte aber, sie solle sich viel bewegen, den Kreislauf in Schwung bringen.

»Wie geht es Rose?«

»Eigentlich ganz gut. Ab und zu hat sie noch ein paar Ausfallerscheinungen und wirkt seltsam verwirrt. Das ist ziemlich ungewöhnlich für sie. Daher sind die Ärzte mit ihrer Prognose noch vorsichtig.« Sie sah ihn traurig an.

Marc drückte ihre Hand. »Die packt das. Weißt du schon, was der Sachverständige rausgefunden hat?«

»Nein – scheint wohl nicht ganz eindeutig zu sein. Sie halten sich mit klaren Aussagen zurück. Oma sagt, sie verstehe das nicht. Die Therme wäre erst vor einem Vierteljahr überprüft worden.« Sie schüttelte den Kopf. »Wenn ich daran denke, dass wir nur deshalb überlebt haben, weil Marie und ich die halbe Nacht recherchiert und geskyped haben. Hätte sie nicht gesehen, wie ich vom Hocker gerutscht bin …«

»Was habt ihr denn rausgefunden? Außerdem wolltest du mir noch von deinem Treffen mit diesem Ric erzählen.«

»Stimmt.« Ann berichtete haarklein, wie die Begegnung in Rostock verlaufen war und was für ein ungutes Gefühl sie dabei gehabt hatte. Dann erzählte sie ihm, was sie über Meja Persson herausgefunden hatten. »Ich wollte mich als Nächstes mit der Polizei in Öland in Verbindung setzen und mich nach dem Ausgang des Falls Persson erkundigen. Dazu bin ich nicht mehr gekommen. Jetzt hatte ich schon überlegt, ob vielleicht Fredde …? Ich meine, er als Polizist bekommt von den schwedischen Kollegen bestimmt eher eine Antwort. Oder was denkst du?«

»Kann sein. Ich frag ihn. Dazu müsste ich ihm natürlich alles über die Suche nach deinem Zwilling erzählen.«

*

Es war kurz vor sechzehn Uhr, als Fredde die Nummer +46 114 14 wählte. Vorher hatte er sich die wichtigsten Sätze auf Englisch aufgeschrieben. Da die schwedische Polizei landesweit unter derselben Nummer zu erreichen war, musste er sich erst einmal durchfragen. Er wurde mit der Abteilung verbunden, die die Vermisstenfälle bearbeitete. Während er eher stotterte, als flüssig sprach, antworteten die schwedischen Kollegen in fließendem Englisch. Wäre Marc nicht so beschäftigt damit gewesen, die Informationsbrocken aufzuschnappen und zu deuten, die sein Kumpel vor sich hin brabbelte, hätte er mit Sicherheit sein Handy genommen und den Slapstick für die Nachwelt aufgezeichnet. Er hörte, wie Fredde erwähnte, dass es sein könne, dass es im Fall Meja Persson neue Erkenntnisse aus Deutschland gäbe, und versprach, alle relevanten Informationen zusammenzustellen und den schwedischen Kollegen umgehend zukommen zu lassen. Ob er das denn auch auf Deutsch machen dürfe? Aber sicher. In Schweden gab es genug Personal, das der deutschen Sprache mächtig war.

Er legte auf und sah Marc verdutzt an. »Das ist ja 'n Ding. Jetzt halt dich fest! Diese Meja Persson ist seit dem 23. Juni vor zwölf Jahren als vermisst gemeldet und nie wieder aufgetaucht.«

Kapitel 9

Er war nicht der klassische Typ, der in den Fernsehkrimis so gern beschrieben wurde. Der, der sich in der Nähe des Tatorts aufhielt, um zu sehen, wie der Leichenwagen kam. Ihm hätte es vollkommen gereicht, wenn er am nächsten Morgen aus den Medien erfahren hätte, dass es einen tragischen Gasunfall mit zwei Toten gegeben hatte. Er hätte warten können.

Aber das Schicksal wollte es anders.

Verdammt.

Wieso war es so schwer, die Kontrolle wiederzuerlangen?

Er wusste, in welches Krankenhaus sie gebracht worden waren. Doch was nutzte ihm das?

Er hatte seine Chance verspielt.

Er hatte die Lage gründlich unterschätzt.

Und jetzt? Seit dem Ereignis war ständig jemand in Anns Nähe gewesen. Ihre Eltern, Ärzte, Schwestern, Freunde … Und selbst wenn nicht. Was sollte er machen? Sich in ihr Zimmer schleichen und ihr, während sie schlief, Luft in den Venenschlauch spritzen, den sie nicht einmal mehr hatte? Was für eine schöne Kriminalisten-Mär. Nein, dazu war er zu sehr Realist. Die aktuelle Schlacht hatte er an dieser Stelle verloren. Schade. Es wäre so einfach gewesen. Jetzt musste er die Welle auf sich zukommen lassen und sicherstellen, dass sie ihm nicht die Füße unter dem Körper wegriss.

*

Fredde, Marc und Ann saßen im Garten des Krankenhauses und steckten die Köpfe zusammen. Fredde zeichnete ihr Gespräch auf. Ann war noch total sprachlos über die Nachricht, dass ihr Zwilling seit zwölf Jahren von niemandem mehr gesehen worden war.

»So, jetzt erzählst du bitte alles noch mal ganz detailliert und der Reihe nach. Damit ich den schwedischen Kollegen, falls es sich wirklich um dieselbe Meja Persson handeln sollte, geordnete Informationen präsentieren kann.«

Also erzählte sie ihm von dem Fund des Fotos in der alten Ausgabe der OZ, ihrer Ähnlichkeit mit dem abgebildeten Mädchen und ihrer dadurch erwachsenen Neugier. Sie schickte Fredde das Bild und das PDF der Zeitungsseite auf sein Handy. Berichtete von dem Kontakt zu der Journalistin Lisa Rieckhoff, die den Artikel geschrieben, sich aber nie wieder bei ihr gemeldet hatte.

Lisa Rieckhoff? Fredde runzelte die Stirn. Irgendwas sagte ihm der Name. Egal. Jetzt konzentrierte er sich erst mal auf Anns Ausführungen.

Dann erzählte sie von Florian Lehmann, von dem sie schließlich den Namen des auf dem Foto abgebildeten Jungen erfahren hatte. Wie sie die Restaurants von Rerik abtelefoniert hatte und von dem Treffen mit Federico Chessa in Rostock. Schlussendlich führte sie aus, wie Marie und sie die halbe Nacht versucht hatten, schwedische Nachrichten zu übersetzen, um herauszufinden, wo sich Meja Persson heute aufhielt.

»Ich brauche die Adresse von diesem Federico Chessa. Mal schauen, was er mir über den Zeitpunkt und die Art der Anreise von Schweden nach Deutschland berichten kann. Wenn ich das geklärt habe, werde ich die schwedischen Kollegen informieren.«

*

Fredde überlegte lange, wie offiziell er sein Treffen mit Federico Chessa machen sollte.

Seine Personenabfrage ergab nichts Auffälliges: männlich, dreißig Jahre alt, Sohn eines italienischen Diplomaten, doppelte Staatsbürgerschaft, von Beruf Lehrer für die Fächer Sport und Geschichte, ledig, Vater eines vierjährigen Mädchens, wohnhaft in Rostock, keine Vorstrafen.

So weit, so gut.

Wenn Meja Persson damals wirklich hier in Deutschland verschwunden war und dieser Chessa etwas damit zu tun gehabt haben sollte, wäre es natürlich angebracht, ihn offiziell vorzuladen und zu befragen. Im Moment war aber genau das die Frage. Vielleicht war Herr Chessa kommunikativer, wenn er zunächst locker in heimischer Atmosphäre angesprochen wurde? Noch war das Ganze kein offizieller Fall.

Er entschied sich für den offiziellen Weg. Ann hatte ihm erzählt, dass der Diplomatensohn ein eher verschlossener, unheimlicher Typ war. Da half es vielleicht, die einschüchternde Atmosphäre einer Polizeiwache zu nutzen. Außerdem war er selbst noch jung und unerfahren. Er wollte sich hinterher keine Versäumnisse vorwerfen lassen. Also schrieb er eine offizielle Vorladung zu einer Zeugenaussage, anberaumt für Mittwoch, den 21.09. um 17:30 Uhr auf der Wache in Rerik. Den genauen Fall, zu dem der Zeuge Stellung nehmen sollte, ließ er offen. Er würde zusehen, dass Federico Chessa die Vorladung noch heute erhielt. Eine Kopie zur Info ging an seine Kollegen. Alles sollte seine Richtigkeit haben.

*

Der Geladene betrat die Reriker Wache um siebzehn Uhr siebenunddreißig. Er stellte sich vor und hielt dem Polizeivollzugsbeamten Lutz Kertelmann seine Vorladung vor die Nase. »Um was geht es hier eigentlich?«

Lutz bat ihn in ein kleines Zimmer und um ein wenig Geduld, sein Kollege käme gleich.

Fredde betrat den Raum ein paar Minuten später, setzte sich dem Geladenen gegenüber und klappte seine Akte auf. Sein Kollege platzierte sich auf einem etwas abseits stehenden Stuhl. Federico Chessa schaute fragend von einem zum anderen.

»Guten Tag, Herr Chessa. Vielen Dank, dass Sie es so spontan einrichten konnten. Es dauert auch sicherlich nicht lange. Wir werden das Gespräch mit Ihnen aufzeichnen.« Er zeigte auf zwei kleine Mikros, die im Tisch integriert waren. »Nicht, um es irgendwie gegen Sie zu verwenden, Sie sitzen hier ja nur als Zeuge, sondern einzig und allein, um Ihre Aussage hinterher abtippen zu lassen. So muss ich mir nicht alles merken.« Er lächelte freundlich und versuchte, vertrauensvoll zu wirken.

Federicos Gesichtsausdruck hingegen wurde zusehends misstrauischer. »Vielleicht erfahre ich erst mal, weswegen ich überhaupt hier bin?«

»Es geht um die schwedische Staatsbürgerin Meja Persson, die seit zwölf Jahren, genauer seit dem 23.06.2004, als vermisst gilt.« Während er das sagte, fixierte er das Gesicht des Befragten. Es sollte ihm keine noch so kleine Regung entgehen.

Die Augen seines Gegenübers wurden groß. »Ich bin wegen Meja hier? Was kommen denn alle plötzlich mit so alten Geschichten um die Ecke? Hat diese Johanna Arnold was damit zu tun?«

»Wussten Sie, dass Meja Persson vermisst wird?«

»Nein. Woher denn? Ich war ein paar Wochen mit ihr

befreundet. Das war's. Danach haben wir uns aus den Augen verloren.«

Fredde registrierte jede Mimik, jede noch so kleine Bewegung Federicos. Er schien nicht sonderlich überrascht, dass seine ehemalige Freundin verschwunden war. »Es ist also richtig, dass Sie mit dieser Person«, er schob Ric das Foto von Meja, das die schwedische Polizei als offizielles Fahndungsfoto herausgegeben und auch im Internet verbreitet hatte, herüber, »Meja Persson, Alter zum Zeitpunkt ihres Verschwindens sechzehn, damaliger Wohnsitz Eriksfältsgatan 2, Färjestaden auf Öland, Schweden, bekannt waren?«

»Ja und?«

»Würden Sie uns bitte erzählen, wie und wann Sie die junge Dame kennengelernt haben?«

»Meine Güte, das ist zwölf Jahre her! Wir haben uns in einer Kneipe in Färjestaden kennengelernt. Wann das war, weiß ich nicht mehr genau. Irgendwann im April oder Mai. Vielleicht war es auch im März. Keine Ahnung. Ist das wichtig?« Seine Stimme klang aggressiv.

»Bitte, Herr Chessa. Sie stehen hier nicht unter Verdacht oder gar Anklage. Wir versuchen nur, die letzten Monate vor dem Verschwinden von Meja Persson zu rekonstruieren, um eventuell herausfinden zu können, was mit ihr geschehen ist.« Er meinte zu sehen, wie sich der Befragte leicht entspannte.

»Nachdem wir uns kennengelernt hatten, haben wir ziemlich viel Zeit zusammen verbracht. Sie hatte wohl nicht viele Freunde. Sie war sehr extrovertiert, ein bisschen durchgeknallt. Sie war übrigens nicht sechzehn, sondern achtzehn.« Er schaute Fredde vielsagend an. »Das hat sie mir zumindest erzählt. Ich war der coole Typ, der mit seinem Vater schon in so vielen verschiedenen tollen Ländern und

Metropolen gelebt hatte. Der zu Hause alles durfte, weil keiner da war, der es ihm verbieten konnte. Der immer Kohle in der Tasche hatte. Das fanden die Mädchen super. Ich hatte keine Probleme, eine zu finden …« Seine Stimme bekam einen zynischen Klang. »Die Jungs sahen in mir eine unliebsame Konkurrenz, mit der sie nicht mithalten konnten. Dicke Freundschaften haben in so einem Leben keinen Platz. Meja war eigentlich eine von Vielen. Nur, dass sie mir in einem wesentlichen Punkt ähnlich war: Sie machte auch, was sie wollte, nahm nie groß Rücksicht. Deshalb hielt diese … sagen wir mal Verliebtheit für meine Verhältnisse recht lange.«

»Was sagten Mejas Eltern dazu?«

»Keine Ahnung. Darüber haben wir nie gesprochen. Eltern waren uns beiden egal.«

»Waren Sie mal bei ihr zu Hause?«

»Was? Nein. Ich hab ihre Familie nie kennengelernt. Ich weiß nicht mal, aus wie vielen Personen die besteht. Wir hingen irgendwo in Industriegebieten rum, manchmal auch bei mir. Mein Erzeuger ließ sich ja eh nicht blicken.«

»Wann und warum sind Sie dann nach Rerik gegangen?«

»Wann? Irgendwann Anfang des Sommers. Und warum?« Er schnaubte verächtlich. »Weil mein sogenannter Vater mit einem Mal meinte, er müsse einen auf Erzieher machen. Wir hatten uns gestritten, weil ich seiner Meinung nach zu viel Geld verbrauchte. Ich sollte doch mal arbeiten gehen. Da fand er es eine gute Idee, dass ich einen Sommer im Restaurant meines Onkels kellnern sollte, während er es sich in Berlin in einer dicken Villa gut gehen ließ. Ich bekam ein kleines Dachzimmer über dem Casa di Mare, inklusive Waschbecken. Klo und Dusche waren auf der Etage darunter. Die durfte ich mir mit zwei anderen Sommer-Angestellten meines Onkels teilen.«

»Wie ist Meja Persson nach Rerik gekommen? Das sind doch sie beide auf diesem Foto, oder?« Fredde schob ihm einen Ausdruck des alten Artikels aus der Ostsee-Zeitung hinüber.

»Das haben Sie doch von dieser Arnold, oder?«

»Kennen Sie dieses Foto?«

»Das wissen Sie doch ganz genau. Das hat Flo gemacht.«

»Florian Lehmann?«

»Ja. Wird der auch von Ihnen vorgeladen?«

»Wann kam Meja nach Rerik?«

»Sie ist mit uns nach Deutschland gekommen.«

»Mit Ihnen und Ihrem Vater.«

»Ja.«

»Und Ihr Vater fand das nicht seltsam? Ein minderjähriges Mädchen mit nach Deutschland zu nehmen? Ohne das Einverständnis der Eltern? Oder hatte er das vorher eingeholt?«

»Sie war nicht minderjährig! Zumindest dachten wir das damals. Mein Vater hat sich nicht um meinen Kram gekümmert. Er hatte nur seine eigenen Interessen im Kopf. Sie hat uns glaubhaft versichert, sie sei achtzehn, und ihre Eltern fänden das sehr nett, dass sie ein paar Wochen mit mir in Deutschland Urlaub machen könne.«

Er machte eine Pause

»Nein, eigentlich hat sie mir erzählt, ihren Alten wäre es egal. Ich konnte das gut nachempfinden.«

»Also sind Sie am 22.06., da haben Mejas Eltern ihre Tochter das letzte Mal gesehen, mit ihrem Vater zusammen, per Auto«, Fredde sah Ric fragend an, »durch Schweden nach Dänemark rüber bis Gedser gefahren und haben von dort aus die Fähre nach Deutschland genommen?«

»Ich weiß wirklich nicht mehr, an welchem Tag genau

wir gefahren sind. Es war im Juni. Denn von Juli bis September hab ich bei Onkel Tom gearbeitet. Und ob wir von Gedser aus übergesetzt haben? Keine Ahnung. Das hat mich damals nicht interessiert. Mein Vater ist gefahren. Meja und ich haben hinten gesessen und uns bestimmt nicht um die Fahrtroute gekümmert.«

»Und Sie sind nirgendwo kontrolliert worden?«

»Mein Vater hat ein Diplomatenfahrzeug. Wie hoch ist die da Wahrscheinlichkeit, dass wir kontrolliert werden? Ich sag Ihnen was. Auf all unseren Reisen und Umzügen kann ich mich nicht an ein einziges Mal erinnern.«

»Sie haben bei Ihrem Onkel gewohnt, hatten dort ein Zimmer. Wo war Meja untergebracht?«

Federico grinste. »Na, wo wohl? Onkel Tom hat ein paar Tage gebraucht, bis er gemerkt hat, dass er noch einen Untermieter hatte. Erst war er stinkig. Dann hatte er wichtigere Sachen zu tun. Wir waren ja auch kaum in der kleinen Bude. Nur, um zu pennen und ...« Sein Grinsen wurde noch breiter.

»Hat Ihr Onkel Sie bei Ihrer Ankunft nicht begrüßt?«

»Mich schon. Mein toller Vater hat uns an der Straße, von der aus man zum Casa di Mare gehen kann, rausgeschmissen. Er hatte es eilig, musste bis zu einer bestimmten Uhrzeit in Berlin sein. Er hätte wichtige Termine. Also alles wie immer. Tomasso hat getobt vor Wut, dass sein eigener Schwager sich nicht mal die Zeit nahm, ihn zu begrüßen. Meja wartete so lange draußen, wo Tom sie nicht sehen konnte. Danach hab ich sie reingeschmuggelt. Bei ihm war ich mir nämlich nicht sicher, ob er das mit Meja so klasse finden würde. Irgendwann hat er es dann aber geschluckt. Wir haben ja keinen Ärger gemacht.«

»Wie lange wollte Meja bei Ihnen bleiben? Und wie wollte sie wieder zurück nach Schweden kommen?«

»Ich glaube, Sie haben immer noch nicht verstanden, wie wir damals drauf waren. Darüber haben wir uns keine Gedanken gemacht. So lange, wie wir Lust hatten. Und wie zurück? Das würden wir dann sehen. Sie war nicht das kleine, schüchterne Mädchen. Sie hatte es faustdick hinter den Ohren.«

»Und wie lange ist sie letztendlich geblieben?«

Jetzt schien Federico ernsthaft nachzudenken.

»Tja, das ist eine gute Frage. Irgendwann Anfang August muss das gewesen sein. Also so nach fünf, sechs Wochen. Wir hatten uns mal wieder gestritten. Und fragen sie mich jetzt bitte nicht nach dem Grund. Für Meja brauchte es den nämlich nicht. Wenn sie auf Krawall gebürstet war, reichte eine Nichtigkeit, um sie auf die Palme zu bringen. Sie schrieb mir eine kurze Nachricht und war weg.«

»Eine Nachricht? Wie, per Handy? Auf einem Zettel?«

»Altmodisch, auf einem Zettel. Aber nur, weil sie ihr Handy in Schweden vergessen hatte.«

»Vergessen … so, aha. Was stand denn genau auf diesem Zettel?«

»Wie, genau? Also den exakten Wortlaut kann ich jetzt nicht mehr wiedergeben. Sinngemäß: Sie hätte keinen Bock mehr und würde zurück nach Schweden gehen. Wenn ich mal wieder in ihre Gegend käme, könne ich ja bei ihr vorbeischauen, falls sie dann überhaupt noch im langweiligen Färjestaden zu finden wäre. So oder so ähnlich. Ich hab erst gedacht, sie hätte mal wieder übertrieben und würde schon noch auftauchen. Sie hatte schon häufiger das Ende ihrer Deutschlandreise angekündigt und es sich dann doch immer anders überlegt. Aber dieses Mal hat sie Ernst gemacht und ist zurückgegangen.«

»Haben Sie das geglaubt oder auch überprüft?«

»Flo, Florian Lehmann, hat mir ein paar Tage später erzählt, er hätte ihr geholfen, ein Ticket zu kaufen. Und sie hat sich ja dann auch gemeldet, um uns mitzuteilen, dass sie gut auf Öland angekommen ist.«

»Auf welche Art gemeldet?«

»Angerufen.«

»Sie hat bei Ihnen angerufen? Auf Ihrem Handy? Oder im Casa di Mare? Oder wo?«

»Nein, nicht bei mir. Bei Flo.«

»Waren Sie dabei? Als er mit ihr telefoniert hat?«

»Was spielt das denn für eine Rolle?«

»Waren Sie?«

»Nein. Er hat es mir erzählt.«

»Was für eine Beziehung hatten Meja Persson und Florian Lehmann?«

»Beziehung? Was denn für eine Beziehung? Meja und ich waren zusammen, und Flo war eben da. Er hing gern mit uns ab. Fand das wohl irgendwie spannender als mit den Kids aus Rerik rumzuziehen. Netter Kerl. Manchmal vielleicht ein bisschen zu nett. Er erinnerte an einen kleinen Hund, wenn er uns nachlief.«

»Haben sie noch Kontakt zu ihm?«

»Nein. Nach dem Sommer ging ich studieren. Dass ich wieder hier in der Nähe, in Rostock, gelandet bin, hat was mit dem Aufschwung Ost zu tun. Die Regierung hatte dafür geworben, sich als Lehrer in den neuen Bundesländern zu bewerben. Alle wollten raus, kaum einer rein. Die Lehr-Bedingungen waren gut, die Mieten niedrig. Das hat sich mittlerweile grundlegend geändert.«

»Und Sie haben nie wieder versucht, mit Meja Persson Verbindung aufzunehmen?«

»Nein. Das Kapitel war für mich abgeschlossen. Bis vor

ein paar Tagen diese Johanna Arnold aufgetaucht ist. Haben Sie gesehen, wie ähnlich sie ihr sieht? Aber vom Wesen könnten sie unterschiedlicher nicht sein.«

Fredde schaute in seine Unterlagen. Er klappte die Akte zu, stand auf und reichte Federico Chessa die Hand. »Vielen Dank, dass Sie sich die Zeit genommen haben. Die Familie Persson wird sicherlich froh sein zu hören, dass es ein Lebenszeichen von ihrer Tochter gibt – zumindest aus der Zeit sechs Wochen nach ihrem Verschwinden. Vielleicht lässt sich aufgrund Ihrer Darstellungen nun herausfinden, wohin Meja Persson gegangen ist, nachdem sie Sie verlassen hat. Zurück zu ihren Eltern ist sie jedenfalls nicht.«

Verlegen nahm Federico die Hand entgegen. »Es tut mir leid. Ich wusste wirklich nicht, dass nach ihr gesucht wird. Ich hab angenommen, sie sei zurück nach Färjestaden.«

»Falls sich neue Fragen ergeben, dürfen wir doch sicherlich noch einmal auf Sie zukommen?«

Ric nickte, verabschiedete sich und verließ die Wache.

Lutz setzte sich wieder hinter seinen Schreibtisch und schaute zu Fredde rüber. »Scheiße – sollte ich mal ne Tochter haben: Die sperr ich ein und werf den Schlüssel weg.«

Fredde knetete nachdenklich seine Finger und fing an, sich die Audioaufnahmen anzuhören.

*

Sie saßen in dem kleinen, durch Glasscheiben geschützten Bereich vor dem Hotel und hatten sich Kaffee bestellt. Ann war gerade aus dem Krankenhaus entlassen worden und traf sich mit ihren Eltern im Gasthaus ›Zur Erle‹, wo diese zurzeit einquartiert waren.

Jürgen Arnold rührte monoton in seiner Kaffeetasse.

»Du solltest ein paar Tage nach Hause kommen, bevor das Semester wieder beginnt.«

Ann hatte ihren Eltern eröffnet, dass sie bis zum Semesteranfang in Rerik bleiben wollte. »Ihr könnt ruhig wieder fahren. Mama muss doch arbeiten. Ich kümmere mich noch eine Zeit lang um Oma. So lange, bis sie wieder richtig fit ist.«

»Und wo willst du wohnen? Omas Haus ist frühestens ab Freitag wieder bezugsbereit. Dann wird die neue Therme angebracht. Mir ist nicht wohl dabei. Wer kümmert sich um dich?« Susanne schaute ihre Tochter zweifelnd an.

Ann lehnte sich zu ihrer Mutter hinüber und nahm sie in den Arm. »Ach, Mama! Ich bin sechsundzwanzig. Ich brauche niemanden, der sich um mich kümmert. Außerdem hab ich hier viele Freunde, die mich unterstützen. Isabelle hat angeboten, dass ich so lange bei ihr unterschlüpfen kann.« Sie nahm einen Schluck Kaffee. »Gibt es Neuigkeiten von den Gutachtern? Oma beteuert weiterhin, die Gastherme wäre gerade erst gewartet worden.«

Jürgen Arnold ließ mit ärgerlichem Gesichtsausdruck den Löffel in seine Tasse fallen. »Das muss man sich mal vorstellen. Die sagen, es wäre wahrscheinlich ein Wartungsfehler gewesen. Festlegen wollen sie sich aber nicht. Auf jeden Fall haben sie es als Unfall eingestuft. Ich sage: Das war fahrlässige Tötung!«

»Was denn für ein Wartungsfehler?«

Susanne sah ihre Tochter an. »Irgend so ein Dings, frag mich jetzt nicht, wie das im Fachchinesischen heißt, dafür müsste ich erst ins Gutachten schauen, hatte sich leicht verschoben und somit eine minimale Undichtigkeit verursacht. Das könnte bei den Wartungsarbeiten passiert sein – also, dass dieses Teil sich gelockert hat. Danach hätte schon ein leichter Stoß gegen die Therme gereicht, zum Beispiel mit einem Wäschekorb, um Gas austreten zu lassen. Und da deine Oma den Raum zum Wäschetrocknen nutzt … Dein Vater will jetzt den Installateur verklagen. Ich glaube aber nicht, dass das viel bringt. Die Gutachter sagen ja nur, dass ein Wartungsfehler die wahrscheinlichste Ursache sei. Genau nachweisen können sie es nicht. Die zweite Variante wäre, dass jemand dieses Dings absichtlich gelockert hätte.«

Ann schnaufte entrüstet. »Ein Suizid? Als ob Oma sich umbringen würde. Und mich gleich mit. Na klar!«

»Nein. Das glauben sie nicht wirklich. Für eine Sabotage, beispielsweise aus Gründen eines Selbstmordversuchs, war der Defekt zu klein und zu speziell. Wenn jemand sich umbringen will, gibt es da wohl einfachere Wege, das Gas ausströmen zu lassen. Außerdem sind, um dieses Teil vorsätzlich zu lockern, angeblich spezielle Kenntnisse dieser Gasthermen-Technik Voraussetzung.«

»Also doch eine schlampig ausgeführte Wartung. Da ist das letzte Wort noch nicht gesprochen«, polterte Jürgen.

»Die Therme war uralt. Wir hatten schon häufiger darüber gesprochen, sie auszutauschen. Und darüber CO_2-Melder anzubringen auch«, gab Susanne zu bedenken.

»Na und? Wenn die alte Therme nicht mehr sicher gewesen wäre, hätte dieser Stümper von Installateur uns das doch wohl mitteilen müssen, oder?« Jürgen sah seine Frau erbost an.

»Das ist jetzt nicht mehr zu ändern. Freitag kommt die neue Therme. Dann werden auch die CO_2-Melder angebracht.« Susanne wirkte müde und erschöpft.

»Macht euch keine Sorgen. Das Schlimmste ist überstanden. Jetzt ist doch alles sicher! Zum Wochenende kommt Oma aus dem Krankenhaus. Dann hab ich noch eine Woche mit ihr. Ihr zwei könnt beruhigt wieder fahren, und ich melde mich regelmäßig bei euch und erstatte euch Bericht.« Ann lächelte ihren Eltern ermutigend zu.

*

Färjestaden, Schweden

Polisinspektör Olof Arvidsson fuhr die Eriksfältsgatan hoch. Es war lange her, dass er das letzte Mal hier gewesen war. Eigentlich hätte er seinen Polisassistenten schicken können, wie es in so einem Fall üblich war. Aber das schien ihm falsch. Er hatte die Ermittlungen damals geleitet. Er konnte sich gut an alles erinnern. An die bangen, hoffnungsvollen ersten Tage. An die Suchmaßnahmen auf der Insel, die Befragungen der Verwandten und Freunde und wie alle Bemühungen im Nichts endeten. Er fühlte sich verpflichtet.

Ingegerd Persson saß, wie so oft, vor der Wohnzimmerscheibe und schaute mit leerem Blick in den Garten. Das konnte sie stundenlang.

Åke dachte an die erste Zeit nach der Stunde Null. Ganz zu Anfang waren sie noch im Gleichgewicht gewesen, hatten eben funktioniert. Sie waren herumgefahren, hatten überall gefragt, Suchposter aufhängen und Artikel in Zeitungen und ins Internet stellen lassen, waren sogar im Fernsehen gewesen. Viele wollten ihre Tochter gesehen haben. Die meisten waren Wichtigtuer oder Verwirrte gewesen. Nach und nach hatten sie erkennen müssen, dass alle Spuren ins Leere liefen. Meja war wie vom Erdboden verschluckt.

Das war die Zeit, in der um sie herum eine bedrohliche Ruhe eingekehrt war. Die Polizei war fort. Der Aktionismus war in Hilflosigkeit umgeschlagen. Es war alles getan, was getan werden konnte, und es hatte nichts gebracht.

Åke beobachtete seine Frau, wie sie regungslos am Fenster saß. Man hätte meinen können, sie lebe nicht mehr. Als sie damit begann, hatte er noch versucht, sie da wegzuholen, sie abzulenken, mit ihr irgendwohin zu fahren. Es waren Freunde und Verwandte da gewesen, um ihre Hilfe anzubieten, um sie zu unterstützen.

Dann hatten sich alle nach und nach zurückgezogen. Sie wussten damit nicht umzugehen. Sie konnten nicht verstehen, dass es nach einer gewissen Zeit nicht endlich gut war. Sie meinten, irgendwann müsse es doch mal eine Entwicklung in die richtige Richtung geben, hin zur Normalität.

Es hatte auch psychologischen Beistand gegeben. Sie waren behandelt worden wie Kranke. Ihnen war suggeriert worden, dass, wenn die Krankheit erst einmal überwunden wäre, sie wieder ein normales Leben führen würden.

Das hier – das war jetzt ihre Normalität.

Er hörte ein Auto die Einfahrt heraufkommen.

Als er in den Flur ging, sah er durch das Fenster neben der Eingangstür die leuchtend reflektierenden Farben Gelb und Blau. Sie schmerzten in seinen Augen, hatten sich schon viel zu tief eingebrannt. Er blieb stehen.

Polizei.

Nach so langer Zeit.

Er merkte, wie seine Knie weich wurden.

Was würde er erfahren, wenn er die Tür öffnete?

Er spürte den unbändigen Drang, einfach wieder umzudrehen, die Flurtür zu schließen und sich zu seiner Frau zu setzen.

Andererseits war es doch die Ungewissheit gewesen, die ihn fast in den Wahnsinn getrieben hatte.

Es klingelte.

Wollte er das da wirklich wissen? Egal, was für schlimme Dinge sie zutage gebracht hatten?

Nein! Er wollte das nicht hören. Er wollte die Tür nur aufmachen, wenn es hoffnungsvolle Nachrichten waren, die sie mitbrachten.

Aber was für Nachrichten konnten das schon sein. Nach zwölf Jahren? Ohne ein einziges Lebenszeichen?

Es klingelte noch einmal.

Dann trat Olof Arvidsson vor die Scheibe und schaute ihn an. Die beiden standen sich direkt gegenüber.

Åke versuchte, das Gesicht des Polisinspektörs zu lesen. Warum sah er dort nichts? Irgendein ermutigendes Zeichen? Den Hauch eines Lächelns?

Langsam hob der Polisinspektör die Hand und grüßte ihn verhalten durch die Scheibe.

Olof Arvidsson wusste, wie viel Kraft es Åke Persson kosten musste, diese Tür zu öffnen. Er wartete geduldig, ließ ihm alle Zeit, die er brauchte.

Nach einer Weile streckte Mejas Vater zitternd seine Hand aus und drückte die Klinke herunter. Zögernd und ganz langsam machte die Tür, den Eingang frei.

»Hej. Darf ich reinkommen?«

Åke trat beiseite. Seine Beine fühlten sich an, als wären sie aus Blei.

Olof hatte lange überlegt, wie er ihnen die Neuigkeiten überbringen sollte. Letztendlich wussten sie immer noch nicht, was mit Meja passiert war, ob sie noch lebte, wo sie sich aufhielt. Auch die neuen Erkenntnisse beruhten auf Geschehnissen, die lange her waren. Das machte es schwieriger, den Spuren zu folgen, wenn es überhaupt noch welche gab. Im schlimmsten Fall standen sie genau da, wo sie so oder so schon waren: vor einem ungelösten Rätsel. Was tat er den Eltern damit an?

Ihnen die Informationen vorzuenthalten war aber auch keine Option. Sie hatten ein Recht zu erfahren, wie Meja Öland verlassen und wo sie die Wochen danach verbracht hatte.

»Hej«, sagte er noch mal. »Es haben sich überraschend neue Erkenntnisse ergeben, über die Zeit nach Mejas Verschwinden. Willst du, dass wir das mit Ingegerd besprechen?«

Åke merkte, wie trocken sich sein Mund anfühlte. »Ihr habt sie nicht gefunden?«

»Nein, wir haben sie nicht gefunden.«

»Ist es schlimm? Das, was ihr erfahren habt?« Åke guckte wie ein geprügelter Hund.

»Nein. Nichts Schlimmes.«

»Führt es irgendwo hin?«

»Ich weiß es nicht.«

Wieder standen die Männer sich minutenlang schweigend gegenüber. Olof konnte die Zerrissenheit in Åke spüren.

»Müssen wir es wissen? Ich meine, ich weiß nicht, was es mit ihr machen wird.« Er schaute traurig zur Wohnzimmertür.

Olof machte einen Schritt auf ihn zu und legte ihm beruhigend eine Hand auf den Oberarm. »Ihr solltet es wissen. Vielleicht holt es Ingegerd zurück ins Leben. Ich habe zumindest auf einige eurer Fragen nun Antworten.«

Behutsam schob er Mejas Vater durch die Wohnzimmertür. Ingegerd drehte nicht einmal ihren Kopf. Er ließ Åke mitten im Raum stehen, ging um ihren Stuhl herum und stellte sich in ihr Blickfeld. »Hej. Ich würde gern etwas mit euch besprechen. Geht das? Magst du dich mit uns an den Tisch setzen?«

Sie richtete ihre Augen auf ihn. Es war darin keine Überraschung, keine Angst zu erkennen. Es war erschreckend, wie sehr sich Menschen unter einer psychischen Last verändern konnten. Dann erhob sie sich langsam, ging zum Esstisch und setzte sich geräuschlos wieder. Ihr Mann stand immer noch unschlüssig im Raum.

»Setz dich doch zu uns, Åke.« Olof schob ihm einen Stuhl hin.

»Gestern erhielten wir die Abschrift eines Verhörs, das in Deutschland durchgeführt worden ist. Die deutschen Kollegen sind durch puren Zufall auf eine Spur von Meja gestoßen. Erinnert ihr euch, wie wir uns gefragt haben, ob sie damals einen Freund gehabt haben könnte? Ob sie mit ihm durchgebrannt sein könnte?«

Olof erinnerte sich noch gut. Während Åke das durchaus für möglich gehalten hatte, schloss Ingegerd es immer energisch aus. Sie glaubte nicht, dass ihre Tochter ihr so etwas antun würde, ohne ein Wort verschwinden würde. Vielleicht für ein paar Stunden, eine Nacht, zu einer Freundin. Aber nicht für länger. Da hätte sie sich gemeldet, da war sie sich sicher. Åke dagegen hatte ihm erzählt, wie schwierig es in den letzten Monaten vor Mejas Verschwinden mit ihr gewesen war.

Meja war als Säugling von den Perssons adoptiert worden. Das wusste sie aber schon seit dem Kleinkindalter. Sie waren immer offen damit umgegangen. Es gab auch nie großartig Probleme. Ihr Verhältnis war gut. Ingegerd hatte sie verwöhnt, wo es nur ging, Åke versucht, das überschäumende Temperament seiner Tochter mit väterlicher Fürsorge in die richtigen Bahnen zu leiten.

Dann kam die Pubertät.

Meja erzählte kaum noch, was sie so tat oder mit wem sie sich traf. Es kam häufiger zu Reibereien. Manchmal fielen sogar Sätze wie: »Ihr habt mir gar nichts zu sagen. Ihr seid ja nicht mal meine Eltern.« Ingegerd verstand die Welt nicht mehr und litt sehr unter der Entfremdung. Je mehr sie klammerte, je mehr sie versuchte, sich einzubringen, desto mehr wandte sich Meja ab. Åke wusste, dass das nur eine Phase war, die sie irgendwie zu überstehen hatten. Ganz tief drinnen war Meja immer noch seine Kleine. Er merkte das in den seltenen Momenten, wenn sie Angst hatte oder Trost brauchte. Dann ließ sie es zu, dass er sie in den Arm nahm. Dann war alles wieder wie früher.

Bis zu diesem verfluchten Sommer vor zwölf Jahren hatte er geglaubt, sie würden das schon hinkriegen. Und plötzlich war alles anders.

Olof legte den Ausdruck eines Fotos auf den Tisch und schob ihn zu Åke und Ingegerd hinüber. »Dieser junge Mann, sein Name ist Federico Chessa, lebte damals mit seinem Vater in Färjestaden und war allem Anschein nach der Freund eurer Tochter.«

Åke nahm den Ausdruck vorsichtig in die Hand und schaute sich das Foto seiner lachenden Tochter und dieses Jungen genauer an. Er hatte Tränen in den Augen.

Olof fuhr fort. »Im Juni sind der Junge und sein Vater nach Deutschland umgezogen. Meja hat sie begleitet.«

»Wie meinst du das – begleitet?« Es war das erste Mal seit Langem, dass Ingegerd jemandem eine Frage stellte, und die erste wirkliche Regung von ihr, seitdem Olof Arvidsson im Haus der Perssons angekommen war. Sie schaute dem Polisinspektör ins Gesicht. In ihren Augen blitzte ein Hauch von Lebendigkeit auf.

»Ich meine, dass sie höchstwahrscheinlich freiwillig mitgegangen ist. Laut Zeugenaussage war es sogar ihre Idee, die beiden zu begleiten. Es hat sie keiner gezwungen, sie wurde nicht entführt.«

Åke hatte das Foto an seine Frau weitergegeben. Ingegerd betrachtete es und streichelte mit dem Zeigefinger über Mejas Abbild. »Aber das geht doch nicht. Sie können sie doch nicht einfach so mitnehmen.« Sie schaute hoch. »Sie durften sie doch nicht einfach mitnehmen. Was sind denn das für Menschen? Ich kann doch nicht das Kind anderer Leute mit ins Ausland nehmen, ohne die Eltern zu fragen, ohne ihnen Bescheid zu sagen!« Ihr Gesicht spiegelte Entsetzen und Verzweiflung wieder.

»Du hast recht. Das hätte der Vater tun müssen. Euch kontaktieren. Aber er war wohl nicht der Fürsorglichste, auch nicht, was seinen Sohn anging. Zudem behauptet der Zeuge, Meja habe sich für achtzehn ausgegeben. Sie hat verschwiegen, dass sie noch minderjährig war.«

Åke schüttelte den Kopf und vergrub ihn zwischen seinen Händen. »Wohin? Wo sind sie mit ihr hingegangen?«

»Der Junge und Meja haben bei seinem Onkel in einem kleinen Dorf namens Rerik gewohnt. Das liegt direkt an der Ostsee, in der Nähe von Rostock. Der Junge hat dort gekellnert. So eine Art Ferienjob. Sein Vater ist beruflich weiter nach Berlin.«

»Wo ist sie? Olof – wo ist unsere Tochter?« Ingegerd sah ihn mit verzweifeltem Blick an.

Der Polisinspektör nahm ihre Hand. »Ich weiß es nicht. Was wir aber jetzt wissen, ist, dass sie die Zeit von Juni bis Anfang August mit ihrem Freund in Deutschland, in diesem Urlaubsörtchen verbracht hat. Sie war glücklich, ihr ging es gut. Das ist doch schon mal was, oder?« Er lächelte ihr aufmunternd zu. »Dann hat sie sich, laut Zeugenaussage, auf den Weg zurück nach Schweden gemacht. Zumindest hat sie gesagt, dass sie das vorhabe. Was dann passiert ist, wo sie wirklich hinging, wissen wir leider noch nicht. Aber wir versuchen, es rauszubekommen.«

Ingegerd schlug die Hände vors Gesicht. »Sie wollte zu uns. Oh Gott, Åke, unsere Tochter hat versucht, zu uns zurückzukommen!« Sie schluchzte laut auf. Tränen liefen zwischen ihren Fingern herunter und tropften auf den Tisch. Erst ein paar, dann schien es, als ob sich eine lange unter Druck stehende Schleuse öffnen würde. Åke nahm sie fest in den Arm. Dann weinten beide.

Kapitel 10

Rerik

Marc saß wieder einmal bei Fredde auf der Wache und hatte sich informationstechnisch auf den neusten Stand bringen lassen. »Glaubst du wirklich, dieser Chessa hat nicht gewusst, dass die Persson vermisst wird?«

»Nein – das hat der gewusst. Fragt sich nur seit wann. Nehmen wir mal an, er dachte wirklich, sie wäre achtzehn und hätte ihren Eltern mitgeteilt, dass sie für ein paar Wochen mit ihm nach Deutschland geht. Ich glaube schon, dass dem egal war, ob ihre Eltern damit einverstanden waren. Mit seinem Vater hab ich übrigens telefoniert. Der sitzt momentan in San Francisco. Eine ganz komische Type. Meinst du, den hätte das Ganze irgendwie interessiert? Er hat mir bestätigt, dass er damals ein Mädchen mit nach Deutschland genommen hat. Wer das war, konnte er mir nicht sagen, er hätte sie ja nicht gekannt.«

Marc schüttelte ungläubig den Kopf. »Hast du ihm nicht gesagt, dass sie noch minderjährig war und er sich damit strafbar gemacht hat? Und dass sie von der Polizei und ihren Eltern seit zwölf Jahren gesucht wird?«

»Na klar. Er hat total abgeblockt. Sein Sohn wäre damals schon volljährig und für sich selbst verantwortlich gewesen. Wenn es Probleme mit den Freundinnen seines Sohnes gäbe, müssten wir uns an Federico wenden. Er, also Alessandro Chessa, wäre damals nur das Transportmittel gewesen, von allem anderen habe er keine Ahnung gehabt. Dann hat er sich freundlich und in Eile verabschiedet.«

»Das gibt's doch nicht. Wie kann man so abgestumpft sein? Und rechtlich? Kann man dem nichts?«

»Ich glaube nicht. Es gibt leider kein Recht auf gutes Benehmen und verantwortungsvolles Handeln.«

»Was ist mit diesem Lehmann? Den finde ich ja auch nicht ganz koscher.«

Fredde grinste ihn an. »Du meinst, weil er mit deiner Freundin ne Runde Billard gespielt hat, ohne dass du davon wusstest? Ja – der wär mir auch suspekt!«

Marc tat entrüstet. »Quatsch! Aber der ist so, so …«

»Nervig. Ich weiß. Einer dieser seltsamen Beste-Freunde-Typen, der ständig bei deiner Freundin abhängt, dem sie alles erzählt und der euch begleitet wie ein Schoßhündchen. Ätzend, nervig, aber harmlos. Frauen scheinen so was zu brauchen. Einen, den sie interessant, attraktiv und spannend finden und so 'n Weichei von Frauenversteher, mit dem sie über Frauenprobleme reden können. Ich hab Lehmann natürlich befragt. Im Gegensatz zu den beiden Chessas war er richtiggehend geschockt. Der kriegte sich gar nicht wieder ein. Aber im Grunde hat er mir bestätigt, was Federico zu Protokoll gegeben hat. Meja sei, nach einem Streit mit Ric, zurück nach Schweden, also das hätte sie ihm zumindest glaubhaft mitgeteilt. Direkt nach dem Zerwürfnis sei sie zunächst einen Tag bei ihm, Florian Lehmann, geblieben, da sie ja nicht gewusst hätte, wo sie hin sollte. Er habe noch versucht, sie umzustimmen. Dann habe er ihr für den nächsten Tag eine Verbindung von Rerik nach Rostock herausgesucht. Tags drauf sei er mit ihr zum Reriker Busbahnhof und habe gesehen, wie sie in die Linie nach Rostock eingestiegen sei. Den genauen Tag konnte er uns leider nicht mehr nennen. Es wäre, so glaubte er, wohl kein Wochenende gewesen.«

»Du weißt schon, dass sich so gut wie nichts von dem, was diese Jungs dir erzählt haben, nachprüfen lässt, oder?«

»Ich weiß.«

»Was ist mit dem Anruf, den Meja Persson angeblich von Schweden aus getätigt haben soll?«

»Auch den hat mir Florian Lehmann bestätigt. Der soll gut zwei Tage nach ihrem Abschied aus Rerik stattgefunden haben. Was Besonderes gesagt haben soll sie dabei nicht. Jugendliches Geplänkel wäre es halt gewesen.«

»Und danach will auch Florian Lehmann nicht mehr mit ihr gesprochen haben? Kein Versuch eines Telefonats?«

»Er sagt nein.«

»Hat sie erwähnt, von wo aus sie angerufen hat?«

»Na ja, er hat angenommen, von ihrem Zuhause in Färjestaden. Schließlich habe sie gesagt, sie sei gut angekommen. Er hat das nicht weiter hinterfragt.«

Marc klickte nachdenklich die Mine eines Kugelschreibers rein und raus. »Sie fährt also, irgendwann Anfang August, mit dem Bus nach Rostock, um von dort mit der Fähre nach Dänemark, nach Gedser, überzusetzen. Von da aus müsste sie per Bus und Bahn bis nach Öland, also nach Schweden. Gibt es da überhaupt vernünftige Verbindungen? Und woher hatte sie das Geld? Das muss doch Einiges gekostet haben!«

»Das ist eine wirklich gute Frage. Gearbeitet hat sie in Rerik nicht. Während sie bei Federico war, wird er alles bezahlt haben. Viel brauchten die jungen Verliebten bestimmt nicht. Gegessen haben sie sicher beim Onkel. Das werde ich nachprüfen. Mit dem muss ich eh noch reden. Mal sehen, was ihm zu Meja Persson einfällt. Schließlich haben sie wochenlang unter seinem Dach gewohnt.« Während des Gesprächs kramte Fredde fortwährend in seinen Unterlagen oder klickte auf seiner Computermaus herum.

»Sag mal, was machst du da eigentlich so Dringendes? Suchst du irgendwas?«

»Ja, warte mal …«

Marc drehte seinen Rollstuhl um und fuhr in die kleine Küche der Wache. »Willst du auch noch nen Kaffee?«

»Hmm.«

»Das deute ich mal als ja.« Während er zwei Tassen füllte, hörte er aus dem Nebenraum ein erfreutes: »Ha! Wusst ich's doch!« Er fuhr vorsichtig, die beiden Tassen zwischen seinen Beinen fixierend, zu Freddes Schreibtisch zurück, stellte beide darauf ab und schaute belustigt zu seinem Freund rüber. »Na, dann erzähl mal, Sherlock, was du so Wichtiges entdeckt hast.«

»Erinnerst du dich, dass Ann erzählt hat, sie hätte sich mit einer Journalistin getroffen? Einer Lisa Rieckhoff?«

»Ja. Die damals den Artikel für die OZ geschrieben und mit ihrem Foto das Ganze erst ins Rollen gebracht hat.«

»Genau die. Ich wusste, dass mir der Name bekannt vorkommt. Die ist, warte …« Er scrollte den Bericht am Bildschirm weiter nach unten. »… in der Nacht vom 27.08. diesen Jahres bei einem Autounfall ums Leben gekommen.« Stolz wie ein Hund, der aufgrund seiner tollen Leistung nun das Belohnungs-Leckerchen erwartet, schaute Fredde ihn an.

»Oh. Das ist tragisch. Aber inwiefern glaubst du, dass das für uns irgendwie wichtig sein könnte?«

Fredde zögerte. Man konnte ihm beim Denken zusehen. »Tja, gar nicht, würde ich sagen.«

»Wie ist es denn zu dem Unfall gekommen?«

Fredde überflog den Bericht. »Sie ist nach links auf die Gegenfahrbahn und frontal gegen einen Baum. Es wurden keine Hinweise auf die Beteiligung eines anderen Fahrzeugs gefunden. Es gab auch keine Spuren eines Wildunfalls.«

»Selbstmord?«

»Oder sie war abgelenkt, durch ihr Handy oder so. Keine Ahnung.«

»Saß noch jemand im Auto?«

»Nein, sie war allein. Übermäßig getrunken hatte sie auch nicht.«

»Tja, wie gesagt: tragisch. Weiß Ann, dass die Journalistin tot ist?«

»Ich glaube nicht. Woher sollte sie? Ich starte nachher mal eine Personenabfrage und horche bei den Kollegen in Kröpelin, ihrem Wohnort, nach, ob die noch irgendwas Wichtiges über die Dame haben.«

»Glaubst du, das ist nötig?«

»Nee, aber heute ist eh tote Hose.« Fredde legte seine Beine bequem über die Ecke des Schreibtischs und nahm geräuschvoll einen Schluck Kaffee.

Marc war eine halbe Stunde weg, da legte Christian seinem Kollegen ein Gespräch aus Schweden auf den Telefonapparat. Fredde begann zu schwitzen. Wenn das so weiterging, musste er sich unbedingt überlegen, wie er sein Englisch aufpolieren konnte. Am anderen Ende meldete sich ein Polisinspektör Olof Arvidsson, der, dem Himmel sei Dank, ein wenig Deutsch sprach. Fredde hatte alle Abschriften der weiteren Befragungen immer auch an die schwedischen Kollegen geschickt. Arvidsson berichtete ihm nun seinerseits von den Gesprächen mit Mejas Eltern und teilte ihm mit, dass diese beschlossen hätten, nach Rerik zu kommen. »Sie lassen sich nicht abbringen. Sie wollen selber alles sehen. Sie wollen auch den Freund treffen. Ich bitte, du musst sie begleiten. Gut ist ein Dolmetscher.«

Na toll. Sollte er jetzt wirklich Kindermädchen für ein schwedisches Elternpaar spielen, das dringend Antworten wollte, die er ihnen nicht geben konnte? Und wo sollte er einen Dolmetscher herbekommen? Wer würde den überhaupt bezahlen? Zunächst müsste er herausfinden, wie im Allgemeinen in solchen Fällen verfahren wurde. Außerdem brauchte das Ehepaar Persson gewiss psychologische Betreuung. Wusste man, wie labil die beiden waren?

Arvidsson wies ihn darauf hin, dass er es für keine gute Idee hielt, wenn Mejas Eltern auf Johanna treffen würden. Er selbst habe ihnen verschwiegen, dass es in Deutschland eine junge Frau gab, die ihrer Tochter frappierend ähnlich sah. Die Folgen einer Begegnung für die sowieso schon stark belastete Psyche der beiden seien nicht abzuschätzen. Er habe ihnen Freddes Kontaktdaten gegeben. Sie würden sich bei ihm melden. Voraussichtlich morgen am späten Nachmittag.

Super, hatte er sich vor einer halben Stunde noch beschwert, er hätte nichts zu tun?

*

Ann war bei Isabelle untergekommen. Deren Wohnung glich einem Puppenhaus. Die Tapete im Schlafzimmer leuchtete rosa. Es gab einen mit Hollywoodlampen umrandeten Schminktisch, ein riesiges Schuhregal mit Pumps in allen erdenklichen Farben – mit und ohne Glitzer – und einen Badezimmerschrank, der so gut mit Schminkutensilien, Parfums und Nagellacken gefüllt war, dass es für drei Leben gereicht hätte.

Ann schaute in den Schlafzimmerspiegel.

Wenn ich lang genug hierbleibe, färbt die Wohnung ja vielleicht auf mich ab, und ich verwandle mich in eine Barbiepuppe, dachte sie. Ihre Augen tasteten ihr Spiegelbild ab. Mit den Fingern schob sie ihre weichen Ponyfransen auseinander, ließ den prüfenden Blick zunächst über die Stirn und Augenbrauen, dann über die Wangenknochen hin zu ... Halt! Leuchtete auf ihren Wangen nicht schon ein Hauch von Rosa? Sie runzelte die Stirn. Die von ihrem Spiegelbild blieb glatt und faltenfrei. Als sie meinte, die ersten hellblonden Strähnen wachsen zu sehen, wandte sie sich seufzend ab. Zwei Nächte würde sie hoffentlich überleben, dann ginge es zurück in die Liebesschlucht.

Rose würde bald entlassen werden. Susanne und Jürgen waren endlich abgereist, und Ann telefonierte, wie versprochen, regelmäßig mit ihnen. Ihr Vater erzählte ihr, er habe mit dem Installateur telefoniert. Dieser habe ihm beteuert, dass die Wartung vorschriftsmäßig abgelaufen sei. Die undichte Stelle könne nicht bei ihm aufgetreten sein. Er würde, wie es Pflicht sei, am Ende immer eine Dichtigkeitsprüfung durchführen. Seine Geräte hätten angezeigt, dass alles in Ordnung sei. Da wäre er sehr gewissenhaft. Jürgen überlege trotzdem, ob er den Installateur verklagen solle.

Isabelle war arbeiten, und Ann fragte sich, was sie mit diesem Tag noch anfangen könnte. Da leuchtete eine Nachricht von einer ihr unbekannten Nummer im Display auf. »Hallo. Wie geht es dir? Würde mich gern noch mal mit dir treffen. Hast du Zeit? Flo.«

Florian Lehmann – was war alles passiert, seitdem sie ihn zum Billardspielen im Weinhold getroffen hatte. Ob er von dem Gasunfall wusste? Bestimmt hatte es sich rumgesprochen. Aber ob er wusste, dass es dabei um sie ging?

Sie tippte: »Gern. Wie wär's mit heute? Du musst wahrscheinlich arbeiten?«

Ein paar Sekunden später leuchtete ihr Display erneut auf.

Sie las: »Wir könnten zusammen Mittag essen. Ich hab eine Stunde Pause. Um 13:00 im Casa di Mare? Oder ist dir nicht nach Italienisch?«

»Doch. Perfekt. Dann bis um 13:00.«

Sie legte ihr Handy zur Seite. Bis zu ihrem Treffen mit Flo könnte sie einkaufen fahren und die Vorräte der Liebesschlucht auffüllen. Sie wollte, dass alles perfekt war, wenn Rose wieder nach Hause kam.

*

Er hatte es tatsächlich geschafft, einen Dolmetscher zu organisieren, hatte sich um die Übernahme der Kosten gekümmert, sich die Genehmigung geholt, dass er, sobald das Ehepaar Persson angekommen war, als deren Begleitung abgestellt sein würde, und er hatte sich die wichtigsten Antworten auf zu erwartende Fragen in Englisch aufgeschrieben. Fredde fand, er war gut vorbereitet. Danach durchsuchte er die Computerdatenbank der Polizei nach Informationen über Lisa Rieckhoff. Wie erwartet, kam nichts Auffälliges zutage. Er griff nach dem Telefonhörer und rief die Kollegen in Kröpelin an. Die Begrüßung fiel formell distanziert aus. Man pflegte keine sonderlich freundschaftlichen Kontakte, obwohl Kröpelin nur vierzehn Kilometer entfernt lag.

»Ich arbeite momentan an einer Vermisstensache. Eine gewisse Lisa Rieckhoff, ihres Zeichens Journalistin, hat in diesem Fall für einen Artikel recherchiert. Frau Rieckhoff verstarb am 27.08.2016, an den Folgen eines Autounfalls zwischen Rerik und Kröpelin. Habt ihr irgendwas Ungewöhnliches, Interessantes, was ihr mir über die Dame sagen könntet? Die Datenbank gibt nichts her.«

»Einen Moment.« Er hörte, wie jemand am anderen Ende emsig auf seiner Tastatur herumtippte. »Lisa Rieckhoff, Alter 34, wohnhaft in der Bartenshagener Straße 67 in Kröpelin. Beruf: Freie Journalistin. Verstorben am …«

»Ja, genau die. Gab es da in letzter Zeit irgendwas Auffälliges?« Fredde unterbrach ungeduldig die ausschweifende Aneinanderreihung seines Kollegen. Wie viele Lisa Rieckhoffs in passendem Alter, von Beruf freie Journalistin, noch dazu verstorben, konnte es schon in Kröpelin gegeben haben?

»Hm … nee. Nicht wirklich. Sie musste mal ne Zeit lang auf ihren Führerschein verzichten, wegen Trunkenheit am Steuer. Das war 2003. Dann gab's 2011 eine Anzeige wegen Hausfriedensbruch. Sie behauptete damals, sie habe irgendwas recherchiert. Das war's auch schon.«

Fredde wollte sich gerade bedanken, da hörte er seinen Gesprächspartner sagen: »Ach, warte mal. Die hat aber auch'n Pech. Obwohl, wenn man's genau nimmt, hat sie davon ja nichts mehr mitgekriegt.«

»Worum geht's?«

»Am 30.08. wurden in dem Gebäudekomplex, Bartenshagener Straße Nummer 67, zwei Wohnungseinbrüche gemeldet. Die eine Wohnung war die der toten Journalistin Lisa Rieckhoff.«

»Und die andere?«

»Liegt im gleichen Gang und gehört einem gewissen Wolfgang Bützow, 54, ledig, arbeitet in einer Schlachterei.«

»Was wurde gestohlen?«

»Beim Schlachter war das einfach. Er sagt, ein Männerring, so was wie ein Siegelring, und dreißig Euro Bargeld. Herr Bützow war erstaunt, dass sich überhaupt einer die

Mühe gemacht hat, wo es doch mehr als offensichtlich wäre, dass bei ihm nichts zu holen sei.«

»Und bei Frau Rieckhoff?«

»Das wissen wir nicht so genau. Da wir sie selbst ja nicht mehr fragen konnten. Ein Computer schien zu fehlen. Das Ladekabel steckte noch in der Steckdose. Ihre Mutter konnte dazu leider keine Angaben machen.«

»Nicht verwunderlich, wo ihre Tochter gerade erst verstorben ist. Sie stand bestimmt noch unter Schock.«

»Ich glaub eher, die beiden hatten kaum was miteinander zu tun. Ich hatte nicht das Gefühl, dass die alte Frau Rieckhoff ihre Tochter häufig besucht hat. Sie wusste nicht mal, womit die ihren Unterhalt bestritten hat.«

»Die Konten habt ihr überprüft, oder?«

»Das Konto, ja. Mit der Mutter zusammen. Wir wollten sehen, ob es zeitlich passende Kontobewegungen gegeben hat. Vornehmlich größere Abbuchungen. Gab es aber nicht. Das Konto war eh am Limit.«

»Kannst du dich erinnern, ob in den letzten vierundzwanzig Monaten ein größerer Betrag abgehoben wurde, zum Beispiel eine Überweisung an einen Elektronikhändler?«

»Kann ich nachgucken. Moment … nein, da ist nichts. Das Geld hätte sie auch gar nicht gehabt.«

»Wahrscheinlich gibt es keinen Hinweis auf den Täter?«

»Nein. Der Einbruch wurde stümperhaft durchgeführt, das Ziel schlecht ausgewählt. Professionelle Banden hätten sich lohnendere Ziele gesucht. Wir nehmen an, dass irgendein Junkie versucht hat, sich die nächste Mahlzeit zu beschaffen, weil er gesehen hat, wie schlecht die Wohnungen gesichert sind.«

Fredde bedankte sich und legte auf.

Lisa Rieckhoff hatte also einen mindestens zwei Jahre

alten Rechner, wahrscheinlich ein Notebook. Die Überprüfung ihres Kontos hatte ergeben, dass sie sich in den letzten vierundzwanzig Monaten kein neues Gerät angeschafft hatte. Von einer Barzahlung für so eine teure Anschaffung war nicht auszugehen. Woher sollte sie das Geld gehabt haben? Aufgrund ihrer Lebenssituation war ihr Notebook auch beim Neukauf mit Sicherheit nicht das beste und teuerste gewesen.

Stellte sich die Frage: Wer klaute einen Rechner, den keiner mehr haben wollte?

*

Als Ann um kurz vor dreizehn Uhr auf das Casa di Mare zuging, sah sie Florian schon von Weitem winken. Er hatte sich einen Platz draußen vor dem Restaurant mit Blick auf das Haff, ausgesucht.

»Hallo.« Er lächelte sie an. »Sollen wir hier bleiben, oder möchtest du lieber rein?«

»Ist doch super hier.«

Es waren um die zwanzig Grad, die Sonne schien, und es ging kaum Wind. Sie setzte sich ihm gegenüber. Eine Weile wussten sie beide nicht, was sie sagen sollten. Ein junger Mann trat auf sie zu, reichte ihnen die Speisekarte und fragte, ob sie schon wüssten, was sie trinken wollten.

Bei der Antwort ließ Flo ihr den Vortritt, schaute dann verlegen auf seine Hände und schwieg wieder. Sie klappte die Karte auf und sah sich das Mittagsangebot des Casa di Mare an. »Kannst du was empfehlen?«

Er strahlte sie an, wohl froh, dass sie die Stille durchbrochen hatte. »Eigentlich ist hier alles lecker. Meine Lieblingspizza ist die Prosciutto. Auch die Nudelgerichte sind toll.«

Die Pizza bestellte er sich dann auch.

Sie nahm Penne al Salmone.

»Du hast mich doch letztens nach Federico gefragt«, sagte Flo zögernd, während er einen Bierdeckel zwischen seinen Fingern drehte.

Sie nickte.

»Das Mädchen auf dem alten Bild neben ihm hieß Meja – Meja Persson. Sie kam aus Schweden. Sie ist seit damals verschwunden. Die Polizei war letztens bei mir. Die haben mich befragt. Aber ich wusste das doch nicht!« Jetzt schaute er sie verzweifelt an. »Wusstest du davon? Wusstest du, dass Meja verschwunden ist?«

Sie nickte wieder. »Seit ein paar Tagen. Du weißt ja, ich war auf der Suche nach Federico und bin bei meiner Recherche auf diese Meja Persson gestoßen. Dabei hab ich rausgefunden, dass sie seit zwölf Jahren als vermisst gilt. Ab da hat die Polizei übernommen. Die Eltern hatten bis vor Kurzem nicht mal eine Ahnung, dass ihre Tochter damals in Deutschland war.«

Flo schüttelte traurig den Kopf. »Ich versteh das nicht. Wie ist so was möglich? Wie kann Federico sie mit nach Deutschland nehmen, ohne dass ihre Eltern davon wissen? Mir gegenüber hat er immer so getan, als ob alles normal wäre, also, als ob ihre Eltern davon wüssten.«

»Unfassbar, oder? Er behauptet, davon ausgegangen zu sein, dass ihre Eltern ihr Einverständnis gegeben hätten.«

Das ist deine Chance! Los frag ihn.

Sie machte eine Pause und senkte ihre Stimme. »Hast du sie gut gekannt? Bei unserem ersten Treffen kam es mir nicht so vor. Du wusstest nicht mal mehr ihren Namen.«

Flo schaute betreten zur Seite. »Ich weiß. Ich könnte jetzt behaupten, ich wüsste ihn erst wieder, seitdem mich die Polizei über sie befragt hat. Das wäre aber gelogen. Damals, als du mich nach ihrem Namen gefragt hast, ist er mir wirklich nicht sofort eingefallen. Es stimmt nämlich, das mit meinem grottenschlechten Namensgedächtnis.« Er lächelte sie entschuldigend an. »Aber schon ein paar Minuten nach unserem Gespräch ist er mir wieder eingefallen. Ich hätte natürlich zu euch an den Tisch kommen können, aber ehrlich gesagt, dachte ich nicht, dass es wichtig wäre. Du hast ja nach Federico gesucht, nicht nach ihr. Oder?«

»Also wart ihr doch gut befreundet«, wich Ann aus.

»Sie war schon was Besonderes. Sie hatte so viele verrückte Dinge im Kopf. Sie hätte Schauspielerin sein können. Manchmal lief sie einfach hinter ein paar Touristen her und parodierte sie, ohne dass die es merkten. Und sie war gut darin. Zum Totlachen komisch.« Er lachte bei dem Gedanken daran.

Mit einem Mal war seine Fröhlichkeit verschwunden. Sein Gesicht drückte tiefe Betroffenheit aus. »Ich muss immer daran denken, dass ich sie in den Bus einsteigen ließ. Hätte ich sie doch davon abgehalten! Ich hatte damals schon ein schlechtes Gewissen. Ich fand es nicht richtig, sie eine so lange Strecke allein fahren zu lassen. Den ganzen Tag vor ihrer Abreise, und die halbe Nacht, hab ich versucht, sie umzustimmen. Aber sie hat nur gelacht und gemeint, ich solle nicht so eine Flo-Memme sein. Sie wäre schon ein großes Mädchen, und irgendwann müsse sie doch zurück nach Hause.«

Ann merkte, dass seine Augen feucht wurden.

»Ich bin schuld. Ich hätte sie nicht fahren lassen dürfen. Ich war der Einzige, der sie hätte aufhalten können. Aber sie hätte nicht auf mich gehört. Das hat sie nie.«

Mann, ist das ein Schlappschwanz.

Ann musste daran denken, was Marie über Flo und diesen Typ Mann gesagt hatte: ›seelischer Mülleimer‹ und ›Taschentuchhalter‹. Da hatte sie wohl recht gehabt. Während Mejas Ex Federico sich keinen Kopf machte, sich nicht kümmerte und auch heute jede Verantwortung von sich wies, litt Florian Lehmann sichtlich unter seinen Gewissensbissen. Ob Meja diese Freundschaft damals zu schätzen wusste?

»Ich war so froh, als ihr Anruf kam«, hörte sie ihn leise sagen. »Das bedeutet doch eigentlich, dass sie heil in Schweden angekommen sein muss, oder?«

Sein flehender Blick war schwer zu ertragen. Sie konnte ihn so gut verstehen. Er tat ihr leid.

Ja, der arme kleine Flo. Wahrscheinlich hat er sie umgebracht und irgendwo verscharrt. Denk an Maries Worte: die Netten, Harmlosen sind die Schlitzer.

»Das ist gut möglich«, sagte sie, mehr um ihn zu trösten, als dass sie selbst daran glaubte. »Wenn sie damals wirklich abgehauen ist, hatte sie bestimmt Angst davor, wie ihre Eltern reagieren könnten, wenn sie nach ein paar Wochen gesund und munter wieder auftaucht. Vielleicht hat sie auf dem Weg nach Hause mitbekommen, wie massiv nach ihr gesucht wird, und hatte Angst vor den Konsequenzen.« Und hat sich zwölf Jahre lang nicht mehr bei den eigenen Eltern gemeldet? Wie wahrscheinlich war das?

Die ist tot! Abgeschlachtet, zerstückelt, in Beton gegossen …

»Und dann? Wohin könnte sie gegangen sein?« Flo schien selbst nicht daran zu glauben.

»Wenn sie wirklich so abenteuerlustig und mutig war, wie alle sie beschreiben … vielleicht hat sie sich einer Reisebekanntschaft angeschlossen oder ist allein die große weite Welt erkunden.«

Wie naiv muss man sein?

Ihr Essen wurde gebracht. Doch so richtig wollte keiner anfangen. Es dampfte heiß vor sich hin.

Ann stellte sich vor, wie sie, ganz ohne Geld, Unterkunft und Ziel durch Europa zog. Und das als junges Mädchen. Schwierig. »Wie wollte sie eigentlich die Rückreise finanzieren? Gerade die Überfahrt nach Dänemark und die Zugreisen durch zwei skandinavische Länder werden doch einiges gekostet haben. Habt ihr darüber gesprochen?«

Erschrocken sah Flo sie an.

»Du glaubst, sie hat es gar nicht schaffen können?« Unruhig stocherte er mit dem Messer in seiner Pizza herum. »Ich bin damals davon ausgegangen, dass ihre Eltern ihr genug Geld mitgegeben hätten. Oder dass das Ticket für die Fähre durch sie von Schweden aus gebucht wurde.«

Na klar, ist ja auch viel einfacher wegzuschauen.

»Sie hat dir gegenüber also nie erwähnt, dass sie nicht wüsste, wie sie die Rückfahrt bezahlen soll?«

Er schüttelte den Kopf.

Ann hatte mittlerweile angefangen, ihre Penne zu essen. »Sie hatte bestimmt einen Plan – und genug Geld«, sagte sie in der Hoffnung, dass Flo das Grübeln sein ließ und endlich mit dem Essen begann.

Ja, und wenn sie nicht gestorben ist, dann lebt sie noch heute … Träum weiter!

*

»Er macht sich solche Vorwürfe. Er tut mir echt leid. Ich kann ihn gut verstehen. Wäre mir das passiert, und ich würde zwölf Jahre später erfahren, dass eine meiner Bekannten seit unserer Verabschiedung verschwunden wäre, dass ich die Letzte gewesen wäre – zumindest von der man Kenntnis hat – die sie lebend gesehen hätte … ich könnte nicht ruhig schlafen.« Sie schüttelte betroffen den Kopf. »Was ist damals nur passiert, nachdem sie in diesen Bus gestiegen ist?«

Ann saß mit Marc auf dessen Sofa. Sie hatte zuvor eine kurze Führung durch seine Wohnung bekommen. Die war klein und seltsam karg. Es fehlte ihr irgendwie an Behaglichkeit. Das lag wohl auch daran, dass er mit dem Rollstuhl überall durchkommen musste. Teppiche störten da nur. Stühle, die im Weg rumstanden, waren eher hinderlich. Es spielte sich alles innerhalb einer bestimmten Höhe ab, da er die Dinge sonst nicht erreichen konnte.

Er hatte eine Flasche Wein geöffnet und ein paar Knabbereien auf den Tisch gestellt. Lachend hatte er ihr gebeichtet, dass er leider nur diese eine Kerze habe finden können. Er bekomme nicht so oft netten Besuch.

Er schenkte ihr nach. »Tja, darüber hab ich auch schon ne ganze Weile nachgedacht. Meines Erachtens gibt es drei mögliche Szenarien. Erstens: Meja steigt in den Bus nach Rostock, in der Absicht, mit der Fähre nach Gedser überzusetzen, entscheidet sich dann aber um. Entweder, weil sie jemand Interessanten getroffen hat, bei dem sie in Rostock Unterschlupf findet oder mit dem sie weiter durch Deutschland, eventuell durch Europa ziehen will, oder sie versucht es allein, auf eigene Faust. Beweggründe könnten sein: Angst vor ihren Eltern oder einfach Abenteuerlust. Zweitens: Meja steigt in den Bus nach Rostock, in der Absicht, zu ihren Eltern zurückzukehren. Dann passiert irgendwo auf dieser Reise etwas, ein Unfall, ein Verbrechen, was sie daran hindert, ihre Fahrt zu beenden. Drittens: Meja ist gar nicht bis Rostock gefahren, sondern vorher ausgestiegen und wollte zurück zu ihrem Federico. Ob sie dort angekommen ist und was danach passierte, wissen wir nicht. Ach ja, es gibt noch eine weitere Möglichkeit. Viertens: Sie ist gar nicht in den Bus gestiegen.«

Ann hatte konzentriert zugehört. »Also gut, analysieren wir mal die Wahrscheinlichkeiten. Zur ersten Möglichkeit: Für mich zwar schwer nachzuvollziehen, aber momentan die logischste Variante.«

»Warum schwer nachzuvollziehen?«

»Sie war sechzehn, konnte kein Deutsch, vielleicht ein wenig Englisch, und ob sie überhaupt Geld in der Tasche hatte, ist unbekannt. Selbst wenn man abenteuerlustig und mutig ist, finde ich das schon sehr … ungewöhnlich. Außerdem kann ich nicht glauben, dass sie sich nie bei ihren Eltern gemeldet haben soll. Welche Tochter tut ihren Eltern so was an?«

»Du weißt, dass sie, laut der Aussage der Chessas, einfach mit ihnen abgereist ist und sechs Wochen in Deutschland Urlaub gemacht hat. Ihren Eltern hat sie weder Bescheid gesagt, noch sich in der Zeit bei ihnen gemeldet. Das zeigt doch ziemlich deutlich, wie verantwortungslos deine Doppelgängerin ist.«

Ann störte es irgendwie, dass Marc schlecht von Meja redete. Seltsam, dabei kannte sie sie doch gar nicht. Trotzdem hatte sie das Gefühl, sie müsse Meja verteidigen. »Na ja, sie war verliebt. Ihre große Liebe wollte für immer aus Schweden verschwinden. Da macht man als Teenager schon mal Dummheiten. Aber dann hatte sie ein schlechtes Gewissen und wollte zurück.«

»Hm, lassen wir das mal so stehen. Was ist mit Szenario zwei?«

»Sie tritt die Reise an und erleidet unterwegs einen Unfall oder fällt einem Verbrechen zum Opfer? Also gut: Von wie vielen dauerhaft unidentifizierten Todesopfern in Folge eines Unfalls oder Verbrechens hast du schon gehört? Wenn ein so junges Mädchen in einen tödlichen Unfall verwickelt wird, und man schafft es nicht, seine Identität festzustellen, würde man dann nicht an die Medien gehen und fragen, wer dieses Mädchen kennt?«

»Kann sein. Vielleicht aber auch nicht. Mag sein, dass sie das sogar gemacht haben, die richtigen Leute es aber nicht mitgekriegt haben.«

»Na, in Dänemark und Schweden jedenfalls nicht, da stand sie auf der Vermisstenliste und wäre sofort identifiziert worden.«

»Bei einem Verbrechen, einem Mord, könnte es natürlich sein, dass die Leiche noch gar nicht gefunden wurde. Oder eben nicht identifiziert werden konnte, da keine Vergleichsproben zur Hand waren und sie ohne Papiere aufgefunden wurde.«

»Fragt sich nur, wer dann bei Flo angerufen hat.« Ann sah Marc vielsagend an.

»Punkt für dich! Und wenn sie zu dem Telefonat gezwungen wurde? Sie wurde gegen ihren Willen festgehalten. Hat vielleicht erwähnt, dass man sie suchen würde, wenn sie sich nicht meldet.«

»Aber dann hätte sie doch instinktiv bei ihren Eltern angerufen und nicht bei Flo, oder?«

»Okay. Wie sieht's mit Variante Nummer drei aus?«

»Sie merkt, dass das doch eine Schnapsidee ist – dass sie gar nicht genug Geld hat, um es bis nach Hause zu schaffen. Sie steigt aus dem Bus, kehrt um und trifft wieder auf Federico. Immer vorausgesetzt, sie hat es bis zu ihm geschafft. Dann müsste der uns aber belogen haben, als er gesagt hat, er hätte sie nach ihrem Streit nicht mehr gesehen oder gesprochen. Und logischerweise wäre er dann auch der Grund, warum Meja nie wieder aufgetaucht ist. Er müsste ihr was angetan haben.« Ann erinnerte sich an das Treffen mit Federico Chessa. Ihr lief ein Schauer über den Rücken. Traute sie ihm wirklich einen Mord zu? Wie sollte sich das abgespielt haben? Was hatte er mit der Leiche gemacht?

»Und wieder stellt sich die Frage: Wer hat bei Flo angerufen? Meja selbst?«

»Den Anruf könnte sie natürlich von Federico aus gemacht haben. Warum aber sollte sie so tun, als sei sie in Schweden angekommen? Flo sagte ja, der Anruf kam zwei Tage später. Was bedeuten würde, Meja hätte noch mindestens zwei Tage gelebt. Wir sollten ihn fragen, ob er sich erinnert, was er in den Tagen nach ihrem Abschied gemacht hat, ob er mit Federico zusammen war.«

Marc hatte als Konzentrationshilfe einen großen, ziemlich schiefen Turm aus Stapelchips geschichtet. »Oder Federico hat ein anderes Mädchen, eine Freundin, gebeten, bei Flo anzurufen und sich als Meja auszugeben.«

Ann schaute ihn skeptisch an. »Glaubst du nicht, das wäre aufgefallen? Selbst wenn die Stimme ähnlich gewesen wäre, eine Schwedin, die Englisch spricht, hat doch ihren sehr eigenen Akzent, eine spezielle Art, die Worte zu betonen. Das ist nicht so einfach. Das hätte Flo doch gemerkt.«

»Trotzdem, auch hierzu solltest du ihn befragen. Ob ihm an ihrer Stimme, an ihrem Akzent irgendwas komisch vorkam.«

Ann nickte. »Kommen wir zum letzten Punkt. Meja ist nie in diesen Bus eingestiegen.«

»Sie hatte vielleicht nicht mal vor, Rerik zu verlassen.«

Ann nahm einen großen Schluck Wein. Danach schaute sie mit ernstem Blick in ihr Glas, als sei dort die Antwort auf ihre Fragen versenkt worden.

Als sie schwieg, sprach Marc das aus, was beide dachten: »Das allerdings würde bedeuten, dass Flo was mit Mejas Verschwinden zu tun hätte und allen nur weismachen will, sie habe sich damals auf den Weg nach Hause gemacht. Auch den Anruf zwei Tage später, hätte es dann nie gegeben.«

Ann schwenkte ihr Weinglas in kleinen, kreisenden Bewegungen, sodass der Rotwein einen Strudel bildete, während sie weiterhin schweigend hineinsah. Hatte Flo sie belogen? Seine Betroffenheit war so überzeugend gewesen. Warum hätte er das tun sollen? Um sich zu schützen, weil er Meja etwas angetan hatte? Oder um Federico zu decken?

Nein! »Das passt nicht. Ric hat zu Protokoll gegeben, Meja hätte ihm eine schriftliche Nachricht hinterlassen, dass sie keinen Bock mehr habe und zurück nach Schweden ginge. Das heißt, sie hatte vor, Rerik zu verlassen.«

»Sagt Ric. Und wenn die beiden, Flo und er, unter einer Decke stecken, wenn es den Brief nie gegeben hat?«

Kapitel 11

Fredde stand auf, als er erkannte, wer da die kleine Wache betrat. Die Frau war nicht größer als eins fünfundsechzig, war schlicht gekleidet und wahrscheinlich knapp über fünfzig. Sie hatte ihr üppiges grau-blondes Haar zu einem dicken Pferdeschwanz gebunden. Ihre blassblauen Augen schauten sich wach und erwartungsvoll um. Ihr Partner war circa fünfzehn Zentimeter größer, hatte einen bulligen Kopf, breite Schultern und einen grauen Vollbart. Seine ebenso grauen Haare standen ihm ungeordnet vom Kopf ab. Sein Blick ruhte häufig besorgt auf seiner Partnerin.

»Mrs. and Mr. Persson?« Fredde trat auf sie zu und streckte ihnen die Hand zur Begrüßung entgegen. »My name is Frederik Steinmann. I'm one of the police inspectors of Rerik and I'll accompany you during your stay in Germany.« Er deutete auf eine Frau, die wenige Meter neben ihm stand. »And this is Mrs. Svensson, a professional interpreter.« Frau Svensson, die Dolmetscherin war glücklicherweise gerade in Rostock gewesen, als Fredde eine Übersetzungskraft angefragt hatte. Andernfalls wäre das zu einem echten Problem geworden.

Er führte die kleine Gruppe in eine Art Konferenzraum. Er hatte dafür gesorgt, dass genügend Kaffee, Wasser und Kekse bereitstanden. Eine kurze Zeit zuvor hatte er Frau Svensson im Fall Meja Persson auf den aktuellen Wissensstand gebracht und mit ihr vereinbart, dass sie diesen für die Eltern Ingegerd und Åke kurz zusammenfassen möge. Das tat sie.

Sie schloss ihren Bericht mit der Aufforderung, dass das Ehepaar Persson jederzeit seine Fragen stellen dürfe. Man würde sie, soweit es in der Macht der Reriker Polizei stünde, nach Kräften unterstützen.

»Ich muss … wir wollen diesen Federico Chessa und seinen Vater sprechen.« Ingegerd sah zu ihrem Mann hinüber.

»Alessandro Chessa, der Vater, ist zurzeit in San Francisco. Er hat uns telefonisch versichert, dass er neben dem, was er schon ausgesagt hat, keine weiteren Angaben machen könne, da er Ihre Tochter nie richtig kennengelernt habe. Wir halten das für glaubwürdig, da er sich nie um die Belange seines Sohnes gekümmert hat. Er war und ist wohl zu sehr mit sich und seinem Beruf beschäftigt.«

Alle warteten, bis die Dolmetscherin mit dem Übersetzen fertig war.

»Aber mit seinem Sohn, mit diesem Federico …! Wo ist der? Wohnt er hier? Ich will ihn sehen. Er muss uns sagen, was er mit unserer Tochter gemacht hat.« Ingegerd schossen Tränen in die Augen.

Vor diesem Moment hatte Fredde sich gefürchtet. Dieser Aufforderung, die unweigerlich kommen musste, hatte er sorgenvoll entgegengeblickt. »Wir haben versucht, Herrn Chessa zu einem Treffen mit Ihnen zu bewegen. Leider weigert er sich bislang. Da im Moment kein Verdacht einer Straftat gegen ihn vorliegt, können wir ihn zu nichts zwingen. Er ist nur ein Zeuge. Wir haben versucht, an sein Verantwortungsgefühl zu appellieren, schließlich ist er selbst Vater einer Tochter – leider erfolglos.« Fredde wartete, bis Frau Svensson so weit war, und beeilte sich zu sagen: »Sie können aber mit Florian Lehmann sprechen, dem jungen Mann, der dabei war, als Ihre Tochter in den Bus nach Rostock gestiegen ist, um die Heimreise anzutreten. Und wir können zum Casa di Mare gehen. Der Besitzer, Signor Mancini, war sehr geschockt, als er hörte, dass Ihre Tochter verschwunden ist. Er würde Sie gern empfangen, Ihnen das Zimmer zeigen, in dem sein Neffe Federico und Meja damals gewohnt haben.«

Fredde hasste sich für das, was er sagte. Wie musste das für die Eltern klingen? Die beiden, die dafür verantwortlich waren, dass ihre Tochter nach Deutschland verschwunden war, konnten nicht gezwungen werden, ihnen gegenüberzutreten und ihnen Rede und Antwort zu stehen. Was für ein Armutszeugnis. Aber so war nun mal das Rechtssystem. Im schlimmsten Fall würde Fredde Chessa sogar vor Mejas Eltern schützen müssen, falls sie versuchen sollten, ihn zu bedrängen.

Dabei würde er am liebsten selbst nach Rostock fahren, ihn nach Rerik schleifen und vor die Perssons setzen. Egal, wie lange es her war, man hatte sich seiner Verantwortung zu stellen, auch wenn man niemandem absichtlich hatte Leid zufügen wollen.

Fredde sah die Verzweiflung in den Augen von Ingegerd und Åke. »Wir sind so weit gereist. Wir haben so lange gewartet. Es kann doch nicht sein, dass diese Männer, dass sie …« Ingegerd versagte die Stimme.

»Das ist Kindesentführung! Ich habe diese italienischen Verbrecher in Schweden schon angezeigt. Und ich tue das auch gern noch mal hier in Deutschland!« Åkes Kopf war hochrot, die Hände hatte er zu Fäusten geballt.

Fredde konnte ihn gut verstehen. Trotzdem durfte er sich zu keiner Gefühlsregung verleiten lassen. »Wir lassen momentan prüfen, ob von Rechts wegen Anklage gegen Alessandro und/oder Federico Chessa wegen Verschleppung einer Minderjährigen erhoben werden kann. Ihre Anzeige nehme ich natürlich gern auf.«

Insgeheim wusste Fredde, dass es kaum Aussicht auf Erfolg gab. Selbst wenn den Chessa-Männern nachgewiesen werden konnte, dass sie die minderjährige Meja Persson nicht einfach hätten mitnehmen dürfen, es also als eine Art Entführung angesehen werden würde, wäre die Tat nach zwölf Jahren verjährt. Es sei denn, und das war doch recht unwahrscheinlich, die Entführung dauerte noch immer an.

Man konnte die beiden Männer nicht mehr belangen.

Im Recht sein und Recht bekommen war leider, wie so oft, nicht dasselbe.

Fredde fühlte sich hilflos.

Seit Tagen hatte er sich den Kopf zermartert. Wo sollten sie mit der Suche beginnen? Wer würde sich an ein junges Mädchen erinnern, das vor zwölf Jahren für einen Moment durch den Rostocker Bahnhof gehuscht war oder die nächste Fährverbindung nach Gedser erfragt hatte?

Es war aussichtslos.

*

Von der Reriker Wache aus waren sie die paar Schritte zu Fuß zum Casa di Mare gegangen. Fredde nickte Signor Mancini zu, der sofort auf die kleine Gruppe zukam. Er nahm die Hand von Ingegerd in seine beiden und begrüßte sie herzlich. »Bitte, kommen Sie. Ich habe uns einen großen Tisch hinten in der Ecke reserviert. Dort sind wir ungestört. Sie haben doch bestimmt Hunger? Sie sind eingeladen, *naturalmente*. Es ist so fürchterlich, wenn man sich um seine Kinder sorgen muss.« Er bat seine Gäste, sich zu setzen, und gab einer seiner Mitarbeiterinnen einen Wink. »Mögen Sie einen guten italienischen Rotwein? Oder lieber Bier? Ich lasse den Wein bringen, und Sie schauen mal ...«

Ingegerd sah müde aus. »Bitte! Können Sie uns etwas über die Zeit erzählen, in der unsere Tochter bei Ihnen gewohnt hat?«

Signor Mancini schaute Frau Svensson erwartungsvoll an, während diese Ingegerds Wunsch übersetzte.

»*Ma certo!* Also, es muss im Juni gewesen sein. Mein Schwager Alessandro – wissen Sie, er ist nicht bösartig, aber er denkt nur an seine Arbeit. Er sieht nichts anderes. Ich habe mich oft gefragt, wie er es geschafft hat, seinen Sohn Federico großzuziehen. Rics Mama, meine geliebte Schwester – sie musste so früh von uns gehen. Und dann dieses ewige Umziehen! Alle zwei Jahre woanders Fuß fassen. Der Junge kennt doch gar keine Heimat, kein Zuhause. Aber Ale hat immer abgewunken und gemeint, Ric wäre ein Chessa, und es würde ihm nur gut tun, so früh wie möglich selbstständig zu werden. Als Ric kleiner war, gab es ständig wechselnde Nannys, als er in die Pubertät kam, war er im Grunde genommen auf sich allein gestellt. Und dafür, muss ich sagen, hat er sich erstaunlich gut entwickelt. *Ma scusi*, ich schweife zu sehr ab. Also, damals bekam ich einen Anruf von Ale. Er würde in den nächsten Tagen von Schweden nach Deutschland, nach Berlin ziehen. Er hielt es für eine gute Idee, wenn Federico den Sommer über bei mir bliebe, hier arbeiten würde. So langsam sollte der mal lernen, dass das Geld nicht vom Himmel fiele. Zunächst hielt ich das für keine gute Idee. Ich hatte den Jungen lange nicht gesehen und wusste nicht, was da auf mich zukommen würde. Während der Sommermonate hatte ich keine Zeit, auch noch Kindermädchen für meinen Neffen zu spielen. Aber gut, er gehört zur Familie. Wie konnte ich da nein sagen?«

In dem Moment brachten zwei Bedienungen Platten mit allerlei Kleinigkeiten und einen Stapel Vorspeisenteller. Es gab Bruscetta und verschiedenste Antipasti.

»Aber bitte, greifen Sie doch zu!« Signor Mancini machte eine einladende Bewegung mit den Händen.

»Eines Abends stand Federico dann im Restaurant. Er war allein. *Incredibile ma vero!* Mein Schwager hatte es nicht mal für nötig gefunden, mich kurz zu besuchen. Er hatte den Jungen und seine Reisetasche auf die Straße gesetzt und war weitergefahren. Ich gebe gern zu, dass ich vor Wut fast an die Decke gegangen bin!« Bei der Erinnerung daran schüttelte Tomasso Mancini verärgert den Kopf.

»Signor Mancini, Sie sagten, Federico war allein. Das Mädchen, Meja Persson, haben Sie nicht gesehen?«, hakte Fredde nach.

»Nein. An diesem Abend kam nur Ric – allein. Ich konnte meinen Ärger ja nicht an dem Jungen auslassen, also bot ich ihm was zu essen an und zeigte ihm sein Zimmer, zu dem er auch einen Schlüssel bekam.« Nun schaute er schuldbewusst zu Ingegerd und Åke. »Sie muss draußen gewartet haben. Ich weiß gar nicht, wann ich gemerkt habe, dass neben Federico auch Ihre Tochter bei mir wohnt. Ich habe immer so viel zu tun. Ich bin nie in der Etage, in der die Zimmer der Mitarbeiter liegen. Es gibt einen separaten Eingang von der Seite, sodass sie kommen und gehen können, ohne dass man es direkt mitbekommt. Irgendwann, wahrscheinlich als Allerletzter, habe aber auch ich alter Trottel gemerkt, was da los war. Federico hat mir gebeichtet, dass sie das Mädchen aus Schweden mitgebracht hatten für einen Urlaub in Deutschland. Er sagte auch, dass sie seine Freundin sei und nach ein paar Wochen wieder nach Hause fahren würde. Ich war natürlich sauer! Ohne mich zu fragen! Aber was sollte ich machen? Sie rausschmeißen? Nein, ich bin doch kein Unmensch. Und sie war immer höflich. Sie hat ihn nie bei der Arbeit gestört. Und er war fleißig und talentiert. Die Gäste mochten ihn. Besonders die jungen Frauen.« Er lächelte. »Sie durfte natürlich auch immer mit uns essen. Ich habe Federico gesagt, ich würde es von seinem Lohn abziehen. Hab ich aber nicht gemacht. Das junge Glück. Sie waren wirklich verliebt. Man konnte es ihnen ansehen. Ihre Tochter hat viel gelacht. Sie war sehr glücklich.« Tomasso Mancini schaute das Ehepaar Persson mit verklärtem Blick an. »Und sie hat sich nicht ein Mal bei Ihnen gemeldet? *Non lo capisco!*«

Ingegerd hatte die ganze Zeit über an Signor Mancinis Lippen gehangen. Zwischenzeitlich war sogar ein kleines Lächeln über ihr Gesicht gehuscht. Åke dagegen war in sich zusammengesunken und schaute auf seine Hände, die er, unterhalb der Tischkante in seinen Schoß gelegt hatte.

»Wie war das, als Meja abreiste? Hat sie sich verabschiedet? Wie war ihre Stimmung? War sie wie immer oder traurig? Oder haben Sie durch Federico davon erfahren?« Wieder war es Fredde, der die Fragen stellte.

Tomasso Mancini schaute ihn nachdenklich an. Er knetete nervös seine Finger. »Er hat es mir gesagt. Glaube ich. Oder war es Ginevra? Ich weiß es nicht mehr. An ihre Stimmung in der Zeit davor kann ich mich leider nicht mehr erinnern. Es ist so lange her. *Scusi.*«

»Ginevra? Ginevra Barbieri?« Fredde horchte auf. »Sie meinen Ihre Bedienung, die …? War sie näher mit Meja und Federico bekannt?«

Mancini nickte. »Ja, meine arme, gute Ginevra. Ich fasse

es immer noch nicht. Jeden Tag meine ich, sie käme gleich um die Ecke.«

»Frau Barbieri ist vor einiger Zeit durch einen tragischen Unglücksfall ums Leben gekommen«, erklärte Fredde an die Perssons gerichtet. »Signor Mancini, hatte Ginevra eine enge Beziehung zu Ric und Meja?«

»Eng? Nun ja, eng vielleicht nicht. Aber sie haben gelegentlich zusammengestanden, ein bisschen gesprochen. Ginevras Kinder waren ja nicht viel jünger. Sie kann … konnte gut mit jungen Leuten. Wenn einer von uns, vom Casa di Mare, eine nähere Beziehung zu dem Mädchen hatte, war das wohl Ginevra.«

Die praktischerweise nun tot ist und von uns nicht mehr befragt werden kann. Wenige Tage, bevor die Perssons aus Schweden anrücken, es endlich eine Spur von ihrer seit zwölf Jahren verschwundenen Tochter gibt, stirbt eine wichtige Zeugin. Ein sehr seltsamer Zufall, dachte Fredde.

Signor Mancini fuhr fort: »Unser Kontakt zu Ric war natürlich intensiver, da er den ganzen Tag mit uns arbeitete. Was das Mädchen in dieser Zeit machte, weiß ich nicht. Wahrscheinlich baden gehen oder sich mit anderen Teenagern wie Flo treffen, schätze ich. Ich muss zugeben, ich fand es nicht sehr nett, dass sie sich nicht von uns verabschiedet hat. Kein kleines Dankeschön – nichts! Einfach so zu verschwinden. Schließlich habe ich ihr fast sechs Wochen Obdach gegeben. Sie hat mit uns gegessen. Aber nun ja.« Er schaute verständnisvoll zu Ingegerd und Åke. »So schlimm war das nun auch nicht. Mag sein, dass sie sich gestritten haben und sie es deshalb eilig hatte, nach Hause zu kommen. Ich fand, Ric war nach ihrer Abreise sehr verschlossen und in sich gekehrt. Nicht mehr so gut gelaunt. Er hatte bestimmt Liebeskummer, hat sich nach Ihrer Tochter gesehnt.«

Ja, oder er hat sie umgebracht und war nun starr vor Angst, dass man ihm auf die Schliche kommen würde, dachte Fredde.

*

Fredde, Isabelle, Marc und Ann saßen auf einer Picknickdecke am Strand. In der Nähe der Liebesschlucht hatten sie sich einen der Strandzugänge, entlang der Steilklippen, hinuntergearbeitet. Wobei ›gearbeitet‹ wörtlich zu verstehen war. Marc war mit seinem Rollstuhl bis zu den Treppen gefahren. Ann und Fredde hatten sich einander gegenüber aufgestellt, an den Händen gehalten und eine Art Sitz aus ihren Armen gebildet, in den Marc sich hatte gleiten lassen. So hatten sie ihn bis zur Picknickdecke getragen.

Es war Samstag, Fredde und Isabelle hatten frei. Der Himmel war leicht bewölkt, ab und zu sogar sonnig. Dazu wehte eine ordentliche Brise. Die angesagten zwanzig Grad kamen ihnen kälter vor. Der Strand war kaum besucht. Nur ein paar Muschel- und Steinesammler gingen, mit dem typischen Sachensucherblick den Boden abscannend, an ihnen vorbei.

Fredde berichtete den Freunden von seiner Begegnung mit den Perssons.

»Die Armen. Sie tun mir so leid. Ich meine, wenn ich mir vorstelle, dass das einzige Kind von heute auf morgen verschwindet und nie wieder auftaucht. Ich wüsste nicht, wie meine Eltern reagiert hätten. Vermutlich wären sie daran zerbrochen.« Ann schaute traurig hinaus auf die Ostsee.

Irgendwie fühlte sie sich schuldig. Hätte sie nicht aus Spaß und Neugier nach diesem Mädchen gefahndet, wären die alten Wunden nicht wieder aufgerissen, das Leid nicht noch verstärkt worden. Nun wussten die Eltern zwar über sechs weitere Wochen im Leben ihres Kindes Bescheid – was aus Meja geworden, was ihr zugestoßen war, lag aber immer noch vollkommen im Dunkeln.

Das gleiche schwarze, gnadenlose Loch hatte sich wieder vor den Perssons aufgetan. Und es gab keine Aussicht darauf, dass neue Erkenntnisse Licht in die Sache bringen würden. Woher sollten die auch kommen? Sie hatten nichts, wo sie ansetzen konnten. Ihr Wissen basierte auf den Aussagen von Federico, Chessa Senior, Florian und Restaurant-Besitzer Mancini. Deren Berichte über die damaligen Ereignisse ließen sich weder beweisen noch widerlegen.

Sie steckten im Grunde genommen in der gleichen Sackgasse wie die schwedischen Ermittler vor zwölf Jahren. Es gab einfach keine Anknüpfungspunkte. Ann seufzte.

»Aber jetzt mal ehrlich, Fredde. Was soll der anaphylaktische Schock von Frau Barbieri mit dem Verschwinden von Meja zu tun haben? Findest du das nicht ein bisschen weit hergeholt?« Marc zog den Kragen seiner Windjacke höher.

»Konnten wir klären, wie das Haselnussaroma in ihren Körper kam? Nein! Und dann passiert dieser ominöse Allergieschock kurz bevor die Perssons oder wir diese Barbieri nach Meja befragen können? Ich finde, hier stinkt es zu sehr nach Zufallsinszenierung.«

Marc schüttelte energisch den Kopf. »Jetzt denk doch mal nach! Als Ginevra Barbieri starb, wussten die Perssons nicht mal, dass ihre Tochter mit diesem Federico nach Deutschland gegangen war. Und es war auch nicht vorherzusehen, dass euer Kontakt zustande kommen würde, geschweige denn, dass die Perssons nach Rerik kommen würden. Selbst wenn, sagen wir mal Ric Meja ermordet haben sollte … hellsehen kann auch der nicht. Welchen Grund hätte es für ihn nach zwölf Jahren geben sollen, die Bedienung ausgerechnet jetzt umzubringen? Er wusste doch gar nicht, dass jemand in der alten Geschichte rumwühlte! Die Einzige, die sich nach Meja erkundigt hat, war doch Ann. Und ...« Er drehte sich zu ihr um. »... berichtige mich, falls ich falsch liege, zu dem Zeitpunkt von Frau Barbieris Tod hattest du noch keinen Kontakt zu Federico Chessa, wusstest nicht mal, wer der Junge auf dem Foto war, richtig?«

Sie nickte.

»Kanntest du die Bedienung vom Casa di Mare? Hast du sie wegen des Fotos befragt?«

»Nein. Die Einzige, die von der Suche nach meinem Zwilling wusste, war Marie. Und natürlich diese Journalistin. Ich glaube aber nicht, dass die in der Sache irgendwas unternommen hat. Sie hat sich nach unserem Gespräch nicht wieder bei mir gemeldet. Sie schien auch nicht sonderlich interessiert. Das Einzige, was sie gemacht hat, ist: Sie hat meine Telefonnummer an Flo weitergegeben. Ich kann aber gern bei ihr anrufen und sie fragen.«

Marc und Fredde wechselten einen schnellen Blick.

»Nein. Das kannst du nicht – nicht mehr«, sagte Fredde.

Ann schaute ihn verständnislos an.

»Lisa Rieckhoff ist vor Kurzem bei einem Autounfall ums Leben gekommen. Da ich nicht wusste, dass du sie kanntest, habe ich keine Veranlassung gesehen, dir davon zu berichten«, rechtfertigte er sich.

Marc zog die sichtlich geschockte Ann in seine Arme. »Tut mir leid. Ich hätte es dir sagen müssen. In dem ganzen Trubel um euren Gasunfall hab ich das echt vergessen.«

Fredde starrte auf seine Hände, mit denen er Sand hin und her schob. »Eine weitere Tote, die wir nicht mehr befragen können.«

Die vier Freunde saßen eine Zeit lang schweigend da. Isabelle hatte während der ganzen Unterhaltung erstaunt von einem zum anderen geschaut und versucht, den Inhalten zu folgen. Fredde sprach mit ihr kaum über seine Arbeit. Das tat er eigentlich nur mit Marc. Sie hätte einige Fragen gehabt, merkte aber, dass die drei anderen gerade versuchten, ihre Gedanken zu ordnen und sie da nur gestört hätte. Sie würde sich später einen ausführlichen Bericht geben lassen. Wozu war sie mit der ermittelnden Spezialeinheit liiert?

Marc war der Erste, der die Stille durchbrach. »Okay. Rein hypothetisch: Ric, oder meinetwegen auch irgendjemand anderes, bringt aus ungeklärter Ursache vor zwölf Jahren Meja Persson um. Er oder sie lässt die Leiche verschwinden und sorgt dafür, dass es so aussieht, als ob Meja zurück nach Schweden gegangen wäre. Zwölf Jahre lang scheint es so, als ob der Mörder oder die Mörderin mit dem perfekten Verbrechen durchkommt, da keiner, der eine Beziehung zu der Toten hat, sie hier in Deutschland vermutet. Die Suche nach ihr findet ausschließlich in Schweden und Dänemark statt. Dann taucht plötzlich Ann auf und beginnt, nach Meja und Ric zu suchen. Sie engagiert die Journalistin Lisa Rieckhoff. Diese macht ihre Hausaufgaben und findet etwas heraus – oder scheucht den Mörder durch ihre Recherchen auf. Bevor Frau Rieckhoff ihre Ergebnisse mitteilen kann, bringt man sie um.«

Ann sah Marc mit weit aufgerissenen Augen an. »Habt ihr nicht gesagt, es wäre ein Autounfall gewesen? Was genau ist denn passiert?«

»Sie ist mit voller Wucht gegen einen Baum gedonnert. Tod durch Genickbruch«, antwortete Fredde.

Ann sah Lisa Rieckhoffs Kopf über den Strand kullern, die Windböen trieben in hin und her. Ihr Mund grinste dümmlich, entblößte dabei die schief stehenden Zähne. Ihre Augen waren in fassungslosem Erstaunen eingefroren.

Sie fasste sich automatisch mit der rechten Hand in den Nacken und verzog schmerzhaft das Gesicht. »Wie bekommt man denn jemanden dazu, gegen einen Baum zu fahren? Außerdem ist das Risiko doch viel zu groß, dass das Opfer überlebt …«

»Wenn man abgebrüht genug ist, gibt es da sicherlich Mittel und Wege.«

»Die Spurenlage spricht aber eine andere Sprache. Es wurden keine Hinweise auf die Beteiligung eines zweiten PKW oder einer anderen Person gefunden«, merkte Marc an.

»Na und? Nur weil wir nichts gefunden haben, heißt das nicht, dass es die nicht gab«, sagte Fredde trotzig.

»Gut, ist ja alles nur rein hypothetisch«, fuhr Marc fort. »Gehen wir davon aus, du hättest recht. Und gehen wir weiter davon aus, Frau Rieckhoff hätte, bedingt durch ihre Recherchen Kontakt zu Ginevra Barbieri aufgenommen – wie auch immer sie auf die Verbindung zum Casa di Mare gestoßen ist –, dann wollte der Täter vielleicht verhindern, dass irgendwas, das die Bedienung wusste, ans Tageslicht kommen würde. Auch sie musste sterben. Er oder sie wusste um ihre Allergie und mischte ihr Haselnussaroma unter den Kaffee. Ric wäre das ohne Weiteres möglich gewesen. Er ist monatelang im Casa di Mare ein und aus gegangen und wusste sicherlich auch von Ginevras lebensgefährlicher Unverträglichkeit!«

»Wenn diese Frau Barbieri was so Bedrohliches wusste, warum hat der Täter sie nicht schon damals ermordet? Es ist doch viel zu riskant, darauf zu warten, ob man verraten wird oder nicht.« Anns Gesicht drückte Zweifel aus.

»Vielleicht gab es zunächst Schweigegeld. Und mit dem Auftauchen der Journalistin wollte Ginevra nicht weiter schweigen – oder mehr Geld. Oder aber Frau Barbieri war gar nicht bewusst, dass ihr Wissen so brisant war. Möglicherweise ging ihr erst durch den Informationsaustausch mit Lisa Rieckhoff ein Licht auf.«

»Das sind ziemlich viele ›Vielleicht‹ und ›Möglicherweise‹ …«, gab Ann zu bedenken.

»Und keine dieser Theorien lässt sich auch nur im Ansatz beweisen«, stimmte Marc ihr zu.

»Ach ja? Dann gebe ich euch jetzt mal was zum Grübeln.« Fredde sah aufgebracht von einem zum anderen. »Drei Tage nach Lisa Rieckhoffs tödlichem Unfall wurde ihre Wohnung aufgebrochen. Augenscheinlich hat man nur ihren Computer gestohlen. Sie war weder vermögend, noch kann man davon ausgehen, dass ihr Rechner viel wert war. Also, warum sollte jemand in eine Bude einsteigen, in der offensichtlich nichts zu holen ist?«

»Um an die Informationen zu kommen, die sie gesammelt und sicherlich auf ihrem Rechner gespeichert hat.« Marc rieb sich nachdenklich das Kinn.

Ann brummte der Kopf. Ihre Gedanken sausten hin und her. Sie versuchte, die Geschehnisse zeitlich einzuordnen. Es schien alles so logisch. Versuchte hier wirklich jemand, alte Spuren zu verwischen? Und wer war dieser Jemand? Federico? Florian? Beide zusammen? Oder jemand, den sie bislang komplett außer Acht gelassen hatten?

»Wobei wir wieder bei Florian Lehmann wären.« Marc schaute vorsichtig zu Ann hinüber. »Immer noch unter der Hypothese, dass Meja in Rerik umgebracht wurde: Warum behauptet er, er hätte sie in den Bus nach Rostock gesetzt? Und dass sie ihn zwei Tage später angerufen habe?«

»Weil es vielleicht genau so gewesen ist. Wir wissen ja nicht, wann sie ermordet worden ist. Möglicherweise ist sie nach ihrer vermeintlichen Abreise noch mal auf Federico, beziehungsweise auf ihren Mörder gestoßen.« Fredde zuckte mit den Achseln. »Kann doch sein!«

»Gab es die Begegnung zwischen Mejas Eltern und Florian Lehmann eigentlich? Warst du dabei?« Marc schaute Fredde fragend an.

»Ja. Nachdem wir unseren Besuch bei Signor Mancini beendet hatten, empfahlen wir den Perssons eine Pause. Man sah, wie mitgenommen die beiden waren. Sie sind dann wohl zwei Stunden am Strand entlang spaziert. In der Zwischenzeit hatte ich Florian Lehmann zur Wache gebeten. Er hat sofort zugesagt.«

Zu Ann gewandt meinte er dann: »Ich geb dir recht. Es ist schwer vorstellbar, dass er was mit Mejas Tod zu tun haben könnte. Auch wenn es ihm sichtlich unangenehm war, hat er sich all den Fragen von Ingegerd und Åke gestellt, ist nicht ausgewichen und wirkte sehr aufrichtig. Man konnte merken, wie sehr er sich bemühte, den Perssons zu helfen. Irgendwann wurde es fast unerträglich emotional. Er hat sich irrsinnig oft bei ihnen entschuldigt, von wegen: Er hätte Meja nicht allein fahren lassen dürfen. Aber er hätte doch nicht gewusst, dass sie ohne Kenntnis ihrer Eltern von zu Hause fort gewesen war. Zum Schluss saß er wie ein Häufchen Elend vor uns und hat hemmungslos geweint. Ihm gegenüber saß Ingegerd und weinte mit ihm. Åke hielt es nicht mehr aus. Er verließ ohne ein weiteres Wort die Wache.« Fredde schluckte. Isabelle rückte näher an ihn heran und drückte mitfühlend seine Hand.

Ann schaute in die Runde. »Und jetzt?«

Keiner sagte etwas.

»Ihr wisst schon, dass es, auch wenn das alles momentan noch so logisch für uns klingt, ganz anders gewesen sein könnte, oder? Lisa Rieckhoffs Crash ein Unfall, wie es ihn

Hunderte Male jede Woche in Deutschland gibt. Ginevras anaphylaktischer Schock ein tragisches Unglück und der Einbruch in Lisas Wohnung ein dämlicher Zufall. Im Grunde genommen wissen wir nichts! Alles reine Spekulation. Und es bringt uns der Wahrheit nicht einen Schritt näher!«

Fredde holte tief Luft und atmete diese geräuschvoll wieder aus. »Da hast du wohl recht.«

Ann merkte, wie ein unangenehmer Druck ihre Brust zusammenschnürte. *Wir werden Meja nie finden,* dachte sie traurig.

*

Auf dem Rückweg begleiteten sie Ann zum Haus ihrer Oma. Rose war gestern aus dem Krankenhaus entlassen worden. Auch Isabelle verabschiedete sich. Sie wollte sich ein ausgedehntes Bad, inklusive Beauty-Programm gönnen, bevor das Samstagnachtleben begann. Fredde und Marc gingen, beziehungsweise rollten weiter zum Haff, holten sich ein Bier und setzten sich auf die Stufen des kleinen Hafens.

»Ich wollte Ann eben nicht beunruhigen, aber … ich mache mir Sorgen um sie.« Fredde schaute seinen Kumpel ernst an.

»Du meinst, weil Lisa Rieckhoff im Fall Meja recherchiert hat, und weil das eventuell ihr Todesurteil war? Und da Ann auch Nachforschungen angestellt hat, denkst du, sie steht auf einer Art Abschussliste? Daran hab ich auch schon gedacht. Andererseits – wenn Ginevra Barbieri die Einzige war, die über wichtige Informationen verfügte, die Einzige, die dem Mörder gefährlich werden konnte, kann der Täter sich jetzt eigentlich entspannt zurücklehnen.«

»Wenn sie die Einzige war – und nur, wenn er sich sicher

ist, dass Lisa und Ann vor dem Autounfall nicht doch noch Zeit hatten, Informationen auszutauschen. Was, wenn er glaubt, Ann könne ihm auf die Schliche kommen? Was, wenn er auf Nummer sicher gehen will?«

»Der Autounfall liegt vier, der Tod der Bedienung zwei Wochen zurück. Sowohl die schwedische als auch die deutsche Polizei haben sich der Sache angenommen. Meinst du nicht, der Druck auf den Täter, immer vorausgesetzt, es gibt überhaupt einen, wäre so groß, dass er längst zugeschlagen …« Marc stockte.

Fredde schaute seinen Freund an und wusste sofort, woran der dachte: Der Gasunfall im Hause Hofmann.

Kapitel 12

Fredde betrat die Wache. Da er keinen Dienst hatte, sparten die Kollegen nicht mit witzigen Bemerkungen. »Na? Stress mit Isabelle? Traust du dich nicht mehr nach Hause?« Oder: »Wenn du so gern hier bist, darfst du meine Schicht übernehmen. Ich wüsste an einem Samstag nettere Orte, um abzuhängen«.

Er murmelte, er hätte noch was vergessen und wäre gleich wieder weg. Dann setzte er sich an den Rechner und suchte alle Unterlagen zu den Fällen Rieckhoff, Barbieri und Meja Persson heraus. Dazu kam der Bericht der Kollegen über den Gasunfall in der Liebesschlucht nebst Gutachten der Sachverständigen. Auf Grundlage all dieser Informationen erstellte er eine Excel-Tabelle. Geordnet nach Datum und mit allen wichtigen Hinweisen versehen, wann wer was gesagt oder getan hatte bzw. wem was passiert war. Kurz und knapp – in Stichpunkten. Diese Tabelle druckte er sich aus.

Ann hatte er gebeten, ihm per Mail eine zeitlich strukturierte Aufstellung aller Ereignisse zuzusenden, die mit ihrer Recherche im Bezug auf Meja und Ric zu tun hatten, und seien sie noch so unbedeutend.

Er überprüfte, ob er die Telefonnummern von Olof Arvidsson und Akyol Ergun in seinem Handy abgespeichert hatte und verließ mit einem »Tschö! Und ruhige Schicht« die Wache.

Zu Hause angekommen, legte er die Unterlagen auf den Tisch, klappte das Notebook auf und sah in seinen E-Mail-Account. Von Ann war noch nichts gekommen.

Er überlegte, welcher Schritt als Nächstes sinnvoll wäre.

Ginge man davon aus, dass Meja Persson Rerik nie verlassen hatte, dass man sie umgebracht und die Leiche irgendwo verscharrt, versenkt oder weiß Gott wie entsorgt hatte, wären Federico Chessa und Florian Lehmann die Hauptverdächtigen. Da man ihnen nichts nachweisen konnte, müsste man sie dazu bringen, die Wahrheit zu sagen. Aber wie? Und nur, *wenn* es sich bei Mejas Verschwinden um ein Verbrechen handelte und im Zuge dessen jemand versuchte diese Wahrheit für immer unausgesprochen zu lassen, machte es Sinn, den Autounfall von Lisa Rieckhoff, den Einbruch, den anaphylaktischen Schock von Frau Barbieri und das Gasunglück bei den Arnolds im Zusammenhang mit dem Verschwinden von Meja Persson zu sehen und die Ereignisse als Straftaten einzuordnen. Dumm nur, dass es in keinem der Fälle, den Einbruch ausgenommen, irgendeinen Hinweis auf Fremdverschulden gab.

Durfte man also einfach losziehen und Leute verdächtigen?

Ohne Beweise?

Ohne Leiche?

Und wenn Meja Persson doch einfach nur ein abenteuerlustiges, junges Mädchen gewesen war, das Rerik heil und gesund verlassen hatte und ihrem Mörder ganz woanders begegnet war?

Oder sie hatte sich auf die Suche nach ihren leiblichen Eltern gemacht, war auf einer Art Selbstfindungstrip gewesen und lebte sogar noch?

Fredde seufzte.

Wenn nur sein Bauchgefühl nicht wäre. Wahrscheinlich konnte er sich einfach nicht vorstellen, dass eine Sechzehnjährige so grausam sein und die eigenen Eltern all die Jahre im Ungewissen lassen konnte – Adoption hin oder her. Schließlich war Meja schon als Säugling zu Ingegerd und Åke gekommen, hatte somit ihre gesamte Kindheit bei den Perssons verbracht. Da baute sich ein ebenso enges Vertrauensverhältnis auf wie bei Blutsverwandten.

Er haderte mit sich.

Sollte er Polizeioberkommissar Akyol Ergun anrufen, ihm den Fall schildern und ihn fragen, was seiner Meinung nach zu tun sei?

Ping! Sein Rechner zeigte eine eintreffende E-Mail an. Anns Aufstellung!

Er fügte ihre relevanten Daten in seine Tabelle ein und schaut stirnrunzelnd auf das Ergebnis.

Dann nickte er zufrieden. Ja, danach konnte man durchaus die Hypothese vertreten, dass jemand verhindern wollte, dass im Fall Meja Persson recherchiert wurde. Nun galt es herauszufinden, wer und warum!

Die große Frage war, ob Polizeioberkommissar Ergun das genauso sah.

Oder würde der sie für komplett verrückt halten?

Für jede ihrer erarbeiteten Theorien gab es realistische Szenarien, eventuell sogar Anhaltspunkte, doch keine ließ sich auch nur im Ansatz beweisen.

Sie brauchten eine Leiche, oder besser noch: gleich ein Geständnis.

Wieder seufzte er. *Also los.*

Er verfasste einen dreiseitigen Bericht über die Geschehnisse rund um Meja Persson, verknüpfte die Ereignisse von

Lisa Rieckhoff und Ginevra Barbieri damit und vergaß auch nicht, die Kohlenmonoxidvergiftung von Ann und Rose einzubinden. In einem höflichen Anschreiben bat er Ergun, sich den Bericht anzuschauen und ihm seine Meinung mitzuteilen.

Fredde klickte auf »Senden« und lehnte sich zurück. Da er den Dienstplan des Kommissars nicht kannte und keine Ahnung hatte, wann der überhaupt dazu kommen würde, sich der Sache anzunehmen, hieß es jetzt wohl: Geduld haben.

*

»Das ist verrückt. Und was wollt ihr nun machen?« Ein Seufzen drang durch Anns Handy an ihr Ohr.

Nachdem sie sich ein heißes, ausgiebiges Bad gegönnt hatte, saß sie nun in Jogginghose und Schlabberpulli in der Fensternische ihres Gästezimmers und telefonierte mit Marie. Die nassen Haare hatte sie mit einem Handtuch zu einer Art Turban eingedreht.

»Fredde hat sich entschlossen, diesen türkischstämmigen Kommissar einzubeziehen. Ich glaube, er hat Angst, dass man ihm im Nachhinein Fehlverhalten vorwerfen könnte. Also, wenn sich rausstellen würde, dass Meja wirklich hier in Rerik ermordet worden wäre, und Fredde wäre den Hinweisen nicht nachgegangen …! Dann könnte er seine Karriere an den Nagel hängen.«

»Was macht das schwedische Ehepaar? Wie hießen die noch gleich?«

»Åke und Ingegerd. Ich weiß nicht. Angeblich haben sie versucht, über Tomasso Mancini, den Besitzer des Casa di Mare, doch noch an die Kontaktdaten von Federico Chessa zu kommen. Sie wollen unbedingt mit ihm sprechen.

Fredde hat Herrn Mancini dringend gebeten, die Informationen nicht weiterzugeben.«

»Wieso sollen sie diesen Ric nicht zur Rede stellen? Vielleicht knickt er den Eltern gegenüber ja ein und erzählt, was damals wirklich geschehen ist?«

»Fredde hat Bedenken, dass die Lage eskalieren könnte, wenn die Perssons einfach so bei Federico vor der Tür stehen. Der hat ihm wohl unmissverständlich zu verstehen gegeben, dass er auch vor rechtlichen Schritten nicht zurückschrecken wird, wenn die Eltern von Meja ihn belästigen würden. Dieses Arschloch!«

»Die Armen.« Marie verstummte. »In so einer Situation kannst du sie natürlich schlecht fragen …«

»Was meinst du?«

»Na, jetzt, wo klar ist, dass Meja adoptiert wurde, gar nicht zu den Perssons gehört – also genetisch gesehen …«

Ann schwieg.

»Hast du dich nie gefragt, ob es nicht doch möglich sein könnte? Vielleicht kommt sie ursprünglich aus Deutschland?«

Meja – ihre Schwester? Nein, das konnte sie sich nicht vorstellen.

»Lass mal, das sind Hirngespinste. Außerdem hast du eben ganz richtig gesagt, dass man den Eltern gerade wohl kaum mit irgendwelchen Fragen nach den Adoptionsunterlagen auf die Pelle rücken kann.«

Trotzdem sollte ich zu Hause vehementer nachhaken. Irgendwas verschweigen die mir.

»Und was machst du heute Abend noch? Triffst du dich mit Marc?«, riss Marie sie aus ihren Gedanken.

»Ja. Er ist im Moment echt süß. Je näher das Ende der Semesterferien rückt, desto mehr Zeit verbringen wir miteinander. Ich habe das Gefühl, er möchte mich keinen Augenblick mehr allein lassen.«

»Wie romantisch. Hast du dir schon Gedanken gemacht, wie es mit euch weitergehen soll?«

»Keine Ahnung. Ich versuche, nicht darüber nachzudenken.«

Ein paar Meter entfernt von Rosemarie Hofmanns Haus, im Schatten einer dicken Eiche, hatte er sein Handbike geparkt. Ab und zu schaute er in das Buch, behielt dabei aber die Umgebung ständig im Blick. Ihm sollte nichts entgehen.

*

Um halb sieben klingelte Freddes Handy: Akyol Ergun!

Das ging schnell. Erst vor anderthalb Stunden hatte er dem Kommissar seinen Bericht geschickt.

»Beantworten Sie mir ein paar Fragen!« Ergun kam sofort zur Sache. »Gibt es Hinweise darauf, dass die Journalistin Lisa Rieckhoff je Kontakt zu der Bedienung Ginevra Barbieri hatte?«

»Nein. Ich habe Herrn Mancini, den Besitzer des Casa di Mare und seine Mitarbeiter befragt. Keiner kann sich erinnern, Frau Rieckhoff und Frau Barbieri miteinander sprechen gesehen zu haben. Bis auf den Besitzer kannte auch niemand die Rieckhoff. Nur Herr Mancini erkannte die Journalistin wieder. Sie hatte ihn nach seinem Neffen Federico befragt. Wann genau das war, konnte er mir allerdings nicht mehr sagen.«

»Hat Herr Mancini Frau Barbieri von den Recherchen dieser Journalistin erzählt?«

»Auch das habe ich ihn gefragt. Er bestreitet das. Er meinte, er habe diese Unterredung eigentlich sofort wieder vergessen, da so viel zu tun gewesen sei. Er wäre ziemlich verärgert gewesen, dass Frau Rieckhoff ihn von der Arbeit abgehalten habe.«

»Das heißt also: kein nachweislicher Kontakt zwischen den beiden Toten. Ihre Theorie, dass jemand mordet, um zu verhindern, dass ein Verbrechen von vor zwölf Jahren ans Tageslicht gebracht wird, beruht aber genau auf dieser Annahme: Lisa Rieckhoff habe von Ginevra Barbieri etwas Entscheidendes erfahren und musste deshalb sterben!« Erguns Stimme klang ungeduldig. »Ich nehme an, die telefonischen Verbindungsdaten haben Sie geprüft?«

»Ja, wir konnten keine Telefonverbindungen zwischen den beiden Toten nachweisen. Aber der Mörder hat vielleicht zufällig mitbekommen, dass Frau Rieckhoff sich nach Meja und Ric erkundigt hat. Oder Signor Mancini hat doch irgendwo eine Bemerkung über die Begegnung mit der Journalistin fallen lassen. Oder ...«

»Dürftig! Keine Beweise! Mickrige, ziemlich konstruierte Indizien! Damit kommen Sie nicht weit. Außer, dass Sie ziemlich viel Staub aufwirbeln. Lassen Sie die Finger davon. Was ist mit der Geldfrage? Wurde geklärt, woher das Geld stammen könnte, das diese Meja Persson für die Rückreise gebraucht hätte?«

»Nein. Ingegerd und Åke Persson, die Eltern, haben ausgesagt, dass Meja keinen größeren Geldbetrag bei sich gehabt haben konnte. Federico Chessa und Florian Lehmann bestreiten, ihr finanziell unter die Arme gegriffen zu haben. Wir haben keine Ahnung, wie dieses Mädchen ihre Heimreise bezahlen wollte.«

Es war kurz still in der Leitung.

»Spricht das nicht eher dafür, dass sie Rerik nicht verlassen haben kann?«, beeilte Fredde sich zu sagen.

Er hörte ein Schnaufen. »Um Ermittlungen, vor allen Dingen Mordermittlungen zu rechtfertigen, brauche ich Beweise oder zumindest stichhaltige Indizien! Das, was Sie da haben, ist eine große konstruierte Luftblase! Könnte es so gewesen sein? Ja, vielleicht. Vieles ist möglich. Aber wie groß ist die Wahrscheinlichkeit? Und ohne stichhaltige Indizien sind uns die Hände gebunden.«

Wieder schwiegen beide Seiten, bevor Erguns Stimme, diesmal mit einem etwas weicheren Klang, wieder ertönte. »Herr Steinmann. Sie sind ein guter Polizist. Mit Ihren Talenten werden Sie die Hürden auf dem Weg zum Oberkommissar mit Sicherheit meistern. Sie recherchieren gründlich, fassen die wesentlichen Aspekte übersichtlich zusammen und sehen Verbindungen, die anderen wahrscheinlich entgangen wären. Ihr Bericht hat mir gut gefallen. Sie werden noch genügend Fälle bekommen, bei denen Sie Ihre Talente zeigen können. Nur hier rate ich Ihnen dringend, keinen Hirngespinsten nachzujagen. Sollten sich neue, wirklich brauchbare Indizien oder Beweise ergeben, sollten Sie über die Überreste von Meja Persson stolpern, dann melden Sie sich wieder bei mir, und ich stehe Ihnen sofort zur Seite! Bis dahin aber, und das ist ein Befehl, Herr Steinmann, bis dahin behalten Sie Ihre Theorien für sich und unternehmen keine weiteren Ermittlungen. Die Eltern dieses Mädchens haben schon genug durchgemacht. Wie sieht es da eigentlich aus? Stehen Sie noch in Kontakt? Betreuen Sie sie nach wie vor?«

»Sie haben jede weitere Begleitung durch mich oder einen anderen Polizisten abgelehnt. Sie sind enttäuscht, dass wir sie im Bezug auf das Treffen mit Federico und Alessandro Chessa nicht vehementer unterstützt haben. Schweren Herzens mussten sie akzeptieren, dass es keine Spuren mehr gibt, denen wir nachgehen könnten. Sie haben wohl erwartet, dass wir Federico Chessa mehr in die Mangel nehmen. Sie sind davon überzeugt, er müsse wissen, was damals mit ihrer Tochter geschehen ist.«

»Wann wollen die beiden zurück nach Schweden?«

»Laut letzter Aussage morgen, am Sonntag.«

»Gut. Dann wäre der Vermisstenfall Meja Persson für die deutsche Polizei damit erst mal abgehakt. Trösten Sie sich. Es wäre nicht das erste Mal, dass man nicht herausbekommt, wohin und unter welchen Umständen Personen verschwunden sind. Ich wünsche Ihnen ein schönes Wochenende.«

»Das wünsche ich Ihnen auch. Und danke, dass Sie sich der Sache so schnell angenommen haben.«

»Kein Problem. Wie gesagt: ein wirklich guter Bericht!«

An Anns letztem Samstagabend trafen sie sich noch einmal in großer Runde. Mit Fredde, Isabelle, Lena, Helen, Sven und Marc ging es nach Bad Doberan ins ›Sharks‹. Es wurde ein ausgelassener und fröhlicher Abend. Sven, der den wilden Bewegungen auf der Tanzfläche nichts abgewinnen konnte, und Marc klinkten sich an der Theke ein und hatten ihr besonderes Vergnügen, die seltsamen Zuckungen ihrer Freunde zu kommentieren. Es wurde getrunken, gelacht und gefeiert. Um halb drei standen die Zeichen auf Aufbruch. Fredde und Isabelle knutschten nur rum, während Sven sich kaum noch auf dem Barhocker halten konnte. Lena war seit einer gefühlten Ewigkeit auf dem Klo verschwunden, laut Helen, weil ihr ein allzu hartnäckiger Verehrer auf den Keks ging, und auch Marc und Ann zog es raus aus dem Trubel.

»Du kannst uns bei meiner Wohnung rausschmeißen«, sagte Marc zu Fredde, als sie nach Rerik hineinfuhren.

Helen und Lena hatten sich bereit erklärt, den betrunkenen Sven nach Hause zu bringen.

Fredde grinste und sah ihn durch den Rückspiegel an. »Na dann noch eine angenehme Nacht …«, meinte er, als er vor Marcs Bude hielt.

*

Rostock

Es war früh am Sonntagmorgen. Das Thermometer zeigte kühle elf Grad, aber wenigstens regnete es nicht. Polizeioberkommissar Peter Burgdorf duckte sich und ging unter dem Absperrband hindurch. Er sah, wie Dr. Heiner Westermann sich über eine am Boden liegende Person beugte. Als der Polizist den Tatort erreichte, richtete sich der Arzt gerade auf und gab den Blick auf eine männliche, ziemlich nasse Leiche frei.

»Ah, Oberkommissar Burgdorf. Guten Morgen.«

»Morgen. Was haben wir?«

»Männliche Leiche, laut Papieren ein gewisser Federico Chessa, dreißig Jahre, wohnhaft in Rostock.«

»Haben wir schon eine Todesursache? Ertrinken?« Burgdorf schaute auf den kleinen See.

»Oder er starb an dieser Stichverletzung.« Der Arzt zeigte auf eine blutige Stelle im oberen Brustbereich. »Vieles spricht dafür, dass es die Beteiligung einer weiteren Person gegeben hat. Durch die Gewalteinwirkung mittels Stichwaffe war das Opfer zumindest so handlungsunfähig, dass auch ein Ertrinken in flachem Uferbereich möglich wäre. Aber das wird die Obduktion zeigen.«

Der Kommissar betrachtete die im Gras liegende, blasse Gestalt in Jogging-Kleidung. »Wer hat ihn gefunden?«

»Ich glaube, die junge Frau dort drüben.« Westermann zeigte zu einer Person, die ebenfalls Laufsachen anhatte und sich mit einem Sanitäter unterhielt. Neben den beiden stand ein Polizist. Als Burgdorf auf die drei zusteuerte, kam dieser ihm entgegen.

»Hallo, Jens van Holten. Gefunden wurde die Leiche von der Frau dort drüben. Ihr Name ist Katja Tremmen, dreiundzwanzig Jahre alt, Studentin, wohnhaft in Rostock. Sie ist hier entlang gejoggt und hat den Mann im Wasser liegen sehen, mit dem Gesicht nach unten. Sie ist sofort hin und hat ihn rausgezogen. Da war er aber wohl schon tot. Sie hat den Rettungswagen gerufen, die haben uns benachrichtigt.«

Peter Burgdorf nickte van Holten zu und wandte sich der jungen Frau und dem Sanitäter zu. »Darf ich Ihnen ein paar Fragen stellen? Fühlen Sie sich in der Lage, diese zu beantworten?«

Katja Tremmen schien zwar geschockt, aber durchaus ansprechbar. Mit großen dunklen Augen starrte sie ihn an.

»Sie waren allein, als Sie den Toten fanden?«

Sie nickte.

»Joggen Sie häufiger hier?«

Wieder nickte sie. »Dreimal die Woche, wenn ich es schaffe.«

»Kennen Sie den Mann? Haben Sie ihn hier schon mal gesehen? Eventuell beim Laufen?«

Sie überlegte. »Nein, ich denke nicht. Das heißt aber nichts. Ich achte nicht all zu sehr auf die anderen Parkbesucher.«

»Wie viel Uhr war es, als Sie die Leiche bemerkten?«

»Oh Gott, ich weiß nicht. Ich bin um circa halb sechs losgelaufen. Bis hierhin sind es ungefähr drei Kilometer. Vielleicht zehn vor sechs?« Sie blickte fragend in die Runde.

Jens van Holten schaute in seine Unterlagen. »Die Kollegen von der Rettungswache haben uns um sieben nach sechs benachrichtigt.«

»Und dann haben Sie den Körper aus dem Wasser gezogen?« Burgdorf schaute die Zeugin an.

»Ja.« Bei der Erinnerung daran erschauderte sie. »Aber er war schon so blass und kalt. Ich habe versucht, einen Puls zu fühlen. Ich bin aber nicht gut in solchen Sachen, war auch sehr aufgeregt. Ich weiß wirklich nicht, ob er noch gelebt hat, aber ich glaube nicht. Ich habe nichts ertasten können.« Sie schlang beide Arme um ihren Körper, als ob sie fror.

»Haben Sie irgendjemanden gesehen? War außer Ihnen noch jemand in der Nähe? Ist Ihnen ein paar Minuten vor dem Auffinden der Leiche jemand aufgefallen?«

Sie schüttelte langsam den Kopf. »Nein. Da war niemand. Als ich gesehen habe, dass da ein Mensch im Wasser liegt, hab ich mich gleich umgeschaut und um Hilfe gerufen. Aber ich war allein. Es war alles so unwirklich.« Jetzt fing sie an zu zittern.

Der Sanitäter schaute kurz zu den beiden Polizisten, nahm dann die Zeugin und führte sie in Richtung Rettungswagen. »Ich glaube, Sie kommen jetzt besser mit mir. Alles weitere können Sie später besprechen. Diese Dame steht unter Schock und kommt zur Beobachtung ins Krankenhaus.« Er nickte den Polizisten zum Abschied zu.

»Die vollständigen Personalien von Frau Tremmen haben wir?«

»Ja«, bestätigte van Holten.

Peter Burgdorf ging zurück zur Leiche, wo Dr. Westermann gerade seine Sachen zusammenpackte.

»Bislang habe ich nur die eine Stichverletzung gefunden.«

»Schon ne Ahnung, wie lange er dort gelegen hat?«

»Er hatte bei unserem Eintreffen eine Körpertemperatur von 29,4 Grad. Der See hat an dieser Stelle eine Wassertemperatur von 14,5 Grad. In der Nacht wurde es nicht kälter als elf Grad. Ich kann nur schätzen, damit aber auch vollkommen daneben liegen. Es gibt viele Faktoren, die beachtet werden müssen. Genaueres nach der Obduktion.«

»Schon klar. Ich nagele Sie nicht fest. Ihre vorläufige Einschätzung?«

»Gestern am späten Abend.«

Burgdorf ging zu einer kleinen Gruppe Polizisten. »Fordern Sie noch fünf Mann Verstärkung an und durchsuchen Sie den Bereich um die Fundstelle, das seichte Uferwasser, die Büsche zu beiden Seiten, bis zu den jeweiligen Weggabelungen.« Er zeigte den See entlang nach links und rechts. »Tüten Sie alles ein, was einen Hinweis auf den Täter geben könnte. Vornehmlich suchen wir nach einer Stichwaffe. Form, Größe und Beschaffenheit noch unbekannt. Irgendetwas, was man noch mit sich führen kann, ohne groß aufzufallen. Bestellen Sie einen Taucher ein, der den See nach genau so einer Waffe absuchen soll. Zumindest den vorderen Teil – so weit wie ein durchschnittlicher Erwachsener werfen kann.«

*

»Hier ist es?« Burgdorf schaute auf den Eingang der Doppelhaushälfte.

Der Polizeibeamte, den Namen hatte er schon wieder vergessen, nickte und klingelte.

Kurze Zeit später ging die Tür auf. Vor ihnen stand eine sportliche Frau Ende zwanzig, Anfang dreißig mit unglaublich schönem, lockigem, langem Haar. Alles an ihr schien wohlproportioniert. Ein echter Hingucker, fand nicht nur

Polizeioberkommissar Burgdorf, sondern, wie er mit einem schnellen Seitenblick wahrnehmen konnte, auch seine beiden Beamten.

Als sie die Uniformierten sah, wurde sie blass. In ihren schönen Augen flackerte Angst auf.

»Frau Chessa?«

»Sophia Lange. Federico und ich, wir sind nicht verheiratet. Was ist passiert?« Ihrer Stimme konnte man die Furcht anhören.

Peter Burgdorf hasste diese Momente.

»Dürfen wir reinkommen?«

Langsam trat sie einen Schritt zur Seite und ließ die drei eintreten. Die Beamten betraten das Wohnzimmer und versuchten, die junge Frau in die Nähe eines Stuhls zu lotsen.

»Es tut mir sehr leid, Ihnen das sagen zu müssen, aber wir haben Ihren Lebensgefährten Federico Chessa heute Morgen tot aufgefunden.«

Sophia starrte ihn mit weit aufgerissenen Augen an. Kein Laut kam aus ihrem zierlichen Körper. Sie stand einfach nur da.

Burgdorf kannte das. Er hatte das schon zigmal erlebt. Sicher, jeder reagierte anders, aber viele waren erst einmal wie erstarrt. Manche fingen sogar laut an zu lachen. Als eine Art Übersprungshandlung, weil das Gehirn auf so einen Moment nicht vorbereitet war, nicht wusste, mit welcher Emotion auf das Unfassbare reagiert werden musste.

Sophia hingegen stand nach wie vor regungslos da und hatte mit ihren Augen einen Punkt an der gegenüberliegenden Wand fixiert.

»Wollen wir uns setzen?« Der Kommissars schob ihr den Stuhl hin.

Keine Reaktion.

Es klingelte. Einer der Beamten öffnete die Tür und kam mit einer Dame vom Sozialen Dienst zurück. Die für solche Zwecke geschulte Frau würde so lange bei Sophia Lange bleiben, bis ein Verwandter, eine Freundin sich ihrer annehmen konnte.

»Mama!«

Von oben ertönte eine Mädchenstimme.

»Mama!«

Der weinerliche Ton in der Stimme ihrer Tochter schien Sophia wachzurütteln. Ohne die anderen weiter zu beachten, lief sie die Treppe hinauf zum Kinderzimmer. Die Sozialarbeiterin folgte ihr.

Ein paar Minuten später kam Sophia mit ihrer Tochter auf dem Arm wieder ins Zimmer. Das kleine Mädchen steckte noch in einem Pyjama, hatte zerzauste Haare und schaute müde und erstaunt von einem zum anderen. Sie war wohl gerade wach geworden.

Unschlüssig blieb ihre Mutter stehen.

»Er hatte also einen Unfall? In welches Krankenhaus haben sie ihn gebracht? Wie geht es ihm? Er wird doch wieder gesund werden …?« Ihre brüchige Stimme kippte. Gleichzeitig sackte sie nach hinten weg. Einer der Beamten schaffte es gerade noch, ihr den Stuhl unterzuschieben. Die Sozialarbeiterin war sofort zur Stelle und stützte die Mutter.

Sophia hatte ihren Kopf im Schlafanzug ihrer Tochter vergraben und fing laut an zu schluchzen. Erschrocken sah das Kind die Helferin vom Sozialdienst an, die ihr, der Situation geschuldet, sehr nahe kam. Dann fing auch das kleine Mädchen aus lauter Angst an, zu schreien und zu weinen.

Burgdorf winkte seine beiden Beamten zu sich. »Sie bleiben bitte noch eine Weile, um die Dame vom Sozialdienst zu unterstützen. Sehen Sie zu, dass Sie sich die Personalien der Angehörigen und Freunde geben lassen, die sich um Frau Lange und ihre Tochter kümmern werden, insbesondere falls die beiden eine Zeit lang woanders wohnen werden sollten. Ich glaube nicht, dass wir mit der Vernehmung heute noch beginnen können. Sollten Fragen zur Todesursache auftauchen, sagen Sie bitte, dass diese noch nicht geklärt ist – eventuell Ertrinken im See.«

*

»Seid ihr jetzt zusammen oder nicht?« Marie zappelte freudig erregt auf ihrem Sofa herum. Ihre feuerrote Mähne spuckte Flammen, während die großen Augen wie beim Flippern von einer Gesichtshälfte in die andere wechselten und wieder zurücksprangen. Es war das erste Mal, seit dem Gasunglück, dass Ann und sie sich wieder via Skype unterhielten.

»Ja. – Nein. – Ich weiß nicht, kann schon sein.« Es war Sonntagnachmittag, und Ann liebte es, dieses Gefühl des Schwebens.

Hauptsache, du brichst dir nicht das Genick, wenn du wieder unten ankommst.

»Aber ihr habt die Nacht zusammen verbracht!«

Ann nickte und lachte glücklich in die Kamera.

»Und …?« Marie zog dieses kleine Wort bedeutungsschwanger in die Länge – so sehr, dass sich ihr dicker, fleischiger Mund von ihr löste und Ann entgegen schwebte.

»Es war …« Ann dachte an die letzten Stunden, daran, wie vorsichtig sie miteinander umgegangen waren – für genau zwei Minuten –, um dann wie berauscht übereinander herzufallen.

… *perfekt,* schloss sie in Gedanken. Wie einfach alles zu sein schien und wie wenig Raum seine Behinderung einnahm, nie hätte sie gedacht, dass es so sein würde.

Ja, der Sex war gut – zugegeben: richtig gut. Aber mach dir nichts vor: In ein paar Tagen bist du wieder zu Hause, und das alles ist Schnee von gestern.

»Ach komm, sag nichts. Es sei dir gegönnt. Der hat nicht zufällig einen gut aussehenden Freund?«

Marie schaute auf den Monitor ihres Rechners. Ann sah extrem glücklich aus. Ihre Augen strahlten mit dem Mund um die Wette. Man hatte das Gefühl, sie würde gleich vor lauter positivem Karma platzen. Als schwebe sie auf der sprichwörtlichen Wolke Sieben.

»Und, gibt's was Neues von der Suche nach Meja?«

Wie denn? Bist du Federico mal so richtig auf die Pelle gerückt? Hast du unangenehme Fragen gestellt? Nein!

»Nichts – was echt deprimierend ist. Da hat man das Gefühl, man hätte endlich ein loses Ende zu fassen bekommen, man könnte endlich entschlüsseln, was damals passiert ist, und dann …? Steht man wieder vor demselben Wirrwarr, nur von einer anderen Seite aus gesehen. Dieser Kommissar, der mit dem türkischen Namen, denkt, dass es nichts weiter zu ermitteln gibt. Die Spur von Meja scheint für immer verloren. Ihre Eltern sollen angeblich abgereist sein. Das heißt, ich darf mich wieder frei in Rerik bewegen.«

»Die Armen. Nach so vielen Jahren, erst die Hoffnung und dann …«

»Das Schlimmste ist, ich hab das Gefühl, nicht genug getan, nicht genug recherchiert zu haben. Hätte ich mehr herumgewühlt, hätte ich die richtigen Fragen gestellt, wären wir vielleicht jetzt schlauer und Meja gefunden.«

Du hast eben nicht das Zeug zu einer guten Journalistin.

»Mach dir keinen Kopf. Du hättest nichts weiter tun können. Und, wann kommst du zu mir zurück?« Marie gab ihrer Stimme einen Hauch von Romantik.

»Du vermisst mich doch nicht etwa?«, lachte Ann.

»Na und wie! Sieben Wochen bist du jetzt schon weg, du treulose Tomate!«

»Sieben Wochen? Bist du sicher? Okay, du hast recht. Das ist unverschämt. Eigentlich wollte ich schon vor zwei Wochen zurück sein, aber dann …! Spätestens am nächsten Sonntag hast du mich wieder. Dann bleibt mir noch eine Woche, bevor die Vorlesungen beginnen.«

*

Färjestaden, Schweden

Åke war am Ende einer langen Reise. Noch vor Tagen hatte er unendlich viel Wut gespürt. Doch nun war er vollkommen ruhig.

Er ruhte ganz tief in sich.

Er war angekommen.

Auf der Rückreise von Deutschland über Dänemark nach Schweden war nicht ein einziges Wort gefallen.

Ingegerd hatte sich in der Nacht vor ihrer Abreise ein letztes Mal ihre hübschen Augen ausgeweint – stundenlang. Bis sie vor Verzweiflung und Erschöpfung kollabiert war. Seitdem war sie still. Wie eine leere Puppe.

Er hatte sich gekümmert, sie sicher nach Öland, nach Hause gebracht. Und auch jetzt würde er sich kümmern.

Seitdem er wusste, wohin ihr Weg sie führen würde, war die tonnenschwere Last von ihm abgefallen. Es gab keinen Schmerz mehr, keine Sorge und kein Bangen.

Zu Hause angekommen, hatte er den Kamin angemacht, die Koffer ausgepackt und alles ordentlich verstaut. Er hatte seiner Ingegerd etwas zu Essen gekocht und sie ins Bett gebracht. Dann räumte er die Küche auf. Als alles sauber und ordentlich war, setzte er sich an den Wohnzimmertisch, schenkte sich ein gutes Glas Rotwein ein und fing an zu schreiben. Es waren nur ein paar Zeilen, aber es war ihm wichtig.

Zufrieden mit dem Ergebnis stand er auf und brachte seiner Ingegerd den Cognac, den sie immer so gern trank, wenn ihr kalt war.

Kapitel 13

Rerik

Ann stand vor der Schaufensterscheibe des kleinen Lädchens und schaute sich die Auslage an. Sie war auf der Suche nach einem Geschenk für Marie. Vielleicht ein Armband? Oder Deko?

»Hallo«, hörte sie hinter sich eine Stimme.

Sie drehte sich um und sah in Flos Gesicht.

»Hey! Wie geht's dir?« Ann lächelte.

»Ganz gut. Und dir? Möchtest du noch ein paar Souvenirs kaufen?«

»Erwischt. Wenn ich es schon so gut habe und wochenlang Ferien am Meer machen darf, wollte ich meiner Mitbewohnerin zumindest eine Kleinigkeit mitbringen.«

»Wann geht's wieder nach Hause?«

»Diesen Samstag, denke ich.«

»Schade.« Flo lächelte sie schüchtern an.

»Ja.«

»Vielleicht hast du vorher ja noch Lust auf eine Partie Billard?«

»Hm …« Sie überlegte. Eigentlich eine nette Idee, aber was würde Marc davon halten?

Richtig – du hattest ja Sex. Ab jetzt gehörst du ganz und gar ihm, darfst dich mit keinem anderen mehr treffen!

»Du kannst es dir ja überlegen. Meld dich einfach. Bis dann«, meinte Flo, hob seine Hand zögernd zum Gruß und ging Richtung Dorfmitte.

Nachdenklich flanierte Ann weiter die Souvenirläden entlang. Dann holte sie ihr Handy raus und wählte Marcs Nummer.

»Hey! Ich hab zufällig Flo getroffen. Er hat gefragt, ob ich ihn noch mal auf eine Partie Billard treffen mag, bevor ich abreise. Wär das okay für dich? Sag's aber ehrlich!«

»Nein«, kam es aus dem Handy.

Stille.

Ann stutzte. Was sollte das denn jetzt?

Da hörte sie Marc lauthals lachen. »Nein! Ab jetzt darfst du nicht mehr aus dem Haus gehen, ohne mich«, witzelte er. »Aber lieb, dass du fragst!«

Jetzt lachte auch Ann. »Tja, es gibt halt gut erzogene, liebreizende Geschöpfe wie mich und ungehobelte Klötze wie dich!«

»Ja, da hast du wohl recht. Schwebt dir schon ein Tag vor? Sonst würde ich morgen vorschlagen. Da hab ich am späten Nachmittag einen Termin bei meinem Neurologen in Schwerin. Ich hätte ihn verschoben, da du ja nur noch ein paar Tage hier bist – wobei, die Wartezeiten bei dem Arzt sind immer ziemlich lang.«

»Brauchst du Unterstützung?«

»Nein, meine Schwester fährt mich.«

»Wirklich nicht? Ich komme gern mit. Das mit Flo ist nicht so wichtig.«

»Echt nicht. Da sitzt man nur endlos lang, gelangweilt im Wartezimmer rum. Und meine Schwester will mich unbedingt fahren. Wir müssen nicht zu dritt unsere Zeit verplempern. Vergnüg du dich ruhig beim Billard. Obwohl, eine Bedingung hätte ich …«

»Jetzt bin ich aber gespannt! Die wäre?«

»Na, du musst natürlich gewinnen«, lachte er. »Sehen wir uns gleich?«

»Du kannst deinen Hintern mal avanti hier herbewegen und mir helfen, ein Geschenk für Marie zu finden. Ich werd noch wahnsinnig. Ich kann ihr doch keine lila Muschel mit Glitzerstaub mitbringen«, stöhnte sie, während sie auf all die kitschigen Dinge blickte, die um sie herum dekoriert waren.

»Aber gern doch, die Dame. Ihr Personal Trainer und Shopping-Begleiter ist im Handumdrehen bei Ihnen. Bewegen Sie sich nicht von der Stelle.«

*

Rostock

Dr. Hilmar Venjakob zog gerade ein weißes Laken über eine ältere Dame, als Kommissar Burgdorf die Pathologie betrat. »Hallo Peter.«

»Hilmar.« Burgdorf nickte dem Gerichtsmediziner zu. »Ich will nicht drängeln, aber hast du schon was für mich, den Jogger aus dem Park am Fischerdorf betreffend? Ich wollte nachher zu der Lebensgefährtin, die bestimmt wissen will, woran ihr Freund gestorben ist.«

Dr. Venjakob schaute ihn gelassen an. Seine faltigen Hände sortierten die Instrumente, die nach der Obduktion der alten Dame zur Reinigung und Sterilisation gehen würden oder aber entsorgt werden mussten.

Hetzen ließ er sich schon lange nicht mehr. Er stand kurz vor der Rente und musste keinem mehr etwas beweisen. Gründlich wollte er sein. Das war ihm wichtig. Wenn er mal gehen würde, sollten alle sagen, dass er ein Guter war, dass ihm so schnell kein Fehler unterlaufen war.

»Zusammengefasst? Der junge Mann ist in dem flachen Uferwasser ertrunken, nachdem man ihm mit einem Messer in die Brust gestochen hat. Die Verletzung war allerdings so schwer, dass er, auch ohne das Wasser zu aspirieren, ziemlich schnell verblutet wäre. Das Messer hat die linke Herzkammer durchbohrt. Es gibt nur diese eine Stichwunde. Da hat jemand mit großer Wucht zugestoßen.«

»Abwehrverletzungen?«

»Nein. Ich würde sagen, das Opfer hat den Angriff nicht kommen sehen, obwohl der frontal von vorn erfolgte.«

»Also könnte es gut sein, dass er den Angreifer kannte.«

»Oder der Täter respektive die Täterin wirkten so harmlos auf ihn, dass er damit nicht gerechnet hat.«

»Täterin? Du hast gesagt: mit großer Wucht. Wie viel Kraft war denn nötig? Könnte die Tat überhaupt von einer Frau begangen worden sein?«

»Herr Chessa war mit seinen eins dreiundsiebzig für einen Mann nicht besonders groß. Der Stichkanal geht leicht nach oben. Wenn man mal nachvollzieht, wie der Durchschnittsmensch jemanden erstechen würde, gibt es zwei gängige Varianten. Entweder man winkelt den Arm an, holt nach hinten aus und sticht etwas von unten kommend zu. Oder man hebt die Hand in Schulterhöhe und rammt das Messer eher von oben in den Körper. Der Stichkanal zeigt, dass bei uns die Variante eins in Betracht kommt. Bei einer kleineren Person säße die Wunde entweder tiefer oder der Stichkanal käme schräger von unten. Ich gehe daher davon aus, dass der Täter größer ist als das Opfer. Das und der Umstand, dass die Stichwaffe mit großer Wucht geführt wurde, spricht eher für einen Mann. Eine Frau ausschließen würde ich allerdings nicht.«

»Um welchen Typ Stichwaffe könnte es sich handeln?«

»Ich tippe auf ein ›Bowie-Messer‹ mit einer Edelstahlklinge von ungefähr fünfzehn Zentimetern.«

»Bowie? Das ist doch so eine Art Survival-Messer, oder?«

»Ja, extrem scharf, unten gebogen, mit einem Clip Point an der Oberkante. Es wird oft genommen, um Tiere auszuweiden. Jäger, Angler oder diese Naturburschen, die sich mit möglichst wenig Gepäck durch die Wildnis schlagen, bevorzugen diese Art Messer.«

»Hm.« Burgdorf tippte ein paar Stichpunkte in sein Smartphone. Verärgert runzelte er die Stirn, als er die Eingabe mehrfach wiederholen musste. Seine Finger waren einfach zu dick für diese Buchstabenfelder. »Todeszeitpunkt?«

»Samstagabend gegen zweiundzwanzig Uhr. Plus minus zwei Stunden.« Venjakob schaute dem Kommissar beim Tippen zu und schüttelte lächelnd den Kopf. »Wenn du noch einen Tag warten könntest, hättest du einen ausführlichen, digitalen Obduktionsbericht vorliegen.«

»Auf den ich mich wie immer freue. Danke.« Burgdorf grinste den Pathologen an und verabschiedete sich.

Zurück in seinem Büro setzte er sich an den Schreibtisch und vervollständigte die bisher bekannten Ermittlungsergebnisse.

Die alles entscheidende Frage nach dem Motiv drängte sich auf. Warum musste Federico Chessa sterben?

War er ein Zufallsopfer? Wenn ja, wo lagen die Beweggründe des Täters, Leute im Park abzustechen? An Raubmord glaubte Burgdorf nicht. Er konnte sich nicht vorstellen, dass man beim Joggen irrsinnig viel Geld bei sich hatte. Sie hatten keinen Hinweis gefunden, dass Chessa überhaupt etwas Wertvolles mit sich führte. Mehr zu diesem Punkt würde ihm hoffentlich nachher die schöne Sophia erzählen können.

Hätte es sich bei dem Opfer um eine Frau gehandelt, hätte er sich ein sexuell motiviertes Verbrechen vorstellen können. Aber bei einer Männerleiche? Welche Frau lief mit einem großen Bowie-Messer durch die Gegend, um Jagd auf Männer zu machen? Da bräuchte man eine ziemlich voluminöse Handtasche. Auch für die Schwulenszene wäre diese Tat eher ungewöhnlich.

Bliebe vielleicht noch die Möglichkeit, dass Federico Chessa beim Joggen irgendetwas gesehen oder jemanden bei einer Straftat gestört hatte und deswegen sterben musste.

Oder aber, was er als wahrscheinlicher ansah, Täter und Opfer kannten sich. Entweder war ihm mit der Absicht aufgelauert worden, ihn zu töten, oder er war zufällig auf seinen Mörder getroffen, es war zum Streit gekommen und …! Aber gab es Leute, die gewohnheitsmäßig eine so große Klinge bei sich hatten? Es handelte sich hierbei ja nicht um ein kleines Klappmesser.

Auf jeden Fall lohnte es sich, den Bekanntenkreis von Federico und seiner Lebensgefährtin näher in Augenschein zu nehmen. Vielleicht gab es da jemanden, der bei der schönen Sophia Federicos Platz einnehmen wollte.

*

Färjestaden, Schweden

Polisinspektör Olof Arvidsson trommelte ungeduldig mit den Fingern auf dem Tisch herum. Es war kurz nach drei Uhr nachmittags. Vor fünf Stunden hatte er mit Deutschland telefoniert und sich von den Reriker Kollegen auf den aktuellen Stand im Vermisstenfall Meja Persson bringen lassen. Obwohl er sehr zufrieden damit war, wie intensiv sich die deutsche Polizei um das schwedische Ehepaar gekümmert hatte, haderte er mit dem Ermittlungsstand. Wie gern wäre er selbst hinuntergefahren und hätte dort jeden Stein einzeln umgedreht. Es konnte doch nicht sein, dass sie wieder in einer Sackgasse steckten! Wo doch alles so vielversprechend ausgesehen hatte.

Er dachte an Ingegerd und Åke. Er versuchte sich vorzustellen, was dieses erneute ›Nichts‹ für sie bedeutete – nach all der Hoffnung.

Er konnte es nicht.

Was würde *er* tun?

Auch darauf fand er keine Antwort.

Er nahm den Hörer erneut in die Hand und drückte die Wahlwiederholungstaste. Seit elf Uhr morgens versuchte er, das Ehepaar Persson zu erreichen. Bis um eins im Stundentakt, danach alle Viertelstunde und nun im Fünf-Minuten-Rhythmus.

Man hatte ihm gesagt, Åke und seine Frau seien Sonntag nach Öland zurückgefahren.

Wo konnten sie sein? Einkaufen, stundenlange Strandspaziergänge? Soweit er wusste, hatten sie sich in den letzten Jahren von allen Bekannten abgewandt oder die von ihnen. Sie waren nirgendwo mehr hingefahren, hatten nichts unternommen, zeigten kein Interesse an der Außenwelt.

Er seufzte, als sich das Freizeichen, aufgrund der Dauer des vergeblichen Verbindungsversuchs, in eine schnelle, monotone Tonabfolge änderte.

Das war nicht gut. Das war gar nicht gut.

Wie mit Gewichten beschwert, stand er mühsam auf, ging langsam zur Garderobe und zog sich seinen Mantel über.

Er öffnete die Tür zu einem der angrenzenden, größeren Büros, gab einem Mitarbeiter das Zeichen, sich ihm anzuschließen, und ging den langen Flur entlang in Richtung Ausgang.

Während sein Polisassistent den Dienstwagen durch die Straßen von Färjestaden steuerte, schaute Olof Arvidsson gedankenverloren aus dem Fenster. Vor seinem inneren Auge tauchten die Bilder aus der Zeit nach Mejas Verschwinden auf. Er erinnerte sich an die groß angelegte Suchaktion mit Hundestaffel, an die Befragungen und schlussendlich an die deprimierende Ratlosigkeit. Selten war jemand von jetzt auf gleich so spurlos verschwunden.

Nun, zwölf Jahre später, wussten sie wenigstens, wie und warum das junge Mädchen abgetaucht war. Trotzdem fand er es immer noch erstaunlich, dass niemand in Mejas Umgebung etwas von der Liaison mit Federico gewusst haben wollte. Ihre Schulkameraden nicht und auch nicht ihre Freundinnen. Aber wer konnte schon nachvollziehen, was in einer pubertierenden Sechzehnjährigen vorging?

Sein Kontakt zu Ingegerd und Åke war damals sehr eng gewesen. Sie waren hartnäckig gewesen, wollten nicht aufgeben, hatten immer wieder das Gespräch mit ihm gesucht. Und er hatte ihnen zugehört. Er hatte es nicht übers Herz gebracht, sie der Tür zu verweisen. Trotz seiner langjährigen Erfahrung war ihm ihr Schmerz gefährlich nahe gekommen.

Natürlich kannte er die Fälle, in denen Jugendliche von zu Hause ausrissen und nie wiederkamen. Meistens aber gab es vorher irgendwelche Anzeichen, auch wenn die Eltern dies nicht wahrhaben wollten. Nach einer gründlichen Recherche, in den Familien und im näheren Umkreis, kam so manche unschöne Geschichte zutage. Und dann gab es sie, die mehr oder weniger deutlichen Hinweise auf das Weglaufen des Jugendlichen vor den vermeintlich unlösbaren Problemen.

Bei Meja Persson kam trotz langer akribischer Ermittlungsarbeit nichts heraus. An dem einen Tag schien alles noch wie gewohnt, am anderen war sie weg.

Ein paar Monate nach ihrem Verschwinden verstärkte sich Olofs Bauchgefühl, dass sie nicht einfach weggelaufen, sondern einem Verbrechen zum Opfer gefallen war. Er war ein erfahrener Polizist. Leider lag er mit seiner Einschätzung viel zu oft richtig.

Und dann war dieser Anruf aus Deutschland gekommen.

Was für neue Erkenntnisse! Nie hätte er nach zwölf Jahren mit dieser Wendung gerechnet.

Er hätte es Åke und Ingegerd so gewünscht, dass die Ungewissheit endlich ein Ende haben würde, sie Antworten auf all ihre quälenden Fragen bekämen.

Er seufzte.

Er ahnte – nein, er wusste, was ihn erwartete, als der Polisassistent den Wagen vor dem Haus der Perssons zum Stehen brachte. Sein Instinkt konnte die Ausweglosigkeit nahezu fühlen. Und er glaubte nicht einmal, dass es ihm zustand, sich zu wünschen, im Unrecht zu sein.

Langsam stieg er aus und schaute auf das friedlich vor ihm liegende Anwesen.

Dann ging er zur Haustür und klingelte.

Er dachte daran, wie Mejas Vater und er sich vor sechs Tagen genau hier, mit nichts als der Scheibe zwischen ihnen, gegenübergestanden hatten. Er sah Åke noch genau vor sich. Seinen angstvollen Blick. Sein Zögern, ob er ihm die Tür öffnen sollte oder nicht.

Der Polisassistent klingelte erneut.

Wieder warteten sie.

Olof drehte den Kopf nach rechts und schaute die Einfahrt hoch in Richtung Garage. Der Wagen stand sicherlich ordentlich geparkt dort drinnen.

Und wenn sie doch nicht zu Hause waren? Weggefahren, zu Familie und Freunden, um denen zu berichten, was sie in Deutschland erlebt hatten, fragte eine Stimme tief in ihm drin.

Doch dieser hoffnungsfrohe Einwand war leise, fast nur ein Hauch, und wurde schnell von den anderen, erfahrenen, wissenden Stimmen übertönt.

Er bedeutete seinem Mitarbeiter, die Kellertreppe neben der Garage zu nehmen und den dortigen Eingang zu überprüfen. Er selbst ging links um das Haus herum bis in den Garten. Er folgte einem schmalen Pfad zwischen riesigen Rosenbüschen hindurch bis auf die Terrasse.

Er schirmte seine Augen gegen das Sonnenlicht ab und schaute durch die erste Scheibe ins Wohnzimmer. Drinnen war alles ordentlich. Von den Bewohnern war nichts zu sehen.

Er ging weiter zur Terrassentür und rüttelte an ihr. Verschlossen! Wieder stellte er sich nah an die Scheibe, um hineinsehen zu können.

Auf dem Esszimmertisch lag ein Zettel, auf dem etwas geschrieben stand, daneben, fein säuberlich, ein Füllfederhalter.

Er stöhnte. Warum musste sein Instinkt immer recht behalten?

In diesem Moment tauchte hinter ihm sein Assistent auf.

Olof schaute sich kurz um und zeigte dann auf einen mittelgroßen Findling, der als Gartendekoration in ihrer Nähe lag. »Nehmen Sie den und verschaffen Sie uns Zutritt. Gefahr im Verzug. Verdacht auf zweifachen Suizid.«

Nachdem sein Kollege die Scheibe aus dem Rahmen geschlagen hatte, schlüpften sie hindurch, durchschritten schnell das Esszimmer, warfen einen kurzen Blick in die leere Küche und bogen um die nächste Ecke. Vor ihnen erstreckte sich die Diele und gab den Blick auf die einfach gewendelte Treppe frei.

Und da sahen sie ihn.

Von außen durch die Fensterscheibe nicht auszumachen, da sein Körper von der Betonschalung der Treppe verdeckt wurde, hing Åke Persson. Seine Füße baumelten über dem Abgang, der in den Keller führte. Um seinen Hals war ein dickes Seil befestigt, das ein paar Meter weiter oben an das Geländer geknotet worden war. Der Abstand zwischen Åkes Füßen und der nächsten Treppenstufe betrug höchstens dreißig Zentimeter.

Der Polisassistent eilte ein paar Stufen hinauf, hockte sich hin, langte durch die Geländerstäbe und griff mit den Fingern an den Hals des Erhängten. Er schüttelte den Kopf. Kein Puls.

Als Arvidsson Åke dort hatte hängen sehen, war ihm klar, dass sie zu spät waren. Er hatte in seiner Laufbahn schon so einige Leichen gesehen, darunter auch Strangulationsopfer. Die Farbe der Haut, die Schwellungen, die Einblutungen, die seltsame Art, wie sich der Kopf zum Rest des Körpers verhielt – als ob ihre physikalische Verbindung aufgehoben worden wäre. Er könnte wetten, Åkes Tod war vor mehr als nur ein paar Stunden eingetreten.

»Bestellen Sie einen Arzt ein und rufen Sie die Spurensicherung an. Sagen Sie, die sollen mit kleinem Gepäck kommen. Es handelt sich hier mit hoher Wahrscheinlichkeit um einen Suizid. Und kommen Sie mit nach oben. Es gilt, die Ehefrau zu finden.«

Olof eilte die Treppe hinauf.

Wo war Ingegerd?

Er öffnete die erste Tür und sah hinein.

Nichts.

Kurz blitzte die Erinnerung auf: das Mädchenzimmer von Meja.

Er bedeutete seinem Assistenten, nach rechts zu gehen. Er selbst steuerte die nächste Tür auf der linken Seite an. Hierbei handelte es sich um eine Art Büro. Während er auf dem Weg zu dem Zimmer war, das sich am Kopfende des Flures befand, hörte er seinen Mitarbeiter rufen: »Chef? Hier!«

Er drehte um und eilte auf die andere Seite des Obergeschosses.

Als er das Schlafzimmer betrat, stand sein Assistent neben dem Ehebett der Perssons. Darin lag Ingegerd. Zugedeckt und friedlich, als schliefe sie.

»Sie ist auch tot«, sagte der Kollege.

Olof trat näher an das Bett heran. Aufmerksam schaute er sich um. Das Zimmer war hell und freundlich. Die Möbel aus Holz, teils weiß lackiert. Es lag keine Kleidung herum. Wie schon in der unteren Etage war alles penibel aufgeräumt.

Arvidsson wandte sich an seinen Mitarbeiter. »Gehen Sie zur Eingangstür und nehmen Sie die Spurensicherung in Empfang.«

Er ließ seinen Blick über das Bett gleiten. Åkes Seite war unbenutzt und ordentlich. Seine Frau lag auf dem Rücken. Ihre Gesichtszüge waren entspannt. Nichts deutete auf einen Todeskampf hin.

Er tippte auf die Einnahme eines Sedativums oder Narkotikums. Ingegerd hatte während ihres psychischen Verfalls bestimmt so einiges verschrieben bekommen.

Gut – dann würde er das Ganze nun der Spurensicherung überlassen.

Er ging die Treppe hinunter und betrat erneut das Esszimmer. Er sah zum Tisch hinüber.

Hier hatten sie sich vor Kurzem noch in die Augen geschaut. Hier hatte er ihnen von den Neuigkeiten aus Deutschland erzählt.

Mit traurigem Gesichtsausdruck betrachtete er die Stühle, auf denen sie gesessen hatten.

Trug er Mitschuld an dieser Tragödie?

Er wusste, wie gebrochen die beiden seit dem Verschwinden ihrer Tochter waren.

Hätte er sie schützen können?

Hätte er sie schützen müssen?

Er schüttelte die Gedanken ab. Er hätte kein Recht gehabt, ihnen diese Informationen vorzuenthalten.

Dann ging er langsam auf den Tisch zu und betrachtete den Zettel. Ohne etwas zu berühren, begann er zu lesen:

An die arme Seele, die uns finden musste.
Wahrscheinlich bist sogar Du es, Olof. Ich hoffe sogar, dass Du es bist, denn ich weiß, Du wirst es verstehen.
Ich möchte mich von ganzem Herzen entschuldigen, dass ich Dir diesen Anblick zumute.
Aber für uns ist es besser so.
Unsere Kleine wird nie wieder zu uns zurückkehren.
Wir wissen das. Und Du weißt das auch.
Wir sehnen uns nach Frieden, den wir hier nicht finden werden.
Ich habe dafür gesorgt, dass meiner geliebten Ingegerd kein Leid mehr zugefügt werden kann.

Das Schlafmittel findest Du in der Küchenschublade – ich weiß ja, Du willst alles lückenlos geklärt wissen.
Ich danke Dir für Deine Unterstützung und Deinen Beistand.
Åke

*

Rostock

Oberkommissar Burgdorf klingelte in der Dr.-Schiffer-Straße Nummer 30 in der Hoffnung, dass Sophia Lange ihm heute ein paar Antworten liefern konnte.

Als die Tür aufging, sah er sich einer großen, drahtigen Frau mit kurzen blonden Haaren gegenüber. Ihren Blick konnte man, mit viel Wohlwollen, als unterkühlt beschreiben.

»Polizeioberkommissar Peter Burgdorf, guten Tag. Ich würde gern mit Sophia Lange sprechen.«

Ohne ihren eisigen Blick von ihm zu nehmen, trat sie beiseite, um ihn vorbeizulassen. »Am Ende links.«

Wow, dachte Burgdorf. *Mit der ist mit Sicherheit nicht zu spaßen.* Er konnte sich nur schwer vorstellen, wie diese herbe Persönlichkeit die gebrochene Sophia tröstend in den Arm nahm und ihr verständnisvoll ein paar aufbauende Worte zuflüsterte.

Er betrat den offenen Wohnbereich und sah Sophia zusammengekauert und in eine dicke Decke gehüllt in der einen Ecke des Sofas sitzen. Von dem kleinen Mädchen war nichts zu sehen. Sie sah müde aus. Unter ihren schönen Augen fanden sich kleine, dunkle Schatten. Sie wirkte, als habe sie geweint.

In einiger Entfernung zum Sofa und Couchtisch blieb er respektvoll stehen. »Hallo Frau Lange. Polizeioberkommissar Peter Burgdorf, Sie erinnern sich? Mein herzliches Beileid zu Ihrem Verlust.«

Sie schaute ihn an. Ihr Blick drückte Abneigung und Schmerz aus.

Die herbe Blondine ging mit energischem Schritt an ihm vorbei und setzte sich wie ein Bollwerk zwischen ihn und Sophia.

»Ich würde Ihnen gern noch ein paar Fragen stellen.«

»Vielleicht erzählen Sie uns erst mal, wie genau Ric ums Leben gekommen ist und wie zum Teufel das passieren konnte. Der Gerichtsmediziner bei der Identifizierung hat gesagt, er sei ertrunken! Ertrunken? Beim Joggen? Ist er gestürzt und mit dem Kopf aufgeschlagen, oder was? Dieser Mediziner hat uns nichts Genaues sagen wollen, immer nur darauf verwiesen, dass Sie uns alle Fragen beantworten werden! Sophia heult sich seit Stunden die Augen aus dem Kopf und weiß nicht mal genau, was passiert ist. Finden Sie das richtig?« Zornig funkelte die Blondine ihn an.

»Sie haben recht. Es tut mir leid. Eigentlich war es meine Absicht, bei der Identifizierung anwesend zu sein. Leider war es mir dann doch nicht möglich.« Er hatte Dr. Venjakob tatsächlich gebeten, keine detaillierten Angaben zum Tod von Federico Chessa zu machen. Auch, oder gerade nicht gegenüber den engsten Familienmitgliedern. Er wollte Sophias Reaktion sehen, wenn sie davon erfuhr.

»Darf ich zunächst erfahren, wer Sie sind?« Er sah die große blonde Frau fragend an.

»Arina Kulikow. Ich bin eine gute Freundin der beiden.«

»Aha, danke. Es ist schön, dass Sie Frau Lange in dieser schweren Zeit unterstützen. Wenn Sie mir nachher noch

Ihre Adresse nennen könnten und ihre Telefonnummer? Nur falls mal irgendetwas sein sollte und wir Sie dringend erreichen müssten.«

Dann wandte sich Burgdorf Sophia zu.

»Darf ich mich setzen?« Ohne eine Antwort abzuwarten, griff er sich einen Stuhl aus dem angrenzenden Esszimmer, zog ihn in die Nähe des Couchtisches und setzte sich.

»Ihr Lebensgefährte, Frau Lange, wurde niedergestochen.« Während er die Nachricht verkündete, beobachtete der Kommissar die Reaktion der beiden Frauen ganz genau. Fassungslosigkeit stand in Sophias Gesicht geschrieben. Sie schüttelte den Kopf.

»Erstochen? Aber der Arzt sagte doch was von Ertrinken!«, meldete sich Arina zu Wort.

»Herr Chessa wurde frontal von vorn mit einem Messer angegriffen und schwer verletzt. Er ist dann zusammengebrochen. Die Stelle des Weges, an der das passierte, liegt direkt am Ufer des Sees. Ob er, bedingt durch die Neigung des Geländes, von sich aus mit dem Oberkörper ins Wasser gelangte oder ob der Angreifer ihn noch herumdrehte, können wir anhand der Spurenlage leider nicht eindeutig belegen. Sicher ist, dass Herr Chessa mit dem Gesicht nach unten im seichten Uferwasser Flüssigkeit aspiriert, also eingeatmet hat und daran gestorben ist. Er war nicht in der Lage, sich aus eigener Kraft aus der Gefahrenzone zu begeben. Ferner wissen wir, dass die Stichverletzung so schwerwiegend war, dass, selbst wenn er nicht ertrunken wäre, er an den Folgen dieser Verletzung innerhalb kürzester Zeit verstorben wäre. Es tut mir leid.«

Sophia hielt sich die Hände vors Gesicht und fing an zu schluchzen. »Aber warum? Wer macht denn so was? Ich verstehe das nicht …!«, fragte sie mit tränenerstickter Stimme.

»Das versuchen wir herauszufinden. Hatte Ihr Lebensgefährte wertvolle Dinge bei sich? Geld, ein teures Handy oder Ähnliches?«

Sie schüttelte den Kopf. »Nein. Er hatte so einen Mini-Beutel. In dem befand sich seine Ausweiskarte und der einzelne Haustürschlüssel. Dazu noch fünf Euro, für alle Fälle. Diesen flachen Beutel trug er immer hinten, in der kleinen Gesäßtasche der Laufhose.«

Burgdorf nickte. Ja, den hatten sie gefunden. Selbst die fünf Euro waren noch drin gewesen.

»Wann haben Sie ihn zuletzt gesehen?«

»Gestern Abend. Er hat sich die Laufsachen angezogen und wollte noch eine Runde drehen.«

»Ging er häufiger noch so spät abends laufen?«

»Ja. Er brauchte das, um Druck abzulassen. Ist gelaufen, wann immer ihm danach war, wann immer er Zeit dazu hatte. Früh morgens, nachmittags, am späten Abend …«

»Und es kam Ihnen nicht seltsam vor, dass er gar nicht wiederkam?«

»Ich war fix und fertig. Als er sich zum Laufen umzog, lag ich schon im Bett. Ich bin augenblicklich eingeschlafen.«

»Und heute Morgen? Als er nicht neben Ihnen lag?«

»Er ist ein Nachtmensch. Manchmal schläft er über seinen Klausurkorrekturen ein, manchmal steht er superfrüh auf, geht joggen oder Brötchen holen. Er braucht nicht viel Schlaf.«

»Hatte Ihr Freund Feinde? Gab es jemanden, mit dem er häufiger aneinandergeraten ist? Fühlte er sich bedroht? Gab es vielleicht Stress mit einem seiner Schüler?«

Erneut schüttelte Sophia verzweifelt den Kopf. Dabei tanzten ihre zu einem Zopf gebundenen Locken um ihr verweintes Gesicht.

»Ich glaube nicht, dass Federico sich von jemandem hätte bedrohen lassen.« Arina sah den Kommissar leicht spöttisch an.

»Wie meinen Sie das?«

»Ric war ein sehr durchtrainierter und entschlossener Mann. Keiner, der sich was gefallen ließ. Kein Duckmäuser. Keiner, mit dem man sich anlegte.«

»Arina!« Sophia schaute ihre Freundin flehend an.

»Was? Ich sag doch nicht, dass er gewalttätig war. Ich will nur klarstellen, dass man Federico nicht einfach so drohte.«

»Wie sieht Ihre finanzielle Lage aus? Kommen Sie gut über die Runden? Oder hatte sich Ihr Freund größere Mengen Geld geliehen?« Burgdorf hatte die Konten von Sophia und Ric natürlich prüfen lassen – zumindest die der Polizei bekannten. Es war nichts Besonderes entdeckt worden. Trotzdem, einige Mitbürger betrieben von Zeit zu Zeit Geschäfte, die nicht über die üblichen Gehaltskonten verbucht wurden.

Energisch schüttelte die Befragte den Kopf. »Federico hatte keine krummen Dinger laufen. Er war Lehrer. Und kein Verbrecher!«

»Gibt es eine Lebensversicherung, die im Falle des Todes von Federico greift?«

Jetzt sah Sophia ihn vollends entsetzt an.

»Ja, na klar. Und deswegen hat Sophia einen Killer angeheuert, der Ric umbringt. Damit sie die Lebensversicherung kassieren kann! Dass Ida dann keinen Papa mehr hat, ist ihr vollkommen egal! Das fällt unter Kollateralschäden!« Mit erregter Stimme machte Arina Kulikow ihrem Ärger Luft.

»Entschuldigung, aber wir müssen in alle Richtungen ermitteln. Also, gibt es seine solche Versicherung?«

»Ganz ehrlich? Ich hab keine Ahnung. Ich glaube aber

eher nicht.« Sophia Lange schnäuzte geräuschvoll in ein Taschentuch.

»Gab es in letzter Zeit irgendetwas Auffälliges? Seltsame Anrufe, ungewöhnliche Besucher, Briefe oder Mails? Benahm sich Ihr Lebensgefährte anders als sonst?« Burgdorf sah die beiden Frauen fragend an.

Zögerlich schüttelte Sophia den Kopf.

»Was ist mit dieser Ex und ihrer Kopie?«, gab Arina zu bedenken und schaute dabei ihre Freundin vielsagend an.

Burgdorf horchte auf. Es gab immer irgendwelche Leichen im Keller. »Welche Ex?«

Sophia rieb sich zweifelnd die Stirn. »Ach, es gab da in letzter Zeit ein paar seltsame Begebenheiten. Das hatte mit einer Jugendfreundin meines … also mit Rics Verflossener zu tun.« An Arina gewandt, meinte sie: »Was bitte soll das mit Federicos Tod zu tun haben?«

»Das lassen Sie mal unsere Sorge sein. Wenn es eine Verbindung gibt, werden wir das herausfinden. Dazu müssten Sie mir bitte alles über diese seltsamen Begebenheiten berichten«, merkte der Kommissar an.

»Samstag vor einer Woche bekamen wir einen Brief. Also eigentlich war er an Federico adressiert. Eine junge Frau, ihr Name war Johanna, den Nachnamen weiß ich so aus dem Kopf nicht mehr, könnte ich aber nachschauen, also diese Johanna schrieb darin, dass sie aufgrund eines zufällig entdeckten Fotos herausgefunden hat, dass sie Ähnlichkeit mit einer Jugendliebe von Ric habe. Und zwar so erstaunliche Ähnlichkeit, dass sie unbedingt mehr über diese Jugendliebe erfahren wolle. Sie kündigte ihren Besuch für den darauffolgenden Sonntag an. Dem Brief hatte sie ein Foto von sich und ihre Handynummer hinzugefügt.«

Sie seufzte. »Ich weiß noch, wie erstaunt ich über seine

Reaktion war. Er starrte auf den Brief und das Foto wie das Kaninchen auf die Schlange. Er las den Brief einmal, dann noch einmal. Und immer wieder nahm er das Foto in die Hand, starrte das Abbild dieser Johanna an – als ob es ihm irgendwelche Antworten geben würde.«

»Haben Sie ihn gefragt, was los ist?«

»Ich hab es versucht! Aber es war zwecklos. Wissen Sie, Federico war ein Einzelgänger. Nicht unbedingt der typische Familienmensch. Wenn ihn etwas beschäftigte, sonderte er sich gern ab, versuchte, das mit sich selbst auszumachen. Und wenn man versuchte, sich einzumischen, ihm zu helfen, konnte er richtig an die Decke gehen. Ich weiß, er selbst hat so was wie Familie nie kennengelernt. Sein Vater war mit seiner Arbeit verheiratet, seine Mutter früh verstorben. Deswegen war ich auch so glücklich, als er vor ein paar Jahren häufiger davon sprach, er könne sich vorstellen, selbst Vater zu werden, eine Familie zu gründen. Er strahlte so ein Harmoniebedürfnis aus. Er schien wie ausgewechselt. Als ich mit Ida schwanger wurde, zeichnete sich aber schon ab, dass die Verwandlung vom Einzelgänger zum Familienmensch nicht so recht geglückt war. Immer, wenn es Probleme gab, war er verschwunden. Ich glaube fest daran, dass er seine Tochter liebt … geliebt hat …« Sophia fing wieder an zu weinen. Arina setzte sich zu ihr und nahm sie in den Arm.

»Sie wussten also nicht, um welche alte Liebschaft es sich hier handelte?«

»Zunächst nicht. Da das Foto, das Federico mit seiner Jugendliebe zeigte, jedoch älter aussah, schien das Ganze ziemlich lange her zu sein – zwölf Jahre, wie ich später erfuhr. Den lieben langen Samstag tigerte er mit dem Handy in der Hand durch die Wohnung und überlegte, ob er diese Frau anrufen sollte. Ich verstand seine Unruhe nicht. Das hab ich ihm auch gesagt. Ich hätte es sein lassen sollen.«

»Er wurde sauer?«

»Und wie!«

»Hat er Sie geschlagen?«

Entsetzt schaute Sophia ihn an. »Nein! Um Himmels willen! Er war nicht gewalttätig. Nur eigen. Wir haben uns kurz gestritten, dann hat er verärgert den Raum verlassen. Das tat er immer, wenn ihm was nicht passte. Er ließ mich stehen und ging.«

»Und hat der Besuch dieser Johanna stattgefunden?«

Sie nickte. »Sie schien eine ganz normale junge Frau zu ein. Sie fand es lustig, dass es auf der Welt noch jemanden geben sollte, der genauso aussah wie sie. Ich konnte sie gut verstehen. Stellen Sie sich mal vor, sie begegnen jemandem, der Ihnen wie ein Zwilling ähnelt.«

»Und Ihr Freund? Wie hat er sich dem Besuch gegenüber verhalten?«

»Zunächst starrte er sie an. Erstaunt, irgendwie geschockt. Obwohl, geschockt ist jetzt glaube ich übertrieben. Na ja, sie schien seiner Ex-Freundin wohl wirklich sehr ähnlich zu sehen. Dann haben sie sich unterhalten. Er hat aus der Zeit erzählt, als er mit seinem Vater, einem Diplomaten, von Schweden nach Deutschland gezogen ist. Dieses Mädchen, also das vom Foto, war wohl Schwedin und ist mit Alessandro, Rics Vater, und ihm mit nach Deutschland gegangen. So wie ich es verstanden habe, für ein paar Wochen Sommerurlaub. Diese Johanna war ganz glücklich, weil sie nun wusste, dass ihr Ebenbild aus Schweden kam und Meja hieß.«

»Also verlief das Gespräch doch gut! Wieso meinen Sie, es wäre etwas seltsam daran gewesen?«

»Na ja, Ric benahm sich einfach komisch. Einerseits hatte ich das Gefühl, er wollte diese Doppelgängerin unbedingt sehen, ihr gegenübertreten. Deswegen hat er ihr wohl auch nicht abgesagt. Andererseits merkte man ihm an, wie ungern er sich mit ihr über die damalige Zeit unterhielt. Sie war natürlich gekommen, um den Namen zu erfahren. Was hat er sich geziert! Man musste den richtiggehend aus ihm rausquetschen.«

»Aber er hat ihn genannt? Den Namen?«

Sophia nickte. »Ich weiß noch, wie ich ihn gefragt habe, warum er so ein Trara darum machen würde, aber …« Sie zuckte resignierend mit den Schultern.

»Er ließ Sie einfach wieder stehen?«

Wieder nickte sie. »Er fuhr mich böse an und lief aus dem Haus. Nicht ohne die Tür ordentlich knallen zu lassen!«

»Wie hieß sie? Wie war der Name, den Johanna genannt bekam?«

Jetzt lief Sophia leicht rot an. »Es tut mir leid. Ich weiß es nicht mehr. Ich bin froh, dass ich mir Meja merken konnte. Es hörte sich schon typisch schwedisch an. Ich war aber auch nicht die ganze Zeit dabei, also während des Gesprächs zwischen Ric und Johanna. Ida und ich sind zwischendurch runter zum Spielplatz.«

»Wo ist Ihre Tochter jetzt?«

»Bei meiner Mutter.«

»War Johanna weg, als Sie zurückkamen?«

Sophia schüttelte den Kopf.

»Und wie war die Stimmung zwischen den beiden? War irgendetwas anders?«

»Na ja, ich hatte das Gefühl, unser Gast war froh, aus der Wohnung zu kommen. Und Federico ebenso froh, dass sie endlich ging.«

»Haben Sie danach noch mal etwas von der jungen Dame gehört?«

»Nein.«

»Haben Sie ihren Brief noch?«

»Bestimmt. Also, ich hoffe. Falls Federico ihn nicht weggeschmissen hat.«

»Würden Sie bitte nachschauen?«

»Jetzt?«

Kommissar Burgdorf nickte. »Ja, bitte. Dann können wir klären, was es mit dieser Geschichte auf sich hat.«

Nach ein paar Minuten kam Sophia wieder in den Raum. In der Hand hielt sie ein Stück Papier und zwei Ausdrucke von Fotos. Sie las: »Johanna Arnold. So hieß sie. Die Telefonnummer finden Sie auch hier.«

Sie reichte Burgdorf die Papiere. »Zwei Tage später ist noch was Seltsames passiert.«

Der Kommissar schaute sie neugierig an.

»Federico bekam eine Vorladung. Er sollte am nächsten Tag auf der Reriker Wache erscheinen, um eine Zeugenaussage zu machen. Warum und um was es sich handelte, stand dort nicht.«

Burgdorf hob die Augenbrauen. »Um was ging es? War er da?«

»Ja. Aber als er wiederkam, war er sehr einsilbig. Er meinte, es hätte sich um eine Verwechslung gehandelt. Ich hab nicht weiter nachgebohrt. Ich wusste ja, das hatte bei ihm keinen Zweck. Aber ich fand es seltsam. Schließlich war das genau der Ort, wo er damals mit dieser Meja gewesen ist: Rerik.«

Kapitel 14

Rerik

»Hey!« Lachend ging Ann auf Florian zu. Der stand vor dem Eingang des Weinhold und lächelte zurück.

»Schön, dass das noch geklappt hat«, meinte er. »Ich hab sofort was zu beichten!«

Verständnislos schaute sie ihn an.

»Ich Blödmann hab total vergessen, dass das Weinhold Dienstags geschlossen hat! Das kommt davon, wenn man gewohnheitsmäßig immer am selben Tag in der Woche dort abhängt. Tut mir leid. Wir müssen uns was anderes überlegen!«

Ann fand das nicht schlimm. Billard war eh nicht ihre Königsdisziplin. »Kein Problem! Was schwebt dir vor?«

»Wie wär's, wenn wir zum Café Olé gehen und uns erst mal mit Kaffee und Süßem stärken? Bis um fünf haben wir da noch alle Chancen!«

Da die Cafébetreiber schon begonnen hatten aufzuräumen, beschlossen sie, ihren soeben erstandenen Proviant mit an den Strand zu nehmen. Die Wolken fegten über die ziemlich bewegte Ostsee. Der Wind war frisch, die Badesaison nun definitiv vorbei.

»Topf desch Wetters Luft auf mem Strandspafiergang?« Flo hatte sich soeben ein großes Stück seines Puddingteilchens in den Mund geschoben und war kaum zu verstehen. »Schuldigun!«

Ann hätte beinahe ihren Cappuccino verschüttet, so sehr musste sie bei seinem Anblick lachen. »Klar! Gern.«

Von der Seebrücke aus gingen sie in nordöstliche Richtung, immer möglichst nahe am Wasser entlang.

Flo erzählte witzige Begebenheiten, die ihm während seiner Arbeitszeit passiert waren, Ann berichtete von ihren lustigsten Vorlesungen.

Sie passierten den Strandzugang ›Schustertreppe‹, kurze Zeit später den der ›Liebesschlucht‹. Danach begegneten ihnen kaum noch Spaziergänger. Als sie den vorläufig letzten Zugang, den der ›Teufelsschlucht‹, hinter sich gelassen hatten, wurde der Strand deutlich unwegsamer. Immer häufiger mussten sie über kleinere, steinerne Hindernisse klettern oder sich zwischen größeren Findlingen hindurchschlängeln. Die Steilküste war hier besonders hoch, die Hänge wild bewachsen und mit skurril anmutenden Abbruchkanten versehen. Ann liebte diesen Teil des Strandes, naturbelassen und wild, wie er war. Die knorrigen Bäume waren vom Wind verdreht, sie neigten sich alle zur selben Seite, als machten verschrobene Holzgnome eine Verbeugung Richtung Ostsee. Die meisten Touristen hatten auch an schönen Sommertagen, keine Lust, den anstrengenden Weg auf sich zu nehmen, sodass man hier oft ganz allein war. Besonders schön war es an Tagen wie heute. Die Wolkenfetzen sausten über den Himmel, der sich im Licht der untergehenden Sonne langsam verfärbte. Es hatte etwas Magisches!

*

Fredde legte den Hörer beiseite. Das gab's doch nicht! Soeben hatte ihn ein Kommissar aus Rostock angerufen und ihm mitgeteilt, dass Federico Chessa umgebracht worden war. Also genau genommen hatte dieser Kommissar Burgdorf ihn nach dem Umstand, der zu der Vorladung von Federico Chessa geführt hatte, befragt. Und nach Meja – und Ann!

In seinem Kopf rotierten die Gedanken. Er schob sich näher an seinen Computer heran und öffnete die Datei, in der er die Ereignisse rund um den Fall Meja Persson festgehalten hatte. Er fügte unter 24.09. ›Ermordung Federico Chessa‹ hinzu. Dann noch ein paar Einzelheiten, die der Rostocker Polizist ihm verraten hatte. Danach starrte er auf die Buchstaben, die in langen Zeilen über seinen Monitor tanzten.

Konnte das wirklich Zufall sein? Wieder starb jemand, der von Meja Persson wusste? Dieses Mal sogar derjenige, den sie verdächtigten? Und es hatte sich keiner die Mühe gemacht, den Mord als Unfall zu vertuschen. Wer war in den Fall Persson involviert und konnte ein Interesse daran haben, Federico Chessa zum Schweigen zu bringen?

Für ihn kam nur einer infrage!

Florian Lehmann!

Sie hatten von Anfang an recht gehabt! Zusammen mit Federico Chessa hatte Flo zwölf Jahre lang versucht, ein dunkles Geheimnis zu hüten. Irgendetwas war damals passiert. Etwas, das die zwei Freunde zu schicksalhaften Verbündeten werden ließ. Irgendetwas, das mit dem Verschwinden, mit dem Tod von Meja Persson zu tun gehabt hatte. Durch Anns Nachforschungen war der Stein ins Rollen gekommen. Daraufhin hatten sie versucht, alle Mitwisser aus dem Weg zu räumen, und jetzt war es irgendwie eskaliert. Vielleicht wollte Federico sich stellen? Vielleicht war der Druck zu hoch geworden. Die Belastung, die auf den beiden all die Jahre gelastet hatte, war nicht zu unterschätzen. Um das zu verhindern, hatte Flo seinem alten Kumpel aufgelauert und ihn erstochen.

Ja, so musste es gewesen sein!

Er würde Florian Lehmann befragen, sich erzählen lassen, wo der sich zur Tatzeit aufgehalten hatte. Mal schauen, was dabei herauskam.

Dem Kollegen Burgdorf hatte er alle Informationen zum Verschwinden Meja Perssons weitergeleitet und um enge Zusammenarbeit gebeten, falls die Rostocker diesbezüglich irgendwelche Ermittlungen tätigen sollten.

Er musste mit Marc und Ann reden. Sofort!

Außerdem musste er sicherstellen, dass Ann nicht doch noch Florian Lehmanns nächstes Opfer wurde.

Er kramte sein Handy raus und tippte: »F. Chessa ermordet! Ist ja wohl klar, wer's war. Lagebesprechung! In 1h auf Wache!« Dann drückte er auf ›Senden‹.

*

Schwerin

Marc saß seit einer halben Stunde in Schwerin im Wartezimmer des Neurologen und ließ seine Gedanken schweifen.

Da brummte es in seiner Tasche. Er nahm das Handy heraus und las die Nachricht, die ihm entgegenleuchtete: »F. Chessa ermordet! Ist ja wohl klar, wer's war. Lagebesprechung! In 1h auf Wache!«

Er starrte auf die weiße Schrift, die kurze Zeit später kaum noch zu lesen war, weil das Handy in den Stromsparmodus schaltete. Dann wurde das Display gänzlich schwarz.

Er berührte den Home-Button seines Handys, und die Nachricht erschien erneut vor seinen Augen. Ganz langsam nahm die Aussage Freddes in Marcs Gehirn Gestalt an. Florian Lehmann sollte Federico umgebracht haben? Derselbe Florian Lehmann, der gerade mit Ann Billard spielen war?

*

Rerik

Sie hatten lange Zeit schweigend das unglaubliche Panorama genossen. Der Himmel verfärbte sich immer mehr in ein Orangerot. Die mit einem dunkelblauen Rand versehenen Wolken wirkten wie gemalt. Es war ihr schwergefallen, sich nicht vollends zwischen den fantastischen Figuren aus rotem Meerschaum und den sich ständig verwandelnden Wolkenwesen zu verlieren.

Ann holte ihr Handy aus der Tasche. Wie viel Uhr war es eigentlich? Mein Gott, schon Viertel nach sieben. Und sie mussten den ganzen Weg noch zurück!

Gleichzeitig sah sie, dass mehrere Nachrichten eingegangen waren. Ihr Display leuchtete wie ein Christbaum. Da sie das Gerät auf lautlos gestellt hatte, hatte sie vom Erhalt der Nachrichten nichts mitbekommen.

Sie lächelte. Bestimmt war das Marc, der wohl doch ein wenig eifersüchtig wissen wollte, was Flo und sie die ganze Zeit so machten.

Sie entsperrte ihr Handy und las die letzte Nachricht zuerst. Sie war fünf Minuten alt und wie erwartet von Marc: »Wenn du nicht antworten kannst, gib mir irgendein Zeichen.«

Ann runzelte die Stirn. Was sollte das denn bedeuten?

Davor noch eine von ihm, verschickt um 19:02. »Kannst du dich bitte mal melden? Wo bist du?«

Oh je, da schien sich ja wirklich jemand Sorgen zu machen. Sie scrollte die Nachrichten weiter hoch. Dazwischen war eine von Fredde: »Sobald du das liest, melde dich!«

Jetzt bekam sie einen Schreck. War etwas passiert? Vielleicht mit Oma Rose?

Florian hatte Ann die ganze dabei Zeit zugesehen, wie sie die anscheinend zahlreichen Nachrichten auf ihrem Handy durchging. Er bemerkte, wie sich ihr Gesichtsausdruck veränderte. »Ist irgendwas nicht in Ordnung?«

Leicht blass um die Nase schaute Ann ihn an. »Ich weiß nicht. Ich glaube, ich muss mal eben zu Hause anrufen. Können wir zurückgehen?«

»Das sollten wir unbedingt! Es wird dunkel, und wir haben keine Lampen dabei. Wir sollten zusehen, dass wir den ersten Strandaufgang vor der kompletten Dunkelheit erreichen, sonst brechen wir uns alle Knochen«, bemerkte er, hatte dabei aber einen eher amüsierten Unterton.

Ann las weiter ihre Mitteilungen.

Um 18:54 von Marc: »Ich mach mir wirklich Sorgen!«

Um 18:48 von Marc: »Ich bin jetzt wieder in Rerik. Ruf mich an!«

Um 18:41 von Marc: »Wenn du dein Handy wieder auf lautlos hast, bring ich dich im Nachhinein um. Ich schwör's!«

Um 18:36 von Marc: »Oder schreib mir ne Nachricht!«

Um 18:27 von Marc: »Ruf mich an. Bitte!«

Um 18:19 von Marc: »Ann, wo bist du?«

Um 18:11 von Marc: »Weinhold hat heute geschlossen. Wo seid ihr?«

Um 18:05 von Marc: »Melde dich bitte sofort bei mir.«

Um 17:57 von Marc: »Kannst du mal bitte an dein Handy gehen? Versuche seit einiger Zeit dich zu erreichen.«

Um 17:48 von Marc: »Hast du die Nachricht von Fredde

gelesen? Florian ist ein Mörder! Sieh zu, dass du wegkommst von ihm! Bestell ein Taxi und lass dich zu Fredde in die Wache fahren. Bleib nicht allein mit diesem Kerl!«

Um 17:42 von Marc: »Bist du noch mit Florian Lehmann im Weinhold?«

Um 17:37 von Fredde: »F. Chessa ermordet! Ist ja wohl klar, wer's war. Lagebesprechung! In 1h auf Wache!«

Die Buchstaben verschwammen vor ihren Augen. Sie merkte, wie sich etwas in ihrer Brust zusammenzog.

Du dumme, naive Person! Dir fehlt wirklich jeglicher Instinkt!

Florian trat näher an sie heran. »Was ist los? Schlimme Nachrichten von zu Hause? Kann ich helfen?«

Entsetzt schaute sie ihn an. Gleichzeitig machte sie unwillkürlich einen Schritt weg von ihm.

Verwirrung lag in seinem Blick. »Du bist ja ganz durcheinander!«

»Ja, Entschuldigung. Ich … ich weiß auch nicht. Irgendwas stimmt wohl mit Rose nicht«, stammelte sie.

Du bist so leicht zu durchschauen. Glaubst du wirklich, er kauft dir das ab?

»Mit deiner Oma?«

Sie nickte und steckte das Handy in die Tasche zurück. Er durfte auf keinen Fall diese Nachricht sehen. Vielleicht hatte sie dann eine Chance, heil aus der Sache herauszukommen. Sie durfte sich jetzt nur nicht verraten.

Was tust du da? Bist du blöd? Hol sofort dein Handy wieder raus und ruf Hilfe!

Oh Gott, ihr wurde ganz schlecht! Wie weit sie von der nächsten Siedlung entfernt waren!

Ganz allein – nur sie und Florian, der Mörder!

Und es wurde immer dunkler!

Reiß dich zusammen, Johanna, befahl sie sich.

»Wolltest du nicht anrufen?«

»Ich glaube es ist besser, wenn wir uns einfach beeilen, nach Hause zu kommen«, sagte Ann und erhöhte ihr Tempo.

Verbissen, ihn immer im Blick, versuchte sie, im schwindenden Licht nicht umzuknicken oder über größere Steine zu stürzen. Gleichzeitig kämpfte sie gegen die immer wieder aufflammende Panik.

Die zuvor faszinierend schönen Gebilde aus Licht, Wasser und Wolken wurden zu hässlichen Fratzen. Die Hänge der Steilküste fraßen sich dunkel und bedrohlich durch den Strand, kamen schmatzend auf sie zu.

Hör auf damit!

Die hoch über ihnen thronenden Baumgeister neigten sich immer weiter zu ihnen herab, versuchten, mit ihren langen knorrigen Fingern nach ihnen zu greifen.

Hör endlich auf! Konzentrier dich! Was ist passiert?

Federico Chessa war ermordet worden. Noch ein Toter! Und Fredde war sich sicher, dass Florian der Täter war.

Warum?

Weil er Beweise gegen ihn hatte? Oder glaubte er das nur? Fredde war schon mal der Überzeugung gewesen, Florian sei in den Tod von Meja verwickelt. Schon damals fehlten ihm die Beweise! Vielleicht lag er auch dieses Mal falsch, und Flo hatte mit all dem nichts zu tun?

Ann entspannte sich leicht und holte tief Luft. Es war also alles gar nicht so schlimm. Tapfer versuchte sie ein schüchternes Lächeln in Richtung Florian. Der schaute ernst und nachdenklich zurück. Seine Gesichtszüge wirkten seltsam fremd in diesem schwachen, schummrigen Licht.

*

Marc war seit einer guten halben Stunde bei Fredde auf der Wache – fuhr seitdem Rillen in die Auslegeware.

»Ich weiß, es wird dir schwerfallen, aber könntest du bitte aufhören, hier immer hin und her zu fahren? Du machst mich noch ganz kirre!«, bat Fredde.

»Warum meldet sie sich nicht? Da ist doch was passiert …! Wenn sie könnte, würde sie sich doch melden!« Marc hatte kurz gestoppt, setzte nun aber seinen Weg fort, fuhr vor Freddes Schreibtisch immer auf und ab.

»Das muss nichts heißen. Wahrscheinlich sind sie so vertieft, dass sie nichts mitkriegen.«

»Vertieft? In was denn? Billard ist es allem Anschein ja wohl nicht!«

»Was weiß ich! Frauenversteher-Gespräche.«

»Frauenversteher-Gespräche mit einem Mörder?« Marc schaute zum gefühlt zweihundertsten Mal auf sein Telefon. »Kannst du ihr Handy nicht orten lassen?« Beflügelt von dieser Idee stoppte er genau vor Freddes Bürostuhl. »Ja, das ist es doch! So kriegen wir sie! Los! Ruf an. Lass ihren Standort rausfinden!«

Fredde seufzte. »Die Idee ist mir längst gekommen. Das geht aber nicht so einfach. Eine Standortüberprüfung darf ich nur dann anleiern, wenn ein beweiskräftiger Verdacht einer Straftat besteht oder eine hilflose Person, wie etwa ein an Demenz erkrankter, älterer Mensch gesucht wird.«

»Ann ist da irgendwo allein mit einem Mörder! Fredde!«

»Na ja, das denken wir! Beweise haben wir dafür keine. Noch nicht!«

»Fredde, bitte! Wenn ihr was passiert …!«

»Tut mir leid, Kumpel. Wenn sie einen Notruf abgesetzt hätte, wäre das was anderes. Aber so? Ich komm in Teufels Küche. Das lässt sich alles nachhalten.«

Marc stöhnte verzweifelt auf.

»Warum sollte er Ann ausgerechnet heute Abend was antun? Das wär doch ziemlich dämlich. Schließlich kann er sich ausrechnen, dass sie dir und Oma Rose erzählt haben wird, mit wem sie den Abend verbringt, oder?«, versuchte Fredde ihn zu beruhigen.

*

Obwohl sie nun schon einige Zeit Richtung Seebrücke gegangen waren, war die Strecke immer noch extrem unwegsam. Der Strand lag voller Treibholz, kleiner und großer Steine. Mittlerweile konnte sie nicht einmal mehr sehen, wo sie ihre Füße hinsetzte. Der Himmel unterschied sich nur noch leicht vom Dunkel des Strandes. Die wild bewachsenen Hänge schauten bedrohlich auf sie herab, einziger Lichtblick: das ferne Leuchten der illuminierten Seebrücke.

Und da war sie wieder: diese unsägliche Stimme und fraß sich bohrend durch ihr Gehirn. Sie beschimpfte sie, forderte sie zum Handeln auf, machte sie fast wahnsinnig.

Ann wollte ihr Handy ja herauszuholen und Marc anrufen. Natürlich!

Bei jedem Krimi hätte sie sich gefragt, warum die dusselige Frau nicht längst ihren Freund angerufen hatte. Der wüsste dann, wo sie steckt, und der Mörder könnte die dusselige Frau nicht mehr einfach umbringen.

Könnte er nicht?

Sie hatte so eine Panik davor, dass Florian die Verdächtigung von Fredde und Marc zu lesen bekam. Er brauchte nur einen Blick auf ihr Handy zu werfen! Wenn Flo wüsste, dass er aufgeflogen war, drehte er bestimmt durch!

Dafür müsste er erst mal dein Handy in die Finger kriegen, entsperren, die Nachrichten aufrufen und zu der besagten

Stelle scrollen. Wie wahrscheinlich ist das?, verhöhnte sie die Stimme.

Und wenn ich das Handy fallen lasse? So wie meine Hände zittern, kriege ich nicht mal das Entsperren hin, dachte sie und hätte vor Angst am liebsten laut geschrien.

Oh Mann! Willst du hier sterben, oder was? Jetzt mach schon!

Nervös fummelte ihre rechte Hand in ihrer Jackentasche herum und versuchte, das Handy möglichst sicher zu fassen. Jetzt müsste sie es nur noch herausziehen. Bitte ohne hängen zu bleiben!

Oh Gott, wie unglaublich schwitzig ihre Hände waren!

Sie versuchte, sich zu konzentrieren! Aber ihre Gedanken ließen sie einfach nicht runterkommen. Außerdem merkte sie, wie er ihr immer näher kam, je dunkler es wurde.

Und wenn er sie nur deshalb hier herausgelockt hatte – um sie umzubringen?

Von wegen, er wusste nicht, dass das Weinhold dienstags geschlossen hatte! Das war Teil seines abgekarteten Spiels! Er lockte sie an den Abschnitt des Strandes, an dem zu dieser Zeit kein Mensch mehr sein würde, wartete, bis es dunkel genug war, und zertrümmerte ihr mit einem der dicken Steine, die hier zuhauf herumlagen, den Schädel. Hinterher brauchte er nur behaupten, sie sei gestürzt. Ein tragischer Unfall!

Hast du's auch endlich begriffen?

Ein unglaublicher Adrenalinstoß schoss durch ihren Körper. Wie eine Welle fegte er den rational denkenden Teil ihres Ichs zur Seite und stellte binnen Millisekunden alle Weichen auf bedingungslose Flucht. Ihr Herz raste, und sie konnte das Blut durch ihre Adern rauschen hören. Ihr Atem ging schnell und flach.

»Ann?« Florians Stimme drang von rechts hinten an ihr Ohr. Gleichzeitig merkte sie, wie eine Hand ihren rechten Oberarm packte.

Sie schrie laut auf, riss sich los und rannte panisch ein paar Schritte vorwärts.

*

Marc schaute erneut auf sein Handy.

»Immer noch nichts?« Fredde biss auf dem Ende seines Kugelschreibers herum.

Marc schüttelte den Kopf.

»Los, wir fahren jetzt alle Kneipen innerhalb Reriks ab. Vielleicht sitzen die zwei irgendwo gemütlich und trinken Bier, während wir uns hier vor Angst in die Hose machen.«

*

Anns Fluchtversuch über den dunklen, hindernisreichen Strand wurde schon nach drei Metern unsanft gestoppt, als ihr Fuß an einem glatten Stein abrutschte, sie das Gleichgewicht verlor und nach vorn knallte. Ihr rechtes Knie schlug gegen einen Findling, während ihr linkes Handgelenk, beim Versuch sich abzustützen, einen heftigen Schlag abbekam. Augenblicklich rannen Tränen über ihre Wangen, nicht vor Schmerz, sondern vor Verzweiflung.

Sie würde es nicht schaffen!

Das geschieht dir ganz recht. Wie kann man nur so blöd sein!

Da beleuchtete ein kleiner heller Schein die Stelle, an der sie zu Boden gegangen war. Sie drehte ihren Kopf und blinzelte erschrocken und verstört in ein Handylicht.

»Entschuldigung«, hörte sie Flos Stimme hinter der Lampe sagen, bevor er diese so hielt, dass er Ann nicht mehr blendete. »Hast du dir was getan? Komm, versuch mal aufzustehen.« Er hielt ihr seine Hand entgegen, um ihr aufzuhelfen.

Tu das nicht.

Zögerlich reichte sie ihm ihre. Was sollte sie auch sonst tun? Wenn er sie hätte erschlagen wollen, wäre eben wohl der beste Zeitpunkt gewesen.

»Meine Güte, hätte ich geahnt, dass dir der Ort hier im Dunkeln so eine Angst macht, wäre ich nicht so weit mit dir gegangen«, sagte Florian mit Blick auf ihr verweintes Gesicht. »Eigentlich war mir gerade eingefallen, dass wir uns den Weg ja mit unseren Handys ausleuchten könnten, da bist du auch schon hingeknallt. Alles in Ordnung?«

Noch leicht schwankend, mit schmerzendem Knie, pochendem Handgelenk und brummendem Schädel versuchte Ann ein paar vorsichtige Schritte. Sie musste sich zusammenreißen, um die Tränen nicht einfach sturzbachartig fließen zu lassen.

»Ich würde jetzt doch gern bei meinen Freunden anrufen. Vielleicht können die uns am Parkplatz der Teufelsschlucht abholen.«

»Klar! Gute Idee. Bis zu dem Aufgang dürfte es nicht mehr allzu weit sein.«

*

Rostock

Oberkommissar Peter Burgdorf war die Unterlagen des Kollegen Steinmann aus Rerik immer wieder durchgegangen.

Nachdem die Ermittlungen in Rostock mehr als dürftig ausgefallen waren – das Lehrerkollegium beteuerte, dass es nie Probleme mit Herrn Chessa gegeben hatte, bei den Schülern war er beliebt, und eine Lebensversicherung existierte auch nicht –, schien die Reriker Geschichte recht vielversprechend. Federico Chessa hatte im Vermisstenfall dieses schwedischen Mädchens eine Schlüsselrolle gespielt.

Nach zwölf Jahren machte eine Frau namens Johanna Arnold ihn ausfindig, stellte Zusammenhänge her und brachte die schwedische und deutsche Polizei auf die entscheidende Spur. Kurze Zeit später wurde Federico Chessa ermordet.

Wenn diese Fälle nicht zusammenhingen, wollte er kein Oberkommissar mehr sein! Dann dürfte man ihn gern auf Streife schicken.

*

»Sie schon wieder?« Sophia seufzte ernüchtert, als sie Burgdorf die Haustür öffnete. »Gibt es neue Erkenntnisse? Haben Sie den Täter?«

»Den Täter noch nicht. Ich glaube aber, dass der Tod Ihres Partners mit dem Verschwinden eines schwedischen Mädchens vor zwölf Jahren zu tun haben könnte.«

Sophia schaute ihn erstaunt an. »Wie das?«, fragte sie, während sie den Kommissar eintreten ließ.

»Die Vorladung, wegen der er vor ein paar Tagen nach Rerik fuhr, war kein Versehen. Da hat er Sie angelogen. Die Reriker Polizei hat ihn nach den Umständen befragt, unter denen Meja Persson verschwand.«

Während Burgdorf einen Esszimmerstuhl heranzog und sich setzte, fasste er für Sophia alle bekannten Details der Begebenheiten zusammen.

»Er hat bis zum Schluss geleugnet, von ihrem Verschwinden gewusst oder etwas damit zu tun gehabt zu haben. Leider hat er sich geweigert, an Gesprächen mit deren Eltern teilzunehmen.«

Betroffen sah Sophia auf ihre auf dem Tisch liegenden Hände. »Die Armen. Sie haben nichts mehr von ihrer Tochter gehört, seit die damals mit Ric und Alessandro nach Deutschland kam?« Sie dachte an ihre kleine Ida, die gerade mit der Oma einen Spaziergang machte. Sie würde wahnsinnig werden! »Aber was soll diese Geschichte mit dem Tod von Ric zu tun haben? Ich verstehe immer noch nicht.«

»Nun ja, erst einmal könnte es natürlich sein, dass ihr Lebensgefährte damals aktiv am Verschwinden der Schwedin beteiligt gewesen ist, oder zumindest Kenntnis von den Umständen hatte.« Beschwichtigend hob der Kommissar die Hände, als er das Entsetzen in Sophias Gesicht sah. »Womit ich nicht sagen möchte, dass er dieses Mädchen getötet haben könnte!«

»Erst bringt man ihn um, und dann wollen Sie ihn zum Mörder oder Mitwisser machen?« Mit zornigen, tränenfeuchten Augen sprang sie auf. »Wie praktisch, dass er sich nicht mehr wehren kann!«

»Frau Lange, vielleicht ist er auch nur unverschuldet in etwas verwickelt worden. Genau das möchten wir ja herausfinden. Und dazu brauchen wir Ihre Hilfe. Ich bin überzeugt, dass wir Federicos Mörder nur finden, wenn wir herausfinden, was damals mit dieser Meja passiert ist. Es ist nahezu unübersehbar, dass die beiden Fälle irgendwie zusammenhängen. Und Sie möchten doch auch, dass der Mörder von Idas Vater gefasst wird, oder?«

Sophia fuhr sich verzweifelt mit den Händen durch die Locken. Wollte sie, dass Rics Mörder bestraft wurde? Na klar! Am liebsten wäre ihr, wenn dieser feige Mistkerl elendig zugrunde ginge.

Was aber, wenn herauskäme, dass Ric damals wirklich irgendeine Dummheit begangen hatte?

Konnte sie sich vorstellen, dass er ein Mädchen umgebracht hatte? Nein! Definitiv nicht. Das würde ja bedeuten, dass sie jahrelang mit einem Mörder zusammengelebt hätte! Nein, undenkbar! Sie schüttelte den Kopf.

Trotzdem könnte es sein, dass Dinge zum Vorschein kämen, die nicht so erfreulich wären. Und sie und Ida mussten mit diesen Erkenntnissen leben – und mit dem Gerede der Leute.

War es da nicht besser, wenn alle sie bemitleideten, weil ein unbekannter Irrer Idas Papa ermordet hatte?

Peter Burgdorf beobachtete die Zerrissenheit in Sophias Gesicht, wie sie mit sich haderte, nicht wusste, was sie tun sollte. Sicherlich hatte sie Angst vor dem, was zum Vorschein kommen könnte.

»Würden Sie mir erlauben, dass ich die persönlichen Sachen Ihres Lebensgefährten durchsehe? Vielleicht ergeben sich Hinweise darauf, was damals passiert ist.«

Unschlüssig schaute sie ihn mit ihren schönen, großen Augen an.

»Sie dürfen mir die ganze Zeit über zusehen. Und wenn ich aufhören soll, sagen Sie mir Bescheid.« Behutsam nahm er ihre Hand in seine und lächelte ihr aufmunternd zu.

*

Rerik

Auf dem Weg zum Parkplatz, wo sie die beiden abholen sollten, hatte Fredde Marc beschworen, sich zusammenzureißen. Er wollte Florian Lehmann in aller Ruhe befragen – später, und nicht in seinem Privatwagen auf dem Parkplatz der Teufelsschlucht.

Also hatten sie Flo zu Hause abgesetzt und waren zu Marc nach Hause gefahren.

Jetzt, einen Tag danach, hatte Ann sich von dem Schrecken erholt. Es war hell, sie lag in Marcs Armen, und all das Gefährliche war so weit weg, dass sie sich albern vorkam.

Objektiv betrachtet, war das Ganze alles andere als lebensbedrohlich gewesen. Bis auf den Umstand, dass sie Taschenlampen für den Rückweg hätten einpacken sollen, war die einzige Gefährdung für sie von ihr selbst ausgegangen. Flo hatte sich vorbildlich und vollkommen unauffällig verhalten, während sie wie ein aufgeschrecktes Huhn über den Strand gestolpert war. Wie peinlich! Bei der Erinnerung daran schüttelte sie den Kopf.

Andererseits konnte sie die Sorge der Jungs gut verstehen. Kriminalistisch gesehen war die Theorie, Federico und Florian wären gemeinsam in das Verschwinden, den Tod von Meja verwickelt und Flo habe aus Panik Federico umgebracht, ein echter Klassiker. Es würde alles passen. Nur glauben konnte sie das einfach nicht. Flo ein Mörder? Nein! Da musste es noch jemand anderen geben. Jemanden, den sie bislang übersehen hatten.

Sie schmiegte sich näher an Marc und lauschte seinem gleichmäßigen Atmen.

*

Zunächst hatte Fredde überlegt, ob er warten sollte, bis Florian Lehmann von der Arbeit wieder da wäre. Dann aber hatte er sich dazu entschlossen, die Angelegenheit wie einen ganz normalen Fall zu behandeln. Er verdächtigte Florian Lehmann, in den Mord an Federico Chessa verwickelt zu sein. Dass Ann und Florian sich näher kannten, musste er zur Seite schieben. Das durfte keinen Einfluss auf seine Vorgehensweise haben.

Er schrieb Oberkommissar Peter Burgdorf eine Mail, in der er ihm mitteilte, dass er das Alibi von Florian Lehmann zur Tatzeit des Mordes an Federico Chessa überprüfen werde.

Dann teilte er seinen Kollegen Christian und Lutz mit, dass er eine Hausdurchsuchung von Florians Wohnung beantragt hatte. Wenn er den Durchsuchungsbefehl in den Händen hielt, würde er ihre Verstärkung brauchen.

Er lehnte sich zurück.

Eigentlich sollte er in Schweden anrufen und Olof Arvidsson über den Tod Federico Chessas informieren. Gern hätte er dem schwedischen Kommissar und dem Ehepaar Persson den Mörder ihrer Tochter präsentiert.

All seine Hoffnungen ruhten auf dieser Hausdurchsuchung. Sie brauchten endlich einen Durchbruch. Er glaubte nicht an das perfekte Verbrechen. Jeder hatte Schwächen, machte Fehler: Man musste nur genau genug hinsehen.

*

Rostock

Sophia Lange hockte, einen Kaffee in beiden Händen haltend, auf dem Boden, den Rücken gegen die Wand gelehnt, und schaute Oberkommissar Peter Burgdorf dabei zu, wie der die Schubladen von Rics Schreibtisch durchsuchte. Er machte das mit Ruhe und sehr vorsichtig. Er achtete darauf, nichts zu verwüsten, zu verknicken oder auf andere Art und Weise respektlos zu erscheinen.

Er öffnete die Türen eines großen Schranks, der etliche Kisten beinhaltete, und nahm sich eine nach der anderen vor. Es kamen alte Studienunterlagen, Fotos und Erinnerungsstücke verschiedenster Art zum Vorschein. Sophia war mit jeder Kiste näher herangerückt, sodass sie sich irgendwann zusammen durch die Vergangenheit ihres Freundes wühlten. Manches Mal konnte sie mit passenden Geschichten zu den Fundstücken aufwarten.

Dann hatten sie sich bis zur zweitletzten Kiste vorgearbeitet. Sophia schwieg nun immer öfter. Diese Dinge waren aus einer Zeit, bevor sie Ric kennengelernt hatte. Manche sah sie augenscheinlich zum ersten Mal.

Fotos aus verschiedenen Ländern, mit unterschiedlichen Leuten darauf lagen wild durcheinander gestapelt in dem Karton. Dazwischen Briefe, Eintrittskarten, Aufkleber, Andenken und Adressen. Federico schien nach jedem Ortswechsel alles in eine dieser großen Kisten gestopft und dort vergessen zu haben.

Ganz unten fanden sie eine flache Zigarrenkiste. Sie war mit ein paar kleinen Nägelchen verschlossen. Trotzdem ließ sich der Deckel mühelos anheben.

Als Erstes blickte ihnen eine lachende Meja Persson entgegen.

Kapitel 15

Rerik

Es dauerte ein paar Minuten, bevor man ihn zu Polisinspektör Olof Arvidsson durchgestellt hatte.

»Arvidsson.«

»Frederik Steinmann, Polizei Rerik. Hallo, Herr Arvidsson.«

»Hej! Wie geht's?«

»Danke. Ich dachte Sie, und vor allen Dingen das Ehepaar Persson, würde es interessieren, dass Federico Chessa in Rostock tot aufgefunden wurde. Er wurde morgens im Park, beim Joggen erstochen.«

»Oh! Hat man den Täter?«

»Leider nicht. Wir können einen Zusammenhang mit dem Verschwinden von Meja Persson und den kürzlich erfolgten Ermittlungen jedoch nicht ausschließen.«

»Gibt es Spuren? Welche Hinweise wurden gefunden?«

»Die Polizei in Rostock geht davon aus, dass Herr Chessa mit einem Bowie-Messer mit einer fünfzehn Zentimeter langen Klinge erstochen wurde. Es deutet alles darauf hin, dass er nicht zufällig ausgesucht wurde, den Täter oder die Täterin vielleicht sogar kannte.«

»Ein Bowie-Messer?«

»Ja, diese Survival-Klingen, die …«

»Ich weiß. Ich kenne diese Art von Messer«, unterbrach Olof seinen Gesprächspartner. »Wann war das?«

»Am späten Samstagabend, am 24.09., circa zweiundzwanzig Uhr.«

Arvidsson stöhnte auf. »Gibt es Verdächtige?«

»Wie gesagt, wir ermitteln momentan in Richtung der vermissten Meja Persson. In unseren Augen könnte es durchaus möglich sein, dass jemand durch die Befragungen aufgeschreckt wurde, der Angst hatte, Federico könnte reden.«

»Und ihn deshalb umgebracht hat.«

»Genau. Im Fokus steht zurzeit ein gewisser Florian Lehmann, damaliger Freund von Federico Chessa, der vor zwölf Jahren viel mit ihm und Meja zusammen war. Das Verhör und die Hausdurchsuchung stehen kurz bevor. Wir werden sie natürlich auf dem Laufenden halten. Ich dachte nur, die Perssons würden die Neuigkeiten vielleicht gern wissen. Auch wenn das bedeutet, dass sie nun definitiv keine Möglichkeit mehr bekommen werden, mit Federico Chessa über ihre Tochter zu reden.«

»Dafür, mein Freund, ist es sowieso zu spät. Ingegerd und Åke Persson haben nach ihrer Rückkehr aus Deutschland in ihrem Haus in der Eriksfältsgatan gemeinschaftlichen Suizid begangen.«

*

Fredde saß noch geschockt an seinem Schreibtisch und versuchte, die Neuigkeiten aus Schweden zu verdauen, als ihn die Nachricht erreichte, der Durchsuchungsbeschluss für die Wohnung von Florian Lehmann sei nun da. Das war schnell gegangen. Umso besser!

Er schnappte sich seine Jacke, gab Lutz und Christian

Bescheid, und gemeinsam machten sie sich auf den Weg zu ›Elektro Silka‹, wo der Verdächtige arbeitete.

Sie hatten Glück. Lehmann war gerade von einer Reparatur zurückgekehrt. Während Fredde sich den verdutzten Verdächtigen vornahm, befragten Lutz und Christian den Chef und ein paar andere Mitarbeiter des Elektronik-Fachbetriebs.

»Florian Lehmann? Wir würden gern von Ihnen wissen, wo sie am Samstag, den 24.09., so gegen zweiundzwanzig Uhr gewesen sind«, begann Fredde mit seiner Befragung.

»Warum?« Irritiert schaute Flo hinter den beiden Beamten her, die mit seinem Chef und den anderen Mitarbeitern im Büro nebenan verschwanden.

»Weil zu dieser Zeit ihr alter Bekannter Federico Chessa ermordet wurde.«

Florians Gesichtszüge verharrten ein paar Sekunden in einer Art Nullzustand, bevor seine Stirn sich leicht kräuselte und die Augen einen ernsten und gleichzeitig irritierten Ausdruck annahmen. »Ermordet?« Er ließ sich in einen nahestehenden Stuhl fallen. »Das ist ja ein Ding!«

»Diese Nachricht scheint Sie weder besonders zu erschrecken, noch macht sie Sie betroffen. Wie kommt das? Sie waren mal eng befreundet.«

Flos Gesichtsausdruck wechselte binnen Sekunden in den eines sich schämenden, kleinen Jungen, den man beim Süßigkeitenstibitzen erwischt hatte. »Aber das ist lange her. Ja, wir haben als Teenager einen Sommer lang zusammen abgehangen. Danach hab ich nichts mehr von ihm gehört, ihn schon gar nicht gesehen. Also: Ja, natürlich finde ich es schlimm, dass er tot ist. Ehrlicherweise hält sich meine spontane Trauer aber in Grenzen, da es, wie erwähnt, schon lange keinen Kontakt mehr gab.« Entschuldigend zuckte er mit den Schultern. »Wie kommt ihr eigentlich drauf, ich könnte was damit zu tun haben?«

Fredde sah mehr neugieriges Erstaunen als Zorn oder gar Argwohn in Florians Gesicht. Entweder war er ein extrem talentierter Schauspieler, oder er hatte wirklich keine Ahnung.

»Im Umfeld von Herrn Chessa deutet nichts auf ein Motiv für ein derartiges Gewaltverbrechen hin. Er war jedoch auch kein Zufalls- oder Raubmord-Opfer. Das einzig Auffällige ist, dass kurz zuvor die Geschichte mit der Vermissten Meja Persson herauskam. Wir glauben an einen Zusammenhang. Und da Sie ebenfalls in diesen Fall verwickelt sind ...«

Jetzt wurden Florians Augen groß. Sie spiegelten Erstaunen wider. »Und warum sollte ich Ric umgebracht haben?«

»Wir hatten gehofft, dass Sie uns da erleuchten könnten. Was ist damals passiert? War es ein Unfall? Ist Meja Persson vor zwölf Jahren, hier in Rerik, zu Tode gekommen, und Sie beide, Herr Chessa und Sie, haben ihre Leiche verschwinden lassen, aus Angst vor den Konsequenzen?«

Florians Augen zuckten unruhig hin und her. Er schien nicht zu wissen, was er als Nächstes tun, wie er auf das Gehörte reagieren solle.

Dann holte er tief Luft und meinte mit sehr ruhiger und ernster Stimme: »Ich weiß nicht, was ihr euch da für einen Schwachsinn zusammengereimt habt. Ich hab mit dem Verschwinden von Meja nichts zu tun. Und mit Rics Ermordung erst recht nicht!«

Dann schwieg er kurz. »Wann soll das gewesen sein?«

»Am Samstag, den 24.09., gegen zweiundzwanzig Uhr.«

Wieder Schweigen.

»Also? Wo waren Sie?«

»Zu Hause.«

»An einem Samstagabend? Allein?«

»Ja, allein.«

»Kann das jemand bezeugen?«

Florian schüttelte den Kopf.

»Verbringen Sie die Wochenenden häufiger allein?«

Wütend starrte Flo Fredde an. »Ich wüsste nicht, was dich das angeht. Hätte ich geahnt, dass ich ein Alibi brauche, hätte ich mir Freunde eingeladen. Mir war aber mehr nach nem gemütlichen Abend vor der Glotze. Was sagt Ann eigentlich dazu, dass ihr mich verdächtigt?«

»Besitzen Sie ein Survival-Messer?«

»Nein. Wieso? Ach, klar. Er ist erstochen worden.«

»Wir werden Ihre Wohnung durchsuchen. Geben Sie uns bitte die Schlüssel. Haben Sie ein Auto? Auch diese Schlüssel sind uns auszuhändigen.«

»Muss ich das?«

Fredde zeigte ihm den Durchsuchungsbeschluss.

»Ich will dabei sein, wenn ihr meine Wohnung verwüstet.«

»Aber sicher.«

*

Rostock

Behutsam stellte Peter Burgdorf die Zigarrenkiste vor sich auf den Boden und nahm den Inhalt, ein Stück nach dem anderen, heraus. Es waren fünf Fotos darunter. Zwei, auf denen Meja allein zu sehen war, fröhlich und unbeschwert, zwei, die sie zusammen mit Ric zeigten. Sie wirkten wie zwei freche, glückliche Teenager.

Auf dem letzten sah man neben Ric und Meja noch vier andere Personen. Eine Frau, zwei Männer und einen weiteren Teenager. Sie standen vor einem Restaurant namens Casa di Mare. Die Frau und die beiden Männer hatten ebenso wie Federico so etwas wie eine Uniform an, schienen Mitarbeiter des Restaurants zu sein. Während Ric, die Mitarbeiterin mit dem dunklen Zopf, der unbekannte Teenager und der jüngere, männliche Mitarbeiter des Casa di Mare fröhlich in die Kamera grinsten, schaute der ältere Herr, ganz links stehend, hinüber zum anderen Ende der kleinen Gruppe. Hier stand Meja. Sie guckte an der Kamera vorbei und schien nicht gerade glücklich zu sein.

Burgdorf betrachtete die kleine Gruppe nachdenklich.

»Erkennen Sie jemanden – also bis auf Ric und Meja?«

»Das hier«, Sophia tippte auf den älteren Herrn ganz links, »müsste Tomasso Mancini sein, Rics Onkel. Ich selbst bin ihm nie begegnet. Ich weiß nur, dass er ein Restaurant an der Ostsee besitzt. Federico scherte sich nicht um familiäre Kontakte. Dass er dort mal einen Sommer gearbeitet hat, habe ich selbst erst vor Kurzem erfahren, als diese Johanna hier war.«

»Darf ich mir das Foto ausleihen? Ich würde gern in Erfahrung bringen, wer die anderen sind.«

»Sicher.«

Als Nächstes kamen eine Handvoll Briefe zum Vorschein. Zwei etwas längere, mit Herzchen verziert und mit lustigen Zeichnungen ausgeschmückt. Drei weitere waren einfach auf kleine, abgerissene Notizzettel geschrieben worden. Einer davon hatte gar abgerissene Kanten. Sie alle waren in einer skandinavischen Sprache, wahrscheinlich Schwedisch, verfasst worden.

»Konnte Ihr Partner Schwedisch?«

»Er konnte viele Sprachen. Nicht perfekt, aber immerhin so viel, dass er klarkam. Schwedisch wird auch darunter gewesen sein – er hat ja ein paar Jahre dort gelebt.«

Es waren allem Anschein nach Liebesbriefe, Mitteilungen von Meja an Federico. Und er hatte sie aufbewahrt. Sie schienen ihm etwas bedeutet zu haben.

Als Letztes zog Sophia ein schwarzes Lederarmband aus der Zigarrenkiste. An ihm waren drei kleine Silberanhänger. Zwischen einem F und einem M baumelte ein gezackter Blitz. Das Armband schien viel getragen worden zu sein. Das Leder war an einigen Stellen abgewetzt und ein wenig ausgeblichen.

Ein Schmuckstück, das keine eindeutige Schlussfolgerung auf seinen Träger zuließ. Es konnte sowohl von Meja als auch von Ric getragen worden sein.

Burgdorf schaute sich die Fotos erneut an. Nein, darauf war das Armband nirgends zu entdecken. Leider waren die Arme von Meja und Ric auf den meisten Bildern verdeckt.

»Vielleicht ist es besser, wenn der Inhalt der Zigarrenkiste zusammenbleibt. Dürfte ich sie komplett mitnehmen? Ich bringe sie unversehrt wieder. Ich würde die Briefe gern übersetzen lassen und mehr über die abgebildeten Personen in Erfahrung bringen.«

Sophia nickte. Während Burgdorf alles wieder so einräumte, wie es vor seiner Durchsuchung gewesen war, ging sie in die Küche, um für beide noch einmal Kaffee nachzuschenken.

*

Rerik

Lutz setzte sich mit Florian Lehmann an dessen Küchentisch. Christian und Fredde fingen an, die Wohnung des Elektrikers zu durchforsten. Fredde tütete ein paar Haare aus einer Bürste ein, um Material für einen DNA-Abgleich zu haben.

Sie nahmen sich jedes Zimmer, jede Schublade und jeden Schrank vor. Sie arbeiteten systematisch und gründlich. Doch die Ausbeute war ernüchternd. Auch im Wagen von Florian Lehmann befand sich nichts Verdächtiges. Leider hatte der nicht einmal ein Navigationssystem.

Als die Polizisten Stunden später auf der Wache saßen, machte Fredde seiner Enttäuschung Luft: »Verdammter Mist! Hätten wir nicht einmal Glück haben und die Tatwaffe bei ihm finden können? In dieser Wohnung gab es ja gar nichts! Nicht mal besonders viel Alkohol, illegale Drogen, Hinweise auf perfide Neigungen … nichts!« Gefrustet zerknüllte er ein DIN-A4-Papier und versuchte, es in den etwa vier Meter entfernt stehenden Schirmständer zu werfen. Dass er das Ziel verfehlte, trug nicht gerade zur Besserung seiner Laune bei.

»Also wenn du mich fragst, war die Wohnung fast schon zu sauber«, meinte Christian.

»Was? Wie meinst du das?«

»Also gut, dass man bei einem dreißigjährigen, männlichen Single nicht unbedingt harte Drogen oder ein Mordwerkzeug findet, ist das eine, aber diese Wohnung wirkte nahezu blank! Da findet man in jeder Ferienwohnung mehr persönliche Gegenstände als bei diesem Bengel. Keine Fotos, keine Andenken an Urlaubsreisen, keine Bilder von gut gebauten, leicht bekleideten Frauen – oder meinetwegen auch Jungs, keine Anzeichen für Leidenschaften, wie etwa für einen Fußballverein …! Wenn im Schrank keine Klamotten und im Kühlschrank nichts zu essen gewesen wäre, hätte mich das auch nicht gewundert!«

Fredde rief sich die Bilder der Hausdurchsuchung ins Gedächtnis. Christian hatte recht! Er hatte noch nie eine

Wohnung gesehen, die unpersönlicher gewesen war. Nichts deutete auf den Charakter, die Vorlieben seines Bewohners hin.

Vielleicht hatte Florian Lehmann einfach keine Vorlieben, war schlichtweg profillos – ein Langweiler vor dem Herrn?

Gab es so was überhaupt? Jemanden ohne Vorlieben? Jemanden, der nicht *ein* Erinnerungsstück aufbewahrte?

Christian seufzte. »Tja, aber das können wir ihm wohl kaum vorwerfen.«

Seltsam ist das trotzdem, dachte Fredde.

*

Rostock

Zuletzt schaute sich Oberkommissar Peter Burgdorf den Rechner des Verstorbenen an. Die meisten Dinge darauf betrafen die Schule, hatten also mit seinem Job als Lehrer zu tun. Auch der Mailverkehr fand fast ausschließlich unter Lehrerkollegen, mit dem Direktor und den Schülern statt. Es gab keine Anfeindungen, keine Droh-Mails.

Burgdorf klickte auf das Zeichen des Browsers und begab sich ins Internet. Dabei interessierte er sich besonders für die Chronik der letzten vierzehn Tage. Auf welchen Seiten war Federico Chessa zuletzt gewesen?

Unter dem Verlaufsprotokoll des 17.09. wurde er fündig. Der Getötete hatte intensiv nach Johanna Arnold und vor allen Dingen nach seiner Jugendliebe Meja Persson gesucht. Er hatte sich fast eine Stunde auf diversen schwedischen Seiten aufgehalten und die Berichte von Mejas Verschwinden studiert.

Hatte Federico Chessa im Verhör auf der Reriker Wache

am 21.09. Frederik Steinmann gegenüber nicht behauptet, er habe keine Ahnung gehabt, dass Meja Persson seit zwölf Jahren verschwunden sei? Eindeutig eine Lüge. Gut, es konnte sich dabei natürlich um eine Schutzbehauptung gehandelt haben.

Peter Burgdorf beschloss, seinem Kollegen in Rerik einen Besuch abzustatten und ihm die Zigarettenkiste vorzulegen.

*

Färjestaden, Schweden

Polisinspektör Olof Arvidsson schaute von seinem Rechner auf. Es fiel ihm schwer, sich auf den Bericht zu konzentrieren, der ihm entgegenleuchtete. Seine Gedanken schweiften immer wieder ab, hin zu den Bildern von damals.

Er sah Åke Persson vor sich stehen, wütend und verzweifelt. In seiner Hand ein Edelstahlmesser mit Clip Point, das der passionierte Angler normalerweise zum Ausweiden der Fische nahm. Damals war Ingegerd zu ihm gegangen und hatte ihn beruhigt, ihm das Messer weggenommen, ihm gesagt, dass bald alles wieder gut sei und sie Meja in ihren Armen halten würden. Arvidsson schätzte, dass das ungefähr drei Monate nach dem Verschwinden des Mädchens gewesen war. Åke hatte kurz davor gestanden durchzudrehen, weil es nicht voranging, sie nicht weiterkamen in ihren Ermittlungen.

Das hatte Arvidsson ganz vergessen.

Und jetzt war Federico Chessa tot. Der Mann, der Meja Persson einfach mitgenommen hatte, ohne ihren Eltern etwas zu sagen. Der Mann, den Ingegerd und Åke für das Verschwinden ihrer Tochter verantwortlich machten. Er wurde zu dem Zeitpunkt umgebracht, als die Perssons sich in Deutschland, in Rerik, aufhielten.

Oh Åke, was hast du getan?, dachte Olof.

Er seufzte und stand auf. Es half ja doch nichts. Auf das Ergebnis des Verhörs und der Hausdurchsuchung des Verdächtigen Florian Lehmann zu warten, war eigentlich sinnlos. Im Grunde genommen kannte er es schon.

Zum dritten Mal innerhalb einer Woche fuhr er zusammen mit einem Polisassistenten hoch zur Eriksfältsgatan, zum Haus der Perssons. Das Siegel der schwedischen Polizei klebte noch am Eingang. Eigentlich überflüssig, da der Suizid von Åke und der Mord an seiner Frau durch eine Überdosis Schlaftabletten mittlerweile von der Gerichtsmedizin bestätigt worden und das Anwesen freigegeben war.

Olof Arvidsson durchtrennte das Siegel und schloss die Haustür auf. Er wies seinen Polisassistenten an, die obere Etage und das Erdgeschoß nach dem Bowie-Messer zu durchsuchen. Er selbst wollte sich den Keller und die Garage vornehmen.

Er glaubte nicht, dass Åke die Mordwaffe entsorgt hatte. Mejas Vater waren die Konsequenzen seines Handelns egal. Für ihn stand zum Tatzeitpunkt schon fest, dass auch sein Leben bald zu Ende sein würde. Vermutlich hatte er das Tatwerkzeug sogar peinlich korrekt an den Platz zurückgelegt, an dem es gewohnheitsmäßig lag.

Es dauerte keine halbe Stunde, da hielt der Polisinspektör die Waffe in seinen Händen. Sie schien gereinigt worden zu sein. Bestimmt nicht, um Spuren zu verwischen, sondern weil Åke Persson nicht der Typ war, der aus dem Leben schied, ohne hinter sich aufzuräumen und sauber zu machen.

Blieb also nur noch, die Klinge auf Spuren der DNA von Federico Chessa untersuchen zu lassen.

*

Rerik

Marc und Ann saßen bei Fredde auf der Wache, tranken Kaffee und lauschten staunend seinen Ausführungen.

»Die Ergebnisse des schwedischen Labors lassen keinen Zweifel zu: Auf dem Messer von Åke Persson befinden sich Spuren der DNA von Federico Chessa. Es handelt sich hierbei eindeutig um die Tatwaffe. Der Zeitraum würde auch passen. Die Perssons hielten sich am Samstag noch in der Reriker, beziehungsweise Rostocker Gegend auf, bevor sie am Sonntag nach Schweden zurückkehrten«

Betroffen ließ Ann ihren Kaffee von einer Seite der Tasse zur anderen schwappen. »Ich dachte, sie wüssten nicht, wo Federico lebt?«

»Sie müssen es rausbekommen haben.«

»Von Tomasso Mancini?« Marc schaute Fredde fragend an.

»Wahrscheinlich. Ich hatte ihn zwar gebeten, es nicht weiterzugeben, aber wer weiß, wie sehr die Perssons ihm zugesetzt haben. Er wollte sicherlich nur helfen.«

»Dann waren Mejas Eltern wohl auch der Überzeugung, dass Federico ihrer Tochter etwas angetan hat.« Ann empfand, so musste sie gestehen, mehr Mitleid mit Åke und Ingegerd als mit dem Mordopfer Federico Chessa.

»Mag sein. Eines steht zumindest fest: Florian Lehmann ist, was den Mord an Chessa angeht, rehabilitiert.«

»Ja!«, strahlte Ann. »Das ist doch immerhin eine gute Nachricht.« Eigentlich hatte sie sagen wollen: »Hab ich euch doch gleich gesagt. Aber ihr wolltet ja nicht auf mich hören und musstet alle in Angst und Schrecken versetzen.« Dann hatte sie es aber doch gelassen. Schließlich waren die beiden nur um ihr Wohlergehen besorgt gewesen.

Marc wechselte einen schnellen, zweifelnden Blick mit Fredde, bevor dieser fortfuhr. »Der im Mordfall Chessa ermittelnde Kommissar aus Rostock, Peter Burgdorf, ist über den Fund der Tatwaffe informiert, hat eine Kopie des Berichts zugesandt bekommen und steht in Verbindung zu dem Ermittlerteam aus Schweden. Damit wäre für die Rostocker Kollegen der Fall abgeschlossen. Burgdorf ist bei seinen Recherchen jedoch auf interessantes Material gestoßen, was unsere Suche nach Meja Persson angeht.«

Fredde machte eine gewichtige Pause und schaute seine Freunde vielsagend an.

Marc verdrehte die Augen. »Nun rück schon damit raus! Was ist es?«

»Also, erst mal hatten wir recht mit unserer Vermutung, dass Federico Chessa vor unserem Verhör gewusst hat, dass Meja seit zwölf Jahren verschwunden und nie wieder aufgetaucht ist. Burgdorf hat Chessas Browser-Verlauf, seine Suchchroniken kontrolliert. Nachdem der Anns Brief erhalten hatte, suchte er gezielt nach Seiten über sie und Meja. Es ist davon auszugehen, dass Ric die schwedischen Texte lesen konnte und sofort wusste, was Sache war.«

»Aber das hätte er doch ohnehin gewusst, wenn er sie damals umgebracht hätte«, gab Ann zu bedenken.

»Das stimmt. *Wenn* er sie getötet hat. Es besteht immerhin die Möglichkeit, dass er unschuldig ist und erst durch deinen Brief neugierig wurde.«

»Oder er hat sie umgebracht und fand es toll, sich alles noch mal vor Augen zu führen«, meinte Marc.

»Wer weiß. Interessant ist was ganz anderes.« Fredde zog eine Schublade auf, holte die Zigarrenkiste hervor und stellte sie vor sich auf den Schreibtisch. »Ein Bote des Rostocker Kollegen hat mir dieses gute Stück heute Morgen gebracht. Er fand das Kistchen in Federicos Wohnung.« Vorsichtig klappte er den Deckel hoch.

Ann und Marc rückten neugierig näher.

»Neben diesen Fotos«, er schob sie so, dass die beiden sie besser ansehen konnten, »gibt es diverse Nachrichten, verfasst von Meja an Ric. Ich hab sie übersetzen lassen.«

»Du hast die Kiste erst vor ein paar Stunden bekommen und die Briefe jetzt schon übersetzt vorliegen? Respekt, Herr Kollege!« Marc hob erstaunt die Augenbrauen.

Fredde drückte den Rücken durch, um sich ein wenig größer zu machen. »Bei meinen guten Beziehungen nach Schweden war das ein Klacks!«

Belustigt wechselten Marc und Ann ein paar Blicke.

»Ihr braucht gar nicht so zu grinsen. Ich habe bei meinem Kumpel Arvidsson angerufen. Er hat mir die Texte übersetzt. Also gut, sagen wir, er hat mir eine Zusammenfassung des Inhalts gegeben. Die genaue Übersetzung steht noch aus. Bei diesen beiden,« er schob ihnen die längeren, auf DIN-A4-Papier verfassten, mit Herzchen ausgeschmückten Texte rüber, »handelt es sich um die klassischen Liebesbriefe eines Teenagers. Meja redet davon, wie außergewöhnlich ihre Beziehung ist, und erinnert an ein paar verrückte Sachen, die die beiden zusammen gemacht haben. Bei diesen Zetteln«, Fredde deutete auf zwei kleine, zerknitterte Notizblockzettel, »handelt es sich um Verabredungen mit sagen wir zweideutigen Botschaften.«

»Wie meinst du das? Was steht zum Beispiel hier?« Ann hielt eine der kleinen Notizen hoch.

»Sinngemäß: ›Bin schwimmen. Treffen uns um 19:00 in der wilden Hütte. Bring noch was von dem Prosecco des M mit. Die letzte Anatomiestunde war süß, reicht aber nicht. Habe große Wissenslücken …‹« Dahinter hatte sie ein Smiley und ein Herz gemalt. »So oder so ähnlich. Wie gesagt, den genauen Wortlaut gibt's, wenn die Übersetzungen da sind. Ich habe versucht, am Telefon mitzuschreiben, was Arvidsson von sich gegeben hat.«

»Die ›wilde Hütte‹? Sie scheinen irgendwo so eine Art Liebesnest gehabt zu haben.«

»Na ja, ihre Kammer im Casa di Mare war sicherlich sehr hellhörig, sodass alle anderen Mitarbeiter mitbekamen, wenn …« Fredde grinste.

»Mich würde echt interessieren, was mit der ›wilden Hütte‹ gemeint ist. In Färjestaden haben sie sich, laut Federicos Aussage, gern in alten, verlassenen Industrieanlagen rumgetrieben. Vielleicht haben sie hier auch so was gefunden, ruhig, abgelegen, wo sie machen konnten, was sie wollten«, überlegte Ann.

»Ich verstehe, was du meinst: und perfekt, um eine Leiche verschwinden zu lassen.«

Ann nickte.

Freddes Gesicht hellte sich auf. Seine Augen fingen an zu leuchten. »Wie wär's mit der Halbinsel Wustrow? Einen besseren Ort, menschliche Überreste verschwinden zu lassen, gibt es nicht.«

»Du meinst hinten, in dem Naturschutzgebiet? Wenn man den langen Damm, der das Salzhaff von der Ostsee trennt, entlanggeht?«

Marc nickte begeistert. »Die ist total gruselig!«

»Der Damm nennt sich ›Wustrower Hals‹. In den Dreißigern gehörte die Halbinsel der Reichswehr. Die ehemaligen Stallungen und Hofgebäude der Menschen, die zuvor dort gewohnt hatten, wurden in Soldatenunterkünfte umgebaut. Dreihundertfünfzig Mann waren dort untergebracht. Zusätzlich entstanden große Kasernenkomplexe. Es handelte sich um eine Flak-Artillerie-Schule. 1945 fiel das Ganze in die Hände der sowjetischen Streitkräfte. Alle noch verbliebenen deutschen Zivilisten wurden der Insel verwiesen. Die Sowjets schotteten sich total von der Außenwelt ab. Bis zu dreitausend von ihnen sollen dort gelebt haben. Für alle Einheimischen war die Halbinsel von da an verbotene Zone. Eine quer über die Straße verlaufende Mauer trennte Wustrow von Rerik. Sie war mit Stacheldraht versehen, der an beiden Seiten bis weit ins Salzhaff und die Ostsee reichte, und wurde ständig bewacht. Es gab einen kleinen Flugplatz, Radaranlagen und Startbahnen für Raketen. Überflüge von Düsenjets und Panzer, die durch ihre Gegend fuhren, gehörten für die Bevölkerung zum Alltag. Erst 1993 wurden die letzten sowjetischen Soldaten abgezogen. Die Halbinsel wurde später an einen Investor verkauft, der eigentlich Hotels und eine Golfanlage plante. Dieses Vorhaben wurde von der Stadt Rerik jedoch nicht genehmigt. Das zu erwartende höhere Verkehrsaufkommen war ihnen ein Dorn im Auge. Sie untersagten dem neuen Eigner die Benutzung der einzigen Zufahrt zur Insel. Der war natürlich wenig begeistert und sperrte seinerseits den Zugang zur Insel für alle anderen. Die bis dato regelmäßig stattfindenden Führungen und Besichtigungen waren nicht mehr möglich. Seitdem verfällt dort alles und wird von der Natur Stück für Stück zurückerobert. Betreten strengstens verboten, angeblich auch, weil dort noch so viel Munition rumliegen soll. Man kommt eigentlich nur über die Wasserseite heran – ebenfalls verboten, versteht sich.«

»Eine komplette Insel mit verfallenen Gebäuden, die von niemandem betreten wird, bietet natürlich unglaublich viele perfekte Verstecke«, stimmte Ann zu.

Sie sah Mejas verrottete Überreste in einem dunklen, nassen, verfallenen Gebäude – in einer Stadt der Toten. Ihr blasser Geist schwebte unruhig umher, bereit, jeden zu erschrecken, der es durch das Minenfeld bis zu ihr geschafft hatte.

Fredde holte sie zurück in die Wirklichkeit.

»Bevor wir da weiterforschen, hab ich hier noch den wichtigsten Hinweis, wie ich finde. Auf dem letzten Zettel steht, und das hab ich mir wortwörtlich übersetzen lassen: ›Mir reicht's! Ich hab keine Lust mehr auf deine arrogante Scheiß-Art! Ich fahre zurück. Falls du mal in Schweden bist, wunder dich nicht, wenn ich nicht mehr da bin. Hab nicht vor, dort zu versauern. Liege dann in St. Tropez und lass mir teure Drinks servieren – von den richtig coolen Typen. Auf nimmer Wiedersehen!‹«

Die Schrift war die Gleiche wie auf den anderen Papieren. Vielleicht nicht ganz so schön und ausgeschmückt, dennoch war gut zu erkennen, dass die Schriftstücke vom selben Verfasser geschrieben worden waren.

Anns Herzfrequenz hatte sich schlagartig erhöht. »Der besagte Abschiedsbrief. Der Zettel, von dem Ric und Florian erzählt haben. Der, in dem Meja ankündigt, dass sie Deutschland verlassen und nach Schweden zurückgehen wird.«

»Sieht ganz so aus.«

»Und ihr habt behauptet, diese Zeilen hätte es nie gegeben. Florian und Ric hätten den geplanten Abschied nur vorgetäuscht, um zu vertuschen, dass sie Meja umgebracht haben. Da wart ihr wohl auf dem Holzweg.«

»Scheint so.« Fredde konnte man die Unzufriedenheit ansehen. Es ärgerte ihn, dass seine Hauptthese aufgrund neuer Beweisstücke mehr und mehr in sich zusammenzufallen schien.

»Wir müssen davon ausgehen, dass Meja wirklich vorhatte, Rerik zu verlassen – es vielleicht sogar getan hat. Und Florian sie in den Bus nach Rostock gesetzt hat. Wie er gesagt hat.« Anns Augen leuchteten.

»Wir wissen ja nicht mal, ob der Zettel zeitlich passt!«, gab Marc zu bedenken.

»Wie meinst du das denn jetzt?«

»Laut Verhör von Federico hatte sie schon häufiger angekündigt, ihn zu verlassen und zurück nach Schweden zu gehen. Vielleicht ist der Zettel schon älter und hat mit ihrem Verschwinden gar nichts zu tun. Es steht ja kein Datum drauf.«

»Puh, jetzt fängst du aber an, Offensichtliches zu ignorieren und die Fakten so zu verbiegen, dass sie dir in den Kram passen. Könnte es sein, dass ihr beiden es sehr gern gesehen hättet, wenn Ric und Florian gemeinsame Sache gemacht und Meja irgendwo in Rerik oder Wustrow verscharrt hätten?« Ann blickte leicht entrüstet von einem zum anderen. »Also, ich bin ganz froh, dass Florian kein Mörder ist!«

Gedankenverloren schob Marc die Fotos hin und her. »Oh Mann, stellt euch mal vor, sie hätte Rerik wirklich gesund und munter verlassen, wäre durch Europa getingelt, weil sie keinen Bock mehr hatte, nach Schweden zurückzukehren, und lebt heute noch irgendwo glücklich und zufrieden.«

»Dann hätte sie nun mindestens drei Menschen auf dem Gewissen. Und ihren Adoptivvater hätte sie zudem zum Mörder gemacht.« Ann griff nach dem Gruppenfoto und betrachtete die einzelnen Personen. Lustig, wie jung Florian darauf noch war. Zusammen mit Ric und zwei weiteren Mitarbeitern des Casa di Mare hielten sie sich um die Hüften gefasst und grinsten breit in die Kamera. Links von ihnen stand der Inhaber, Tomasso Mancini, und schaute nach rechts. Er schien Meja anzusehen. Die stand ganz rechts im Bild, wurde von Ric gehalten und blickte starr und unergründlich am Kameramann vorbei.

»Was hatten die anderen Mitarbeiter des Casa di Mare eigentlich für eine Beziehung zu Meja? Immerhin hat sie mit einigen von ihnen unter einem Dach gewohnt und mit ihnen zusammen gegessen.« Ann schaute fragend zu Fredde hinüber.

»Laut Signor Mancini keine. Ginevra Barbieri war wohl die Einzige, die ab und zu mit Meja zusammenstand. Aber Frau Barbieri ist ja nun tot.« Fredde tippte mit dem Zeigefinger auf die Frau in Uniform. Sie hatte einen langen, braunen Pferdeschwanz, stand zwischen dem unbekannten, männlichen Mitarbeiter und Florian Lehmann, und hatte sichtlich Spaß.

»Hast du eine Liste der Mitarbeiter? Habt ihr die durchleuchtet? Im Zuge der Ermittlungen um den Tod von Ginevra Barbieri vielleicht?«

»Diese Liste wird sicherlich nicht mehr dieselbe sein, wie noch vor zwölf Jahren. Und nein, durchleuchtet haben wir die Mitarbeiter nicht. Über eine Befragung ist das Ganze nicht hinausgegangen, da der Tod der Bedienung ziemlich schnell als Unglücksfall eingestuft worden ist. Was erhoffst du dir davon? Dass sich unter ihnen ein vorbestrafter Mörder befindet, der mit Vorliebe junge, blonde Mädchen um die Ecke bringt?«

»Einen Versuch wär's wert. Bislang habt ihr euch ja ausschließlich auf Flo und Federico als Täter versteift.«

»Also gut, ich frage Herrn Mancini, ob er mir die Namen derer verrät, die vor zwölf Jahren bei ihm gearbeitet haben.« Fredde sprach eine Notiz in sein Handy.

»Du könntest mit deinen Recherchen bei Herrn Mancini beginnen«, sagte Marc.

Fredde dachte an den alten, netten Herrn aus dem Casa di Mare, wie rührend er sich um Ingegerd und Åke gekümmert hatte, wie geschockt er über den Tod seiner Mitarbeiterin gewesen war. Als ob der ein junges Mädchen umbringen würde. »Ich glaube nicht, dass wir da mehr finden werden als ein paar Knöllchen wegen Falschparkens.«

Trotzdem startete er eine Anfrage innerhalb der polizeilichen Datenbank.

Es dauerte nur ein paar Sekunden, bis das Ergebnis vorlag. Wie erwartet, war die Liste der Vergehen nicht lang. Dennoch sahen Ann und Marc, wie Fredde irritiert die Stirn runzelte.

»Was ist?«, fragte Marc.

»Vor vierzehn Jahren gab es eine Anzeige wegen des Verdachts auf Belästigung, beziehungsweise unsittlichen Berührens einer Minderjährigen. Die Tat wurde von einer gewissen Lina Weber zur Anzeige gebracht, bei der es sich auch um das vermeintliche Opfer handelt. Sie war damals sechzehn und hatte einen Ferienjob im Casa di Mare. Sie hat dort als Aushilfskellnerin gearbeitet.«

»Wieso sagst du ›vermeintlich‹?«

»Lina Weber hat ihre Anzeige sechs Wochen später wieder zurückgezogen.«

»Mit welcher Begründung?«

»Hier steht, sie habe da wohl was missverstanden und überreagiert.«

»Was genau hat sie denn zur Anzeige gebracht?«

Fredde scrollte durch die Berichte. »Tomasso Mancini habe ständig anzügliche Bemerkungen gemacht, sie wie zufällig berührt. Dann soll er ihr an den Hintern gefasst haben.«

»Gibt es Zeugen?«

»Nein. Die anderen Mitarbeiter haben nichts derartiges bemerkt. Sie haben sich hinter ihren Chef gestellt, ihn als tadellosen Menschen beschrieben.«

»Hm, wäre natürlich möglich, dass die Angestellten Angst um ihre Jobs hatten und keinen Ärger mit ihrem Chef haben wollten«, meinte Marc.

»Außerdem ist es nicht unüblich, dass Frauen, und erst recht junge Mädchen, eingeschüchtert und gedrängt werden, ihre Anschuldigungen wieder zurückzunehmen. Man fürchtet das Gerede im Dorf, sieht die Schuld eher im Verhalten des Opfers als des Täters.« Ann kaute nachdenklich auf ihrer Unterlippe. »Glaubt ihr, Tomasso Mancini hat sich an Meja vergangen und sie dann beseitigt?«

Kapitel 16

Fredde hatte noch drei Stunden mit dem üblichen Tagesgeschäft verbracht, bevor er sich zum Casa di Mare aufmachte. Die Uhr zeigte 16:38, als er das Restaurant betrat. Es war so gut wie leer. Ein Rentner-Pärchen saß an einem Fensterplatz, bei Kaffee und Eisbecher, und starrte nach draußen. Zu sagen hatte es sich augenscheinlich nicht viel.

Er fand Signor Mancini hinter der Theke stehend und begrüßte ihn freundlich.

Außer dem Chef konnte Fredde nur noch eine weitere Mitarbeiterin ausmachen. Die Saison war vorbei. Das Restaurant würde ab Oktober sicherlich geschlossen sein.

Er ging um die Theke herum und reichte Tomasso Mancini die Hand. »Signor Mancini, zunächst möchte ich Ihnen mein aufrichtiges Beileid zum Tod Ihres Neffen aussprechen.«

Der alte Mann nahm die Hand entgegen und nickte betrübt.

»*Grazie.* Was für eine schreckliche Entwicklung. Ich kann mir nicht vorstellen, dass Federico ihr etwas angetan hat. Hätte er sich nur nicht geweigert, mit ihren Eltern zu reden!« Er schüttelte den Kopf. »Nie hätte ich gedacht, dass der nette, schwedische Mann dazu in der Lage wäre.«

Fredde wusste, dass Peter Burgdorf persönlich bei Signor Mancini gewesen war, ihn von dem Mord an seinem Neffen und dem Freitod von Mejas Eltern unterrichtet hatte. Auch, um zu erfahren, wie es zu dem Zusammentreffen von Åke Persson und Federico Chessa kommen konnte, woher die Perssons wussten, dass Ric in Rostock lebte.

»Die Beerdigung ist am Freitag. Mein Schwager hat für Donnerstagnacht einen Flug gebucht. Ich kann nicht mal sagen, wie er es aufgefasst hat. Er war so emotionslos am Telefon.«

»Es tut mir wirklich leid«, betonte Fredde erneut. »Und es stimmt, Sie hatten den Perssons die Adresse von Federico gegeben?«

Signor Mancini schossen Tränen in die Augen. Er nickte. »Sie glauben gar nicht, wie sehr ich mir wünsche, die Uhr zurückdrehen zu können, wie mich die Selbstvorwürfe quälen. Ich kann an nichts anderes mehr denken. Hätte ich nicht nachgegeben und seinen Wohnort verraten, würde der Junge jetzt noch leben. Aber wer konnte denn so was ahnen?« Verzweifelt schaute er Fredde an.

»Sie tragen keine Schuld. Es hätte andere Mittel und Wege gegeben, die Adresse herauszufinden«, versuchte er, den alten Mann zu trösten.

»*Sì*, vielleicht. Aber ich bin es gewesen, der ihnen die Auskunft gab. Dabei hatten Sie mich doch gewarnt.«

»Auch wir hatten keine Ahnung, dass Herr Persson zu derart drastischen Mitteln greifen würde. Andernfalls hätten wir ihn beobachten und Ihren Neffen schützen lassen. Es gab keine Anzeichen, die auf eine solche Tragödie hingewiesen hätten.«

»Dabei wollte ich doch nur helfen. Sie taten mir leid. Sie haben mich so inständig gebeten, haben an meine Menschlichkeit appelliert, an mein gutes Herz. Sie wollten nur mit ihm reden, sagten sie. Das dürfe man ihnen als Eltern nach all dem, was sie durchgemacht hätten, doch nicht verwehren.« Er schüttelte erneut den Kopf und fuhr sich durch sein welliges, grau meliertes Haar. Dann ließ er sich seufzend auf einen Barhocker sinken.

»Ich bin mir sicher, die meisten Menschen hätten ähnlich gehandelt.«

»Das wird Ale sicher anders sehen.«

»Wenn Sie Hilfe brauchen, auch mit Ihrem Schwager: Es gibt verschiedene Institutionen – Trauerbegleitungen oder speziell geschulten psychologischen Beistand …«

»Das ist wirklich freundlich von Ihnen, aber ich hoffe, wir werden das auch so hinkriegen.«

Fredde zögerte.

»Wenn es Sie momentan nicht zu sehr belastet: Ich hätte noch eine Bitte.«

Tomasso Mancini hob fragend den Kopf.

»Könnten Sie mir eine Liste erstellen von den Mitarbeitern des Casa di Mare, die damals bei Ihnen angestellt waren?«

»*Sì, naturalmente.* Aber warum?«

»Wir würden Ihre damaligen Angestellten gern zu Meja Persson befragen. Für uns steht keinesfalls fest, dass Ihr Neffe dem schwedischen Mädchen etwas angetan hat.«

»Das macht ihn auch nicht wieder lebendig.«

»Nein, das stimmt. Es würde ihn jedoch vielleicht von der Schuld an einem Mord reinwaschen, was für seine Tochter sicherlich eine große Hilfe wäre.«

»Ich setze mich noch heute Abend an die Durchsicht der Unterlagen und erstelle Ihnen diese Liste.«

»Danke.« Fredde reichte ihm seine Visitenkarte. »Würden Sie mir die Aufstellung bitte an diese Mail-Adresse schicken?«

»Ach, da wäre noch etwas. Im Zuge des tragischen Todes

Ihrer Mitarbeiterin Ginevra Barbieri haben wir natürlich alle Beteiligten, Kollegen, Familienmitglieder einer Überprüfung unterzogen. Würden Sie mir bitte berichten, was es damals, vor vierzehn Jahren, mit der Anzeige von Lina Weber auf sich hatte?«

Fredde erwartete Entrüstung, Verärgerung oder zumindest Unmut als Reaktion.

Signor Mancini seufzte jedoch nur. »Auch eine sehr unschöne Geschichte. Lina arbeitete damals während der Sommerferien als Aushilfskraft für mich. Bis dahin hatten wir das häufiger: Schüler, die sich ihr Taschengeld aufbesserten. Lina war, nun ja, sie war nicht gerade fleißig. Sie stand oft herum, sah die wartenden Gäste nicht, setzte sich immer wieder zu ihren Schulkollegen an den Tisch und hielt ein ausgedehntes Schwätzchen. Für sie war das alles ein lockerer Spaß. Wahrscheinlich war sie einfach noch zu unreif für richtige Arbeit. Darauf konnte ich aber keine Rücksicht nehmen. Also gab es immer wieder Streit. Irgendwann habe ich ihr damit gedroht, dass sie, wenn sich ihr Verhalten nicht bald ändere, nicht mehr wiederzukommen bräuchte. Das war mit Sicherheit der Auslöser. Zwei Tage später hat sie mich angezeigt. Ich fiel aus allen Wolken. Seitdem stelle ich keine Minderjährigen mehr ein. Das war mir eine Lehre. Wie soll man sich gegen solche Anschuldigungen denn schützen?«

»Sechs Wochen später hat sie die Anzeige wieder zurückgezogen! Gab es dafür einen besonderen Grund?«

»Sechs Wochen während der Hauptsaison einer solchen Verdächtigung ausgesetzt zu sein, ist eine echte Belastung. Die Vernehmungen, das Gerede … es war eine harte Prüfung. Und die ganze Zeit über blieb sie bei ihren Vorwürfen. Nichts davon entsprach der Wahrheit. Das machte aber nichts. Ratzfatz wird man zum schrecklichen Kinderschänder, zum ausländischen Monster. Gott sei Dank hatte meine Stammbelegschaft nur Gutes über mich zu berichten. Obwohl mir alle abrieten, besuchte ich Lina und fragte sie, was ich tun könne, um diese hässliche Geschichte zu beenden.«

»Das war aber sehr gefährlich. Sie hätte ihnen vorwerfen können, sie beeinflussen zu wollen, ja sogar bedroht zu haben. Das hätte nicht gut für Sie ausgesehen.«

»Ich weiß. Aber ich war so verzweifelt. Ich musste das Risiko eingehen.«

»Und, konnten Sie, Linas Meinung nach, etwas tun?«

»Ja, sie meinte, ihr würde aufgrund der schlechten Behandlung durch mich eine Art Schmerzensgeld zustehen. Und außerdem hätte sie, bedingt durch meine vorzeitige Kündigung, den materiellen Verlust von zwei Wochen zu verkraften.«

»Heißt im Klartext: Sie sollten zahlen, damit sie die Anzeige zurückzieht.«

Signor Mancini atmete geräuschvoll aus und nickte betrübt.

»Haben Sie?«

Er nickte.

»Wie viel?«

»Tausend Euro.«

»Wenn sie Sie im Nachhinein wegen Bestechung angezeigt hätte, hätte das in einem Prozess wie ein Schuldeingeständnis gewirkt. Als ob Sie sich Ihre Unschuld erkaufen wollten.«

»Ich weiß. Ich habe hoch gepokert. Und es hätte dadurch alles noch viel schlimmer kommen können. Aber ich war doch unschuldig – und sie gut bedient mit dem Geld. Gott sei Dank sah sie das genauso und hielt ihren Teil der Verabredung ein.«

*

Ann saß auf dem Gästebett im Haus ihrer Oma und betrachtete das Chaos um sich herum. Überall lagen Klamotten verteilt. War das wirklich alles in ihrem Koffer gewesen?

In zwei Tagen, am Samstag, ging es zurück nach Paderborn. Dann war sie ganze acht Wochen hier gewesen – so lang wie noch nie.

Schade, dass sie nicht hatten klären können, was ihrem Zwilling widerfahren war. Das wäre die Krönung dieses Urlaubs gewesen. Sie wusste genau, dass diese Geschichte sie auch in Paderborn noch lange nicht loslassen würde. Ungelöste Rätsel machten sie ganz verrückt!

Und dann die Sache mit Marc. War's das jetzt? Sie fuhr nach Hause und fertig? Ihr Kopf sagte: »Definitiv! Alles andere ist unrealistisch.« Ihr Herz fand tausend Argumente dagegen. Wenn er in der Nähe war, war sie meistens stumm, die Stimme in ihrem Kopf. Das tat gut, unglaublich gut.

Du kannst noch so viel Glückshormone gegen mich schießen – los wirst du mich nicht.

Wie er das Ganze wohl sah? Bislang hatten sie beide das Thema gemieden.

Ann beschloss, ihm vorzuschlagen, es einfach drauf ankommen zu lassen. Was hatten sie schon zu verlieren?

Da kündigte ihr Tablet einen Videoanruf an. Sie bestätigte die Annahme und wartete auf den Verbindungsaufbau.

»Hallo!«

»Hey, Marie.«

»Ah, wie ich sehe, bist du am Packen! Gut so. Es wird auch Zeit, dass du wiederkommst. Mir wird langsam langweilig. Das nächste Mal werd ich dein Zimmer untervermieten!«

»Untersteh dich!«

Beide lachten.

»Und, fällt es dir schwer, dich von allen zu verabschieden?«

Ann wusste, dass Marie eigentlich auf die Trennung von Marc anspielte.

»Wir werden sehen. Vielleicht sehe ich zumindest einen schon bald wieder!«

»Ja, wäre schön, wenn das hinhaut. Dann kommt er aber nach Paderborn, damit ich ihn auch kennenlernen kann!«

»Na klar!«

»Was habt ihr in den beiden letzten Tagen vor?«

»Heute Abend machen wir es uns zu zweit gemütlich. Morgen, am Freitag, wollte ich mit allen, die vor Ort sind, noch mal ordentlich abfeiern. Erst schön essen gehen, dann irgendwohin tanzen und dann, wenn das Wetter es zulässt, am Strand Sterne zählen, bis der Morgen graut.«

»Das hört sich nach einem guten Plan an. Hauptsache, du verpasst am Samstag deinen Zug nicht!«

»Okay – das könnte knapp werden. Der geht nämlich schon um Viertel vor eins. Und ich muss vorher noch mit dem Bus von Rerik nach Rostock. Egal – schlafen kann ich auch im Zug!«

»Definitiv!«

*

Lina Weber war nicht weit gekommen in den letzten vierzehn Jahren. Sie hatte eine Lehre zur Hotelfachfrau gemacht und arbeitete in einem Hotel in Kühlungsborn. Fredde beschloss, seine Mittagspause zu nutzen und der Dame einen Überraschungsbesuch abzustatten. Es waren überschaubare zwölf Kilometer bis dorthin.

Das Hotel sah eher aus wie eine kleine Pension und war schon etwas in die Jahre gekommen. An der Rezeption wies Fredde sich aus und fragte freundlich, ob er kurz mit Lina Weber sprechen könne. Er betonte dabei gleich, dass Frau Weber nichts verbrochen habe, er sich nur erhoffe, dass sie ihm bei aktuellen Ermittlungen weiterhelfen könne.

Kurze Zeit später erschien eine junge Frau mit kurzen braunen Haaren und dunklen Augen. Sie war nicht sehr groß, etwa eins fünfundsechzig und leicht untersetzt. Letzteres wirkte vielleicht nur so, da sie in einem sehr unvorteilhaften Rock steckte, der in Kombination mit Bluse und Weste an Hässlichkeit kaum noch zu überbieten war. Fredde nahm an, dass es sich hierbei um den Dresscode des Hotels handelte und sie das nicht freiwillig trug. Ein echter Kündigungsgrund.

Sie blieb vor ihm stehen und schaute ihn fragend an. »Sie wollten mich sprechen?«

»Ja, entschuldigen Sie bitte, dass ich Sie so überfallartig aufsuche – ohne Anmeldung. Es geht um eine Sache, die vierzehn Jahre her ist, uns in unseren heutigen Ermittlungen jedoch einen wichtigen Hinweis liefern könnte.«

Linas Gesicht verriet große Ratlosigkeit. »Aha. Um was geht es denn?«

»Sie haben damals eine Anzeige gegen den Restaurant-besitzer Tomasso Mancini gemacht. Wegen sexueller Belästigung. Damals waren sie noch minderjährig. Sechs Wochen später zogen Sie diese Anzeige wieder zurück.« Fredde schaute sie eindringlich an. »Ich würde Sie bitten, mir sehr ehrlich zu schildern, was damals geschehen ist. Egal, ob das mit Ihrer ursprünglichen Aussage übereinstimmt oder nicht. Es kann Sie niemand mehr wegen Falschaussage oder Verleumdung belangen. Es hätte für Sie also keinerlei Folgen.«

Fredde meinte, erkennen zu können, wie Linas Gesichtsfarbe unter dem dezenten Make-up eine Spur blasser wurde.

»Warum? Was ist denn passiert, dass Sie das wissen wollen?«

»Im näheren Umfeld des Herrn Mancini ist ein Mädchen verschwunden. Auch sie ist sechzehn Jahre alt. Sollte er also wirklich Ambitionen haben, Teenagern nachzustellen, wäre diese Information enorm wichtig für uns. Sollte es sich damals um eine Falschaussage gehandelt haben, weil Sie wegen der Kündigung sauer auf ihn waren, müssen wir das wissen. Wir möchten unseren Fokus ungern auf einen Mann legen, der eigentlich nichts verbrochen hat, während der wahre Täter davonkommt.«

Lina fing an, nervös an ihren Fingernägeln zu kauen.

»Verstehen Sie mich nicht falsch. Sollte dieser Mann Sie damals belästigt haben, ist das ein schlimmes Vergehen, und Sie hätten gut daran getan, Ihre Anzeige nicht zurückzuziehen. Denn auch ihn könnten wir nach all den Jahren nicht mehr belangen. Die Tat wäre verjährt. Aber es ist wichtig, dass wir die Wahrheit kennen, damit wir im aktuellen Fall die richtigen Schlüsse ziehen können! Verstehen Sie das?«

Sie nickte.

»Also gut. Es stimmt. Ich war damals sauer auf ihn. Aber nicht nur wegen der Kündigung! Er hat mich wirklich schlecht behandelt«, verteidigte sie sich. »Ständig hat er an mir rumgemäkelt, hat mich mit Argusaugen beobachtet, mich angeschrien. Nie durfte ich Pause machen. Der alte Sklaventreiber. Das ist doch auch eine Art von Misshandlung. Mein Gott, ich war noch ein Kind!«

»Aber sexuell belästigt hat er Sie nicht? Ihnen obszöne Dinge gesagt, Sie angefasst?«

»Nein«, gab sie kleinlaut zu. »Das hat er nicht.«

»Okay. Das war's. Dann danke ich Ihnen für Ihre Ehrlichkeit. Sie haben uns sehr geholfen.« Er hielt ihr zum Abschied seine Hand hin.

»Dieses Mädchen, wer ist sie? Hat Mancini was damit zu tun?«

»Sie ist eine Urlauberin. Sie kommt nicht aus Deutschland. Sie ist schon seit Längerem verschwunden. Es sind neue Hinweise aufgetaucht, insofern wird wieder ermittelt. Und nein, es ist nun eher unwahrscheinlich, dass Herr Mancini etwas damit zu tun hat. Auf Wiedersehen, Frau Weber.«

Fredde trat hinaus auf den Innenhof, auf den Parkplatz des Hotels. Er holte tief Luft. Wieder eine Spur, die nicht das war, was sie versprach. Sie mussten wohl langsam akzeptieren, dass sie den Fall Meja Persson nicht knacken würden. Verdammt! Und er war sich schon so oft sicher gewesen, ganz nah dran zu sein.

In Kriminalromanen passierte an genau so einer Stelle, immer etwas Bedeutsames – irgendetwas Zufälliges. Zufällig stolperte ein Unbeteiligter über die Überreste des Getöteten. Zufällig fand der Ermittler einen Gegenstand, der dem Opfer gehörte, weil der Täter diesen als Trophäe behielt. Aus Versehen äußerte der Täter etwas, was nur der Mörder wissen konnte, dies natürlich zufällig in der Nähe des Ermittlers.

Fredde seufzte. Er hätte jetzt wahrlich nichts gegen einen schönen, aussagekräftigen Zufall einzuwenden.

*

Als Marc das Casa di Mare betrat, oder besser gesagt befuhr, waren die meisten schon da: Sven, Isabelle und Fredde, Helen, Lena mit neuem Freund und Timo.

Jan allerdings fehlte noch. Hatte er im Vorfeld aber schon angekündigt. Er wollte versuchen, später dazuzustoßen.

Marc wurde stürmisch begrüßt, bestellte ein Bier und fand sich binnen Sekunden mitten in einer heißen Diskussion zwischen Helen, Lena und Timo wieder, die darüber stritten, ob der deutsche Urlauber an sich peinlicher sei als der englische.

Nach einer Weile schaute er auf die Uhr. Es war Viertel nach. Für acht Uhr hatten sie den Tisch bestellt. Er zog sein Handy heraus und tippte: »Hey, du bist schön genug. Sind alle schon da. Wir warten! Haben Hunger.«

Fredde klopfte ihm auf die Schulter. »Und, wo bleibt Ann? Wir wollen bestellen!«

»Keine Ahnung. Hat sich bestimmt verquatscht. Kommt sicher gleich.«

Nach weiteren zehn Minuten, wilden Geschichten und viel Gelächter wurden die Stimmen lauter, die Bestellung aufgeben zu wollen.

Marc rief Anns Nummer auf und wartete, bis die Verbindung aufgebaut war. Aber statt zu klingeln, sprang sofort die Mobilbox an. Er hinterließ eine Nachricht und suchte Oma Roses Festnetznummer heraus. Die war nach viermal Klingeln dran.

»Rosemarie Hofmann.«

»Hallo, hier ist Marc. Ist Ann noch bei Ihnen?«

»Nein, ich weiß nicht, wo sie ist. Ich hatte angenommen, sie sei mit euch zusammen. Wolltet ihr euch heute Abend nicht zum Essen treffen?«

»Ja. Wir warten auf sie.«

»Oh. Na, dann weiß ich auch nicht.«

»Ach, sie wird sicherlich gleich auftauchen. Wann ist sie denn losgefahren?«

»Das kann ich nicht sagen. Als ich heute Nachmittag wiederkam, das war um halb drei, war ihr Fahrrad schon weg. Eigentlich wollten wir zusammen Kaffee trinken. Aber da sie nicht kam, dachte ich, sie hätte es vergessen und wäre bei dir.«

Marc runzelte die Stirn. »Wann haben Sie sie denn das letzte Mal gesehen?«

»Heute Mittag gegen halb zwölf. Da kam sie wohl gerade von dir. Wir haben noch einen Tee zusammen getrunken und ein wenig geredet, bevor ich los bin. Ich hatte Helga versprochen, bei ihr vorbeizuschauen. Es wird ihr doch nichts passiert sein?«

»Nein, nein, sicher nicht«, versuchte er, sie zu beruhigen. »Wahrscheinlich ist ihr irgendwas eingefallen, was sie vor ihrer Abreise noch erledigen wollte.« Er verabschiedete sich und trennte die Verbindung.

»Und? Kommt sie endlich?« Isabelle sah ihn ungeduldig an. »Ich hab Schmacht!«

»Weiß nicht, ich erreich sie nicht.« Er versuchte erneut, Ann anzurufen. Wieder nur die Mobilbox.

»Kollege, was ist los?« Fredde setzte sich neben ihn.

»Ich erreiche Ann nicht. Rose sagt, sie hätte sie gegen Mittag das letzte Mal gesehen.« Nachdenklich schaute er Freddes ins Gesicht.

»Jetzt verfall mal nicht sofort wieder in Panik. Denk an

das letzte Mal. Da war unsere Sorge auch unbegründet. Versuch dich zu erinnern. Hat sie gestern oder heute Morgen irgendwas erzählt, was sie noch vorhat?«

»Außer unserem Treffen heut Abend?« Marc schüttelte den Kopf.

»Was ist mit diesem Flo? Wollte sie vielleicht noch zu dem? Sich verabschieden?«

»Nicht, dass ich wüsste.«

»Hast du seine Handynummer?«

Marc schüttelte erneut den Kopf.

»He«, rief Sven rüber. »Was ist denn jetzt mit dem Essen?«

»Bestellt euch schon mal was. Ann verspätet sich wohl noch«, meinte Fredde. »Komm, wir gucken mal, wo sie bleibt«, sagte er zu Marc und schob diesen aus dem Restaurant. »Du fährst den Weg entlang, den sie mit dem Fahrrad nehmen würde, wenn sie von der Liebesschlucht aus käme. Ich hol das Auto und fahre das Dorfzentrum ab. Kennst du irgendwen, mit dem dieser Florian häufiger abhängt?«

Marc überlegte. Er erinnerte sich an den Männertrupp aus dem Weinhold. Da war dieser Typ, der früher mal an der Tanke in Bastorf gearbeitet hatte. Vielleicht tat er das ja immer noch. Er gab Fredde eine Beschreibung.

»Gut, ich fahre da vorbei. Mit ein bisschen Glück arbeitet er heute, hat die Handynummer von Florian oder weiß, wo der sich aufhält. Meld dich zwischendurch mal«, rief er Marc zu, während er sein Fahrrad aufschloss.

*

Nachdem Fredde sein Fahrrad gegen das Auto getauscht hatte, fuhr er zunächst zu Florian Lehmanns Wohnung und klingelte. Die Fenster waren dunkel. Es schien keiner da zu sein. Das wäre auch zu einfach gewesen.

Bis zur Tankstelle nach Bastorf brauchte er keine zehn Minuten. Sie lag direkt an der Straße nach Kühlungsborn. Als er vor dem Eingang hielt, musste er feststellen, dass sie schon geschlossen war. Um zwanzig Uhr hatte sie dicht gemacht. Er schaute auf seine Uhr. Zwanzig vor Neun. Mist. Was jetzt? Wie kam er an Lehmanns Handynummer?

Er rief Marc an. »Und?«

»Nichts. Ich bin bis zum Haus von Rose und suche jetzt die nähere Umgebung ab. Bislang keine Spur von ihr. Ich hab mit den anderen gesprochen. Im Casa di Mare ist sie auch noch nicht aufgetaucht. Sie wollen sich melden, wenn sie doch noch kommt.« Marcs Stimme klang besorgt.

»Ich versuch weiter, Florian ausfindig zu machen. Melde mich, wenn ich was habe. Telefonier du inzwischen die Krankenhäuser der Umgebung ab. Vielleicht hatte sie einen Unfall.«

Fredde suchte im Internet nach dem Inhaber von ›Elekto Silka‹, dann nach dessen Privatadresse und Telefonnummer. Und dieses Mal hatte er Glück. Der Chef war tatsächlich zu Hause und gab ihm, wahrscheinlich aufgrund der kürzlich stattgefundenen Befragung, bereitwillig Florians Mobilfunknummer.

Immer noch vor der Tankstelle stehend rief er diese an. Sofort sprang die Mobilbox an. Es war zum Mäusemelken.

*

Als das Gespräch mit Fredde beendet war, kam Marc eine Idee. Er machte sich auf den Weg ins Weinhold. Die Chance war zwar gering, es könnte sich aber dennoch lohnen.

Die Kneipe war an diesem Freitagabend gut besucht. Hinter dem Tresen stand dieselbe Bedienung, die Ann und ihm damals Florian Lehmann gezeigt hatte.

»Hallo. Entschuldigung. Können Sie mir helfen?«

»Ah, hallo. Schön dich wiederzusehen. Heute ohne Begleitung?«

»Ja. Sag mal, ist Flo, äh, Florian Lehmann heute auch hier? Oder vielleicht einer seiner Kumpels?«

»Nee, den hab ich heute noch nicht gesehen. Aber Benne und Malte sitzen dort drüben.« Sie zeigte auf einen Tisch am Fenster.

Marc schob sich zu ihnen herüber. Die beiden jungen Männer saßen mit drei Frauen zusammen und unterhielten sich angeregt. »Hi, Entschuldigung. Wisst Ihr vielleicht, wo ich Flo finden kann?«

Neugierig wurde er beäugt. Der kleinere, ein ziemlich gewichtiger Typ mit etwas zu groß geratenen Ohren meinte: »He, dich kenn ich doch. Du warst mit dieser Kleinen hier, die vor ein paar Wochen Flo angemacht hat – Johanna, stimmt's?«

Marc zwang sich, ruhig zu bleiben, nickte stattdessen.

»Ganz niedlich!« Er grinste. »Fand Flo glaub ich auch.«

»Und? Wo finde ich den? Kommt der heute noch ins Weinhold?« Marcs Stimme bekam einen leicht aggressiven Unterton.

»Was willst'n von dem?« Benne oder Malte, wer wusste das schon, legte ebenfalls den gemütlichen Plauderton ab.

Marc riss sich zusammen. »Von ihm eigentlich nichts. Ich versuche, Johanna zu erreichen. Dachte, er wüsste vielleicht, wo sie steckt.«

Der Klops mit Ohren grinste noch breiter. »Vielleicht wollen die beiden ja nicht von dir gefunden werden.«

Die Frauen fingen an zu kichern.

»Oh Mann, Benne, du kannst 'n echtes Arsch sein. Guck dir den armen Tropf doch an. Du brichst ihm noch das

Herz«, mischte sich der Mann, der dann wohl Malte sein dürfte, ein. »Mach dir keinen Kopf, Alter«, sagte er an Marc gewandt. »Flo ist heute mit 'n paar Kumpels nach Kühlungsborn ins Kino. Reine Männerrunde! Da wird er keine Zeit haben, deine Angebetete zu vernaschen.«

Er fing an zu lachen.

»Das hat er uns zumindest erzählt«, fiel Benne in das Gelächter ein.

Marc bemühte sich, ruhig zu bleiben.

»Habt ihr seine Nummer für mich?«

Bennes Blick verriet Abneigung. »Nö, für dich nicht.« Er drehte sich demonstrativ weg und ließ Marc links liegen.

Diese Unterhaltung war dann wohl beendet.

Draußen vor der Bar rief er Fredde an.

»Marc? Moment, ich muss mal eben rechts ran«, hörte er den zur Begrüßung sagen. »Was gibt's? Hast du was?«

»Ich hab ein paar echt sympathische Freunde von Florian ausfindig gemacht. Die Handynummer wollten die mir aber nicht geben. Sie meinten aber zu wissen, dass Flo mit ein paar anderen Kumpels nach Kühlungsborn ins Kino gefahren ist.«

»Ins Ostseekino? Das ist doch was. Die Handynummer von dem Lehmann hab ich rausbekommen. Geht aber nur die Mobilbox dran. Würde Sinn machen, wenn man im Kino sitzt und sich grad nen Film anschaut. Ich fahre hin. Ich nehme an, das mit den Krankenhäusern hat nix ergeben?«

»Richtig. Es wurde nirgendwo eine Johanna Arnold eingeliefert. Es gibt auch keine unidentifizierten weiblichen Unfallopfer.«

»Kopf hoch! Das ist doch gut. Ich habe derweil mit Marie telefoniert. Die weiß leider auch nichts. Ann und sie haben heute, kurz vor Mittag, das letzte Mal miteinander gesprochen. Da war nur die Rede von unserem Abendessen im Casa di Mare. Also, ich mach mich jetzt auf den Weg ins Ostseekino.«

»Und was, wenn Florian auch keine Ahnung hat, wo sie steckt?«

»Das sehen wir dann. Sie taucht schon wieder auf. Es wird sich alles aufklären. Fahr du am besten zurück zu den anderen. Kannst ja noch mal bei Rose nachhören.«

Fredde wendete seinen Wagen und fuhr zurück nach Bastorf. Von dort aus waren es noch gut vier Kilometer bis zum Ostseekino in Kühlungsborn. Manchmal war es gar nicht so schlecht, auf dem Dorf zu wohnen. Da waren die Wege kurz, es gab nur ein ziemlich kleines Kino, und es war sicherlich nicht schwer rauszufinden, welchen Film sich die Männertruppe anschaute.

Am Kartenschalter des Lichtspielhauses hielt er seinen Polizeiausweis hoch und meinte, er müsse mal eben mit einem der Kinobesucher reden. Die Dame hinter dem Schalter brauche aber nicht in Panik zu verfallen, es gäbe keine Gefahrenlage für die anderen Besucher.

Dann betrat er vorsichtig den Saal. Seine Augen mussten sich zunächst an die Dunkelheit und das flackernde Leinwandlicht gewöhnen. Die Vorstellung war nur mäßig besucht. Er schätzte die Anzahl auf fünfundzwanzig bis dreißig Zuschauer. Die Pärchen ließ er außer Acht und suchte nach einer reinen Männergruppe. Eine kleinere von fünf Personen saß ganz links oben, eine größere links in der Mitte. Er steuerte zunächst auf die ganz oben sitzenden Männer zu, da sie zu erreichen waren, ohne die anderen Kinobesucher zu stören.

»Flo? Florian Lehmann?« wisperte er möglichst leise.

Die fünf drehten sich fast gleichzeitig um. In einem von ihnen erkannte er den Gesuchten.

»Ah, die Polizei! Na, Herr Steinmann, was hab ich jetzt wieder verbrochen? Den falschen Film angeguckt oder mich mit den falschen Leuten umgeben …?«, sagte der eine Spur zu laut, sodass sich viele der Kinobesucher erstaunt umguckten.

»Entschuldigung. Wären Sie so nett und würden mich hinausbegleiten? Damit wir reden können?«

»Warum sollte ich? Geht das nicht ein bisschen weit, dass ihr mich aus einer laufenden Kinovorführung zieht? Können eure Fragen nicht warten?«

»Es tut mir leid. Bitte. Es geht um Ann.«

Flos Gesichtsausdruck veränderte sich von überheblich in unsicher. Oder war er erschrocken? Fredde konnte es bei diesen Lichtverhältnissen nicht erkennen.

»Ann? Wieso, was ist mit ihr?«

Kapitel 17

Es war mittlerweile Viertel vor zwei am Morgen. Marc und Fredde saßen bei Oma Rose im Wohnzimmer und schauten der alten Pendeluhr dabei zu, wie sie sich durch die Nacht arbeitete.

Rose war, trotz Angst und Sorge um ihre Enkelin, in ihrem Ohrensessel eingeschlafen.

»Marc schlug mit den Fäusten auf die Lehnen und zischte: »Ich kann hier nicht mehr rumsitzen und nichts tun!«

Seinen Rollstuhl hatte er auf der Terrasse parken müssen. Fredde hatte seinen Kumpel auf einen verschnörkelten Esszimmerstuhl in Roses guter Stube verfrachtet.

»Ich weiß. Aber was sollen wir machen? Ergun ist der Meinung, dass wir bis zum Morgen warten sollen, ob sie wieder auftaucht. Sie sei schließlich erwachsen und auf Urlaub hier. Dass man da mal 'ne Nacht wegbliebe, wäre noch nichts Ungewöhnliches.«

»So'n Schwachsinn! Der kennt sie doch gar nicht! Sie würde uns nie ohne ein Wort versetzen. Außerdem geht in ein paar Stunden ihr Zug.«

Gleich nach seinem Treffen mit Flo im Ostseekino, das sie leider überhaupt nicht weitergebracht hatte, hatte Fredde Polizeioberkommissar Akyol Ergun angerufen und ihm von Anns Verschwinden berichtet. Er hatte es so dringend wie möglich gemacht, hatte Ergun daran erinnert, wie ähnlich sie der seit zwölf Jahren verschwundenen Meja Persson sah und dass das alles auch mit ihren Recherchen zu tun haben könnte. Dennoch wollte der Kommissar die Nacht abwarten. Hatte aber versprochen, sich gleich morgens um alles zu kümmern: Handyortung, Suchmitteilung an alle Polizeikräfte der Umgebung … falls Ann bis dahin noch nicht wieder aufgetaucht sein sollte.

»Jede Stunde, die verstreicht, ist eine verschenkte Stunde! Verdammt, Fredde! Wir müssen doch irgendwas machen!«

»Okay. Komm!« Er half Marc hoch und schleppte ihn zu seinem Rollstuhl. »Hast du ein aktuelles Foto von Ann? Eins, auf dem man sie gut erkennen kann? Wir fahren auf die Wache, drucken ein paar Fahndungsplakate aus und verteilen sie im Dorf, heften sie überall dahin, wo viele Leute vorbeigehen. Vielleicht meldet sich jemand, hat jemand etwas gesehen.«

»Besser, als hier rumzusitzen und nichts zu tun.«

Sie hinterließen Oma Rose ein paar Zeilen und verließen leise das Haus.«

*

Um sieben Uhr waren alle Plakate verteilt. Fredde und Marc saßen erschöpft und niedergeschlagen in der Reriker Wache. Von Ann gab es immer noch kein Lebenszeichen. Mittlerweile hatten sie Susanne und Jürgen Arnold, Anns Eltern, die erschreckenden Neuigkeiten mitgeteilt. Diese wollten sich umgehend ins Auto setzen und nach Rerik kommen.

Auch Isabelle war in der Polizeistation eingetroffen. Lutz stellte jedem einen dampfenden Kaffee vor die Nase. Fredde hatte die Kollegen mit allen Einzelheiten, auch denen aus dem Fall Meja Persson, bekannt gemacht und sie um Mithilfe gebeten.

»Mein Gott, wie unheimlich«, meinte Isabelle. »Glaubt ihr, sie ist jetzt genauso spurlos verschwunden wie das schwedische Mädchen vor zwölf Jahren? Weg – auf Nimmerwiedersehen?«

»Isabelle!« Fredde schaute erst verärgert zu ihr, dann leicht besorgt zu Marc rüber.

»Lass mal. Eigentlich traut sie sich doch nur, das zu sagen, was wir alle befürchten, oder?« Marc fuhr sich immer wieder gedankenverloren mit den Händen durch seine Haare. »Eins versteh ich nicht. Warum gerade jetzt? Was ist passiert, was das ausgelöst hat? Wenn es wirklich mit dieser Meja zu tun hat, warum ist Ann nicht zu der Zeit verschwunden, als sie noch in dem Fall recherchiert hat?«

»Das ist eine berechtigte Frage. Des weiteren frage ich mich, was wir übersehen haben«, bemerkte Fredde. »Wir haben im Fall Meja Persson so viele Spuren verfolgt, so viele Personen überprüft. Einige von denen sind verstorben, kommen für Anns Verschwinden also nicht mehr infrage. Trotz all der Hinweise, denen wir nachgegangen sind, hat sich keine vernünftige Spur ergeben, gibt es nicht mal den Hauch eines Verdachts gegen irgendjemanden. Wenn aber Anns Verschwinden mit dem von Meja zusammenhängt, ist es meiner Meinung nach fast zwingend erforderlich, dass der Täter im näheren Umfeld zu suchen ist. Denn er muss sowohl damals Meja als auch heute Ann gekannt haben. Er muss von ihrer Suche gewusst haben – vielleicht sogar, dass sie diese in letzter Zeit aufgegeben hat. Also: Wen oder was haben wir übersehen?«

Isabelle hatte ihre Augen weit aufgerissen. »Willst du damit sagen: Der Täter ist einer von uns?«

»Oder jemand, den wir kennen, eventuell durch die Ermittlungen kennengelernt haben.«

»Immer vorausgesetzt, Anns Verschwinden hat überhaupt was mit dem von Meja zu tun«, warf Marc ein.

»Sicher. Das vorausgesetzt«, nickte Fredde.

Die Haupttür ging auf, und Akyol Ergun betrat die Wache. Er hatte einen Rostocker Beamten im Schlepptau und steuerte direkt auf die kleine Gruppe zu.

»Hallo, Herr Steinmann. Gibt es Neuigkeiten? Ich möchte bitte mit der Oma, den Freunden und speziell dem einen Freund der Vermissten sprechen. Der Antrag auf Handyortung bei der Staatsanwaltschaft läuft. Ich denke, erste Ergebnisse haben wir in gut zwei Stunden.«

Fredde stand auf und begrüßte den Kommissar. »Nein, keine Neuigkeiten. Keine Nachrichten von der Vermissten. Wir haben Zettel mit ihrem Konterfei im Dorf verteilt und an die Krankenhäuser gegeben. Wir glauben nach wie vor, dass ihr Verschwinden etwas mit dem von Meja Persson zu tun haben könnte.«

»Kann sein, muss aber nicht. Halten wir uns an die Fakten. Weiß jemand, ob Frau Arnold diesbezüglich irgendwelchen Spuren nachgehen wollte?«

»Na ja, das Letzte, worüber wir gesprochen haben, war die Sache mit der ›wilden Hütte‹, die in den schwedischen Notizen von Meja Persson auftaucht. Wir haben vermutet, dass es sich hierbei um ein verlassenes Industriegebäude oder die alte Militäranlage auf der Halbinsel Wustrow handeln könnte.«

»Gut. Warten wir die Ortungsergebnisse ab. Haben Sie ein Zimmer für mich? Und dann holen Sie mir bitte die eben erwähnten Personen, damit ich sie befragen kann.«

»Ihr Freund, das bin ich«, meldete sich Marc.

»Gut, dann fangen wir mit Ihnen an.«

Während Ergun Marc befragte, suchte Fredde im Internet nach Industriegebieten in der Nähe. Es kam nicht mehr dabei heraus, als er ohnehin schon wusste. Das nächste Gewerbegebiet war in Kröpelin. Wie wahrscheinlich war es, dass Meja und Ric so weit gefahren waren? Sie hatten weder ein Auto noch Fahrräder zur Verfügung. Letztere hätten sie sich leihen können. Trotzdem – aus der Notiz des schwedischen Mädchen ging hervor, dass sie sogar allein dorthin gegangen war und auf Ric gewartet hatte. Das sprach eher dafür, dass es irgendwo hier in der Nähe sein musste.

Wie konnte er herausbekommen, wo es vor zwölf Jahren ein einsam gelegenes, verlassenes Firmengebäude gegeben hatte? Er rief bei der Stadtverwaltung Rerik an. Die verwies ihn auf das Amt Neubukow, die für solche Fragen zuständig wären. Dort wurde er mit einer Dame von der Abteilung Liegenschaften verbunden, die ihm mitteilte, dass sie das auf Anhieb auch nicht sagen könne. Da müsste jemand die archivierten Daten durchgehen. Das brauche Zeit, und die habe sie nicht. Er solle sich einen Termin geben lassen und am besten Zeit mitbringen. Da half es auch nichts, dass er sie darauf hinwies, dass es sich hierbei um dringend benötigte Informationen, um polizeiliche Ermittlungen handelte.

Er seufzte. Willkommen Bürokratie.

Er wählte die Nummer vom Casa di Mare. Hoffentlich war Signor Mancini noch nicht auf dem Weg nach Neapel. Er musste sich unbedingt dessen Handynummer geben lassen.

»Ristorante Casa di Mare, Tomasso Mancini. Was kann ich für Sie tun?«

»Signor Mancini, Frederik Steinmann hier. Gut, dass ich Sie noch antreffe.«

»Sie brauchen sich nicht zu hetzen. Ich bin noch die ganze nächste Woche hier. Ich habe so einiges zu erledigen, bevor ich den Laden für sechs Monate schließen kann.«

»Ah ja. Sagen Sie, kennen Sie einen Ort, den Ric und Meja als ›wilde Hütte‹ bezeichnet haben? Oder könnten Sie sich vorstellen, was die beiden damit gemeint haben könnten? Könnte es sich dabei um ein verlassenes Gebäude auf Wustrow gehandelt haben?«

»›Wilde Hütte‹? Hm, nein. Tut mir leid, das höre ich heute zum ersten Mal. *Scusi.*«

»Stand den beiden ein Boot zur Verfügung?«

»Also von meiner Seite nicht. Ich besitze kein Boot.«

Wieder eine Sackgasse.

Er überlegte. Natürlich könnte er Ergun dazu bringen, der Dame vom Amt Dampf zu machen, von wegen: Gefahr im Verzug. Trotzdem würde es bestimmt Stunden dauern. Und wenn die Frau vom Neubukower Liegenschaftsamt besonders korrekt war, wartete sie ab, bis sie das nötige Dringlichkeitsformular in den Händen hielt.

Es musste noch einen anderen Weg geben.

Er rief Rose an, beruhigte und tröstete sie zunächst und fragte sie dann nach alten Reriker Urgesteinen, die sich hier wie ihre Westentasche auskannten.

»Also, da gibt es Wilhelm. Der ist an die neunzig, aber im Kopf noch fit wie ein Turnschuh«, meinte Rose. »Wilhelm Sarlitz. Der kennt hier jeden Kiesel. Der kann dir auch noch genau erzählen, wer wann wo gewohnt hat und wem wann die Frau weggelaufen ist.«

Fredde ließ sich die Adresse geben und machte sich auf den Weg.

Wilhelm Sarlitz wohnte im Kattenbecker Weg. Seine kleine Wohnung war spartanisch eingerichtet, die Möbel alt, aber nicht antik. Das bei Weitem Neuste war die Fernsehzeitschrift auf dem Couchtisch. Er selbst trug Kleidung, die er, dem Stil nach zu urteilen, schon seit zwanzig oder dreißig Jahren besaß. Er lebte augenscheinlich allein und freute sich sichtlich über den unerwarteten Besuch des interessierten, jungen Polizeibeamten.

Fredde erklärte ihm, dass sie bezüglich einiger polizeilicher Ermittlungen seine Hilfe brauchen könnten. Ob er wüsste, wo es vor zwölf Jahren einsame, verlassene Industrieanlagen oder Gebäude gegeben haben könnte.

Wilhelm Sarlitz' Augen fingen an zu leuchten. Eine Frage zur regionalen Historie! Sein Spezialgebiet. Der Grund, warum die Polizei ihn das fragte, schien den alten Herrn nicht zu interessieren. Wichtig war, dass man ihn gefragt hatte. Und er hatte einiges zu erzählen.

Um zehn Uhr schaffte er es endlich, sich von dem Hobby-Historiker Sarlitz loszueisen. Fredde hatte ihm vorgegaukelt, er habe den nächsten wichtigen Termin. Sein Kopf brummte von der Flut an Geschichten. Sarlitz war durch die Epochen gehüpft, dass Fredde ihm kaum folgen konnte. Immer wieder hatte er den alten Mann ermahnen müssen, in der richtigen Zeit zu bleiben.

Außer Wustrow gab es ein, zwei Areale, die man sich anschauen könnte. Die lagen aber nicht wirklich einsam. Alles, was sonst noch infrage gekommen wäre, war mittlerweile abgerissen und überbaut oder durch einen neuen Eigentümer renoviert und bezogen worden. Bei den Arbeiten wäre eine Leiche sicherlich aufgefallen.

Er fuhr zurück zur Wache.

»Ah, Herr Steinmann. Gut, dass Sie kommen. Die Auswertung der Funkzellenortung liegt vor.« Akyol Ergun winkte ihn zu sich. »Die letzten Daten, die das Handy geschickt hat, sind allerdings von gestern, 13 Uhr 12. Danach muss es ausgeschaltet worden sein. Mit großer Wahrscheinlichkeit wurde sogar der Akku entfernt. Wir haben eine stille SMS versendet. Sobald das Gerät wieder mit Strom versorgt wird, müssten wir es haben.«

»Da es sehr ungewöhnlich ist, dass jemand sein Handy so lange nicht benutzt oder sogar den Akku herausgenommen hat ...«, fing Fredde vorsichtig an.

»Richtig. Es ist davon auszugehen, dass ein Gewaltverbrechen vorliegt. Vielleicht wurde sie überfallen, beraubt und dabei das Telefon gestohlen. Ich habe eine Einsatztruppe angefordert. Wir werden das Gebiet, aus dem sich das Handy das letzte Mal gemeldet hat, gründlich absuchen.«

»Und das wäre wo?«

»Neubukower Straße, irgendwo am Dorfrand.«

*

Irgendwo in Deutschland

Das Erste, was Ann wahrnahm, war, dass ihre Kehle wie zugeschnürt war. Sie konnte nicht schlucken.

Sie versuchte, tief Luft zu holen. Es kam kaum etwas in den Lungen an. Warum nicht?

Ersticken.

Müsste sie jetzt nicht in Panik verfallen? Doch alles schien von einem dumpfen Nebel umgeben.

Hatte sie die Augen offen? Wahrscheinlich nicht. Dunkel. Es war einfach nur dunkel.

Ersticken. Na klar. Was für ein bekloppter Traum, dachte sie noch, bevor sie wieder bewusstlos wurde.

Als sie das nächste Mal wach wurde, strömten so viele Alarm-, Warn- und Schmerzsignale ihres Körpers gleichzeitig auf sie ein, dass sie nicht wusste, welches das unerträglichste war.

Ihr Schädel schien zerbersten zu wollen. In ihrem Hinterkopf pochte der Schmerz wie ein Presslufthammer und hinderte ihr Gehirn am klaren Denken. Gleichzeitig schien irgendetwas in ihrem Mund zu stecken, das ihr das Atmen und Schlucken erschwerte.

Luft!

Panik stieg in ihr auf.

Was war mit ihr?

Warum konnte sie kaum atmen?

Hektisch sog sie Luft durch die Nasenlöcher ein und atmete diese auf gleichem Wege, viel zu schnell und zu kurz wieder aus.

Ihr wurde schwindelig.

Ruhig, Ann. Ganz ruhig, sagte sie sich. *Atme ruhig durch die Nase ein und aus. Orientier dich. Wo bist du? Was ist passiert?*

Sie hatte die ganze Zeit über die Augen weit aufgerissen, versuchte hektisch, sich umzusehen. Aber da war nichts.

Es war einfach nur stockdunkel. Sie konnte nicht einmal Umrisse von etwas ausmachen.

Nur eines war ihr mittlerweile bewusst: Sie lag halb auf dem Rücken und halb auf der rechten Seite. Ihre Arme waren hinter ihrem Rücken fixiert. Der brennende, stechende Schmerz an ihren Handgelenken sagte ihr, dass die Fesseln extrem stramm saßen und sich in ihr Fleisch schnitten.

Je wacher sie wurde, je mehr sie sich ihrer Situation

bewusst wurde, desto mehr gesellte sich Panik zu den Schmerzen.

Wo hast du dich jetzt wieder reingeritten?

Tränen der Verzweiflung liefen über ihr Gesicht.

Sie wollte schreien. Es kam aber nur ein leiser, undefinierbarer Laut aus ihrer Kehle.

Das Weinen erschwerte das Atmen noch mehr.

Hör damit auf! Du wirst noch ersticken durch dein blödes Geheule.

Oh Gott, sie musste sich zusammenreißen!

Sie versuchte, den Fremdkörper aus ihrem Mund zu husten, befahl ihrer eingetrockneten Zunge mitzuhelfen ihn rauszuschieben, aber der Knebel saß zu fest.

Vorsichtig bewegte sie den Kopf. So langsam kamen ihre Sinne zurück. Das Stoffknäuel in ihrem Mund war allem Anschein nach mit einem weiteren Tuch am Hinterkopf fixiert worden.

Ihre linke Schulter schmerzte, wohl dem Umstand geschuldet, dass ihr die Arme nach hinten gedreht worden waren. Die rechte Schulter nebst Oberarm spürte sie dagegen nicht mehr. Da war alles taub.

Gut so, Johanna! Analysier deine Lage weiter, befahl sie sich. *Was ist mit deinen Beinen?* Mit denen schien alles in Ordnung zu sein. Immerhin. Wenn sie es schaffte, sich aufzurichten, könnte sie auf zwei gesunden Beinen davonlaufen.

Von wo denn eigentlich? Wenn sie nur etwas sehen könnte. Diese totale Finsternis machte ihr Angst.

Reiß dich zusammen! Du musst hier weg. Sofort!, befahl ihr die Stimme.

Toll! Und wie soll das gehen?

Sie lauschte angespannt. Das Blut in ihrem Kopf rauschte unglaublich laut. Zu laut!

Still.

Und wenn sie nicht allein war?

Wenn da im Dunkeln etwas, jemand lauerte und darauf wartete, dass sie wach wurde?

Na klar! Da hockt mit Sicherheit einer im Dunkeln. Red dir noch mehr Scheiß ein.

Ihr Herz schlug jetzt so schnell, dass sie meinte, es wolle aus ihrem Brustkorb springen.

Das Gefühl zu ersticken wurde unerträglich.

Ihr ganzer Körper fing an zu zittern.

Bitte!

Sie wollte hier nicht sein!

Sie wollte endlich aufwachen aus diesem Albtraum.

*

Während er den Wagen säuberte, rasten seine Gedanken nur so. Er hatte sich schnell entscheiden müssen. Zu schnell.

Er war nicht darauf vorbereitet gewesen.

Normalerweise plante er alles sehr genau. Wog Risiken und Nutzen ab, überprüfte alles mehrfach auf Fehler.

Das war dieses Mal nicht möglich gewesen.

Wer hätte ahnen können, dass sie dort auftauchte?

Es war nicht seine Schuld. Er war erneut gezwungen worden zu handeln.

Und alles in allem hatte er es gut gemacht.

Aber jetzt. Jetzt brauchte er Zeit, um nachzudenken.

Sie war noch nicht tot. Er hatte den Schlag zu zaghaft ausgeführt.

Er hasste direkte Gewalt.

Er hasste das Geräusch, das zu hören gewesen war, als er ihren Kopf traf.

Haselnusssirup in Kaffee zu schütten war okay. Jemanden von der Straße abdrängen: kein Problem. Auch, wenn er dann noch ein wenig nachhelfen musste. Was ja eigentlich ein Akt der Gnade gewesen war, der Erlösung. Die Gastherme manipulieren: ebenfalls eine saubere Sache.

Aber jetzt lag sie da. Zugegeben: gut versteckt und verschnürt. Das Risiko, dass sie sich bemerkbar machen könnte, war sehr gering. Aber es gab eins. Und er war jemand, der Risiken gern ausschloss.

Vielleicht tat sie ihm und sich selbst den Gefallen und starb an den Folgen der Kopfverletzung?

Er wollte sich nichts vormachen: Verbluten würde sie nicht. Dafür war die ausgetretene Menge zu gering gewesen.

Er wusste, dass Menschen extrem lange ohne Nahrung, aber nur kurz ohne Süßwasser auskamen. Im Schnitt waren es wohl nur zwei bis drei Tage, dann trocknete der Körper aus und starb an multiplem Organversagen. Leider hatte es auch immer wieder einzelne Fälle gegeben, in denen Menschen sechs oder gar neun Tage überlebt hatten.

Könnte er sicher sein, dass sie es in zwei Tagen hinter sich hätte, würde er sie eventuell ihrem Schicksal überlassen. Finden würde sie dort garantiert niemand. Nicht, ohne dass sie auf sich aufmerksam machte.

Aber neun Tage? Nein, da musste ihm was einfallen. Etwas, wobei er sich die Hände nicht unnötig schmutzig machen musste.

Das würde er schon hinkriegen.

Er hatte bislang alles hingekriegt.

*

Ann war jetzt mehr als wach. Das Adrenalin hatte das Dumpfe, das Vernebelte aus ihrem Kopf gespült.

Leider.

Die Stimme prügelte immer lauter auf sie ein.

Ann versuchte sie und die immer stärker werdenden Schmerzen in die Tiefe ihres Bewusstseins zu drängen und ihre Sinne auf andere Dinge zu fokussieren. Ihren Geruchssinn zum Beispiel.

Es roch nach feuchter Erde, nach modrigem Holz und nach Pflanzen.

Mit ihren Fingern versuchte sie, den Boden, auf dem sie lag, abzutasten. So eng, wie sie gefesselt worden war, fiel der zu fühlende Bereich ziemlich gering aus, zudem waren ihre Finger taub. Trotzdem glaubte sie, dass sie auf Holzplanken lag. Dreckigen Holzplanken.

Nachdem nach minutenlanger Panik immer noch keiner aus der Dunkelheit auf sie losgegangen war, hatte sie es geschafft, sich ein wenig zu beruhigen. Auch das Rauschen in ihrem Schädel hatte nachgelassen.

Sie konzentrierte sich auf die Geräusche der Umgebung. Es gab erschreckend wenig. Mal meinte sie, einen sehr leisen, dumpfen Ton erlauscht zu haben, dann so etwas wie den Hauch eines Blätterrauschens. Oder war das doch wieder das eigene Blut, das sie fließen hörte?

Wo zum Geier war es so still und roch so nach … draußen?

Er hat dich lebendig begraben. Du bist erledigt.

Halt endlich deine Klappe! Sie versuchte, nicht auf die Stimme zu hören.

Was wäre, wenn sie auf dem fensterlosen Dachboden eines alten, sehr einsam stehenden Hauses lag und es Nacht war?

Aber würde man nicht trotzdem irgendetwas hören? Autos, die auf entfernten Straßen fuhren, das leise Geräusch der Antriebsdüsen eines Ferienfliegers, Hunde, die bellten, Katzen im Revierstreit, Nachtvögel, irgendwas?

Genau. Vergiss es. Du bist unter der Erde. Finito! Aus und vorbei!

Wie lange sie wohl schon hier war?

Sie konnte sich daran erinnern, dass sie mit dem Fahrrad unterwegs gewesen war. Sie wollte noch einmal am Haff entlang, durch die Dorfmitte und dann zum Supermarkt, ein paar Kleinigkeiten für die Rückfahrt besorgen. Dann wollte sie zurück zu Rose, gemütlich mit ihr Kaffee trinken.

Oh Gott, Rose!

Tränen fluteten ihre Augen.

Sie würde sich solche Sorgen machen. Und Marc erst!

Reiß dich zusammen, Ann!, fuhr sie sich in Gedanken an. *An was erinnerst du dich noch?*

Ja, an was? Ihr Kopf schmerzte so sehr. Und ihr war kalt, so schrecklich kalt!

Konzentrier dich! Was ist das Letzte, an das du dich erinnerst, bevor du hier wach geworden bist?

Sie zermarterte sich ihr Gehirn.

Sie war Fahrrad gefahren. Es war frisch gewesen, windig, aber trocken. Ihre Stimmung war gut.

Sie hatte keine Gefahr bemerkt.

Und dann?

Und dann war sie hier aufgewacht.

Komm schon, Ann. Gib dir mehr Mühe! Man sitzt nicht in der einen Sekunde noch fröhlich auf dem Fahrrad und wacht im nächsten Moment zerschunden, gefesselt und geknebelt in einem dunkeln Loch auf! Denk nach!, forderte die Stimme.

Ich erinnere mich nicht!, schrie die Verzweiflung in ihrem Kopf.

Vorsichtig und vor Schmerzen stöhnend, versuchte sie, sich mit den Füßen vom Boden abzudrücken. Vielleicht konnte sie so an ein Ende des Raumes robben und sich an der Wand hochschieben? Alles war besser, als hier so hilflos herumzuliegen.

Vergiss es. Das klappt nie.

Zentimeter für Zentimeter drückte sie ihren Körper nach hinten. Jedes Mal, wenn ihre gefesselten Hände den Druck ihres Körpers zu spüren bekamen, schrie sie auf. Der Knebel erstickte jedoch die meisten ihrer Laute.

Sie hatte Durst.

Wasser! Was würde sie für einen Schluck dieses köstlichen Getränks geben!

Hey – immerhin hast du die Wahl: verdursten oder ersticken. Wer hat die schon?

Nach einer gefühlten Ewigkeit bekam ihr Kopf schmerzhaft zu spüren, dass sie angekommen war. Sie war nur ganz sanft angestoßen, aufgrund ihrer Wunde hatte es sich jedoch angefühlt, als hätte jemand ihren Schädel gespalten.

Wie lange hatte sie für diese Ministrecke wohl gebraucht? Es war bestimmt nicht viel mehr als ein Meter gewesen. Kräftemäßig war sie vollkommen am Ende. Nicht daran zu denken, sich noch an der Wand hochschieben zu wollen!

Erschöpft hievte sie sich auf die linke Seite.

Stunden-, wochen-, monatelang lag sie einfach so da. Nein – es waren wohl nur Minuten. Ihr Zeitgefühl hatte sie verlassen. Sie wusste ja nicht einmal, was für einen Wochentag sie heute hatten.

Sie musste endlich diesen Knebel loswerden! Sie hatte das Gefühl, er sauge sämtlichen verbliebenen Speichel ihres ohnehin total ausgetrockneten Mundes auf. Vorsichtig schubberte sie mit der linken Wange über den Boden. Immer in eine Richtung. So müsste es doch möglich sein, das Stoffband, das den Knebel fixierte, peu à peu in Richtung Kinn zu schieben. Nicht mehr unter Druck stehend, würde es irgendwann lose um ihren Hals hängen, und sie könnte den Knebel ausspucken – so weit die hoffnungsvolle Theorie.

Sie hatte sich bemüht, gekämpft und das Stoffband wirklich um einige Millimeter verschieben können. Aber es stand immer noch unter Druck.

Du müsstest dich sehen: wie du daliegst und wie so eine Bekloppte mit dem Gesicht über den Boden schrubbst. Das bringt doch nichts. Du wirst hier verrecken!

Ihr Wille war nach wie vor ungebrochen, ihre Kräfte jedoch wurden immer weniger.

Hinzu kam, dass sich ein allzu menschliches Bedürfnis bemerkbar machte. Sie musste mal.

Auch das noch! Jetzt pinkelt sie sich auch noch voll. Wie tief muss man sinken?

Oh Gott, wie sollte das gehen? Sie konnte sich nicht einmal die Hose öffnen oder herunterziehen.

Sie würde in ihrem eigenen Urin liegen! Obschon sie sich der Unausweichlichkeit ihrer Lage bewusst war, verkniff sie es sich, dem Drang nachzugeben.

Unwillkürlich schreckte sie hoch.

War sie gerade weggedämmert? Wie lange hatte sie geschlafen?

Ist doch egal – bald schläfst du für immer!

Ihre Blase meldete sich. *Nein, denk einfach an was anderes! Lenk dich ab! Du musst nur noch ein bisschen durchhalten. Marc und Fredde holen dich hier raus,* dachte sie.

Während Ann wieder anfing, das Stoffband in Richtung Kinn zu reiben, befahl sie ihrem Gehirn, sich mit dem Grund ihres Hierseins zu beschäftigen.

Wer konnte etwas davon haben, sie hier, wo immer das auch sein mochte, festzuhalten?

Es musste jemand sein, dem ihr Wohlergehen ziemlich egal war. Sie war ja nicht bloß gefangen, sondern hatte offene Wunden, die eigentlich hätten versorgt werden müssen. Winziger Lichtblick: Der Unbekannte hätte sie auch längst töten können. Sie hatte lange bewusst- und somit hilflos dagelegen. Sie umzubringen wäre ein Leichtes gewesen. Hatte er aber nicht.

Und das sagt uns was? Dass er dich am Leben lassen will? Vergiss es!

Dieser jemand wollte ihr augenscheinlich Angst machen, und Schmerzen zufügen. Ein perverser Sadist also.

Fiel ihr irgendeine Person ein, der sie so etwas zutraute?

Fieberhaft ging sie alle durch, die sie kannte oder in den letzten acht Wochen in Rerik kennengelernt hatte.

Sven, Timo, Jan, Helen, Lena und Isabelle. Florian, Fredde und natürlich Marc.

Nein, keiner von denen wäre zu so etwas fähig.

War sie also das Zufallsopfer eines unbekannten Wahnsinnigen? Wieso sie?

Wieso nicht du? Es gab schon andere, denen das passiert ist.

Und immer wieder die Frage: Wie war sie hierher gekommen? Wie und wo hatte er, oder sie, sie überwältigt – am helllichten Tag?

Das musste doch jemand mitbekommen haben!

Warum hast du eigentlich nichts mitbekommen?

Erschöpft legte sie ihren Kopf ab, um sich einen Moment auszuruhen.

Ihr Unterbauch fing an zu schmerzen. Der Druck, der auf ihrer Blase lastete, wurde immer stärker. Kurz überlegte sie, einfach loszulassen.

Ist doch egal! Sollten sie dich überhaupt irgendwann finden, bist du längst tot. Eine Schönheit bist du eh nicht mehr. Lass einfach los! Ein Schmerz weniger!

Aber sie konnte einfach nicht. Es war schlimm genug. Sie wollte nicht auch noch in ihrem eigenen Urin liegen. Außerdem war ihr unendlich kalt. Nasse Klamotten würden ihre Situation nicht verbessern.

Denk nach! Ist dir niemand aufgefallen? Jemand, der vielleicht nur am Rand Kontakt zu dir hatte? Den du nicht wirklich kennst, der sich aber häufig in eurer Nähe herumgetrieben hat?, meldete sich ihr analytisches Denken, um sie von der Schmach ihres Dahinsiechens abzulenken.

Sie dachte an die vergangenen Wochen zurück, rief sich Orte und Szenen in Erinnerung. Klar, sie waren viel in der Öffentlichkeit unterwegs gewesen, in Kneipen, Restaurants, am Strand ...! Da wäre es ein Leichtes gewesen, sie zu beobachten.

Und dann waren da noch die Leute, die sie durch die Suche nach Meja kennengelernt hatte.

Meja!

Was, wenn ihr das Gleiche passiert war?

Konnte das sein? War es möglich, dass derselbe Täter, der vor zwölf Jahren Meja verschwinden ließ, auch sie entführt hatte? Ihr Herz begann wieder zu rasen.

Oh mein Gott! Und dann? Was war dann passiert? Hatte er sie einfach in diesem dunklen Loch verrecken lassen?

Tja, jetzt hast du's. Das ist es. So wird's gewesen sein. Und jetzt bist du dran.

Hieß das, dass hier irgendwo in ihrer Nähe die skelettierten Überreste des schwedischen Mädchens lagen? Vielleicht keine Armlänge von ihr entfernt?

Würd ich mal von ausgehen.

Ihr Atem ging wieder so schnell, dass sie erneut dachte, sie müsse ersticken. Sie wollte so gern schreien! Laut und so lang, bis ihr die Stimme wegblieb. Aber ihr Hals war trocken, und der Knebel saß nach wie vor fest.

Sie konnte es nicht ändern: Die Verzweiflung übernahm die Oberhand. Der Weinkrampf schüttelte ihren ohnehin zitternden Körper noch mehr durch. Gleichzeitig sog sie hastig Luft durch die verschleimten Nasenlöcher.

Die Erschöpfung und der geringe Sauerstoffanteil ihrer Atemluft ließen sie schließlich bewusstlos werden.

Kapitel 18

Schneidende Kälte weckte sie. Sie spürte, wie die Hose an ihren Beinen klebte. Wieso war sie da unten so nass? Die Verwirrung hielt nur kurz, bevor ihr klar wurde, wo sie sich befand und dass sich ihr Körper mit dem Erschlaffen der Muskeln eines ihrer mannigfaltigen Probleme entledigt hatte.

Tiefer kannst du echt nicht mehr sinken!

Dafür waren ihre Nasenlöcher wieder frei, sodass ihr ein einigermaßen ungehindertes Atmen möglich war.

Sie würde sich jetzt zusammenreißen. Noch war sie nicht tot! Entschlossen fuhr sie fort, die Stoffbinde zu bearbeiten, hielt jedoch gleich wieder inne.

Fing sie an zu halluzinieren, oder sah sie wirklich den Hauch eines Umrisses ihres Gefängnisses? Stöhnend vor Schmerz drehte sie sich langsam auf die andere Seite und starrte konzentriert in die Schwärze.

Tatsache! Die eine Ecke lag immer noch komplett im Dunkeln. Auf der anderen Seite aber zeichneten sich zarte Linien ab. Verängstigt und doch voller Hoffnung folgten ihre Augen den kaum wahrnehmbaren, architektonischen Spuren. Der Raum war klein, sehr klein. Sie schätzte ihn auf drei mal zwei Meter. Wenn überhaupt. Sie befand sich an der einen langen Seite. An der kurzen, hinter ihren Füßen, meinte sie, so etwas wie Kisten erkennen zu können, war sich jedoch nicht sicher.

Das Erstaunlichste aber war die Höhe des Raumes! Keine anderthalb Meter über ihr war Schluss. An den Wänden gab es keine Fenster, Nischen und natürlich auch keine Tür. Das spärliche Licht fiel durch ein paar Ritzen in der Decke. Ihre Augen tasteten diese ab. Ja, es schien so, als ob der größte Teil über ihr aus einer zweiflügeligen Luke bestehen würde. Wie bei manchen alten Kartoffelkellern, bei denen man von außen eine Bodenluke öffnen konnte, um die Kartoffeln über eine Rutsche in den Keller gleiten zu lassen.

Oder wie bei einem Grab.

Wenn sie doch ihre Fesseln losbekäme! Sie bräuchte sich nur aufsetzen und mit ihren Armen die Luke hochzudrücken!

Eins nach dem anderen. Jetzt musste sie erst einmal den Knebel loswerden. Mit neuer Energie schrubbte sie ihre Gesichtshälfte über den Boden. Dabei war es ihr vollkommen egal, was das für ihre Haut bedeutete.

Du glaubst das wirklich, oder? Dass du hier lebendig rauskommst? Die Stimme triefte vor Spott.

Verdammte Scheiße, schrie sie gedanklich zurück. *Hör endlich auf, mich fertigzumachen. Hilf mir lieber!*

Warum sollte ich?

Wenn ich sterbe, ist das auch dein Ende. Schon mal drüber nachgedacht?

Die Stimme schwieg. Wenigstens etwas.

Ann überlegte erneut, warum man sie hier gefangen hielt. Vorsichtig spähte sie in die Dunkelheit und suchte den Boden neben sich nach einer verdächtigen Silhouette ab. Nein, da war nichts Skelettähnliches zu erkennen. Sollte Meja hier liegen, schien sie außerhalb ihrer Reichweite zu sein.

Sie widmete sich wieder dem Knebel-Problem.

Also, fing ihr analytisches Denken an, *nehmen wir mal an, deine Entführung hätte was mit Mejas Verschwinden zu tun. Nehmen wir weiter an, es handelt sich um denselben Täter – was wären die Fragen, die du dir stellen müsstest?*

Warum ich und warum jetzt? – Warum ich? Da gibt es zwei Möglichkeiten. Zum Ersten, weil ich Meja so ähnlich sehe. Der Täter fühlt sich, bedingt durch eine psychische Störung, durch eine Art Zwang, genötigt, mich auch zu beseitigen. Oder, zweitens, weil ich ihm durch meine Recherchen zu nahe gekommen bin.

Du recherchierst aber doch schon seit Längerem nicht mehr.

Stimmt. Ich konnte nichts beitragen, dass uns der Lösung nähergebracht hätte. Die einzige neue Erkenntnis, die wir in letzter Zeit hatten, war die mit der wilden Hütte.

Die kam aber nicht von dir.

Nein, auf die ist Fredde gestoßen. Und der hat sie mit Marc und mir geteilt.

Und mit der Reriker Dienststelle und der halben Rostocker Polizei. Was bringt es also, nur dich zu beseitigen? Bleibt bei Variante zwei nur noch, dass du über irgendwas gestolpert bist, von dem dir nicht bewusst ist, dass es dem Täter gefährlich werden könnte.

Was sollte das sein? Stöhnend ließ sie ihren Kopf auf die Planken sinken. Ihre Gesichtshälfte brannte wie Feuer, und ihr Nacken schmerzte. Eigentlich gab es keine Stelle ihres Körpers, die nicht höllisch wehtat, bis auf die, die sie nicht mehr spürte.

Konzentrier dich auf die Lösung des Falls! Das lenkt dich von den Schmerzen ab, befahl sie sich.

Wer gehört zu den Verdächtigen? Zu denen, die sowohl Meja kannten als auch dich?

Federico …

Der ist tot.

Und seine Freundin Sophia Lange.

Die kannte Meja nicht.

Florian, Ginevra Barbieri und Signor Mancini.

Florian können wir ja wohl mittlerweile ausschließen. Der hätte dir auch schon am Strand den Schädel einschlagen können. Frau Barbieri: auch tot. Bleibt noch Tomasso Mancini.

Tomasso Mancini!

Wieder begann Ann, die Stoffbinde zu bearbeiten.

Mancini war die meiste Zeit bestens über die Ermittlungsergebnisse informiert gewesen, allein durch seine häufigen Befragungen. Er kannte Meja und Ginevra, hatte sogar Kontakt zu Lisa Rieckhoff.

Konnte sie sich vorstellen, dass der nette alte Herr so grausam sein konnte? Und warum hätte er Meja damals umbringen sollen?

Von wem kannst du dir schon vorstellen, dass er jemanden absichtlich tötet? Hättest du geglaubt, dass Åke Persson ein Messer nimmt und es Federico in die Brust rammt?

Nein.

Und wer war schon so gut informiert wie Signor Mancini?

Außer Fredde, Marc und mir? Keiner!

Dich selbst kannst du ausschließen.

Und Fredde und Marc kannten Meja nicht.

Zögernd hielt sie inne. Und wenn doch? Beide waren in Rerik aufgewachsen, wohnten zu der Zeit im Ort. Sie waren in Mejas Alter gewesen und trieben sich bestimmt viel am Strand und bei den Eisdielen am Hafen herum. Was, wenn einer von ihnen sie kennengelernt hatte. Marc saß damals noch nicht im Rollstuhl.

Konnte das sein?

Klar kann das sein! So ein durchtriebener Kerl. Und mit dem bist du in die Kiste gestiegen, mischte sich die Stimme wieder ein.

Ihr Kopf brummte. Es fiel ihr schwer, auf Informationen zurückzugreifen, die diese absurde These stichhaltig widerlegt hätten.

Verbissen bearbeitete sie den Knebel.

Nein, das wollte sie nicht glauben. Es ergäbe überhaupt keinen Sinn! Florian hätte es wissen müssen und ihr sicherlich davon erzählt.

Wenn er davon gewusst hätte.

Und warum sollte Marc mich hier in dieses Loch werfen? Wie sollte er das überhaupt hinbekommen? Er hätte doch nur warten müssen. Am Samstag wäre ich in den Zug gestiegen. Er hätte gewusst, dass die Ermittlungen im Fall Meja Persson für mich in weite Ferne gerückt wären!

Aber vielleicht war es genau das! Vielleicht wollte er verhindern, dass du fährst. Vielleicht wollte er nicht verlassen werden. Nicht schon wieder! Vielleicht wollte er auch damals nicht, dass Meja nach Schweden zurück geht! Dein Freund ist ein besitzergreifender, brutaler Frauenmörder. Und keiner checkt was – auch nicht der dümmliche Fredde.

Hör auf!, schrie sie innerlich die Stimme an. *Ich will so 'n Scheiß nicht hören!* Tränen der Wut kullerten über ihre Wangen.

Mit einem sanften Ruck ließ der Druck der Stoffbinde plötzlich nach, die Schlaufe glitt ihr Kinn entlang und hing locker um ihren Hals.

*

Rerik

Das Einsatzteam bestand aus fünfundzwanzig Männern, Frauen und drei Polizeihunden. Zudem konnte Kommissar

Ergun auf die Hilfe von Fredde, Marc, Isabelle, Sven, Lena, Timo und Florian zurückgreifen. Die bekamen eine kurze Anweisung, nach welchen Spuren gesucht wurde und wie sie sich zu verhalten hatten.

Nach einer Ansprache an die gesamte Mannschaft ging es los. Der Suchtrupp arbeitete sich vom Ende des Bereichs der Funkzelle die Neubukower Straße Richtung Rerik vor. Auf der Höhe der John-Brinckmann-Straße teilte er sich in zwei Lager. Die einen gingen weiter die Neubukower Straße entlang, Richtung Alte Gärtnerei, die anderen folgten der John-Brinkmann-Straße hin zur Mutter-Kind-Klinik. Hier trennten sie sich erneut, und ein Teil bog ab in den Grünen Winkel. Die einen gingen durch unwegsames Gelände und suchten in den Büschen und Hecken nach Dingen, die Ann gehört haben konnten, andere gingen von Tür zu Tür, zeigten ihr Foto, befragten die Anwohner nach seltsamen Vorkommnissen, ließen sich Keller, Garagen und Schuppen zeigen. Vor allen Dingen nach Anns Fahrrad hielt man Ausschau.

Um vierzehn Uhr wies Ergun den Suchtrupp über Funk an, eine kurze Pause zu machen. Man setzte sich dort hin, wo man sich gerade befand, trank einen Schluck oder unterhielt sich leise. Die Hundeführer ließen ihre Tiere spielen und rennen. Die hatten längere Zeit hoch konzentriert gearbeitet, aber nicht ein einziges Mal angeschlagen.

Fredde sah sich um. Zum wiederholten Mal fragte er sich, was Ann in dieser Gegend gewollt hatte.

Kleinere Gruppen der Mannschaft hatten sich mittlerweile über ein großes Suchgebiet verteilt. Die einen waren im Haffwinkel angekommen, die anderen suchten den Birkenweg ab, wieder andere fragten sich durch die Professor-Hamann-Straße.

Er nahm sein Handy und rief bei Rose an. Er beschrieb ihr das Gebiet, das sie absuchten. »Gibt es hier irgendwen, den Johanna kennt, den sie besucht haben könnte?«

Rose verneinte. »Susanne und Jürgen werden in Kürze eintreffen. Sie werden mit Kommissar Ergun reden wollen.«

»Schick sie zu uns raus. Wir werden hier sicher noch ein paar Stunden beschäftigt sein.« Für Anns Eltern wäre es bestimmt ein Trost, wenn sie sähen, wie viele Leute nach ihrer Tochter suchten.

Fredde ging zu seinen Freunden rüber. Die meisten saßen auf einer kleinen Steinmauer und hingen ihren Gedanken nach.

»Was könnte Ann hier gewollt haben?«, fragte Marc gerade in die stumme Runde. »Denkt nach! Fällt euch irgendwas ein? Jeder noch so schräge Denkansatz könnte wegweisend sein, jede zufällig aufgeschnappte Äußerung wichtig!«

»Was glaubst du, was wir den ganzen Tag, ach, seit gestern Abend machen? Ich zermartere mir das Hirn«, seufzte Lena. »Aber mir gegenüber hat sie nichts und niemanden erwähnt, was das hier erklären würde.«

Fredde drehte sich langsam um die eigene Achse. Was gab es in diesem Teil Reriks, was Ann dazu gebracht hatte, an ihrem letzten Tag hier rauszufahren?

»Und was, wenn sie gar nicht hier war? Wenn nur ihr Handy hier war?«, gab Marc zu Bedenken.

»Du meinst, wenn sie ganz woanders überfallen worden wäre, der Täter ihr Handy mitgenommen und es erst hier ausgeschaltet hätte?«

»Dann wäre unsere Suche vollkommen sinnlos, und wir hätten wertvolle Zeit verschwendet«, stöhnte Sven.

*

Ann hätte nie gedacht, dass es so schwierig sein könnte, einen Knebel aus dem eigenen Mund zu spucken. Ihre Zunge wurde seit Stunden – oder waren es Tage? – durch den Knebel an den Gaumen gedrückt, sodass sie meinte, sie könne die beiden gar nicht mehr voneinander lösen. Zudem klebte das Stoffknäuel an ihrer trockenen Zunge fest. Sie brauchte unendlich lange, bevor sie den Fremdkörper endlich los war.

Doch dann war es geschafft.

Was für ein Glücksgefühl!

Es fühlte sich an wie ein ganz großer Sieg.

Sie hatte sich von einer Geißel befreien können. Und den Rest würde sie auch noch schaffen!

Wer sollte sie jetzt noch aufhalten?

Das breite Grinsen ihres Gesichts wirkte eher wie eine entartete Grimasse. Die eingetrockneten Mundwinkel und die verkrampften Gesichtsmuskeln wollten einfach kein normales Lächeln ermöglichen. Aber wen interessierte das?

Gierig sog sie Luft durch ihren Mund ein, pustete sie wieder aus und bewegte den Kiefer hin und her.

Mit dem Schlucken hatte sie zunächst Probleme. Der Hals war so trocken, dass es schien, als sei ihr Kehlkopf festgeklebt. Doch auch das klappte mit jeder Minute besser.

Sie räusperte sich ein paar Mal. Der heisere Laut, der dabei zu hören war, machte wenig Hoffnung auf eine große Stimmgewalt. Sie holte tief Luft und versuchte einen vorsichtigen Hilferuf. Heraus kam nur ein kaum hörbares Krächzen.

Erschrocken hielt sie inne. Sollte sie überhaupt schreien? Was, wenn ihr Peiniger im Gebäude war, irgendwo über ihr? Was, wenn er direkt zu ihr käme und ihr den ekeligen Knebel wieder tief in den Mund stopfte? Dann wäre alles Kämpfen umsonst gewesen.

Das Glücksgefühl wurde von der aufflammenden Verzweiflung einfach weggeschwemmt.

Dazu müsste dieser Dreckskerl erst mal zu dir ins Loch springen! Er müsste sich dir zeigen. Los schrei! Lass ihn ruhig kommen. Dann weißt du wenigstens, mit wem du es zu tun hast!, forderte die wütende Stimme in ihrem Kopf.

Sie lauschte.

Obschon es draußen Tag zu ein schien, hatte Ann immer noch keine erkennbaren Geräusche ausmachen können. Es war unglaublich still. Zwar hatte sie weiterhin das Gefühl, ab und zu ein leichtes Rauschen wahrzunehmen. Aber es war mehr ein Gefühl als eine Tatsache. Ach ja, und einmal glaubte sie, das kurze ›Tschiep‹ eines Vogels zu hören, sehr dumpf und sehr weit weg.

Wenn dort über ihr jemand wäre, müsste sie doch irgendwann mal etwas davon mitgekriegt haben. Keiner bewegte sich lautlos durch ein Haus.

Zunächst ganz vorsichtig, dann immer mutiger fing sie an zu rufen. Das Krächzen wurde zu einem heiseren Ruf, und mit jedem Laut kam ein Stück ihrer Stimme zurück, bis sie fest und laut um Hilfe schrie.

*

Rerik

Die einzelnen Suchmannschaften hatten sich gerade wieder in Bewegung gesetzt, als Florian auf Fredde zutrat. »Kann ich dich kurz sprechen?«

»Klar, was gibt's? Ist dir was eingefallen?«

»Ich weiß nicht, aber mir geht der Gedanke irgendwie nicht mehr aus dem Kopf. Was, wenn sie doch zu mir wollte?«

Fredde schaute ihn verständnislos an. »Wie meinst du das?«

»Wir suchen doch die ganze Zeit nach einem Grund, warum Ann sich hier in dieser Gegend aufgehalten haben könnte, oder?«

Fredde nickte. »Ja, aber deine Bude liegt doch in nem ganz anderen Viertel.«

»Das schon, aber Elektro Silka ist gleich hier um die Ecke, ein Stück die John-Brinckmann-Straße rauf. Was, wenn sie sich spontan überlegt hat, mich auf der Arbeit zu besuchen, um Tschüss zu sagen? Ich war die meiste Zeit bei Kunden. Das hätte ich nicht mitgekriegt.«

»Aber natürlich!« Fredde schlug sich in Gedanken mit der Hand vor den Kopf. Erst kürzlich hatte er Florian und seine Kollegen im Betrieb Silka – hier ganz in der Nähe – befragt. Dass er da nicht selbst drauf gekommen war.

Ann wäre sicherlich in das Gebäude reingegangen und hätte sich nach Florian erkundigt. Wäre sie da gewesen, müsste es also einer der Mitarbeiter mitbekommen haben.

»Kannst du deine Kollegen anrufen und fragen, ob sie jemand gesehen oder vielleicht sogar mit ihr gesprochen hat?«

»Klar, mach ich sofort.« Flo wandte sich ab, nahm sein Handy und fing an, seine Arbeitskollegen abzutelefonieren.

Immer wieder schaute Fredde zu ihm rüber und sah, wie Flo auf sein Mobiltelefon einredete. Wenn sich ihre Blicke trafen, schüttelte der enttäuscht den Kopf.

Nach ungefähr zehn Minuten kam der deprimierende Bericht: »Nichts. Ich hab sieben meiner acht Kollegen erreicht. Bei dem Achten versuche ich es weiter. Keiner kann sich an Ann erinnern oder hat mit ihr gesprochen. Vielleicht liege ich doch falsch.«

»Hm, oder der Grund ihres Hierseins war genau der, den du vermutest. Nur, dass sie es nicht mehr bis zu eurem Betrieb geschafft hat, weil vorher irgendwas passiert ist, weil sie daran gehindert wurde. Sag mir auf jeden Fall Bescheid, wenn du den letzten Kollegen erreicht hast. Ich unterrichte Ergun über deinen Verdacht.«

*

Irgendwo in Deutschland

Sie hatte gerufen, gelauscht, geschrien und wieder gelauscht. Aber bislang gab es keine Anzeichen dafür, dass sie jemand gehört hatte.

Gäbe es keine Chance, dich zu hören, hätte er dich nicht so fest geknebelt, dachte sie sich. Sie würde es weiter versuchen, so lange, bis ihre Stimme versagen würde. Wenn sie nur an ein Schlückchen Wasser käme! Sie hatte unglaublich großen Durst!

Außerdem konnte sie es nicht mehr ertragen, so verschränkt dazuliegen! Sich hinzusetzen war in Anbetracht der Lage, dass ihre Hände auf dem Rücken gefesselt waren, leichter gesagt als getan.

Über die Seite hatte sie es schon versucht. Sie wollte irgendwie auf die Knie kommen, um dann entweder aufzustehen oder sich auf den Po gleiten zu lassen. Man kam aber einfach nicht von der Seite aus auf die Knie, ohne sich mit den Armen abzustützen.

Blieb nur noch, sich mit dem ganzen Körper auf die gefesselten Hände zu rollen, um sich dann mithilfe der Bauchmuskeln aufzusetzen. Das bedeutete aber, dass kurzzeitig nicht nur ihr Gewicht, sondern auch der Druck, der beim Hochkommen entstand, auf ihren zerschnittenen Händen lastete. Und das, obwohl schon jede kleinste Bewegung höllisch wehtat.

Also gut: Augen zu und durch!

Vorsichtig drehte sie sich auf den Rücken und ließ ihr Gewicht langsam auf ihre gefesselten Hände gleiten.

Sie schrie laut und hemmungslos.

Jedes Gramm machte den Schmerz unerträglicher, sodass sie sich nach wenigen Sekunden auf die Seite zurück warf.

Das Wenige, was an Flüssigkeit noch in ihrem Körper zu sein schien, wandelte sie nun auch noch in Tränen um.

Unmöglich, dachte sie. *Das halt ich nicht aus.*

Komm! Versuch es noch mal! Gib nicht auf!

Und wenn sie sich komplett auf den Bauch drehen würde? Sie könnte ihre Beine anwinkeln und ihre Knie am Körper hochziehen. Gut, sie müsste eine Schulter zu Hilfe nehmen, um sich abzustützen …!

»Einen Versuch ist es wert«, murmelte sie.

Sie drehte sich vorsichtig auf den Bauch und winkelte die Beine an. Ganz gerade klappte das nicht, sie geriet in eine leichte Schräglage, die sie versuchen musste, mit der rechten Schulter abzufangen, um nicht auf die Seite zu kippen. Dabei gerieten ihre Handfesseln wieder unter eine derart große Spannung, dass sie dachte, sie würde vor Schmerz gleich ohnmächtig.

Wieder schrie sie wie von Sinnen.

Mit letzter Kraft drückte sie sich hoch und blieb erschöpft, auf ihren Knien ruhend, hocken.

Geschafft!

Ihre Stirn hatte nach wie vor Kontakt mit den Holzplanken.

Ruh dich aus. Lass dir Zeit. Jetzt nur keinen Fehler machen. Wenn du deinen Kopf zu schnell hochnimmst, wird dir schwindelig und du trudelst wieder auf die Seite, wies die Stimme sie an.

Also blieb sie so hocken, bis ihre Beine meldeten, dass die Stellung nicht gerade durchblutungsfördernd war.

Sie richtete ihren Oberkörper ganz langsam auf.

*

Rerik

Um zwanzig Uhr dreißig war der Einsatz beendet, und die meisten Kollegen des Suchtrupps machten sich auf den Heimweg. Akyol Ergun war mit Anns Eltern in einem Büro der Reriker Wache verschwunden, um sich mit ihnen zu besprechen.

Einige Beamte saßen noch an den Rechnern und sortierten Spuren, gingen Hinweisen nach oder schrieben Berichte.

Viel Hoffnungsfrohes war nicht herausgekommen. Sie hatten weder Anns Fahrrad gefunden, noch eine Ahnung, ob diese persönlich überhaupt in der Gegend gewesen war. Keiner der Befragten konnte sich an die junge Frau auf ihrem Fahrrad erinnern.

»Und jetzt?« Verzweifelt schaute Marc seinen Freund an.

»Ich weiß es nicht. Wir müssen warten, ob bei den Hinweisen, denen die Kollegen nachgehen, noch irgendwas rauskommt.«

Marc schnaufte verächtlich. »Das glaubst du doch selbst nicht. Du hast die Spuren gesehen. Würde ich glauben, dass da was Vielversprechendes dabei gewesen wäre, säße ich hier nicht mehr rum!«

»Ich weiß.«

»Und wenn wir noch mal bei Elektro Silka nachhaken? Ich weiß, der letzte Kollege von Florian will von Ann auch nichts gehört oder gesehen haben, aber … es ist die einzige logische Spur, die wir haben!«

»Wenn wir davon ausgehen, dass Ann in dieser Gegend verschwunden ist und nicht ganz woanders!«

»Wäre Letzteres der Fall, hätten wir gar keinen Anhaltspunkt, wo wir suchen sollten. Sie könnte überall sein.«

Fredde nickte.

»Also, ich bin dafür, diesen Elektrik-Jungs mal richtig auf den Zahn zu fühlen. Es könnte doch sein, dass der Täter einer von ihnen ist.«

»Ich muss das mit Ergun abklären – sobald das Gespräch mit Anns Eltern beendet ist.«

»Tu, was du tun musst! Ich bin ja Gott sei Dank keinem Dienstherren mehr verpflichtet. Ich warte keinen Augenblick länger! Ann ist nun seit zweiunddreißig Stunden verschwunden. Was sagt die Statistik, nach wie vielen Tagen sinkt die Chance, dass sie wieder auftaucht auf einen Wert gleich Null?«

»Fünfzig Prozent der Vermisstenfälle werden in der ersten Woche aufgeklärt«, murmelte Fredde leise.

»Aufgeklärt heißt nicht, dass man die Opfer lebendig und bei guter Gesundheit angetroffen hat. Meja haben sie bis heute nicht gefunden!«

»Hör auf. Wir finden Ann! Das ist nur irgend so 'n Freak, der seine Spielchen spielt!«

»Dann gib mir jetzt die Liste mit den Namen und den Adressen der Mitarbeiter von Elektro Silka. Ihr habt sie doch damals befragt, als wir noch Florian in Verdacht hatten, den Chessa umgebracht zu haben. Ich muss was tun, sonst werde ich wahnsinnig!«

»Das kann ich nicht. Das weißt du ganz genau!«

»Ich kann auch Florian fragen. Der hilft mir bestimmt!« Wütend blickte Marc zu seinem Freund hinüber.

Fredde schnaufte gequält und öffnete die Ermittlungsakte auf seinem Rechner. »Die hast du nicht von mir. Hörst du? Wenn dich jemand fragt, hast du sie von Florian.«

*

Irgendwo in Deutschland

Sie saß seitlich an der Wand angelehnt, und versuchte, den Schwindel in den Griff zu bekommen. Ihr Magen hatte mehrfach laut und vernehmlich geknurrt. Aber das war ihr ziemlich egal. Komisch, zu Hause meinte sie manchmal, vor Hunger sterben zu müssen, wenn sie abends merkte, dass sie bis auf ein Frühstück den ganzen Tag noch nichts gegessen hatte.

Hier war das Einzige, woran sie denken konnte, nur noch: Wasser!

Zunächst hatte sie diesen Gedanken noch verdrängen können, mittlerweile aber beschäftigte sich ihr Gehirn mit nichts anderem mehr. Sie wollte trinken. Nur ein ganz kleines Schlückchen.

Meine Güte, jetzt saß sie schon eine ganze Weile, hatte aber das Gefühl, der Schwindel ließ einfach nicht nach.

Das hat alles damit zu tun, dass du nicht genug getrunken hast! Du musst trinken! TRINKEN! Leckeres, klares, frisches Wasser! Verdammt, sie musste aufhören, daran zu denken.

Du könntest stattdessen versuchen, aufzustehen und mit deinem Rücken die Klapptür über dir aufzudrücken, schlug die Stimme vor.

So schwindelig, wie mir ist, klappe ich beim Versuch direkt zusammen. Und dann liege ich wieder da, gab sie zurück.

Und wenn das der einzige Weg ist, wie du dich retten kannst? Wenn du ansonsten hier unten verschimmelst?

Mit zitternden Beinen versuchte sie, langsam aufzustehen, ließ sich aber schon nach ein paar Zentimetern wieder auf den Po fallen.

Das hat keinen Zweck. Es dreht sich alles. Außerdem hab ich keine Kraft in den Beinen. Ich bleibe jetzt ruhig sitzen, bis Fredde und Marc mich holen.

»Du meinst der Marc, der dich hier runtergeschmissen hat? Der dich verdursten, langsam krepieren lässt?«

»Das war nicht Marc!«

Sie musste aufhören, mit sich selbst zu reden.

Wenn es wirklich Marc war, der ihr das antat, dann konnte sie davon ausgehen, dass niemand sie retten kommen würde. Fredde vertraute Marc, und der würde alles dafür tun, dass man Ann nicht fand.

»Aber das war nicht Marc! Er hat nichts damit zu tun. Wie kannst du so was überhaupt denken?«

»Ist doch scheißegal, wer es war! Das macht für dich keinen Unterschied. Du wirst das hier nicht überleben, wenn du nicht bald was zu trinken kriegst!«

Wasser! Oh Gott, sie hatte so unglaublichen Durst. Er wurde immer präsenter. Das Gefühl überlagerte sogar die Schmerzen, oder hatte sie sich an die schon gewöhnt?

Während das spärliche Licht, das ihr Gefängnis begreifbar gemacht hatte, schwand, fing sie erneut an, um Hilfe zu rufen. Es war ein hoffnungsloser Laut, ohne Kraft, der von der immer dichter werdenden Dunkelheit verschluckt zu werden schien.

*

Rerik

Marc nahm sich die drei Personen vor, die direkt in Rerik wohnten. Das waren, neben dem Inhaber von Elektro Silka, noch zwei ältere Kollegen. Die anderen fünf wohnten in Kühlungsborn, Wismar und Rostock.

Bei der Überprüfung der acht Männer in der Datenbank der Polizei war nichts herausgekommen. Wenigstens das hatte Fredde noch gecheckt.

Es war 21:18, als Marc bei dem ersten Mitarbeiter der Firma Silka klingelte. Es war Samstagabend, die Chance, alle anzutreffen, eher gering. Aber vielleicht gab es ja Stubenhocker unter den Elektrikern.

Nach ein paar Minuten klingelte er erneut. Nichts. Gut, dann auf zum Nächsten.

Hier öffnete ihm die Ehefrau – immerhin. Ihr Mann war nicht da. Sie beäugte Marc sehr kritisch und wollte ihm partout nicht sagen, wo der Gatte sich aufhielt.

Marc bedankte sich höflich und ließ sich die Straße hinunterrollen. Er würde ohne Freddes Uniform und Marke nicht einen Schritt weiterkommen. Bis zu dem Inhaber der Elektronik-Firma brauchte er fast eine halbe Stunde. Als er bei ihm klingelte, hegte er keine großen Erwartungen.

Da wurde ihm die Tür geöffnet.

»Ja, bitte?« Ein großer, etwas übergewichtiger Mann, Mitte vierzig stand vor ihm und schaute ihn fragend, aber durchaus freundlich an.

»Entschuldigen Sie bitte die Störung. Mein Name ist Marc Wendt. Ich, nein, wir suchen nach einer sechsundzwanzigjährigen Frau, etwa einssiebzig groß, haselnussbraunes Haar. Sie ist eine Bekannte ihres Mitarbeiters Florian Lehmann. Wir denken, sie könnte gestern Nachmittag in Ihrem Betrieb gewesen sein. Seitdem ist sie verschwunden.« Er hielt dem Mann das Foto von Johanna hin. »Haben Sie sie vielleicht gesehen? Oder hat einer Ihrer Mitarbeiter sie erwähnt?«

Erstaunt guckte der Mann erst ihn, dann das Foto an.

»War das wegen ihr? Heute soll eine ganze Schar von Polizisten durch das Viertel gezogen sein, in der meine Firma steht. Man hat mir davon erzählt.«

Marc nickte. »Sie ist eine gute Freundin, und ich dachte, ich frage Sie einfach persönlich ...«

»Das tut mir leid.« Konzentriert schaute er sich das Foto noch einmal genauer an. Dann schüttelte er bedauernd den Kopf. »Nein. Leider kann ich mich nicht an sie erinnern.«

Marc verabschiedete sich und fuhr durch die dunkle Straße.

Er dachte an Meja. Ihren Eltern musste es genauso gegangen sein. Von einem Moment auf den anderen war das Mädchen verschwunden und keine Befragung, keine Suche ergab irgendetwas Brauchbares.

Sein Handy klingelte. Fredde.

»Hey, Kumpel. Wo bist du? Was machst du?«

»Ich hab mich mit dem Inhaber von Elektro Silka unterhalten.«

»Hör auf damit. Fahr nach Hause und hau dich hin. Ergun befragt morgen früh alle Silka-Mitarbeiter. Er hat ausdrücklich verboten, dass wir da heute Abend noch was versuchen. Marc?«

Schweigen.

»Hör zu, ich weiß, dass das schwer ist. Ich würde auch am liebsten weitermachen. Aber wenn man das mal mit etwas Abstand betrachtet, hat Ergun recht. Wir haben späten Samstagabend. Die Jungs von Silka werden nur als Zeugen befragt. Sie sind nicht verdächtig. Momentan wissen wir nicht einmal, ob Johanna diesen Betrieb überhaupt je betreten hat. Im Gegenteil, alle Mitarbeiter haben ausgesagt, Johanna dort weder gesehen noch gesprochen zu haben.«

»Es ist unsere einzige Spur.«

»Ich weiß, mein Freund, ich weiß. Und wir gehen ihr nach. Gleich morgen früh. Mit aller Professionalität. Es geht ihr gut. Wir finden sie. Der Spuk ist bald vorüber.«

*

Irgendwo in Deutschland

Sie war in vollkommene Dunkelheit gehüllt. Die Angst war Lethargie gewichen. Ihr Körper hatte den Blutdruck weiter heruntergefahren. Seit Stunden saß sie bewegungslos in einer Ecke, Oberkörper und Kopf an die kalten Holzplanken gelehnt und dämmerte vor sich hin.

Die Stimme hatte damit begonnen, rückwärts zu zählen, von tausend an. Zunächst ganz laut, dann wurde sie immer leiser. Bei 563 hörte Ann nur noch ein Flüstern. Irgendwann war sie ganz verstummt.

Die Schmerzen der durch physische Gewalt entstandenen Wunden spürte sie kaum noch. Die Krämpfe in ihrem Körper, die fortschreitende Austrocknung waren weit schwerer zu ertragen. Wieder hatte sie Urin lassen müssen. Es waren nur ein paar Tropfen, doch die brannten und stanken erbärmlich.

Zwischendurch war ihr immer wieder schlecht geworden. Diese Phase war nun vorüber.

Sie wollte nur noch schlafen. Im Schlaf spürte man keine Schmerzen, keine Qual und keinen Durst.

Ja, einfach nur einschlafen, das wäre toll.

Kapitel 19

Rerik

Marc war für eine halbe Stunde weggedämmert. Mehr war nicht drin gewesen. Und dass, obwohl er nun schon fast achtundvierzig Stunden wach war.

Das Schlimmste war: Er hatte das starke Gefühl, dass ihm etwas entgangen war. Schon die ganze Nacht lang. Es musste irgendwas gewesen sein, was er gesehen oder gehört hatte. Es nagte was, tief unten in seinem Unterbewusstsein. Er kam nur nicht drauf, was es war!

Unruhig fuhr er in seiner Wohnung hin und her, zermarterte sich sein Gehirn, schrieb alles auf, was ihm einfiel. Aber er kriegte es einfach nicht zu fassen.

Es war sieben Uhr am Morgen. Er schnappte sich sein Handbike und verließ das Haus. Sport pustete sein Gehirn frei. Die Gedanken konnten neu sortiert werden. Auf dem Weg zur Wache würde er eine anstrengende Zusatzstrecke einbauen. Vielleicht klappte es ja.

Um kurz vor acht öffnete er die Tür der Reriker Polizei. Fredde war schon da. »Du siehst scheiße aus.«

»Danke, du bist ein echter Freund.«

»Nimm dir einen Kaffee.«

»Wie weit ist Ergun mit den Befragungen?«

Mitleidig sah Fredde ihn an. »Marc, wir haben Sonntagmorgen. Die Erste ist um neun Uhr angesetzt. Und das ist schon unverschämt früh für eine reine Zeugenvernehmung.«

Marc stöhnte. Neun Uhr. Das bedeutete eine weitere Stunde untätig rumsitzen. Und ihm war immer noch nicht eingefallen, was da in seinem Unterbewusstsein leise, aber penetrant Alarm schlug.

Endlich, nach unglaublich langen siebenundsechzig Minuten, traf der erste Zeuge ein. Er war knapp über vierzig, hatte eine Halbglatze, eine dicke Hornbrille auf der Nase und war ziemlich einsilbig. Er wirkte müde, wollte das Ganze augenscheinlich schnell hinter sich bringen. Fredde verschwand mit ihm in einem der hinteren Zimmer der Wache, wo Kommissar Ergun wartete. Marc musste in Freddes Büro ausharren.

Schon nach einer Viertelstunde verließ der Zeuge genervt das Gebäude.

»Und?«

»Der war ganz schön sauer, dass man ihn wegen dieser paar Fragen in aller Herrgottsfrühe herzitiert hat. Er war den ganzen Freitag in einem der hinteren Büros und hat Rechnungen geschrieben. Wer wann und wie lange vorn im Laden gewesen ist, kann er nicht sagen – hätte er gar nicht mitbekommen können. Ann will er nicht kennen, nie gesehen haben. Warten wir den Nächsten ab. Der müsste um halb zehn kommen.«

*

Sie wusste mittlerweile nicht einmal mehr, ob sie schlief oder wach war. Oder war sie schon tot? Sie konnte sich auf keinen vernünftigen Gedanken konzentrieren. Es war ein dumpfer, nebeliger Zustand, in dem ihr alles schwer fiel: atmen, schlucken und vor allen Dingen Körperteile bewegen. Ihre Augenlider waren so schwer, dass sie sie der Einfachheit halber geschlossen ließ.

Deshalb hörte sie zunächst auch nicht, wie es über ihr rumorte. Gegenstände wurden hin und her geschoben. Etwas kratzte über den Boden.

Dann hörte sie eine Stimme. Jemand rief ihren Namen.

Oder ist das nur ein Traum? Ist das wichtig?, dachte sie in einer unendlich langsam vorbeitreibenden Buchstabenabfolge.

Sie war zu keiner Emotion mehr fähig. Ihr Überlebensinstinkt hatte sie verlassen, das Gehirn das Denken eingestellt. Sie konnte weder Hoffnung noch Angst, weder Freude noch Wut empfinden. Sie schwebte in einer gnädigen Wattewolke, in der selbst die Schmerzen mit einer dicken Schicht bedeckt waren und nur noch unterschwellig wahrgenommen wurden.

»Ann? Bist du da unten?«

Als die Flügel der Tür nach oben gezogen wurden, fiel Licht in ihr Gefängnis. Sie nahm den Schimmer durch ihre geschlossenen Lider war.

»Oh mein Gott, Ann!«

Das war Flos Stimme. Was für ein schöner Traum.

Sie befahl ihren Augenlidern, sich zu heben, nur ein ganz winziges Stück. Und da sah sie ihn, verschwommen, aber so unglaublich real! Als ob er wirklich da wäre!

Jetzt spürte sie sogar, wie er sie vorsichtig in den Arm nahm. Konnte das wirklich sein?

»Du musst total ausgetrocknet sein. Hier …« Er schraubte eine kleine Plastikflasche auf und hielt sie ihr an den Mund. »Trink!«

*

Rerik

Es war kurz vor zehn, als mit einem Mal Unruhe in der kleinen Wache ausbrach. Fredde kam aus Erguns Büro gerannt und rief seinen Kollegen hektisch Anweisungen zu.

Marc brach der Schweiß aus. »Was ist los?«

»Er hat uns angelogen!«

»Was? Wer?«

»Florian!«

»Wie meinst du das? Ich verstehe nicht.«

Fredde setzte sich an seinen Rechner und schaute Marc aufgebracht an. »Erinnerst du dich? Er hat uns erzählt, er hätte seine Kollegen angerufen und gefragt, ob Ann am Freitag im Betrieb Silka gewesen wäre, und dass diese das alle verneint hätten.«

»Ja und?«

»Sie war da! Und einige von ihnen haben sogar mit ihr gesprochen.«

»Aber der Zeuge von eben hat Flo doch erzählt, er hätte Ann nie gesehen!«

»Falsch! Hat er nicht! Flo hat sich gar nicht danach erkundigt. Er hat nicht mal bei ihm angerufen. Bei den anderen wahrscheinlich auch nicht. Das überprüfen wir gerade.«

»Hä?« Marc rieb sich verwirrt das Kinn. »Ich bin zu blöd.

Ich kann nicht folgen. Könntest du mich bitte aufklären? Du hast doch gesehen, wie er mit seinen Kollegen telefoniert hat!«

»Das dachte ich auch. Hat er aber anscheinend nicht! Unser Zeuge hat eben ausgesagt, Florian hätte ihn Freitag weder angerufen, noch nach Ann gefragt. Also: Thomas Mätzner, der Zeuge, sagt, dass Ann am Freitag so gegen halb eins oder eins zu ihnen ins Geschäft gekommen sei. Sie habe sich nach Florian Lehmann erkundigt. Herr Mätzner habe mit zwei anderen Kollegen im Verkaufsraum gestanden. Sie hätten Ann gesagt, dass Florian zu Kunden unterwegs sei, was auch so gewesen wäre. Daraufhin wäre sie wieder gegangen. Herr Mätzner habe durch die Schaufensterscheibe noch sehen können, wie sie ihr Fahrrad aufgeschlossen habe und in Richtung Dorf geradelt sei.«

Marc guckte ihn ungläubig an. »Aber …«

»Warte, es geht noch weiter! Keine fünf Minuten drauf sei Florian durch die Tür gekommen. Die drei Männer hätten ihm sofort von Anns Besuch erzählt. Man habe noch gewitzelt. Daraufhin hätte Flo direkt kehrt gemacht und ihnen zugerufen, dass er jetzt Mittag machen ginge. Auf unsere Frage, ob er das ungewöhnlich gefunden hätte, verneinte er. Es wäre ja schließlich Mittagszeit gewesen, Flos Pause hätte noch ausgestanden, und es wäre wohl nicht das erste Mal gewesen, dass er sich mit Ann zum Mittagessen getroffen habe. Mätzner war davon ausgegangen, dass Flo versucht habe, sie noch zu erwischen.«

Marcs Gedanken rasten nur so durch seinen mittlerweile wieder hellwachen Kopf.

Natürlich! Das war es, worüber sein Gehirn die ganze Zeit gestolpert war. Als er mit dem Besitzer von Elektro Silka gesprochen hatte, war der total ahnungslos gewesen. Er hatte nicht gewusst, dass Ann verschwunden war. Hätte er aber wissen müssen, wenn Flo ihn tatsächlich angerufen hätte!

Flo hatte sie also angelogen. Ann war Freitagmittag tatsächlich bei Silka gewesen, um ihn zu treffen. Wahrscheinlich war es ein spontaner Einfall von ihr gewesen. Sie hatte noch Zeit gehabt und wollte sich von ihm verabschieden. Und dann? Dann war er ihr nach. Marc spürte, wie sich die Sorge in seinem Bauch mit Wut mischte.

»Dieses verdammte, kleine Arschloch! Aber, warte mal: Hat Flo dich nicht erst darauf aufmerksam gemacht, dass Elektro Silka ganz in der Nähe liegt? Dass es sein könnte, dass Ann ihn dort besuchen wollte und deshalb in der Gegend gewesen sein könnte? Warum sollte er das tun? Warum sollte er uns so auf seine Fährte bringen?«

»Ich glaube, genau das Gegenteil hat er versucht! Er hatte zwei Optionen: Entweder, er wartet ab, ob und wann wir selbst darauf kommen und alle Mitarbeiter von Silka befragen, oder er wirft uns den Brotkrumen zu und sorgt vor meinen Augen mit seinen gefaketen Telefonaten dafür, dass wir glauben, bei Silka gäbe es nichts mehr zu ermitteln. Dort hätte keiner was gesehen.«

»Das war ziemlich abgebrüht.«

»Und hätte beinahe geklappt.«

»Wo ist dieser Mistkerl jetzt?«

»Die Fahndung läuft.«

*

Für einen Sonntag war er früh aufgestanden, hatte sein Handy wohlweislich zu Hause gelassen und sich auf den Weg gemacht. Lange hatte er überlegt, wann der richtige Zeitpunkt gekommen sei. Wenn er seinen Recherchen glauben konnte, dürfte sie jetzt ziemlich dehydriert sein. Vielleicht war sie ja schon tot? Das wäre natürlich das Einfachste. Verlassen wollte er sich darauf nicht. Er musste sich vergewissern.

Als er sich bis zur ›wilden Hütte‹ durchgeschlagen hatte, immer darauf bedacht, dass niemand ihn sah, empfand er nichts als Unbill darüber, dass er sich dieser lästigen Sache überhaupt widmen musste.

Es war aber auch zu ärgerlich! Einen Tag später, und sie wäre dahin zurückgegangen, von wo sie gekommen war, und es wäre endlich wieder Ruhe eingekehrt.

Aber nein, sie musste ja in den Betrieb kommen. Und dort hatte sie die Werbung gesehen: ›Lassen Sie Ihre Gastherme regelmäßig von unseren Fachleuten überprüfen. Gehen Sie auf Nummer sicher!‹ Ein riesiges Plakat, umgeben von nigelnagelneuen, schick dekorierten Thermen.

»Wir haben deiner Süßen erst mal gesteckt, was für'n toller Hecht du bist«, hatte Patrick ihm lachend erzählt. »Die wusste gar nicht, dass wir auch in Gas machen. Ich hab ihr gesagt, dass du unser Superexperte bist, du Held! Sie war ziemlich erstaunt. Ich glaube, das hat sie tief beeindruckt. Du, da geht noch was. Halt dich ran!« Dann hatte er ihm anerkennend auf die Schulter geklopft, bevor er und die beiden anderen Kollegen in lautes Gelächter ausgebrochen waren.

Flo war sich sicher, dass Ann die richtigen Schlüsse gezogen hatte. Aber noch war nichts verloren. Er konnte sie aufhalten! Er musste nur dafür sorgen, dass sie nicht mehr dazu kam, anderen ihren Verdacht mitzuteilen.

Wenn sie erst einmal tot war, war er aus dem Schneider. Sie würde in ihrem sicheren Versteck einfach verrotten. Die Polizei würde noch ein bisschen herumstochern, die Bevölkerung um Mithilfe bitten, vielleicht erneut einige letzte

Fragen stellen und dann den Fall Johanna Arnold auf den Stapel ›ungelöste Vermisstenfälle‹ legen – genau wie den von Meja.

Er hatte nach wie vor alles im Griff.

Wichtig war, dass Ann nicht gefunden wurde. Die wilde Hütte war zwar ein perfektes Versteck – niemand kannte die kleine, verfallene Baracke, abseits der Spazierpfade im Wald – aber ein Restrisiko bestand. Wenn es Ann gelang, auf sich aufmerksam zu machen.

Die Hütte bestand nur aus einem einzigen, winzig kleinen Raum. Sie hatte eine Art Flachdach und war von Efeu und anderem Gebüsch so verdeckt, dass man schon genau wissen musste, wo sie sich befand.

Es gab sie aber, diese Leute, die einfach durch den Wald streiften: Pilzsammler, Leute, die ihre Hunde ausführten oder Abenteurer.

So wahnsinnig tief war das Waldgebiet dort nicht. Wenn es Ann also gelänge zu rufen, Krach zu machen, gäbe es eine reelle Chance, dass man auf sie aufmerksam werden konnte.

Ja, er hatte sie fest geknebelt, und ja, sie lag in einem kleinen Erdloch unter der Hütte. Die Erde um sie herum, die alte Matratze und die Decken, die oben auf der Klapptür lagen, dämpften sämtliche Geräusche. Also: Eigentlich konnte er sich zurücklehnen und abwarten. Das winzig kleine Restrisiko aber blieb. Und das ließ ihm keine Ruhe. Er war jemand, der immer alles voll und ganz unter Kontrolle haben musste. Sie durfte nicht gefunden werden!

Auch wenn er sich sicher war, dass Ann keine Ahnung hatte, wer sie verschleppt hatte, die DNA-Spuren an ihr würden ihn überführen.

Er musste sie zum Schweigen bringen.

Sie war sicherlich erschöpft, geschwächt und vor allem

durstig! Wenn er ihr, als Retter in der Not, das ersehnte Wasser hinhielt, würde sie keinen Augenblick zögern.

Er hatte sich für Maschinenspülmittel entschieden. Das enthielt giftige Substanzen wie Bleichmittel und schäumte nicht. Gut, es war bestimmt nicht geschmacksneutral, aber das würde Ann in ihrem Zustand hoffentlich nicht abhalten.

Er stand in der kleinen Baracke und horchte. Von Ann war nichts zu hören. Gut so. Vielleicht musste er gar nicht mehr tätig werden.

Er zog die Plane, die Decken und dann die Matratze zur Seite und schaute auf die Bodenluke.

»Ann? Bist du da unten?«, rief er scheinheilig. Schließlich sollte sie glauben, dass er sie gefunden hatte, dass er hier war, um sie zu retten.

Dann zog er die Flügeltüren nach oben. Ihm schlug ein bestialischer Gestank entgegen. Das schummrige Licht, das die Grube nur spärlich ausleuchtete, ließ die sich ihm bietende Szene skurril und unwirklich erscheinen.

Ann lehnte in einer Ecke. Sie hatte es doch tatsächlich geschafft, den Knebel loszuwerden – wie er feststellen musste, auf Kosten ihrer linken Gesichtshälfte. Die Haare klebten blutverkrustet an ihrem Hinterkopf. Sie hatte die Augen geschlossen. War sie tot?

»Oh mein Gott, Ann!«, sagte er so einfühlsam, wie er konnte.

Es half alles nichts. Er musste zu ihr runter. Angeekelt ließ er sich hinuntergleiten.

Schade, sie atmete noch. Vorsichtig nahm er sie in den Arm. »Du musst total ausgetrocknet sein. Hier …« Er schraubte eine kleine Plastikflasche auf und hielt sie ihr an den Mund. »Trink!«

*

»Wie weit sind wir mit der Handyortung?« Ergun stand in der Mitte der Reriker Wache.

»Die Genehmigung ist gerade eingetroffen, wir sind dran«, antwortete Lutz.

Es war mittlerweile fast Mittag. Die Befragung des achten Mitarbeiters von Elektro Silka war abgeschlossen.

»Wir haben jetzt ein ungefähres Bild vom letzten Arbeitstag des Verdächtigen Florian Lehmann. Morgens war er bei verschiedenen Kunden und hat Reparaturen erledigt. Allein. Um die Mittagszeit kehrte er in den Betrieb zurück, erfuhr von seinen Kollegen, dass Johanna Arnold dort war und sich nach ihm erkundigt hat. Daraufhin verließ er umgehend die Firma, um, wie die Mitarbeiter vermuten, Johanna nachzufahren, sie einzuholen.«

»Wissen wir, womit er gefahren ist? Mit dem Fahrrad, mit seinem Privatwagen …?«, fragte Fredde den Kommissar.

»Mit dem Firmenwagen, mit dem er soeben eingetroffen war. Es wird toleriert, dass sich die Mitarbeiter mit einem der Fahrzeuge ab und zu etwas zu Mittag holen.«

»Marke?«

Ergun schaute in seine Notizen. »Ford Transit«

Marc und Fredde sahen sich an. »Damit kann man ohne Weiteres eine Person, und deren Fahrrad gleich mit, verschwinden lassen«, sagte Marc und sprach das aus, was alle dachten.

»Laut Handy hat der Verdächtige seine Wohnung heute noch nicht verlassen«, rief Lutz in diesem Moment.

»Okay!« Akyol Ergun ging mit energischen Schritten durch die Wache. »Sie beide«, er zeigte auf Fredde und Christian, »fahren zur Wohnung von Florian Lehmann und nehmen ihn fest. Ich will über jeden Schritt informiert werden.« Dann drehte der Kommissar sich zu Lutz und einem seiner Rostocker Beamten um. »Sie fahren noch mal zum Inhaber von Elektro Silka. Finden sie raus, mit welchem Auto der Verdächtige Freitag unterwegs war. Bei acht Elektrikern haben die sicherlich eine ganze Flotte. Checken sie die Fahrtenbücher. Beschlagnahmen Sie den Wagen und lassen Sie ihn durch die Spurensicherung abholen. Lassen Sie umgehend die Navigationsdaten auswerten. Ich will wissen, wann sich dieser Wagen wo befunden hat. Und das so schnell wie möglich!«

Hektisch machten sich alle auf den Weg. Als Marc hinter Fredde und Lutz her rollte, rief Ergun ihn zurück.

»Herr Wendt? Auf ein Wort!«

Marc drehte sich um, wohl wissend, was nun kommen würde.

»Ich kann Sie nicht mitfahren lassen. Das ist eine polizeiliche Ermittlung, in der Zivilisten nichts zu suchen haben. Auch wenn es sich dabei um krankgeschriebene Kollegen handelt. Es tut mir leid.«

»Bitte! Ich werde nicht stören. Ich sitze nur hinten im Dienstwagen.«

»Herr Wendt, wie stellen Sie sich das vor? Soll sich der Verdächtige Florian Lehmann zu Ihnen auf die Rückbank setzen? Zu dem Freund des Opfers? Ich bitte Sie …! Sie müssen doch einsehen, dass hier eine Grenze überschritten wird. Eigentlich dürften Sie nicht mal hier sein.«

Verzweifelt schaute Marc Fredde und Lutz hinterher, die im gleichen Augenblick die Wache verließen. Er sah noch, wie Fredde ihm per Handzeichen mitteilte, dass er ihn anrufen und auf dem Laufen halten werde.

»Sie dürfen gern auf der Wache bleiben. Nehmen Sie sich

einen Kaffee. Sobald es faktisch etwas Neues gibt, sage ich Ihnen Bescheid«, meinte Ergun noch, bevor er wieder in seinem Büro verschwand.

Unschlüssig stand Marc in der Mitte der Dienststelle. Wieder einmal war er abgehängt. Ein Umstand, der seit über einem Jahr zum Dauerzustand und besonders jetzt nahezu unerträglich wurde. Seine Wut wurde immer größer. Wut auf den, der ihn damals zum Behinderten gemacht hatte, Wut auf den Rollstuhl, auf sich selbst und vor allen Dingen auf diesen Heuchler Lehmann. Eine Szene nach der anderen kam ihm in Erinnerung. Wie verständnisvoll und besorgt Flo getan hatte. Er war den ganzen Samstag mit ihnen durchs Gelände gestreift, hatte sich an der Suche beteiligt, wohl wissend, dass Ann dort nirgendwo zu finden sein würde. Er hatte sie alle an der Nase herumgeführt! Und sie waren darauf reingefallen.

Marc konnte nicht weiter herumsitzen und warten, bis man ihm ein Almosen hinwarf. Entschlossen verließ er die Wache und fuhr Richtung Florian Lehmanns Wohnung. Rerik war klein. Er würde sicherlich noch rechtzeitig eintreffen.

*

»Wir haben mehrfach geklingelt. Es macht keiner auf. Laut Handyortung befindet sich der Verdächtige nach wie vor in seiner Wohnung«, meldete Fredde.

»Gehen Sie rein. Gefahr im Verzug«, tönte Erguns Stimme aus dem Funkgerät.

Christian holte schweres Gerät aus dem Wagen und machte sich an die Arbeit. Nach ein paar Minuten war die Tür offen. Sie zogen ihre Waffen, gaben sich gegenseitig Deckung und betraten vorsichtig die Wohnung.

»Herr Lehmann? Polizei! Wir wissen, dass Sie da sind. Kommen Sie langsam raus. Halten Sie Ihre Hände so, dass wir sie sehen können!«, rief Fredde, der den Flur als Erster betrat.

Raum für Raum arbeiteten sich die beiden vorwärts. Nichts.

»Die Wohnung ist leer. Sein Handy liegt ausgeschaltet auf dem Küchentisch«, gab Fredde durch.

»Durchsuchen Sie die Räume noch mal gründlich. Gehen Sie durch den gesamten Gebäudekomplex. Schauen Sie in alle Keller, in Schuppen und Garagen. Befragen Sie die Nachbarn«, lautete Erguns Anweisung.

*

Bis hierhin war es mal wieder perfekt gelaufen. Es war im Prinzip alles so gekommen, wie er es sich vorgestellt hatte. Gut, er hatte nicht bedacht, wie ekelig es sein würde: der Gestank, ihr Anblick. Aber sonst? Sie war mehr tot als lebendig, schien ordentlich dehydriert und hatte scheinbar keinen Überlebenswillen mehr. Ein perfekter Zeitpunkt, um ihr den Rest zu geben. Und wenn man es genau nahm, kam er wieder einmal, um jemanden zu erlösen. Er machte ihrem Leid ein Ende.

Bedauerlicherweise hatte er nicht bedacht, wie schwach sie schon sein würde. In seiner Vorstellung hatte sie gierig aus der ihr dargebotenen Flasche getrunken. Dem war nicht so. Er hatte sie ihr an den Mund gehalten, den sie immerhin ein wenig öffnete, und versucht, ihr die Flüssigkeit einzutrichtern. Doch das meiste war ihr aus den schlaffen Mundwinkeln den Hals hinuntergelaufen. Sie hatte ein Geräusch gemacht, als wolle sie husten. Geschluckt hatte sie nicht. Dann war ihr Körper in seinen Armen schlaff geworden.

War es das?

War sie tot?

Hatte sie es auch ohne Maschinenspülmittel geschafft?

Er schaute auf ihren Brustkorb, horchte auf ihren Atem.

Schwer zu sagen.

Angewidert versuchte er, ihren Puls zu fühlen.

Mist. Da war noch was. Sie war also nur bewusstlos.

Und jetzt?

Er könnte wieder zu Plan A wechseln: sie sich selbst überlassen. Morgen würde er wiederkommen, dann wäre es sicherlich endlich vorbei.

Er drückte sie von sich weg und schaute an sich herunter. Die Wunden ihrer zerschnittenen Händen hatten dunkle Flecken auf seiner Hose und seinem Shirt hinterlassen. Wie unangenehm! Wer wusste, welche fürchterlichen Körperflüssigkeiten sie noch auf ihm verbreitet hatte!

Er musste hier raus. Dieser Gestank war unerträglich.

Er kletterte aus dem Erdloch, schloss die Bodenluke und schob die Matratze wieder darüber. Schon besser.

Er holte tief Luft.

Eigentlich war doch alles bestens.

Und wenn sie sich erholte? Wenn sie nun ein paar Stunden ›schlief‹, dann wieder Kraft hatte und um Hilfe rief?

Ey, bitte! Du hast sie gesehen! Da kommt nix mehr. Sie war ja nicht mal mehr in der Lage zu schlucken. Bleib ganz cool, sprach er sich Mut zu. *Die überlebt nicht mal die nächste Stunde.*

Trotzdem, er hasste solche Situationen. Er brauchte klare Verhältnisse.

Er überlegte. Was gab es für Optionen?

Hier warten und alle Viertelstunde nachgucken.

Wegfahren und morgen kontrollieren, ob er das endlich abhaken konnte.

Oder: Es hier und jetzt zu Ende bringen.

Und wie?

Bei der geringen Gegenwehr, die zu erwarten war, wäre Ersticken eine gute Möglichkeit.

Mit den eigenen Händen?

Auf gar keinen Fall! Dann müsste er sie erneut anfassen, spüren, wie sie erstickte. Ihm hatte der Schlag auf ihren Kopf schon gereicht.

Er schaute sich um. Die Matratze war zu schwer und zu groß. Die Decken so dünn und löchrig, dass er Angst hatte, es würde ewig dauern. Er brauchte etwas, das er ihr einfach aufs Gesicht legen konnte. Das so schwer war, dass er selbst gar nicht dort unten sein musste.

Oder etwas, was er ihr über den Kopf ziehen konnte! Eine Plastiktüte! Die Plane zu seinen Füßen war riesig, schwer und dick. Die würde er nicht luftdicht um ihren Kopf bekommen.

Er seufzte. Er würde tatsächlich noch einmal wiederkommen müssen. Mit einer Plastiktüte und Paketklebeband.

*

Rerik

Als Marc an Flos Wohnung eintraf, stand der Dienstwagen noch vor der Tür. Von Fredde und Christian war nichts zu sehen. Lehmanns Bude befand sich im ersten Stock. Natürlich gab es keinen Aufzug.

Er rief Freddes Handy an. »Wie sieht's aus? Ich steh vor der Tür.«

Ein paar Sekunden später erschien Freddes Kopf im Eingang. »Der Vogel ist ausgeflogen.«

»Gerade eben?«

»Keine Ahnung seit wann.«

»Aber sein Handy …«

»Hat er dagelassen.«

»Das heißt, er weiß, dass wir hinter ihm her sind, und ist auf der Flucht.«

»Nicht unbedingt. Vielleicht ist er auch gerade bei ihr und möchte nicht, dass man ihn orten, dass man ihm das im Nachhinein beweisen kann. Doof ist der nicht.«

Die Vorstellung, dass Florian gerade bei Ann war, was er gerade mit ihr tat, weckte in Marc neben der Wut ohnmächtige Verzweiflung. »Wir müssen wissen, wo der Freak am Freitagnachmittag war. Wir brauchen die Navigationsdaten des Firmenwagens!«

»Jep! Dauert aber noch. Inzwischen drehen Christian und ich hier jeden Stein um.«

»Glaubst du wirklich, er hält Ann im eigenen Keller fest?«

»Nein, aber überprüfen müssen wir's. Vielleicht gibt es ja eine lauschige Gartenlaube oder den leer stehenden Kellerraum eines Nachbarn, wer weiß?«

*

Während Flo auf seinem Fahrrad Heimwärts fuhr, ging er alles noch einmal genauestens durch. Die Polizei hatte genau wie bei Meja keinen Anhaltspunkt. Nichts würde auf ihn hinweisen. Sie hatten nicht einmal eine Ahnung, wo genau Ann verschwunden war, geschweige denn, wo er sie hingebracht hatte. Also konnte ihm auch kein Suchtrupp, vor allen Dingen keine Hundestaffel, zum Verhängnis werden. Die Befragung seiner Kollegen bei Elektro Silka hatte er geschickt verhindert. Es würde keinerlei Anlass geben, seinem Wort zu misstrauen und dort noch einmal nachzuhaken.

Die versifften Klamotten, die er am Leib trug, würde er sicher entsorgen.

Also, alles im Lot.

Sein Versteck, die alte, verfallene, zugewucherte Baracke war nach wie vor perfekt.

Was aber würde passieren, wenn sie es doch eines Tages finden würden? Manchmal dachte er, es wäre besser, alle Beweise, die dort lagerten wegzuschaffen, zu vernichten.

Aber wie und wohin?

Die Halbinsel Wustrow wäre perfekt. Das Betreten des ehemaligen Militärgeländes war verboten und wegen der noch immer überall verstreut umherliegenden Munition extrem gefährlich. Dort gab es mit Sicherheit unendlich viele Möglichkeiten, um alles für die nächsten zwanzig Jahre, wenn nicht gar für immer, verschwinden zu lassen. Leider war es schwierig, dorthin zu kommen. Am besten ginge es mit einem Boot, das er nicht besaß. Er würde das große, unübersichtliche Gebiet über einen längeren Zeitraum erkunden und eine perfekte Stelle finden müssen, damit er, möglichst im Schutz der Dunkelheit seine Fracht loswerden konnte.

Er beschloss, dass er, wenn Gras über Anns Entführung gewachsen war, sich mit diesem Plan näher beschäftigen würde. Aber das eilte nicht. Jetzt hieß es, die baldige Erstickung herbeizuführen, Füße still halten und abwarten.

Er grinste. Das Gefühl, alles unter Kontrolle zu haben, war extrem befriedigend.

Als er um die Ecke bog sah er ihn. Der blau-silberne Einsatzwagen der Polizei stand direkt vor seiner Wohnung. Jäh trat er in die Bremse und zog sein Fahrrad zurück hinter die Garagenwand, die er gerade passiert hatte.

Mist! Was machten die denn hier?

Fieberhaft überlegte er, was der Grund sein könnte.

Sicher hatten sie nur ein paar weitere Fragen. Das war doch zu erwarten.

Er schaute an sich herunter. So konnte er ihnen auf keinen Fall begegnen, mit all der DNA von Ann an sich klebend.

Obwohl …! Er grinste. Woher sollten die wissen, woher diese Flecken stammten? Sie sahen nicht aus wie Blut und Eiter. Auf seiner dunklen Kleidung wirkte es nur wie ganz normaler feuchter Dreck. Es konnte alles sein.

Trotzdem – das wäre schon extrem dreist. Hatte er die Nerven dafür? Sie wollten sicher wissen, von wo er gerade kam. Was sollte er sagen? Was schien glaubwürdig und war nicht nachzuvollziehen?

Er entschied sich dafür abzuwarten. Sollten sie ihn später aufsuchen, um ihre sinnlosen Fragen zu stellen. Er schob sein Fahrrad zu dem versteckten Kellereingang eines Mehrfamilienhauses und hockte sich dort auf die Treppenstufen. Alle paar Minuten schlich er geduckt hervor und linste um die Garagenecke.

Da lungerte ja auch dieser Krüppel herum! Er sah, wie Marc den Bürgersteig vor der Wohnung hoch und runter fuhr. Flo verstand immer noch nicht, was Ann an dem Typen fand. Wahrscheinlich hatte sie einfach nur Mitleid.

Endlich kamen Christian und Fredde aus dem Gebäude.

»Ergun hat uns gerade die GPS-Koordinaten durchgegeben. Wir wissen jetzt, wo Florian am Freitagmittag hingefahren ist und wo der Wagen für mehr als eine Stunde geparkt wurde.«

Marc sah seinen Kumpel flehend an.

»Setz dich auf den Beifahrersitz, ich steige hinten ein«,

meinte Christian. »Auch wenn uns Ergun dafür den Kopf abreißt.«

Fredde beeilte sich, den Rollstuhl hinten im Wagen zu verstauen, sprang auf den Fahrersitz und fuhr los. »Wir treffen Ergun und die Kollegen dort.«

Die Koordinaten lotsten sie zum Parkplatz der Teufelsschlucht. Von da ab befuhren sie eine landwirtschaftliche Piste, die mehr eine Treckerspur war als ein richtiger Weg, zwischen Feldern hindurch, auf denen der Mais hoch stand, und dem Wald, der die Ostseeklippen verdeckte. Die Fahrt endete nach wenigen Minuten. Aus dem breiten, vom Bauern ausgefahrenen Ackerweg war ein schmaler Trampelpfad geworden. Zwei Streifenwagen tauchten vor ihnen auf. Ergun stand an den ersten gelehnt und telefonierte.

Fredde und Christian stiegen aus.

Der Kommissar unterbrach sein Gespräch und wandte sich ihnen zu. »Unterstürzen Sie Ihre Kollegen im Wald. Die sind schon dabei, sich ein Bild von der Umgebung zu machen. Leider sehe ich hier nirgendwo so was wie ein Gebäude. Nichts, wo man jemanden gefangen halten könnte. Auf den Karten ist auch nichts verzeichnet. Oder wissen Sie da mehr? Sie kennen sich doch hier aus.«

Fredde und Christian sahen sich an und schüttelten traurig den Kopf.

»Verstärkung ist angefordert. Wir werden den Wald sowie die Felder absuchen. Es tut mir leid. Ich fürchte, wir müssen uns darauf einstellen, dass er sie hier irgendwo abgelegt hat. Leichenspürhunde sind unterwegs.« Er sah Fredde direkt in die Augen. »Ich weiß nicht, ob es so klug war, Ihren Freund mitzubringen.«

Fredde senkte den Blick.

»Sind Sie in der Lage, an der Suche teilzunehmen? Sie

gehören doch auch zum Freundeskreis des Opfers, oder? Andernfalls wäre es sicherlich sinnvoll, wenn Sie Herrn Wendt aus dem Ermittlungsquadranten brächten.«

Fredde nickte. Er hatte verstanden.

Er ging zurück zum Wagen und stieg ein.

»Was ist?« Marc schaute ihn aufgeregt an. Im Auto festzusitzen, zu sehen, wie die Männer sich unterhielten und nicht zu wissen, was sie sagten, war die reinste Folter.

»Das hier ist die Stelle, an der Florian den Lieferwagen für circa eine Stunde abgestellt hatte.«

»Hier?« Entsetzt schaute er sich um. »Aber hier ist nichts!«

»Ich weiß. Die Hundestaffel ist unterwegs. Wir werden den Wald und die Felder nach ihr absuchen.«

Marcs Stimme bekam einen ganz seltsamen Ton. »Nach ihrer Leiche.«

Kapitel 20

Nachdem er Autotüren hatte schlagen hören, war er noch einen Moment in Deckung geblieben. Dann hatte er vorsichtig um die Ecke geschaut und gerade noch gesehen, wie der Einsatzwagen aus seinem Blickfeld verschwand. Auch der Krüppel war weg. Den hatten sie sicher mitgenommen.

Und wenn nicht? Er musste vorsichtig sein. Er fand es im Augenblick klüger, keinem Bullen, auch keinem verkrüppelten Ex-Bullen, zu begegnen.

Vielleicht hatte der sich hinter irgendeinen Busch verzogen und observierte seine Hütte?

Aber, hey! Warum sollte er das tun? Dazu müssten sie einen Verdacht gegen ihn hegen.

Er schob sein Fahrrad in den Hinterhof, schloss die Eingangstür des Mehrfamilienhauses auf und ging hoch in den ersten Stock. Als er auf seine Wohnungstür blickte, blieb er starr vor Schreck stehen.

Sie war aufgebrochen! Einzig das Siegel der Polizei verhinderte, dass sie den Blick ins Innere freigab.

Da hörte er, wie ein paar Meter den Flur hinauf sein Nachbar die Tür öffnete. »Sag mal, was ist denn bei dir los? Die Polizei war eben da. Die suchen nach dir. Haste 'n krummes Ding gedreht, oder was?«

Seine Gedanken rasten. Was war passiert? Was hatten die gewollt? Eine Tür brachen die nur auf, wenn sie glaubten, jemand sei in Gefahr. Oder zum Zweck einer Hausdurchsuchung, wenn sie nicht eingelassen wurden. Eine Durchsuchung seiner Wohnung hatte es aber erst vor ein paar Tagen gegeben. Also, warum sollten sie es so eilig haben, seine Räume erneut zu durchforsten?

Nein. Sie dachten, jemand sei bei ihm, in seiner Wohnung – und dieser Jemand sei in Gefahr. Sie suchten nach Ann. Sie suchten *bei ihm* nach Ann!

Scheiße, Scheiße, Scheiße! Was hatte er übersehen? Wie viel wussten sie?

»Das darf doch wohl nicht wahr sein. Was für ne dicke Schweinerei. Die werd ich verklagen. Das geht doch echt zu weit. Einem unbescholtenen Bürger die Tür aufzubrechen«, schrie er noch, bevor er das Siegel zerstörte und eiligst seine Wohnung betrat.

Drinnen sah alles ganz normal aus. Er rannte ins Schlafzimmer, kramte frische Sachen raus, stopfte die alten in einen Müllbeutel, stürmte ins Bad und sprang unter die Dusche. Er seifte sich gründlich ein, schrubbte sich wie wild ab und brauste den Schaum von seinem Körper. Notdürftig trocknete er sich ab und schlüpfte in die frische Kleidung.

»Jetzt nur nicht kopflos werden«, zwang er sich.

Als Erstes musste er die DNA-beschmutzten Sachen loswerden. Er stopfte den Plastikbeutel in einen Rucksack und griff nach seinem Handy.

Nein! Das musste er unbedingt hierlassen. Sonst konnten sie herausfinden, wo er die Klamotten entsorgt hatte. Leise verließ er die Wohnung, schwang sich auf sein Fahrrad und versuchte, auf die andere Seite des Dorfes zu kommen. Ständig schaute er sich nach Polizeikräften um, wartete darauf, dass jemand rief: »Da drüben! Da ist er!«

Aber nichts passierte.

Ob sie Ann gefunden hatten? Nein, das glaubte er nicht. Wie sollten sie das geschafft haben? Dann hätten sie nicht seine Wohnung aufgebrochen, um dort nach ihr zu suchen.

Und wenn sie dort nur nach dir gesucht haben? Wenn sie Ann längst befreit haben und sie dich verraten konnte?

Nein. Er schüttelte unmerklich den Kopf. Das Zeitfenster wäre zu knapp gewesen. Er wäre ihnen begegnet.

Er war sich sicher! Sie hatten nach wie vor keinen Plan, wo er Ann versteckt hielt. Er musste jetzt nur einen kühlen Kopf bewahren, dann würde er da heil wieder rauskommen.

Einfach Hals über Kopf verschwinden konnte er eh nicht. Wohin denn auch? Auf Dauer untertauchen war garantiert extrem schwierig – besonders ohne große Vorbereitung.

Wenn er die Kleidung entsorgt hatte, würde er zu seiner Wohnung zurückkehren und ganz aufgebracht bei der Polizei anrufen. Er müsste überzeugend sein – entsetzt über seine aufgebrochene Haustür. Er würde sie ganz unschuldig fragen, was er denn verbrochen hätte.

*

»Wo soll ich dich absetzen?«, fragte Fredde, als sie die Dorfmitte passiert hatten.

Marc starrte weiterhin unbewegt aufs Armaturenbrett.

»Marc, bitte. Ich geb dir sofort Bescheid, wenn ich was Neues habe. Aber ich würde die Kollegen gern unterstützen und helfen, Ann zu finden. Es sei denn, du brauchst mich.«

»Du kannst mich hier rauslassen.«

»Sicher, dass du klarkommst?«

»Sicher.«

Fredde holte den Rolli aus dem Kofferraum und ließ Marc umsteigen. Dann stieg er in den Wagen, drehte und fuhr langsam zurück. Im Rückspiegel sah er Marc den Bürgersteig entlangfahren.

Scheiße. Sein schlechtes Gewissen pochte unbarmherzig. Konnte er ihn jetzt überhaupt allein lassen?

Aber er wollte, er musste unbedingt dabei sein, wenn Anns Fall aufgeklärt wurde.

Er rief Isabelle an. »Wo bist du?«

»Warum? Gib es was Neues von Ann? Habt ihr sie?«

»Noch nicht. Wir konnten das Gebiet aber eingrenzen. Die Suchmannschaft ist bereits unterwegs. Es geht um Marc. Er darf nicht dabei sein. Wir wissen nicht … was wir finden. Kannst du dich um ihn kümmern?«

»Ich muss in zwei Stunden arbeiten. Aber bis dahin, klar. Ich versuche die anderen zu erreichen. Bestimmt kann einer von ihnen übernehmen. Wo finde ich ihn?«

»Ich habe ihn gerade vor der Touristinfo rausgelassen. Er fährt in Richtung Kirche. Ruf ihn am besten an.«

Isabelles Stimme wurde heiser. »Glaubst du wirklich, dass sie … dass sie tot ist?«

»Ich weiß es nicht. Wir müssen mit allem rechnen.«

Als Fredde den Parkplatz der Teufelsschlucht erreichte, erwartete ihn eine ganze Schlange von Einsatzwagen. Überall standen kleine Gruppen von Polizisten und besprachen sich. Hunde bellten aufgeregt.

Ergun verteilte die Mannschaften auf ein vorher festgelegtes Suchgebiet. Es beinhaltete einen großen Teil des Waldes, der schwer zugänglichen Klippen und des Strandes sowie der angrenzenden Maisfelder. Allen voran machten sich die Hundeführer auf den Weg.

Fredde schloss sich einer Gruppe von zwölf Kollegen an, die ein paar Meter hinter zwei schnüffelnden Vierbeinern eine lange Kette gebildet hatten und mit Stöcken im Waldboden herumstocherten.

Als er nach rechts schaute, bot sich ihm ein ähnliches Bild. Wenn der Wind die dünnen, aber eng stehenden Birkenbäumchen bewegte, sah er, wie ab und zu eine Uniform aufblitzte, die sich den Weg durch das angrenzende Maisfeld bahnte.

Bis auf die Hundeführer, die ihre Tiere zur Höchstleistung anspornten, arbeiteten alle schweigend und konzentriert.

Fredde hatte das Gefühl, sie hätten gerade erst angefangen, da hörte er vor sich lautes Bellen und ein paar ermunternde Rufe des Hundeführers. Verunsichert schaute er, was seine Kollegen machten. Diese hatten zwar kurz hochgeguckt, setzten ihre Suche danach aber stoisch fort.

Dann sah er, wie Kommissar Ergun durch den Wald eilte, genau auf die Stelle zu, von der aus das laute Bellen zu hören war.

Fredde rannte hinterher.

Er sah, wie der Hundeführer sein Tier lobte und beruhigte und ein anderer Kollege riesige Ranken und Dornenbüsche zur Seite schob. Dahinter kam so etwas wie ein Bretterverschlag zum Vorschein.

Freddes Herz begann schneller zu schlagen.

Gab es hier doch so eine Art Unterschlupf, etwas, wo man jemanden verstecken konnte? Hieß das, dass Ann eventuell noch lebte?

Der Kommissar hob die Hand und bedeutete allen, still zu sein. Dann rief er laut Johannas Namen.

Alle lauschten.

Nichts.

Er sah, wie Ergun seine Beamten anwies, das Gestrüpp

so weit zu entfernen, bis ersichtlich wurde, wo man den verfallenen Verschlag betreten konnte.

Der Hund zog unaufhörlich an seiner Leine und fing wieder wie wild an zu bellen.

Ergun und zwei seiner Mitarbeiter verschwanden in der Hütte. Fredde hielt es nicht mehr aus und eilte hinterher.

Es muffelte nach feuchter Erde, Urin und gammeligen Stoffen.

Der Innenraum war winzig klein und … leer. Bis auf eine alte, feuchte, dreckige Matratze, ein paar löchrige Decken und eine Abdeckplane gab es dort nichts! Die Enttäuschung war den Polizisten anzumerken.

»Sie muss aber hier gewesen sein«, sagte Ergun. »Sonst würde der Hund nicht so ein Theater veranstalten. Die Spurensicherung soll kommen und hier alles auf den Kopf stellen.«

Er ging wieder raus und wandte sich dem Hundeführer zu. Das Tier war nach wie vor kaum zu beruhigen. »Sie gehen bitte vorsichtig den Innenraum der Hütte und das Gelände drumherum ab. Vielleicht findet der Hund noch beweiskräftige Hinweise. Alle anderen verlassen die Baracke augenblicklich. Nichts wird angerührt.«

Es dauerte keine drei Sekunden, da steckte der Beamte seinen Kopf aus dem Eingangsloch. »Oberkommissar Ergun? Hier ist was, dass sollten Sie sich dringend ansehen.«

Der eilte sofort ins Innere. Fredde ging ihm nach, blieb aber respektvoll im Eingang stehen.

Der Mann am anderen Ende der Leine zeigte auf eine Stelle zu seinen Füßen. Die Matratze war ein wenig verschoben. Der Hund bellte und kratzte unaufhörlich an einigen Rillen im Holz.

Ergun winkte Fredde heran. Gemeinsam schoben sie die

Matratze vollends zur Seite und öffneten die beiden Flügel der Luke.

Fredde hielt den Atem an.

Unter ihnen lag Ann. Blutig, verdreckt und allem Anschein nach – tot.

*

Marc fuhr entschlossen die Straßen entlang. Er wusste genau, was er zu tun hatte. Als er sein Ziel erreicht hatte, postierte er sich so, dass er die Straße zu beiden Seiten gut einsehen konnte, man ihn im Gegenzug jedoch nicht so schnell entdecken würde.

Jetzt hieß es warten.

Natürlich hatte er bemerkt, dass Isabelle versucht hatte, ihn zu erreichen – mehrfach. Er konnte sich denken, warum. Doch das war jetzt nicht wichtig. Auch sie musste warten.

*

Flo war an das andere Ende von Rerik gefahren, hatte sich alt bewährt einen großen Wohnblock ausgeguckt und fuhr zu dessen schäbiger Rückseite. Hier schaute er sich kurz um und vergewisserte sich, dass er nicht beobachtet wurde. Dann steuerte er auf die lange Reihe von Restmülltonnen zu, wählte die fünfte von rechts, öffnete sie, nahm die obersten drei Beutel heraus – was ziemlich ekelig war – und ließ seinen eigenen Müllbeutel in die Tonne fallen. Dann stopfte er die drei entnommenen wieder oben drauf und schloss den Deckel. Ein letzter Rundumblick – dann fuhr er wieder zurück.

Als er in seine Straße einbog, schaute er sich kritisch um. Alles schien normal. Keine Bullen zu sehen.

Er parkte seinen Drahtesel, wie er es immer tat, im Hinterhof, schloss ihn ab und wollte gerade durch den Torbogen nach vorn zur Haustür gehen, als er ihn sah.

Am Ende des Durchgangs stand Marc Wendt. Er schaute ihm direkt ins Gesicht. Und er hielt eine Waffe auf ihn gerichtet.

*

»Krankenwagen!«, schrie Ergun und war sofort in das Loch gesprungen. Er hatte sich neben Ann gehockt und versucht, ihren Puls zu fühlen. Immer wieder änderte er die Position seiner Finger an ihrem Hals, drückte mal mehr, mal weniger und murmelte vor sich hin.

Fredde kam es vor wie eine Ewigkeit, bevor der Kommissar endlich rief: »Ich habe einen Puls! Sehr schwach, aber sie lebt!«

Während sie auf den Notarzt warteten, legten sie Ann auf die Seite und versuchten vorsichtig, die Kabelbinder zu zerschneiden, mit denen ihre Arme auf dem Rücken gefesselt waren. Das Plastik hatte sich tief in das Fleisch oberhalb ihrer Handgelenke geschnitten, sodass sie es an einer Stelle besser in der Wunde stecken ließen.

Polizisten brachten Wärmedecken, um eine weitere Auskühlung des Körpers zu verhindern.

Ergun fing vorsichtig an, sich umzusehen. »Taschenlampe!«, rief er. Er holte ein paar Einmalhandschuhe aus seiner Jackentasche und zog sie sich über. Im Schein des Lichts ging er bedächtig auf die andere Seite des kleinen Raumes. Hier standen drei Umzugskartons. Ihre Pappe war feucht und gammelig. Sie schienen schon ziemlich lange dort zu stehen. Vorsichtig öffnete er den ersten und leuchtete hinein.

Durch seine höher gelegene Position hatte Fredde einen guten Überblick, konnte sogar in den geöffneten Karton sehen. Er erkannte sofort, was das war, das dort im Licht der Taschenlampe schimmerte: der schwedische Pass von Meja Persson!

Ergun trat zurück. »Bis auf die Sanitäter rührt hier keiner was an. Die Spurensicherung soll sich dieses Raumes annehmen.« Fredde half ihm aus dem Loch heraus.

Endlich – nach einer gefühlten Ewigkeit hörte er in der Ferne die Sirenen des Krankenwagens.

*

Flo starrte entsetzt auf die Waffe. Was jetzt? Sollte er weiterhin so tun, als wüsste er von nichts? Wenn dem Krüppel bekannt war, was er getan hatte, würde den seine Unschuldsmiene bestimmt nicht besänftigen.

»Wo ist sie? Was hast du Freak mit ihr gemacht?«, fragte Marc mit einer Stimme, die so ruhig und so kalt war, dass Flo trotz der Erleichterung schlucken musste.

Perfekt! Der Krüppel wusste nichts!

Er versuchte, einen panisch, verstörten Anblick zu vermitteln und stotterte: »Was meinst du? Was ist denn los?«

»Hör auf, hier so eine Show abzuziehen! Wir wissen, dass du es bist, dass du sie überfallen hast!«

»Ich? Das stimmt nicht! Ich hab nichts getan!«, flehte Flo und versuchte, besonders harmlos und unschuldig zu wirken.

Marc schob sich ein wenig näher und fuchtelte mit der Waffe vor ihm herum. »Halt dein verlogenes Maul! Dein feiner Täuschungsversuch ist fehlgeschlagen! Wir haben mit deinen Kollegen gesprochen. Ann war am Freitag bei euch im Betrieb, und du hast davon gewusst! Du bist ihr nach, nicht wahr? Und dann?«

Flos Gehirn arbeitete auf Hochtouren. Verdammter Mist.

Das hatten sie also rausgekriegt. Dann blieb ihm nur noch die Flucht nach vorn.

Er machte sich klein und flehte mit gebrochener Stimme: »Es tut mir leid. Es tut mir so leid. Du hast recht. Aber ich hatte so ne Scheiß-Angst! Ann war verschwunden, und ich war ihr nachgefahren. Wie musste das aussehen? Ihr hattet mich doch schon mal verdächtigt. Ich wollte das nicht noch mal! Ich wollte sie doch nur einholen, um sie zu fragen, ob wir ein letztes Mal zusammen mittagessen wollen – wo sie doch extra bei Silka gewesen war. Aber ich hab sie nicht mehr getroffen. Ich bin noch ein wenig durch die Straßen gefahren, ohne sie zu finden. Bitte! Du musst mir glauben!«

Hatte er es geschafft? Sah er da ein wenig Unsicherheit in den Augen des Krüppels?

Marcs Handy klingelte. Ohne Florian aus den Augen zu lassen und mit vorgehaltener Waffe, zog er das Handy aus der Jackentasche, sah, dass es Fredde war, und tippte auf ›annehmen‹.

»Wir haben sie. Sie lebt. Wo bist du?«, hörte er.

»Moment«, antwortete er und hielt das Mikro des Handys gegen seine Jeanshose. Dann sagte er zu Flo gewandt: »Du bleibst genau da stehen! Und glaub ja nicht, ich würde nicht schießen. Es wäre mir eine echte Freude!«

Er hielt das Handy an sein Ohr und sagte: »Und ich habe ihn. Ihr könnt zu seiner Wohnung kommen. Im Eingang zum Hinterhof könnt ihr ihn euch abholen.«

*

Fünf Tage hatte Ann auf der Intensivstation gelegen, drei davon mehr tot als lebendig. Die Prognose: niederschmetternd. Ihre Nieren waren kurz davor gewesen, sämtliche Verbindungen zu den umliegenden Blutgefäßen zu kappen, da eine Notentwässerung mangels Flüssigkeit nicht vollzogen werden konnte. Der Salzgehalt in ihrem Blut war viel zu hoch gewesen. Die Vergiftung des Körpers hatte bereits begonnen. Das multiple Organversagen hatte kurz bevor gestanden. Es hatte erschreckend lange gedauert, bevor die Ärzte ihren Blutdruck einigermaßen stabilisiert bekommen hatten. Dazu kam, dass sich die Wunden an ihren Händen entzündet hatten. Normalerweise kein Problem für einen so jungen und gesunden Körper. In ihrem Zustand jedoch mehr als lebensbedrohlich.

Aber: Sie hatte es geschafft!

Vor drei Tagen war sie auf die Normalstation verlegt worden und heute das erste Mal über längere Zeit am Stück wach. Die Schmerzmittel machten sie müde, die tiefe Erschöpfung tat ihr Übriges.

Ihre Eltern, Rose und Marc waren die ganze Zeit über in ihrer Nähe geblieben und hatten über sie gewacht.

Als sie nun die Augen aufschlug, schaute sie in Maries Gesicht. »Marie! Was machst du denn hier?« Ihre Stimme klang erschöpft, leise und kratzig.

»Na, wenn du nicht zu mir nach Hause kommst, muss ich ja wohl zu dir!«, lächelte Marie und umarmte ihre Freundin vorsichtig. Sie hatte tränenfeuchte Augen. »Man kann dich wirklich nicht allein lassen!«

Hinter Marie entdeckte Ann Fredde und Marc.

Erwartungsvoll sah sie Fredde an.

»Bist du schon so weit? Deine Eltern meinen, wir sollen dich mit Einzelheiten noch verschonen. Ich will dir nicht zu viel zumuten«, sagte er.

»Seitdem ich heute Morgen wach geworden bin und mein Gehirn wieder mehr kann, als nur vor sich hindämmern, wächst die Anzahl meiner Fragen und die Ungeduld, Antworten zu bekommen!«

»Tja, sie ist eben doch eine waschechte Journalistin«, lachte Marie.

»Dass es Florian war, der dich entführt hat, weißt du sicher schon?« Fredde schaute sie fragend an.

Ann nickte. Das hatten Susanne und Jürgen ihr erzählt. »Aber warum?«

»Seine Kollegen hatten ihm von deinem Besuch bei Elektro Silka erzählt. Sie berichteten ihm, wie erstaunt du gewesen seist, dass er Fachmann für Gasthermen ist.«

»Ja und?«

Fredde sah ihr ernst in die Augen. »Denk nach! Du kennst die Antwort.«

Ann fiel es noch schwer, ihre Gedanken zu sortieren. Dann wurde ihr von der Erkenntnis schwindelig.

Ich sag doch: Du bist einfach zu naiv. Siehst das Offensichtliche nicht mal, wenn es vor dir steht.

»Du meinst, das Leck an unserer Therme – das war er?«

Fredde nickte. »Florian dachte, du wüsstest nun, was er getan hat. Er wollte unbedingt verhindern, dass du mit anderen darüber sprichst. Er hat sich den Ford Transit geschnappt, so getan, als wolle er Mittag machen, und ist dir nachgefahren. An einer Ampel-Kreuzung musstest du vor ihm anhalten. Da keine anderen Verkehrsteilnehmer zu sehen waren und die Ecke dort nicht bebaut ist, war es der perfekte Moment, um dir mit einer großen, schweren Zange eins über den Schädel zu ziehen. Er hat dich mitsamt dem Fahrrad eingeladen und zu der versteckten Baracke gefahren. Er hatte echt Glück, dass ihn dabei keiner gesehen hat.«

»Und das hat er einfach so gestanden?«

»Nein, zunächst hat er versucht, die Version aufrecht zu

erhalten, er sei dir nachgefahren, um mit dir mittagessen zu gehen, hätte dich aber nicht mehr eingeholt. Die Blutspuren an der Zange und im Wagen, die Navigationsdaten aus dem Transit und seine DNA an dir und den Gegenständen, die wir im Erdloch gefunden haben, konnten ihn allerdings umstimmen.«

»Was habt ihr denn dort gefunden?« Anns Magen krampfte sich zusammen, als sie an ihr Verlies dachte.

»Lauter persönlichen Kram von ihm. Das, was jeder Normalo eigentlich in seiner Wohnung aufbewahrt. Obwohl darunter schon ziemlich seltsames Zeug war. Außerdem haben wir die Umhängetasche von Meja Persson gefunden, darin ihr Portemonnaie, ihr Adressbuch und andere persönliche Sachen, wie zum Beispiel ein Lederarmband. So eins, wie wir bei Federico sichergestellt haben. Auch ihr Ausweis lag in einem der Kartons.«

Ann schüttelte bestürzt den Kopf. »Mein Gott, habt ihr rausfinden können, was er mit ihr gemacht hat?«

»Wir fanden ihre Überreste in der Baracke, vergraben unter den Dielen – unter der untersten Kiste.«

Geschockt sah Ann von einem zum anderen. Dann hatte sie dort unten doch die ganze Zeit neben Meja gelegen.

Im Tode vereint. Wie echte Zwillingsschwestern.

»Wie ist sie gestorben?«

»Das wissen wir noch nicht. Die Gerichtsmedizin hat jetzt einiges zu puzzeln. Schließlich liegt die Leiche da schon eine ganze Zeit lang.«

»Habt ihr ihn dazu befragt? Hat er es zugegeben?«

»Zunächst nicht. Anfangs hat er behauptet, nicht gewusst zu haben, dass sie dort unten vergraben liegt. Er hat versucht, dem toten Federico den Mord an Meja anzuhängen.«

Anns Kopf schmerzte. Sie merkte, wie anstrengend diese

Unterhaltung für sie war. Das Nachdenken fiel ihr verdammt schwer.

Da meldete Marc sich zu Wort. »Ich glaube, du ruhst dich jetzt ein wenig aus. Wir haben noch alle Zeit der Welt, über die Zusammenhänge und Details der Morde zu reden und alle deine Fragen zu beantworten.«

Marie und Fredde nickten.

Aber Ann winkte ab. Ja, sie war erschöpft. Aber noch mehr quälte sie der Umstand, fast gestorben zu sein und nicht genau zu wissen, weswegen. Warum hatte Florian überhaupt versucht, sie mittels Gas zu beseitigen? Sie wusste doch gar nichts, was ihm hätte gefährlich werden können. »Bitte! Ich muss es jetzt wissen. Ich weiß zwar nicht, ob ich in der Lage bin, alles aufzunehmen, es kann also sein, dass ich in ein paar Tagen dieselben Fragen noch mal stelle, aber ich brauche jetzt Klarheit. Sonst spukt zu viel in meinem Kopf herum.«

»Also gut. Wir haben Florian vor Augen gehalten, dass die Indizien gegen ihn sprechen: Er selbst hat ausgesagt, dass er Meja in den Bus nach Rostock gesetzt hätte. Wozu hätte er das erzählen sollen, wenn nicht, um alle auf eine falsche Fährte zu bringen? Er war es auch, der angeblich, Tage später, mit der Toten telefoniert haben wollte.«

»Aber der Abschiedsbrief …?«

»Erinnerst du dich, was Federico während des Verhörs ausgesagt hat? Dass es nicht das erste Mal gewesen sei, dass Meja zurück nach Schweden wollte und es dann doch nicht durchgezogen hat? Genauso war es auch dieses Mal. Sie war sauer gewesen, hatte den Brief geschrieben und Flo gebeten, ihn Federico zu geben. Sie hätte es aber nicht durchgezogen. Wie auch? Sie hatte gar kein Geld für die Rückreise. Aber bleiben wir bei der Auflistung der Indizien, die wir Florian vorgeworfen haben, die *gegen* Federico und *für* ihn als Täter sprechen: Als Nächstes der Versuch, dich mittels Gas umzubringen. Warum sollte er dich beseitigen wollen, wenn nicht, um deine Recherche zu unterbinden?«

»Warum da? Warum zu diesem Zeitpunkt? Ich hatte doch gar keine wichtigen Informationen?«

»Keine wichtigen Informationen? Oh doch! Florian wusste genau, dass alles so lange gut war, solange keiner auf die Idee kam, hier in Rerik nach Meja zu suchen. Die paar Leute, die sie hier gekannt hatte, waren überzeugt davon, sie sei nach Schweden zurückgegangen. Und alle anderen, also ihre Eltern, ihre Freunde, wussten nichts von ihrer Reise nach Deutschland. Perfekter konnte es für ihn nicht laufen. Keiner käme je auf die Idee, hier nach Meja zu fahnden. Und dann kamst du! Du hast Federico ausfindig gemacht und von ihm Mejas Namen erfahren. Erst so konntest du die Verbindung nach Schweden herstellen. Florian hatte dich beobachtet, hat gesehen, dass du bei Federico zu Hause gewesen bist. Da wusste er, dass es nur eine Frage der Zeit sein würde, bis du herausbekommst, dass Meja in Schweden als vermisst gilt – vermisst genau seit der Zeit, als sie hier in Deutschland war. Er musste dich möglichst sofort stoppen. Wenn du erst einmal Zeit gehabt hättest, weiter zu recherchieren, mit der Polizei in Schweden Kontakt aufzunehmen, hätte er die Entwicklung nicht mehr unter Kontrolle gehabt.«

»Und da hatte er den Blitzeinfall mit der Gastherme? Für eine spontane Idee ein ziemlich perfekt durchgeführter Mordanschlag«, flüsterte Ann.

»Das war nicht spontan. Diesen Plan hatte er schon länger in der Schublade. Er hat dich beobachtet, seit er von Ginevra Barbieri erfahren hatte, dass die Journalistin Lisa Rieckhoff in deinem Namen Fragen stellte. Da aber kaum jemand Meja kannte und auch Federico nur ein paar Monate in Rerik gewesen war, fühlte Flo sich, trotz deiner Fragen, ziemlich sicher. Er wusste, dass sich Tomasso Mancini nicht mehr an Mejas Namen erinnern konnte und Federico kein Verlangen danach hatte, dass jemand in dieser alten Geschichte Nachforschungen anstellte. Der wusste nämlich genau, dass Meja damals minderjährig gewesen und einfach abgehauen war und dass sich ihre Eltern wahrscheinlich zu Tode gesorgt haben. Nichts, worauf man als Sozialpädagoge und Vater einer kleinen Tochter stolz ist. Deshalb war er auch so unzugänglich, wollte dir Mejas Namen nicht verraten.«

»Das heißt, Lisa Rieckhoff hat wegen meiner Recherche sterben müssen?« Anns Augen füllten sich mit Tränen.

Ja, ja, alles nur wegen dir.

Marc nahm ihre Hand. »Das konntest du doch nicht wissen.«

»Hat Flo den Mord an der Journalistin gestanden?«

»Gestanden hat er bislang nur den Einbruch bei Frau Rieckhoff. Jetzt ist es an der Staatsanwaltschaft, die Indizien so aufzubereiten, dass sie für eine Mordanklage reichen. Er war nämlich so dumm und hat den geklauten Laptop der Journalistin aufbewahrt. Wir fanden ihn in einer der drei Kisten. Darauf hatte sie Protokoll geführt, über ihre Treffen mit dir und mit Ginevra Barbieri und über ihre Rechercheergebnisse Meja betreffend. Sie hatte gemerkt, an was für einer großen Sache sie da dran war, und wollte die Story größeren Boulevardblättern anbieten. Entsprechende Anschreiben fanden wir auf ihrem Rechner. Somit konnten wir endlich beweisen, dass Ginevra Barbieri mit Lisa Rieckhoff Kontakt hatte und dass es dabei um Meja ging. Des weiteren war erwiesen, dass Florian den Einbruch bei der Journalistin begangen hatte, und zwar nur, um ihre Dokumentationen zu beseitigen – was sinnlos gewesen wäre, hätte er sie am Leben gelassen. So ist er übrigens an deinen Namen und deine Telefonnummer gekommen.«

»Das heißt, sie hat nie mit Florian telefoniert und ihm von meiner Suche erzählt?«

»Nein, das hat er erfunden. Weder in seinen noch in ihren Verbindungsnachweisen haben wir Belege dafür gefunden, dass die beiden miteinander gesprochen haben. Auch in ihren Aufzeichnungen wird keine Kontaktaufnahme zu Lehmann erwähnt. Aber er hat zugegeben, Lisa ausspioniert zu haben. So kam er auch auf die Idee, bei ihr einzusteigen. Ginevra muss ihm sofort erzählt haben, dass Lisa mit diesem Foto herumlief und Fragen stellte. Er hängte sich an sie dran, sah, wie sie mit Mancini redete, und beschloss, dass sie nicht mehr zu Hause ankommen würde.«

»Und der Tod der Bedienung? Musste sie wirklich nur deshalb sterben, weil sie mit Lisa Rieckhoff geredet hatte? Was wusste sie denn so wichtiges?«

»Mejas Namen. Im Grunde genommen war Ginevra Barbieri, neben Federico und Florian selbst, die Einzige, die sich noch genau an Meja erinnern konnte, an ihren Namen, an ihre Herkunft. Das stellte so lange kein Problem dar, wie es keinen Grund gab, sich in Rerik nach dem schwedischen Mädchen zu erkundigen. Und wer sollte das tun? Es wusste ja keiner, dass sie je hier gewesen war. Florian hatte nicht nur durch die Freundschaft mit Ric eine enge Beziehung zum Casa di Mare. Er lungerte als Teenager gern am Hafen herum, kannte Ginevra und die restliche Stammbelegschaft gut. Er wurde zu einer Art Stammgast, die Beziehung freundschaftlich. Er half ab und zu Stühle rein- und rauszutragen oder Lebensmittellieferungen in den Vorratsraum zu bringen. Signor Mancini beschreibt ihn als freundlich, hilfsbereit und unkompliziert. Es kam durchaus vor, dass Flo mit den Mitarbeitern in der Küche des Restaurants ein kurzes Schwätzchen hielt. Klar, dass Ginevra ihm sofort von Lisa und dem Foto erzählt hat.«

»Frau Barbieri hat sich also garantiert nicht gewundert, als Flo am Abend ihres Todes zu ihr in die Küche kam. Vielleicht hat er sogar noch geholfen, das Restaurant aufzuräumen, bevor er ihr den todbringenden Sirup unter den Kaffee gemischt hat. Was sagt er zu den Anschuldigungen?«

»Er streitet alles ab. Unsere Indizienkette zeigt, dass der Mord an der Bedienung für Florian Sinn gemacht hätte. Er hatte das Motiv, es passt zu seinem Profil, er hatte die Gelegenheit und das Wissen, eine solche Tat auszuführen. Wir gehen davon aus, dass er den Haselnusssirup selbst mitgebracht und ihn entweder in die Kaffeetasse von Frau Barbieri geschüttet hat, als diese ihr Getränk kurz unbeobachtet ließ, oder als falsch etikettierte Flasche gegen die mit dem Karamellsirup ausgetauscht hat. Leider wird es ihm nicht eindeutig nachzuweisen sein, und wenn er nicht gesteht, könnte es hier am Ende ›Im Zweifel für den Angeklagten‹ heißen.«

Ann ließ das Gehörte kurz auf sich wirken.

Fünf Menschen waren gestorben. Und alles nur, weil sie sich in den Kopf gesetzt hatte, ein Mädchen zu finden, das ihr ähnlich sah.

Eigentlich hast du sie alle auf dem Gewissen.

Sie musste diesen Gedanken abschütteln.

Sie war keine Mörderin. »Bleibt nur noch die Frage: Warum hat Flo Meja damals umgebracht? Hat er sich dazu geäußert?«

»Nachdem wir ihm begreiflich machen konnten, dass die Beweislage gegen ihn erdrückend ist, hat er zugegeben, dass sie in seinem Beisein zu Tode gekommen ist. Angeblich war es ein Unfall. Sie seien an den Steilklippen entlanggegangen, hätten rumgeblödelt, sie wäre abgerutscht und den Hang hinuntergestürzt. Er sei sofort hinterher, wollte ihr helfen, einen Notarzt verständigen, aber sie sei schon tot gewesen. Da habe er Panik gekriegt und sie zur ›Wilden Hütte‹ getragen. Er habe sich geeignetes Werkzeug besorgt, die Dielen hochgenommen, ein Loch gebuddelt und ihren Leichnam vergraben. Federico hat er die Geschichte von Mejas Abreise erzählt und ihm den Abschiedsbrief gegeben, den sie persönlich Flo Stunden vor ihrem Tod in die Hand gedrückt hatte. Das mit dem Streit zwischen Federico und Meja stimmte nämlich. Auch der Umstand, dass sie mal wieder abreisen wollte, sauer, wie sie war. Die persönlichen Sachen von Meja habe Florian erst zu Hause bei sich versteckt. Als die Baracke im Wald immer mehr zuwucherte, brachte er alles belastende Material dorthin. Federico war nach ein paar Wochen endgültig abgereist, und außer ihm wusste augenscheinlich niemand etwas von der verfallenen Hütte.«

»Glaubt ihr ihm die Geschichte mit dem Unfall?« Sie schaute erst Marc und dann Fredde an. Beide schüttelten den Kopf.

»Ehrlich gesagt, nein. Was wir glauben, ist aber unerheblich. Wichtig wird sein, was die Pathologie zur Klärung beitragen kann, ob sie etwas finden, was sich nicht durch den Sturz erklären lässt. Und das wird extrem schwierig sein – schwierig und zeitaufwendig.«

»Das heißt, es wird noch dauern, bis Florian der Prozess gemacht wird?«

»Keine Angst, vorerst sitzt er in Untersuchungshaft. Ich werde persönlich ein Auge darauf haben, dass da keine Fristen versäumt werden«, beruhigte Fredde sie.

»Eins verstehe ich nicht: Warum hat er mich angerufen, den Kontakt zu mir gesucht? Und warum hat er ihn mir gegeben?«

»Wen gegeben?«

»Den Namen! Rics Namen. Ohne diese Information wäre ich aufgeschmissen gewesen, wäre ich nie weitergekommen, und der Mord an Meja wäre auf ewig unentdeckt geblieben.«

»Das haben wir uns auch schon gefragt. Wir können nur spekulieren. Die stundenlangen Befragungen haben aber eines mit Sicherheit gezeigt: Der Typ ist echt gestört. Menschen sind für ihn nicht mehr wert als jeder unbedeutende Gegenstand. Er glaubt wirklich, er habe keine andere Wahl gehabt und sein Handeln sei logisch und nachvollziehbar. Reue oder Mitgefühl gibt es in seinem Wortschatz nicht. Deine Ähnlichkeit mit Meja hatte einen besonderen Reiz für ihn. Er musste dich kennenlernen. Vielleicht hatte er gehofft, das, was er bei Meja nicht haben konnte, bekäme er nun von dir … keine Ahnung. Er glaubte wahrscheinlich bis zum Schluss, er hätte die Fäden in der Hand, könne dich und alle anderen nach seinem Gutdünken manipulieren.«

»Im Prinzip war er darin auch echt nicht schlecht«, flüsterte Ann.

Eine Weile war es still im Raum.

»Ich glaube, wir sollten jetzt gehen. Du brauchst Ruhe«, sagte Marc. »Ich schaue später noch mal bei dir rein.«

Marie und er waren schon fast aus der Tür, als Ann flüsterte: »Fredde?«

Der drehte sich um und schaute sie fragend an.

»Glaubst du, es wäre möglich, einen DNA-Abgleich machen zu lassen?«

*

Sie schlief viel. Und immer traumlos. Trotzdem fühlte sie sich unendlich erschöpft. Es war, als dümpele sie in einer

Wolke aus Gleichgültigkeit und Gefühlsarmut. Das käme von den Schmerzmitteln, meinten die Ärzte.

Spiegelnde Flächen jeder Art wurden von ihr gemieden. Ihre Fingerkuppen hatten Dinge ertastet, die sie dort nicht haben wollte – nachdem sie den Verband von ihrer geschundenen Gesichtshälfte entfernt hatten.

»Hallo, mein Schatz. Wie geht es dir? Konntest du ein wenig schlafen?«

Ihre Eltern standen an ihrem Bett. Sie hatte sie nicht einmal hereinkommen hören.

Für lange, komplizierte Sätze fühlte sie sich einfach viel zu schlapp, deshalb kamen die Worte ohne ausschweifende, nette Verpackung.

»Es wird einen DNA-Abgleich geben, zwischen Meja und mir.«

In den Augen ihrer Eltern las sie überraschtes Erstaunen.

»Wozu?«, fragte Susanne.

Ann schwieg. Es war alles so anstrengend.

»Ann, du glaubst nicht wirklich, dass sie mit dir verwandt, dass sie deine Schwester war, oder?« Ihr Vater schaute sie mitleidig an.

Zeit für die Wahrheit! Und lass dich nicht wieder abspeisen.

»Ihr habt die Fotos doch gesehen. Wieso sah sie mir wohl so ähnlich? Sie war adoptiert. Und ihr verschweigt mir irgendwas …«

Die Stimmung um sie herum verfinsterte sich. An der Zimmerdecke bildete sich ein Strudel dicker, bedrohlicher Wolken. Die Luft kühlte derart drastisch ab, dass Ann den Atem der im Raum befindlichen Personen sehen konnte. An der Scheibe bildeten sich Eiskristalle. Sie konnte sogar hören, wie diese bei ihrer Entstehung leise knisterten.

Selbst der Blick ihrer Mutter schien zu gefrieren, als sie

sagte: »Du kannst es nicht lassen, oder? Deine Fragen, dein Herumwühlen: Wissen um jeden Preis. Sieh dich doch an. Was hat es dir gebracht? Wohin hat deine zerstörerische Neugier die Perssons oder diese Journalistin gebracht?« Sie drehte sich um und ging zur Tür. »Ich hole mir einen Kaffee.«

Sieh mal an! Wer fährt denn da seine Krallen aus?

»Aber …« Vollkommen perplex blickte Ann ihrer Mutter nach.

»Lass es gut sein, Ann. Deine Mutter hat mit dem Kapitel abgeschlossen.«

»Mit welchem Kapitel? Rede mit mir!«

»Da gibt es nichts zu reden. Du glaubst, du brauchst diesen DNA-Test? Nur zu! Es wird keine Übereinstimmungen geben.«

»Und mit was hat sie dann abgeschlossen?«

Jürgens Miene glich einer versteinerten Maske.

»Papa!«

»Verdammt, Ann. Du bist ja vollkommen besessen. Hör auf, nach Dingen zu suchen, die gar nicht existieren! Du bist unsere einzige Tochter. Alles andere sind Hirngespinste.

*

Ann saß im Zug nach Paderborn, nahm ihr Handy und wählte Marcs Nummer.

»Hey, wie geht es dir?«, sagte er zur Begrüßung.

»Ganz gut.«

»Dass der Gentest keine Treffer ergeben hat … sehr schlimm?«

»Nein, ich glaube, eher nicht. Wäre sie meine Schwester gewesen und ich hätte nie eine Chance gehabt, sie kennenzulernen – das wäre schlimm.«

»Du hörst dich nicht gut an.«

»Du fehlst mir. Kannst du nach Paderborn kommen?«

»Gib mir ein paar Tage, um alles zu organisieren.«

»Ein Paar, das bedeutet zwei, oder?«

»Ja klar«, lachte er.

Auch sie fing an zu lachen, merkte aber, wie ihr die Tränen über die Wangen liefen. Die ersten nach all dem Grauen. Irgendwie hatte sie das Gefühl, es stürze nun alles über sie herein.

»Und dann erzählst du mir noch mal ganz genau, wie du mich mit der Waffe in der Hand gerettet und meinen Peiniger dingfest gemacht hast«, schniefte sie.

Marc hörte ihre verschnupfte, brüchige Stimme.

»Darf ich wenigstens ein bisschen übertreiben? Ich hätte den Colt nämlich gern cool aus meinem Gürtel gezogen. Das wäre zur Rettung der holden Maid standesgemäß gewesen. Leider haben sie mir meine Waffen damals abgenommen. So musste die schnöde Leuchtfeuer-Pistole aus dem Dienstwagen von Lutz und Fredde herhalten.«

»Das macht einen wahren Helden aus. Dem reicht sogar das einfachste Equipment.«

»Danke, meine Königin. Wie gut, dass die Kollegen überhaupt so ’n Ding im Handschuhfach hatten. Ich glaube, das gehörte wohl eher auf die WPS.«

»Die WPS?«

»Das Polizeiboot. Steht für Wasserschutzpolizei.«

»Ja, was ein Glück. Und was hättest du gemacht, wenn die Pistole dort nicht gelegen hätte?«

»An den Gummiknüppel wäre ich leider nicht rangekommen – der lag im Kofferraum. Hm, dann hätte ich den Kerl halt mit bloßen Händen zu Boden gerungen. Für meine Königin ist mir nichts zu schwer.«

Epilog

Rerik, zwölf Jahre zuvor

Er würde sie schon einholen. Er kannte sich hier bestens aus. Sie hatte keine Chance.

Was bildete sich diese schwedische Tussi eigentlich ein? Erst schmiss sie sich an ihn ran, heulte ihm einen vor, wie ätzend Ric zu ihr gewesen war und dass er, Flo, ihr einziger Freund hier im schrecklichen Deutschland sei, und dann stieß sie ihn von sich weg.

Dabei wollte sie es auch. Das wusste er schon lange.

Meja hatte eindeutig mit ihm geflirtet – mehr als einmal.

Und sie war mit ihm durch die Gegend gestreift, erst am Strand, dann den Weg an den Klippen entlang. Deutlicher ging es ja wohl kaum. Er hatte die Signale verstanden und seine Chance genutzt.

*

Sie hockte sich hin. Verdammte Scheiße! Was sollte sie jetzt tun? Hier war absolut niemand. Nichts als Gestrüpp und Dunkelheit. Sie konnte fast riechen, wie er näher kam. Sie war vollkommen außer Atem, das Zittern wollte einfach nicht nachlassen.

Wieder horchte sie und beobachtete den Pfad, den sie gekommen war. Wobei beobachten hier der vollkommen falsche Begriff war, da sie nicht einmal zwei Meter weit sehen konnte. Die Dunkelheit verschluckte alles. Nur, wenn die Bäume und das dicht stehende Gebüsch den Blick aufs Meer freigaben, fand der Mond eine Lücke, um den Weg mit seinem kalten Licht ein wenig auszuleuchten.

Da! Da war doch was! Ein Knacken und Rascheln.

Verzweifelt erhob sie sich und rannte weiter. Immer wieder stolperte sie. Der Pfad wurde buckeliger, schlängelte sich in kleinen Biegungen die Steilklippen entlang. Die aber waren dicht bewachsen, sodass sie nie wusste, wo der Abhang anfing. Sie musste es schaffen, auf dem Weg zu bleiben! Sie durfte nicht abrutschen!

Wieder liefen ihr Tränen übers Gesicht.

Sie wusste, sie entfernte sich immer weiter von bewohntem Gebiet! Hier kam kein Zugang mehr, weil es keine Siedlung gab, zu der er hätte führen können! Bis zu den nächsten Häusern waren es Kilometer. Das würde sie nie schaffen.

Erschrocken schrie sie auf, als sie erneut stürzte.

Schnell presste sie sich ihre linke Hand auf den Mund, um die Lautstärke ihres Schluchzen zu dämpfen.

Wie hatte das alles nur passieren können?

Nie hätte sie gedacht, dass der harmlose, schüchterne, ein wenig naive Florian derart gewalttätig werden konnte. Mit einem Mal hatte er sie fest umklammert, hatte versucht, seine Zunge in ihren Mund zu stecken, hatte seine Hände überall. Entsetzt hatte sie ihn weggestoßen, hatte dann angefangen zu lachen, weil es einfach so peinlich gewesen war.

Dachte er wirklich, sie wollte was von ihm?

Da war er völlig ausgetickt. Er hatte viele ärgerliche deutsche Wörter geschrien, die sie nicht verstanden hatte, und sie gegen einen Baum gedrückt. Sie hatte zurückgebrüllt, sich gewehrt, aber er war immer brutaler geworden. Sogar gewürgt hatte er sie. Dann hatte sie sich mit einem letzten

Kraftakt befreien können und war weggelaufen. Einfach nur weg von ihm, egal wohin.

Aber er war ihr nach. Warum? Um ihr etwas anzutun? Sie hatte nicht warten wollen, um es herauszufinden.

Und jetzt lag sie hier, zitternd vor Angst, und wusste nicht, was sie machen sollte.

Ihre Tasche hatte sie bei seinem ersten Angriff am Baum verloren. Genutzt hätte die ihr sowieso nichts. Ihr Handy hatte sie damals bewusst in Schweden gelassen. Keiner sollte sie finden. Es sollte ein großes Abenteuer werden. Ric und sie gegen den Rest der Welt.

Eigentlich hatte sie vorgehabt, am Tag nach ihrer Ankunft bei ihren Eltern anzurufen. Sie wollte ihnen ja nichts Böses. Sie wollte nur ihren Willen durchsetzen. Und sie wusste, ihre Eltern hätten ihr niemals erlaubt, mit Ric nach Deutschland zu gehen, auch nicht auf einen kurzen Urlaub. Also fanden sie es geschickter, Åke und Ingegerd vor vollendete Tatsachen zu stellen.

Dann fehlte ihr der Mut für den Anruf. Sie sagte sich, dass es morgen auch noch früh genug dafür sein würde. Erst wollte sie die aufregende Zeit mit Ric genießen. Wusste sie, wie schnell ihre Eltern sie wieder nach Hause holen würden? Sie hatte sich so stark gefühlt. Unsterblich!

Auf den einen Tag war der nächste gefolgt. Es war, als ob sie in eine ganz andere Welt abgetaucht wäre, weit weg von der in Schweden.

Mit jedem Tag, der verstrich, wurde ihr Mut, sie anzurufen, kleiner, die Angst vor der Reaktion ihrer Eltern größer. Sie würden ihr das nie verzeihen.

Scheiße! Und jetzt? Sie wollte nach Hause. Bitte!

Wieder starrte sie in die Dunkelheit und horchte.

*

Er hatte ihren Schrei gehört. Das war in unmittelbarer Nähe. Eigentlich müsste er direkt hinter der nächsten Biegung auf sie treffen. Langsam und möglichst geräuschlos schlich er näher.

Da! Keine anderthalb Meter vor ihm lag sie. Er meinte, erkennen zu können, dass sie ihn anstarrte.

»Meja, hey, du brauchst doch nicht vor mir wegzulaufen. Ich will dir doch nicht wehtun«, waren seine Worte, aber seine Stimmlage verhieß etwas anderes.

Sie verstand ohnehin nicht, was er sagte, vernahm nur den bedrohlichen Ton. Er war nicht gekommen, um sich zu entschuldigen.

Weiterlaufen hatte keinen Zweck. Die wenigen Zentimeter Vorsprung hätte er im Nu aufgeholt.

Sie nahm all ihren Mut zusammen, sprang auf und stürzte schreiend auf ihn zu, in der Hoffnung, dass er mit einem solchen Angriff nicht rechnen würde. Sie wollte ihn zur Seite stoßen, sodass er zu Fall kam, um dann in Richtung Rerik zu laufen, dorthin, wo Menschen waren, dorthin, wo sie Hilfe bekommen würde.

In der Tat kam ihr offensives Verhalten für ihn vollkommen überraschend. Die Arme in Abwehrhaltung weit von sich gestreckt, rannte sie brüllend auf ihn zu. Als ihre Hände seinen Brustkorb berührten, packte er ihre Arme und nutzte die Energie ihrer Vorwärtsbewegung, um sie seitlich von sich wegzuschleudern. Es ging alles so schnell. Seine Reaktion war fast eine Art Reflex – auf jeden Fall war es Notwehr. Er hatte sich nur schützen wollen.

Was konnte er dafür, dass sie wie eine Furie auf ihn losging?

Er hörte, wie ihr Körper die Steilklippe hinunterfiel, das

Geräusch, das er machte, wenn er an Ästen und Sträuchern entlang ratschte, ihren erschrockenen, ängstlichen, durchdringenden Schrei.

Dann war Ruhe.

Er stand nur da. Er fühlte Aufregung in sich. Ein seltsames Gefühl, das er nicht allzu oft verspürte. Irgendwie unangenehm. Er wusste es einfach nicht einzuschätzen. Er mochte es lieber, wenn er kühl und kontrolliert vorgehen konnte. Das war schon immer so – dann war er in seinem Element.

Er musste runterkommen.

Er musste nachsehen.

Hier konnte er nicht runterklettern.

Er ging den Trampelpfad zurück. Das Gute war: Er konnte sich Zeit lassen. Mitten in der Nacht wagte sich keiner bis zu der Stelle vor, an der sie lag. Der Strand war voller Steine, mittelgroßer und großer, rutschiger, vom Wasser rund gewaschener Steine. Sich bis hierhin zu kämpfen, war den meisten tagsüber schon zu anstrengend. Im Dunkeln konnte man sich die Beine brechen.

Also ging er langsam und überdachte seine Situation.

Was war zu tun, wenn sie tot wäre?

Er könnte sie einfach liegen lassen. Es würde als tragischer Unfall eingestuft. Eine gute Idee!

Doch je länger er ging, desto mehr Zweifel kamen ihm.

Sie waren vielen Menschen begegnet, als sie vom Dorf aus losmarschiert waren. Da Meja in Rerik nicht gemeldet war, würde es bestimmt einen öffentlichen Aufruf geben, mit Bild und einem Text, wie: ›Wer kennt dieses Mädchen‹ oder so. In diesem Nest kannte jeder jeden. Es würde keinen Tag dauern, dann ständen die Bullen vor seiner Tür.

Außerdem hatte er sie gewürgt. Nur kurz. Er wusste selbst nicht warum. Sie war schuld! Sie hatte ihn provoziert. Was musste sie ihn auch so herablassend behandeln?

Hatte er stark genug gedrückt, um Spuren zu hinterlassen?

Er hatte sich entschieden.

Er würde sie verschwinden lassen.

Auch wenn sie noch nicht tot war. Sie hatte ihm keine Wahl gelassen.

Als der Weg breiter und ebener wurde und die ersten Siedlungen in Sicht kamen, fing er an zu joggen. Er hatte noch viel zu tun. Jetzt würde er sich erst einmal einen Spaten, einen großen Müllsack und eine Taschenlampe besorgen. Damit es schneller ging, würde er für den Rückweg das Rad nehmen.

Eine ganze Weile später stieg er die Treppen der Teufelsschlucht hinab. Dann wandte er sich nach rechts und ging vorsichtig den Strand entlang, die Steilklippen immer fest im Blick. Der Mond schien hell und verwandelte den Bewuchs der Hänge in ein skurriles Gemälde. Ohne das Himmelslicht hätte er sie wahrscheinlich gar nicht gefunden, der Durchmesser des tanzenden Kegels seiner Taschenlampe war viel zu klein.

Um zwei Uhr einundvierzig hatte er die Stelle endlich erreicht.

Sie lag völlig verdreht, halb im Sand, halb auf dem Gestein. Ihr Kopf wies einige blutende Wunden auf. Sie musste mehrfach auf Steinen aufgeschlagen sein.

Ob sie tot war? Ihre Augen waren geschlossen.

Er wollte sie nicht anfassen.

Er schaute sich um. Dort links, hinter den letzten dicken

Brocken, bevor sich die Steilklippe erhob, gab es einen größeren, steinfreien Bereich. Dort würde er sie vergraben. Tief unter den überhängenden, dornigen Wildrosenbüschen.

Zunächst krempelte er den großen Müllsack auf. Dann fasste er widerstrebend ihre Beine und zog sie an die freie Stelle. Mühsam richtete er den schlaffen, bizarr entstellten Körper auf und stülpte ihr den Sack über den Kopf.

Hatte er gerade ein schwaches Stöhnen gehört?

Egal, nur schnell weiter. Er wollte ihren Körper nicht mehr halten müssen. Es war einfach nur widerlich. Er zog den Beutel über ihren gesamten Oberkörper, ließ sie fallen und streifte ihn bis zu den Füßen. Fertig!

Er war froh, als er endlich mit dem Graben beginnen konnte.

Als er fertig war, begann es schon zu dämmern. Er packte den Klappspaten und die Taschenlampe zurück in den Rucksack, strich den Sand glatt und rollte ein paar größere Findlinge auf die Stelle.

Es war so mühsam gewesen.

Allzu tief hatte er sie deshalb auch nicht eingraben können.

Völlig fertig machte er sich auf den Heimweg.

Fast zu Hause angekommen, war eine Erkenntnis in ihm gereift. Er würde die Leiche dort nicht liegen lassen können. Wind und Wetter würden sie freilegen.

Außerdem gab es die Naturschützer und Leute von der Stadt, die die Steilklippen regelmäßig abgingen, auf der Suche nach Schäden.

Spätestens in ein paar Wochen würde er ein neues, endgültiges Grab für sie gefunden haben. Dann wäre die Saison vorbei, die Touristen abgereist und das Risiko, beim Umbetten entdeckt zu werden, überschaubar.

Zufrieden schloss er sein Fahrrad ab.

Er hatte alles unter Kontrolle.

Nachwort

Statistisch gesehen hat jeder Mensch sieben Doppelgänger. Unglaublich – und gleichermaßen faszinierend. Bei momentan 7,3 Milliarden Menschen, die unsere Erde bevölkern, ist die Chance, einem von ihnen zufällig zu begegnen, allerdings verschwindend gering.

Neuerdings gibt es Plattformen wie »Twin Strangers«, die Neugierigen helfen, ihre Doppelgänger ausfindig zu machen.

Erstaunlicherweise finden sich neben der Übereinstimmung optischer Merkmale immer wieder auch welche bei Gestik, Mimik und Verhaltensweisen.

Ich danke Regina und Peter Molden für die Chance und die Hilfe bei den ersten Schritten auf unbekanntem Terrain. Ich verspreche, mich der Interpunktion weiterhin wehrhaft entgegenzustellen. Eliane Wurzer danke ich für ihre Geduld und kompetente Unterstützung. Sandra Lode hat das Werk durch ihr akribisches Lektorat nicht nur salonfähig gemacht, sondern sinnbringend abgerundet – vielen Dank dafür.

Alle Personen und Ereignisse in diesem Buch sind natürlich erfunden, sofern sie nicht zeitgeschichtlich dokumentiert sind.